译文纪实

Bad Blood

Secrets and Lies in a Silicon Valley Startup

[美] 约翰·卡雷鲁 著
成起宏 译

坏血

上海译文出版社

献给

莫莉、塞巴斯蒂安、杰克和弗兰西斯卡

目　录

作者的话

本书根据对 150 多人的数百次采访写成，其中包括希拉洛斯（Theranos）公司的 60 多名前雇员。叙述中的人物，那些男男女女，大多以真实姓名出现，但也有一些人要我隐去他们的身份，他们或是因为害怕遭到公司的报复，担心可能被牵连到司法部正在进行的刑事调查之中，或是因为想保护自己的隐私。为了得到最完整、最详尽的事实，我同意让这些人使用化名。然而，我所描述的关于他们的其他一切以及他们的经历都是基于事实，完全真实。

我从电子邮件和文件中使用的所有内容，均根据原始文档逐字逐句引用。当我把对话归为具体人物所述时，则是根据当事人的回忆重新组织。部分章节是基于法律程序的记录，例如证人陈述和证词。对于这种情况，我已在文中注释部分详细列出了相关记录。

在写作本书的过程中，我接触了希拉洛斯公司传奇故事中的所有关键人物，给他们机会就关于其自身的所有说法发表言论。伊丽莎白·霍姆斯拒绝了我的采访请求，选择不予合作，当然，这是她的权利。

序 幕

2006 年 11 月 17 日

蒂姆·坎普有好消息带给他的团队。

这位 IBM 前高管在希拉洛斯——一家拥有尖端血液检测系统的创业公司——负责生物信息技术。该公司刚刚向一家制药企业做完它的首场大型现场演示。希拉洛斯公司 22 岁的创始人伊丽莎白·霍姆斯已经飞去瑞士，向欧洲医药巨头诺华公司的高管们演示该系统的功能。

“伊丽莎白今天早晨给我打了电话，”坎普在给他的 15 人团队的一封电子邮件中写道，“她表达了谢意，还说‘简直太完美了！’。她特别要我感谢你们，让你们所有人知道她的感激之情。她还提到，诺华公司很受打动，要我们给个方案，并且表示有兴趣为项目提供财务支持。我们做到了！”①

对于希拉洛斯，这是一个转折时刻。这家创业公司成立三年，已经将霍姆斯在斯坦福大学宿舍中的一个雄心勃勃的梦想，发展成了大型跨国公司有兴趣使用的实实在在的产品。

演示取得成功的消息很快传到了二楼，那是管理层办公室所在地。

其中一位高管是亨利·莫斯利，希拉洛斯公司的首席财务官。莫斯利是在 8 个月前，即 2006 年 3 月加入希拉洛斯的。他穿着皱巴巴的衣服，有一双锐利的绿眼睛，个性悠闲，是硅谷科技界的资深人士。他在华盛顿特区长大，在犹他大学取得MBA学位，随后于1970年代末来到加州，并再也没有离开过。他的第一份工作是在芯片制造商英特尔公司——硅谷的先驱之一。后来，他曾在4家不同的科技公司负责财务部门，将其中两家带入了上市公司行列。希拉洛斯远非他的第一个竞技场。

吸引莫斯利来到希拉洛斯的，是伊丽莎白身边聚集的人才和他们的经历。她也许太年轻，但围在她身边的是一个全明星阵容。她的董事会主席唐纳德·L. 卢卡斯是位风险投资人，造就了软件企业家、亿万富翁拉里·埃里森，并帮助埃里森在1980年代中期将甲骨文公司成功上市。卢卡斯和埃里森都从自己的口袋里拿出一部分钱投进了希拉洛斯公司。

另一个声名显赫的董事会成员是钱宁·罗伯逊，斯坦福大学工程学院副院长。罗伯逊是斯坦福教职队伍中的佼佼者之一。他关于烟草致瘾性的专业证词[2]，使得烟草行业在1990年代后期以65亿美元这一具有里程碑意义的金额与明尼苏达州政府达成和解。以莫斯利与罗伯逊仅有的几次互动来看，显然罗伯逊对伊丽莎白的事业评价颇高。

希拉洛斯也拥有一支强大的管理团队。坎普在IBM公司效力30年。希拉洛斯的首席商务官戴安娜·帕克斯有25年的制药和生物科技公司从业经历。负责产品的高级副总裁约翰·霍华德曾经管理过松下公司的芯片制造分公司。一个小型创业公司云集如此水准的高级管理人员是不多见的。

然而，让莫斯利投身希拉洛斯的不仅是董事会和管理团队。它所追求的市场非常巨大。制药企业每年在临床试验上花费数百亿美元用于测试新药。如果希拉洛斯能成为它们供应体系中不可或缺的一环，

---

① 蒂姆·坎普发给他团队的电子邮件，题为“来自伊丽莎白的信息”，太平洋标准时间上午10:46，2016年11月17日。

② Simon Firth, “The Not-So-Retiring Retirement of Channing Robertson,” Standford School of Engineering website, February 28, 2012.

从那花费中分一杯羹，就能大赚一笔。

伊丽莎白已经要求他将一些财务预测进行整合，以便提供给投资者。他给出的第一套数字未能得到她的首肯，所以他把这些数字往上调了调。对于修订后的数字，他有点儿不安，但他觉得，如果公司能够完美地执行，这些数字就是在合理范围之内的。而且，那些热衷于投资初创公司的风险投资人都知道，创始人会夸大这些预测。这是游戏的一部分。风险投资人甚至有个专门的词来形容它：曲棍球杆曲线预测（the hockey-stick forecast）。它的表现形式是：收入好些年徘徊不前，然后突然像变魔术般以直线飙升。

只有一件事莫斯利不确定自己是否完全明白，那就是希拉洛斯的技术是如何工作的。潜在投资者来拜访时，他会带他们去见希拉洛斯的联合创始人肖纳克·罗伊。肖纳克拥有化学工程博士学位。他曾与伊丽莎白一起在罗伯逊位于斯坦福大学的实验室工作过。

肖纳克会刺破自己的手指，挤出少量血液。然后他把血液滴到一个白色的塑料检测盒中，盒子大小跟一张信用卡差不多，随后将检测盒放入一个多士炉大小的方盒。这个方盒被称作“阅读器”（reader）。它从检测盒中提取数据信号，以无线方式发送到服务器，服务器分析数据，发回结果。主要原理就是这样。

肖纳克向投资者演示系统时，会指给他们看一个计算机屏幕，那上面会显示血液通过检测盒流入阅读器。莫斯利并没有真正明白其中的物理或化学原理。但那不是他的事。他管的是财务。只要系统能显示出结果，他就高兴。而系统总是会给出结果。

几天后，伊丽莎白从瑞士归来。她脸上挂着笑容，悠闲地四处散步，莫斯利觉得这愈加表明此行非常顺利。这没什么稀奇。伊丽莎白总是积极向上，具有创业者那种永无止境的乐观精神。在给员工的邮件中，她喜欢用 *extra*-ordinary（非同-寻常）一词——“非同”用斜体写，加上连字符表示强调——以此来描述希拉洛斯的使命。这有点夸张，但她似乎是发自内心的，而且莫斯利知道，硅谷成功的初创公司创始人都在这样布道。冷嘲热讽改变不了世界。

不过，奇怪的是，陪伊丽莎白出这趟差的那帮同事似乎并没有她那样的热情。有几个人毫不掩饰他们的沮丧。

难道是他们的狗狗被车撞死了？莫斯利半开玩笑地想。

他踱步下楼，公司60名员工中的大多数人都坐在楼下的一个个小隔间里，他是去找肖纳克，如果有什么问题是他还不知道的，肖纳克肯定知道。

一开始，肖纳克明确表示什么都不知道。但莫斯利感觉到他有所隐瞒，便继续追问。肖纳克逐渐放下戒备，承认希拉洛斯1.0——伊丽莎白所命名的血液检测系统——并不总是管用。他说，事实上，多少要看运气。有时候它可以给你一个结果，有时候给不出。

莫斯利从没听说过这个。他一直觉得系统稳定可靠。投资者来看的时候，它不是一直正常吗？

肖纳克说，它总是*看上去*正常工作是有原因的。电脑屏幕上显示的血液通过检测盒进入一个个小方孔中的图像是真实的，但你永远不知道能不能得到结果。所以，他们在此前正常工作的时候录制了一个结果。每一次演示最终显示的就是录下来的结果。

莫斯利目瞪口呆。他一直以为那些结果是从检测盒的血液中实时获取的。那些他带过来的投资者被引导相信就是如此。肖纳克刚刚描述的一切听起来像一场骗局。当你向投资者推销的时候，当然可以乐观和一腔抱负，但有一条线是不能逾越的。而在莫斯利看来，这是越线了。

那么，在诺华制药到底发生了什么？

莫斯利从任何人那里都没得到直接答案，但他现在怀疑其中有某种类似的花招。他是对的。伊丽莎白带到瑞士去的两个阅读器中，有一个在他们到了以后发生故障。她带过去的人花了整个晚上想让它重新工作。在第二天早晨的演示中，为了掩盖问题，蒂姆·坎普在加州的团队发送了一个虚假的结果过去。

那天下午，莫斯利与伊丽莎白有个每周一次的会议。他进伊丽莎白办公室的时候，立刻又感受到了她的个人魅力。她有一张远比实际年龄成熟的面庞。她那双蓝色的大眼睛一眨不眨地盯着你的时候，会让你以为自己就是世界的中心，几乎把你带入催眠状态。她的声音强化了这种迷惑效果：一种不寻常的深沉的男中音。

莫斯利决定在表明自己的焦虑之前，先让会议按照原有流程进行。希拉洛斯刚刚完成它的第三轮融资。不论按照什么标准，这次融资都非常成功：在前两轮融资筹得 1500 万美元的基础上，公司又从投资者那里筹集了 3200 万美元。①最令人眼前一亮的数字是公司的新估值：1.65 亿美元。没有几家才成立 3 年的初创公司敢说自己值那么多。

高估值的一大原因，在于希拉洛斯告诉投资者，它已经与制药业合作伙伴达成了若干协议。有一张幻灯片列出了它与 5 家公司达成的 6 个协议，这些公司可以在随后的 18 个月内产生 1.2 亿美元到 3 亿美元的收入。②它还列出了另外 15 个正在谈的生意。按照 PPT 所示，如果这些交易开花结果，收入最终将达到 15 亿美元。

制药公司将使用希拉洛斯的血液检测系统来监控病人对新药的反应。在临床测试期间，检测盒与阅读器将放置在病人的家中。病人将会每天刺破自己的手指数次，阅读器将把他们的血液检测结果发送给临床测试的主办方。如果结果表明存在对药物的不良反应，药物生产方就会立即降低用量，而不用等到临床测试结束。这将为制药公司减少多达 30％的研发成本。反正幻灯片是这么说的。

在有了那天上午的发现之后，莫斯利对所有这些说法的不安与日

① 风投研究公司 VC Experts 关于希拉洛斯公司的报告，2015 年 12 月 28 日完成。
② Power Point titled "Theranos: A Presentation for Investers" dated June 1, 2006.

俱增。首先，在供职希拉洛斯的8个月中，他从来没有见过那些与制药公司的合同。每次他问起那些合同，就被告知正对它们进行“法律审核”。更重要的是，他之所以同意那些雄心勃勃的收入预测，是因为他认为希拉洛斯的系统能可靠地工作。

假如伊丽莎白也有任何类似担忧的话，她没有显露出分毫。她给人的印象是一个放松、愉快的领导者。新的估值尤其给她带来了强烈的自豪感。她告诉莫斯利，随着投资者的不断增加，董事会也将有新成员加入。

莫斯利找了个机会开始谈论瑞士之行，以及办公室里关于哪儿出了问题的谣传。他说完之后，伊丽莎白承认确实有一点问题，但她耸了耸肩。问题很容易解决，她说。

鉴于自己现在了解的情况，莫斯利满怀疑虑。他提到肖纳克告诉他的关于给投资者演示的事。他说，如果那些演示并不是完全真实的，那就应该停止。“我们是在欺骗投资者。我们不能继续那样做。”

伊丽莎白的表情突然变了。她片刻之前还令人愉悦的风度消失了，换上了一副满是敌意的面孔，就好像突然按了个开关。她冷冷地逼视着自己的首席财务官。

“亨利，你不是一个有团队精神的人，”她用冰冷的语调说，“我认为你应该马上离开。”

刚刚发生的事并没有搞错。伊丽莎白不只是要求他离开她的办公室。她是在叫他离开公司——马上。莫斯利刚刚被解雇了。

第一章
有目的的生活

伊丽莎白·安妮·霍姆斯很小的时候，就知道自己想成为一名成功的企业家。

7 岁的时候，她开始设计一个时间机器，在笔记本上画满了详细的工程图样。[①]

9 或 10 岁时，在一次家庭聚会上，她的亲戚问了她每个男生和女生早晚都会被问到的问题："长大以后，你想做什么?"

伊丽莎白毫不迟疑地回答："我要做个亿万富翁。"

"为什么不做总统呢?"这位亲戚问道。

"不，总统会娶我，因为我会有 10 亿美元。"

这些话并不是一个孩子随便说说的。一位见证这一幕的家族成员说，伊丽莎白是极其严肃、斩钉截铁地说出这些话的。

伊丽莎白的雄心源自父母的培育。克里斯蒂安·霍姆斯和诺尔·霍姆斯对他们的女儿有很高的期望，这源于家族的卓越历史。

从父亲这边算，她是匈牙利移民查尔斯·路易斯·弗莱施曼的后代，他创建的弗莱施曼酵母公司（Fleischmann Yeast Company）生意兴隆。[②]公司的巨大成功让弗莱施曼家族在 20 世纪初成为美国最富有的家族之一。

查尔斯的女儿贝蒂·弗莱施曼嫁给了父亲的丹麦裔医生克里斯蒂安·霍姆斯。他是伊丽莎白的高祖父。得益于妻子富有的家族的政治和商业人脉，霍姆斯医生创建了辛辛那提总医院和辛辛那提大学医学院。[3]所以，伊丽莎白有可能不仅遗传了创业基因，也遗传了医学基因，对于云集在斯坦福大学附近沙山路（Sand Hill Road）上的风险投资家而言，这也许就是事实。[4]

伊丽莎白的母亲诺尔拥有令她自豪的家族背景。她的父亲是西点军校的毕业生，1970 年代初，作为五角大楼的一名高阶官员，他策划并落实了军队从征兵制到全志愿兵役制的转变。[5]达厄斯特家族的先祖可以一直追溯到达乌元帅（maréchal Davout）——拿破仑的最高战地将领之一。

但还是伊丽莎白父亲家族的成就最为耀目，最能激发人们的想象。克里斯·霍姆斯尽力教导女儿，不仅让她知道家族先辈取得的巨大成功，也告诉她家族后来几代人遭受的失败。他的父亲和祖父都过着铺张且不断犯错的生活，在一次次婚姻中折腾，与酗酒反复斗争。克里斯指责他们挥霍了家族的财富。

多年以后，伊丽莎白在一次采访中会这样告诉《纽约客》：“伴随着我成长的那些故事都是关于伟大的人的，还有一些，讲的是人们决定不把自己的生命用在明确的目的上，还有当他们做出这样的选择后发生的事——对个性和生活质量产生的影响。”[6]

伊丽莎白童年是在华盛顿特区度过的，她的父亲在那里任职于政府机构，从美国国务院到国际开发署做过一系列工作。她的母亲在国会山担任助理，因为要抚养伊丽莎白和她的弟弟克里斯蒂安才中断了

---

① Ken Auletta, “Blood, Simpler”, *New Yorker*, December 15, 2014.

② P. Christiaan Klieger, *The Fleischmann Yeast Family* (Charleston: Arcadia Publishing, 2004), 9.

③ 同上，第 49 页。

④ Sally Smith Hughes 为口述史“*Early Bay Area Venture Capitalists: Shaping the Economic and Business Landscape*”对唐纳德·L. 卢卡斯（Donald L. Lucas）所做的采访，班克罗夫特图书馆，加州大学伯克利分校，2010 年。

⑤ Obituary of George Arlington Daoust Jr., *Washington Post*, October 8, 2004.

⑥ Ken Auletta, “Blood, Simpler”.

自己的事业。

夏天的时候，诺尔会带着孩子们去佛罗里达的博卡拉顿（Boca Raton），伊丽莎白的姨妈伊丽莎白和姨父罗恩·迪亚茨在那里有一套公寓，可以看到近岸水道（the Intracoastal Waterway）的美景。他们的儿子大卫比伊丽莎白小 3 岁半，比克里斯蒂安小 1 岁半。

这些表亲睡在公寓地板的泡沫床垫上，早晨的时候冲向海滩去游泳，下午则玩大富翁游戏消磨时光。大多数时候都是伊丽莎白领先，这时她会坚持玩到残酷的终局，尽可能地累积房子和旅馆，让大卫和克里斯蒂安破产。偶然输掉游戏的时候，她会怒气冲冲地离开，而且不止一次穿过公寓前门的帘子直接跑掉。那是她强烈好胜的早期迹象。

高中时代，伊丽莎白并不是个受欢迎的人。那个时候，她父亲接受了天纳克集团公司（Tenneco）的工作，把家搬到了休斯敦。霍姆斯家的孩子进入休斯敦最有名的私立学校圣约翰。十几岁的伊丽莎白身材瘦长，有一双蓝色的大眼睛，为了适应环境，她漂染了自己的头发，也受着饮食失调症①的折磨。

高二那年，她全身心地投入功课之中，常常学习到深夜，成了一名全 A 优等生。这是一个贯彻终身的模式的起点：努力工作，少睡觉。学业上精益求精的同时，她也设法在社交活动中有所斩获，并开始与休斯敦一位颇有声望的整形外科医生的儿子约会。他们一起去了纽约，在时报广场迎接新千年的到来。

随着上大学的日子的临近，伊丽莎白将目光投向了斯坦福。对于一个对科学和计算机感兴趣、梦想成为企业家的优等生来说，斯坦福是个显而易见的选择。这所由铁路大亨利兰·斯坦福在 19 世纪末创建的小小农学院已经与硅谷有着难解难分的关联。此时互联网热潮方兴未艾，其中有一些最大的明星——例如雅虎——就是在斯坦福的校

① 主要有厌食和贪食两种。——译者

园里创建的。在伊丽莎白高三那年，两名斯坦福的博士生以一家很小的初创公司开始受人关注，它的名字叫谷歌。

伊丽莎白已经对斯坦福非常了解。1980 年代末到 1990 年代初，她家在离斯坦福校园只有几英里远的加州伍德赛德（Woodside）住了好几年。在那儿，伊丽莎白与隔壁的一个女孩成了朋友，她的名字叫杰西·德雷珀。杰西的父亲是蒂姆·德雷珀，第三代风险投资家，他即将成为硅谷最成功的初创企业投资人之一。

伊丽莎白与斯坦福还有另一重联系：中文。她的父亲因为工作原因，去过中国很多次，他认定自己的孩子应当学会普通话，于是他和诺尔请了一名家教，每周六上午到他们在休斯敦的家里上课。高中上到一半的时候，伊丽莎白以其语言能力进入了斯坦福的暑期普通话培训项目。①该项目原本只面向大学生，但她流畅的普通话给项目主管留下深刻印象，后者破格收下了她。头五个星期在斯坦福大学位于帕洛阿尔托（Palo Alto）的校园里上课，随后四个星期的辅导是在北京。

2002 年春天，伊丽莎白被斯坦福大学录取，并获得总统奖学金，这是一项授予尖子生的荣誉，她得到 3000 美元，可以用来探究自己选择的任何知识领域。

她的父亲灌输给她的理念是——她应当过一种有目的的生活。②在他的公职生涯中，克里斯·霍姆斯曾负责过人道主义行动，比如 1980 年代的马列尔偷渡事件（Mariel boatlift）③——让超过 10 万名古巴人和海地人移民美国。家里到处都是他在饱受战乱困扰的国家

---

① Ken Auletta, "Blood, Simpler".

② Roger Parloff, "This CEO Is Out for Blood," *Fortune*, June 12, 2014.

③ 1980 年 4 月，数千名古巴人前往秘鲁大使馆寻求政治庇护，卡斯特罗为阻止动乱，开放了哈瓦那西部的马列尔港任居民离开。从 4 月到 10 月，约 12.5 万名古巴移民越过佛罗里达海峡来到美国，严重影响了美国移民和安置设施的应对能力。时任美国总统卡特最终与古巴政府达成协议，终止了后续的偷渡。——译者

提供灾难救济的照片。伊丽莎白从中接收到的信息是，如果想在这个世界上真正留下自己的印记，光变得富有不够，还要取得能够促进更大的善的成就。①生物科技让她看到了两者兼得的前景。她选择学习化学工程，这个领域提供了一条通向生物科技行业的自然途径。

斯坦福大学化学工程系的门面是钱宁·罗伯逊。魅力十足、英俊而风趣的罗伯逊自 1970 年代起就在斯坦福任教，有一种罕见的善于和学生沟通的能力。他也是该系教职员中最时髦的，顶着一头浅金色头发，穿着皮夹克出现在教室，让 59 岁的他看起来比实际年龄年轻 10 岁。

伊丽莎白去上了罗伯逊的化学工程导论课，还有他讲授关于受控药物输送设备的研讨班。她还说服罗伯逊让她在他的实验室里帮忙。他同意了，让一名博士研究生带她，此人正在研究的一个项目是寻找可添加在洗衣粉中的最好的酶。

除了花大量时间泡在实验室里，伊丽莎白也积极参加社交生活。她参加了各种校园社团，跟一个叫作 JT.巴特森的二年级学生约会。巴特森来自佐治亚州的一个小镇，被伊丽莎白的光鲜和老练迷住了，但他也发现伊丽莎白对人有所保留。“她不太愿意什么都跟你分享，”他回忆说，“她处事小心谨慎。”

第一学期的寒假，伊丽莎白回到了休斯敦，与父母以及从印第安纳波利斯飞来的迪亚茨一家欢度假期。大学才上了几个月，她就已经萌生了辍学的念头。在圣诞节的晚宴上，她的父亲将一架纸折的飞机飞到她坐的餐桌那头，两边的机翼上写着字母“P.H.D”。

据在场的一位家庭成员回忆说，伊丽莎白的反应相当直接：“不，爸爸，我不想拿博士学位。我想赚钱。”

那年春天的某一天，她出现在巴特森的宿舍门口，告诉他，她不

---

① Rachel Crane, “She’s America’s Youngest Female Billionaire—and a Dropout,” CNNMoney website, October 16, 2014.

能再跟他约会了，因为她要创立一家公司，得将所有的时间都奉献给它。从未被人甩过的巴特森目瞪口呆，但他始终记得，伊丽莎白给出的奇特理由多少缓解了被分手带来的痛苦。

直到那年秋天，伊丽莎白才真正从斯坦福辍学，那是在她从新加坡基因组研究院暑期实习归来之后。2003 年上半年，亚洲有一种此前未知的病毒肆虐，被称为严重急性呼吸综合征（SARS），伊丽莎白整个夏天都在检测病患样本，那是通过老式落后的科技手段如注射器或鼻腔拭子获得的。这一经历令她相信必然有更好的方式。[①]

回到休斯敦的家，她在自己的电脑前坐了 5 天，每晚只睡一两个小时，吃饭也是母亲把餐盘端到她手边。借鉴她在实习期间和罗伯逊的课堂上学到的新技术，她申请了一项专利：一种手臂贴片，它将在诊断疾病的同时进行治疗。[②]

伊丽莎白的母亲开车带她从得克萨斯去加州，开始她的第二学年，而她在车上睡着了。一回到校园，她就向罗伯逊和肖纳克·罗伊——她在罗伯逊的实验室跟的那名博士生——展示了她提出的专利。

多年后在法庭上作证时，罗伯逊回忆起自己惊讶于她的创造力的那一刻："她拥有某种能力，能把科学、工程学、技术的碎片以各种我从未想到过的方式综合在一起。"他也被伊丽莎白坚持自己想法的进取心和决心所打动。"在我教过的数千学生中，从未有人像她那样，"他说，"我鼓励她走出去，追寻自己的梦想。"[③]

肖纳克更多持怀疑态度。成长于芝加哥一个印度移民家庭的他，与硅谷的光怪陆离相去甚远，他觉得自己非常务实，接地气。对他而言，伊丽莎白的概念似乎有点遥不可及。但他被罗伯逊的热情冲昏了

---

① Roger Parloff, "This CEO Is Out for Blood," *Fortune*, June 12, 2014.

② 同上。

③ *Theranosm, Inc. and Elizabeth Holmes v. Fuisz Pharma LLC, Richard C. Fuisz and Joseph M. Fuisz*, No.5: 11-cv-05236-PSG, U.S. District Court in San Jose, trial transcript, March 13, 2014, 122–23.

头脑，被创立一家企业的想法迷住了。

伊丽莎白起草开公司的书面材料时，肖纳克完成了获得学位所需的最后一个学期的工作。2004 年 5 月，他加入这家初创公司，成为第一个雇员，并获得了一小部分股权。而罗伯逊则以顾问身份加入了公司的董事会。

一开始，伊丽莎白和肖纳克在伯林格姆（Burlingame）的一个小办公室窝了几个月，直到他们找到更大的地方。新地方毫不起眼。尽管其地址从技术上讲属于门洛帕克（Menlo Park），但它实际上位于东帕洛阿尔托边缘的一个荒芜的工业区内，时不时还能听到枪声。一天早晨，伊丽莎白出现在办公室的时候，头发上有玻璃渣。有人向她的车开枪，打碎了驾驶员一侧的窗户玻璃，子弹离她的头只差毫厘。

伊丽莎白给公司取名为 Real-Time Cures（实时治疗），但在初期开给雇员的工资支票上被错印成了 Real-Time Curses（实时诅咒）。后来，她将公司改名为希拉洛斯（Theranos），是由治疗（therapy）和诊断（diagnosis）两个词拼合而成。

为了筹集所需的资金，她动用了自己的家族关系。[①]她说服了少年时代的朋友、从前的邻居杰西·德雷珀的父亲蒂姆·德雷珀投资 100 万美元。德雷珀这个姓很有分量，让伊丽莎白有了一些可信度：蒂姆的祖父 1950 年代末建立了硅谷的第一家风险投资公司，蒂姆自己的公司 DFJ 以对多家公司的早期投资获利颇丰而闻名，例如投资基于互联网的电子邮件服务商 Hotmail。[②]

另一个使她获得大额投资的家族关系，是她父亲的一位老朋友，已经退休的公司重组专家维克多·帕尔米耶里。两人相识于 1970 年

① Sheelah Kolhatkar and Caroline Chen, "Can Elizabeth Holmes Save Her Unicorn?" *Bloomberg Businessweek*, December 10, 2015.

② Danielle Sacks, "Can VCs Be Bred? Meet the New Generation in Silicon Valley's Draper Dynasty," *Fast Company*, June 14, 2012.

代后期，当时克里斯·霍姆斯在卡特政府的国务院任职，帕尔米耶里则担任国务院难民事务全权大使。

伊丽莎白打动德雷珀和帕尔米耶里之处，在于她生气勃勃的精力，以及将纳米技术和微技术原理应用于诊断领域的视野。在一份用来招募投资者的 26 页文件中，她描述了一种可以用微针从皮下无痛取血的贴片。①文件中称其为 TheraPatch，它包含一个微型芯片感应系统，会分析血液并对要输送多少药物进行“过程控制决策”。贴片还会以无线方式将其读数传送给病人的医生。这份文件包括该贴片及其各组成部分的彩色图表。

这种说辞并不是每个人都买账。2004 年 7 月的一个早晨，伊丽莎白去见了一家专注于医疗技术投资的风险资本公司 MedVenture Associates。②会议桌对面坐着该公司的 5 位合伙人，她语速很快，以宏大的术语谈及她的技术将给人类带来的变化。但是，MedVenture Associates 的合伙人要求了解她的微型芯片系统的更多细节，以及它与一家名为爱贝斯（Abaxis）的公司已经开发并商业化的产品有何区别。伊丽莎白明显慌张失措起来，会议气氛变得尴尬。她未能回答合伙人探询的技术问题，大约一小时后站起身，气冲冲地离去。

MedVenture Associates 并不是唯一一家拒绝这位 19 岁大学辍学生的风险资本公司。③但这并没有阻止伊丽莎白的脚步，到 2004 年底，她从一堆投资者那里总共筹集了 600 万美元。除了德雷珀和帕尔米耶里，她还从上了年纪的风险投资人约翰·布莱恩、房地产和私人股本投资者斯蒂芬·L. 芬贝格那里获得了投资，后者也是休斯敦的 MD 安德森癌症中心的董事会成员。④她还说服了斯坦福一个叫迈克尔·张的同学投资，此人的家族控制着台湾高科技设备经销的数十亿美元

① 希拉洛斯公司的机密文件，2004 年 12 月。

② John Carreyrou, “Theranos, Many Strategies and Snags,” *Wall Street Journal*, December 27, 2015.

③ VC Experts 公司关于希拉洛斯公司的报告。

④ “Theranos: A presentation for Investors,” June 1, 2006.

生意。霍姆斯家族的多位远亲，包括诺尔·霍姆斯的妹妹伊丽莎白·迪亚茨，也凑了钱。

随着钱源源不断地流入，肖纳克越来越觉得，一个小贴片就能做伊丽莎白想让它做的所有事，几近于科幻小说。理论上也许是可能的，就像载人火星飞行理论上存在可能一样。但细节决定成败。为了让贴片的想法更具可行性，他们削减了其功能，只留下诊断部分，但即使这样难度也是难以想象的。

最终，他们都放弃了贴片的想法，转向了某种类似于糖尿病患者用来监控血糖水平的便携设备的东西。伊丽莎白想要让希拉洛斯的设备跟那些血糖监测仪一样轻便，但她想让设备不仅能测量血液中的糖分，还要测量其他许多物质，这会让它复杂得多，因而也笨重得多。

妥协的结果是一种“检测盒-阅读器”系统，它是微流体和生物化学两大领域的融合。病人要刺破手指取血，得到一个小的血液样本，然后放入看上去像一个加厚信用卡的检测盒中。检测盒将被放入一个更大的称为阅读器的机器中。阅读器内的泵将把血液推过检测盒中的微小通道，进入一个个涂有称为抗体的蛋白质的小孔。在到达小槽的过程中，一个过滤器将把血液中的固体成分——红血球和白血球——从血浆中分离出来，只让血浆通过。当血浆进入并与抗体接触时，化学反应将会产生信号，信号会被阅读器“读取”并转化成测试结果。

伊丽莎白设想将检测盒与阅读器放在病人的家中，这样他们可以定期检测自己的血液。阅读器上的蜂窝天线会把测试结果通过一台中央服务器发送到病人的医生的计算机上。这会使得医生迅速调整病人的用药，而不必等到病人去验血中心或是下次看医生时才进行血液检测。

加入公司 18 个月后，到 2005 年下半年，肖纳克才开始觉得他们有所进展。公司造出了一个原型机，取名为希拉洛斯 1.0，员工也增加到 20 多人。它还有了一个有望迅速获得收入的商业模式：计划将其血液检测技术授权给制药公司使用，以帮助它们在临床测试中发现不良药物反应。

他们的小公司甚至开始获得一些关注。①圣诞节那天，伊丽莎白给员工们发了一封题为“快快乐乐过节”的电子邮件。邮件向他们问好，并且提到她接受了科技杂志《红鲱鱼》（*Red Herring*）的一次访谈。邮件的最后写道：“敬‘硅谷最热门的创业公司’！！！”②

① “Stopping Bad Reactions,” *Red Herring*, December 26, 2005.

② 题为“快快乐乐过节”的电子邮件，是伊丽莎白·霍姆斯在太平洋标准时间2005年12月25日上午9:57发给希拉洛斯的员工的。

第二章
点胶机器人

埃德蒙·顾是在2006年初与伊丽莎白·霍姆斯面谈的，立刻被她徐徐呈现在他面前的未来景象迷住了。

在她描绘的世界中，多亏了希拉洛斯的血液检测技术，个人用药将可以随时细微调整。为了说明她的观点，伊丽莎白以止痛药西乐葆（Celebrex）为例，该药被怀疑会增加心脏病发作和中风的危险。有传言称，制造商辉瑞公司计划将其从市场上撤回。她解释说，有了希拉洛斯的系统，西乐葆的副作用会被根除，使得数百万关节炎患者可以继续服用该药，缓解他们的疼痛。伊丽莎白引用了一个事实，据估计，每年有10万美国人死于不良药物反应。她说希拉洛斯将消除所有这些死亡。这是在不折不扣地挽救生命。

埃德蒙（我们简称他为“埃迪”）感觉自己被对面这个年轻女子深深地吸引，她眼睛一眨不眨地注视着他。他想，伊丽莎白描述的使命令人钦佩。

埃迪是个寡言少语的工程师，在硅谷以擅长故障排除闻名。被复杂工程问题困扰的科技初创公司会叫他去，通常他都能找到解决办法。他出生在香港，十来岁时跟随家人移民加拿大。他说话总是用现在时，这种习惯在母语为中文、将英语当作第二门语言的人当中很常见。

希拉洛斯公司董事会的一位成员最近找到他，让他接手这家初创公司的工程部门。如果接受这份工作，他的任务是将希拉洛斯1.0原型机变成切实可行的产品，让公司可以将其投放市场。在听完伊丽莎白激动人心的话语之后，他决定签约。

没过多久，埃迪便意识到希拉洛斯是他在工程方面遇到的最难啃的骨头。他的经验在电子而非医疗设备上。他接手的原型机事实上无法运作。它更像是伊丽莎白脑海中想法的一个模型。他得把这个模型转变成能运行的设备。

主要困难来自伊丽莎白坚持他们只能使用非常少的血液。她从母亲那里承袭了打针恐惧症；诺尔·霍姆斯只要一看到注射器就会昏过去。伊丽莎白想让希拉洛斯的技术只需指尖刺出的一滴血就能工作。她对这一想法极为执着，在一次招聘会上，有个员工定了好几个泡沫做的假血滴放在希拉洛斯的 logo 旁作为公司展示，让伊丽莎白很不高兴。伊丽莎白认为这些泡沫血滴太大了，不能反映出她所想的微小体积。

她对微型化的痴迷扩展到了检测盒。她想把它放在手掌上，这进一步增加了埃迪工作的复杂程度。他和他的团队花了几个月时间不断革新检测盒的设计，但做出来的产品从未达到要求，即从同一血液样本中获得可靠的、前后一致的检测结果。

他们被允许使用的血液量实在太小，以至于不得不用生理盐水稀释，让量多一点，这使得原本相对常规的化学工作大大增加了难度。

令复杂程度提高的另一个因素在于，流经检测盒的液体不只是血液和生理盐水。当血液到达小孔中时，还需要被称为反应物的化学物质才会发生反应。那些反应物存储在单独的隔层中。

所有这些液体都必须以一丝不苟、精心设计的顺序流经检测盒，因此检测盒中包含小阀门，按照精确的间隔打开和关闭。埃迪和他的工程师们不断调整阀门的设计、时间设定以及不同液体被泵推动通过检测盒的速度。

还有一个问题是防止所有这些液体泄漏以及相互污染。他们试图通过改变检测盒中微型通道的形状、长度和流向来把污染降到最低。他们用食用色素做了无数次试验，看不同的颜色流向哪里，在哪里会产生污染。

这是要将一个复杂的、互联互通的系统压缩在一个很小的空间中。埃迪手下的一个工程师打了个比方：它就像一个橡皮筋构成的网，拉动一根，会不可避免地波及其他好多根。

每个检测盒的制作成本高达 200 美元，却只能用一次。他们每周做数百次测试。伊丽莎白已经买下了一条 200 万美元的自动包装生产线，期待着某天可以开始将它们打包装运，但那一天似乎遥不可及。用完了第一次筹集的 600 万美元，希拉洛斯在第二轮融资中又募集了 900 万美元，以补充资金。①

化学方面的工作由一个生物化学家组成的独立团队在处理。他们与埃迪的团队的合作完全谈不上理想。两者都直接向伊丽莎白汇报，但相互沟通是不鼓励的。伊丽莎白喜欢让信息分门别类，这样只有她完全掌握整个系统的发展。

其结果是，埃迪无法确定他们遇到的问题到底是出自自己负责的微流体，还是与他毫无关系的化学工作。不过，他知道一件事：如果伊丽莎白允许他们用更多的血液，成功的机会会大得多。但她不会听的。

一天晚上，埃迪工作到很晚，伊丽莎白去了他的工作室。她对他们的进展节奏感到不满，想让工程部门每周 7 天、每天 24 小时运转，以加速开发的进度。埃迪认为那不是个好主意。他的团队已经在加班加点了。

他注意到，公司员工的流动率已经非常高，而且不仅是一般员工。高管们似乎也干不了多久。首席财务官亨利·莫斯利某天就消失

① VC Experts 公司关于希拉洛斯公司的报告，2015 年 12 月 28 日完成。

了。办公室里有传言说他盗用资金被抓了。没有人知道真相到底如何，因为他的离开和其他所有人一样，都没有公布，也没有解释。这造成了一种令人焦虑不安的工作氛围：一位同事可能今天还在一起工作，第二天就不见了，而你完全不知道为什么。

埃迪拒绝了伊丽莎白的提议。他告诉她，即使安排轮班，这样连轴转也会将他的工程师们榨干。

“我不在乎。我们可以换人，”伊丽莎白回道，“公司才是最重要的。”

埃迪觉得她不会真的像听上去那样冷酷无情。但她那么专注于达成她的目标，似乎完全不考虑自己的决策是否现实。埃迪注意到她的桌子上有一张剪报，是从最近一份关于希拉洛斯的媒体报道上剪下来的。[①]上面的话出自钱宁·罗伯逊，公司董事会里的斯坦福大学教授。

那话是这样写的：“你开始意识到，你正望着另一个比尔·盖茨或史蒂夫·乔布斯的眼睛。”

那是她为自己设定的高标杆，埃迪想。不过，如果有谁能越过这个标杆，那可能就是这个年轻女子。埃迪从未见过这么发奋图强、冷酷无情的人。她晚上只睡 4 个小时，整天嚼着巧克力裹的咖啡豆，给自己注入咖啡因。他试过劝她多睡会儿，过得更健康一点，但她毫不理睬。

埃迪知道，即使倔强如伊丽莎白，也还是有人能说动的：一个叫桑尼的神秘男人。伊丽莎白多次提到他的名字，足以让埃迪了解到关于他的某些基本信息：他是个巴基斯坦人，比伊丽莎白年长，他们是一对情侣。据说桑尼在 90 年代末卖掉了他参与创建的一家互联网公司，赚了一大笔。

桑尼没在希拉洛斯公司露过面，但在伊丽莎白的生活中似乎分量很重。2006 年底，在帕洛阿尔托饭店举行的公司圣诞晚会上，伊丽

---

① Rachel Barron, “Drug Diva,” *Red Herring*, December 15, 2006.

莎白喝得太多，没法自己回家，于是她打电话叫桑尼来接。正是那次，埃迪得知他们一起住在几个街区外的一套公寓里。

桑尼并不是唯一一个给伊丽莎白提供建议的年长男人。她每周日与唐[①]·卢卡斯一起吃早午餐，地点在后者位于阿瑟顿（Atherton）的家中，那是帕洛阿尔托北部的超级富人区。她通过卢卡斯认识的拉里·埃里森也能影响她。卢卡斯和埃里森都在希拉洛斯的第二轮融资中投了钱，用硅谷的说法叫作“B轮融资”。[②]埃里森有时候开着他的红色保时捷过来查看自己的投资情况。听到伊丽莎白以“拉里说……”作为开场白是很稀松平常的事。

埃里森也许是世界上最富有的人之一，净资产达250亿美元，但这并不是说他就是理想的楷模。在甲骨文公司初创时，众所周知，他夸大自己的数据库软件功能，发布的各个版本都满是漏洞。[③]但在医疗设备行业你可不能这么做。

我们很难知晓，伊丽莎白运营希拉洛斯的方式有多少是她自己的，有多少是来自埃里森、卢卡斯或桑尼，但有件事很明显：当埃迪拒绝让他的工程师团队7天24小时工作时，伊丽莎白并不开心。他们的关系从那一刻起冷淡下来。

没过多久，埃迪发现伊丽莎白在招募新的工程师，但她没有叫他们去埃迪那里报到。这些人形成了一个单独的团队。一个竞争团队。他突然明白了，伊丽莎白正在挑动他的工程师团队和新的团队彼此对抗，某种企业版的适者生存。

埃迪没时间细想太多，因为还有别的事要他处理：伊丽莎白说服了辉瑞公司，在田纳西州的一个试点项目中尝试使用希拉洛斯的系统。根据协议，希拉洛斯1.0版设备将放置在人们的家中，病人将用

---

① 唐纳德的昵称。——译者

② “Theranos: A presentation for Investors,” June 1, 2006.

③ Mlike Wilson, *The Difference Between God and Larry Ellison* (New York: William Morrow, 1997), 94 - 103.

它每天检测血液。其结果会以无线方式发送到希拉洛斯位于加州的办公室，在那里经过分析，转发给辉瑞。无论如何，他们必须在项目开始前解决所有的问题。伊丽莎白已经定好了去田纳西的日程，开始培训部分病人和医生使用该系统。

2007 年 8 月初，埃迪陪同伊丽莎白前往纳什维尔（Nashville）。桑尼开着他的保时捷到公司接上他们去机场。这是埃迪第一次见到桑尼本人。他们的年龄差距突然变得一目了然，桑尼看上去四十出头，差不多比伊丽莎白大了 20 岁。他们的关系也是一种冷酷的、公事公办的互动。当他们在机场告别时，桑尼没有说“再见”或“旅途愉快”，而是大吼一声：“好了，快去挣钱吧！”

他们来到田纳西后，带来的检测盒与阅读器不能正常运作，于是埃迪不得不在旅馆的床上花了整晚的时间将它们拆开，重新组装。到了早晨，他终于让它们运作良好，能够从当地一家肿瘤医院的两位病人、六名医生和护士那里抽取血液样本。

病人看上去病得很重。埃迪得知，他们因为癌症而奄奄一息。他们正在服用药物，以减缓肿瘤的生长速度，或许能延长几个月的生命。

回到加州后，伊丽莎白声称此行非常成功，并向员工发出了一封欢欣鼓舞的电子邮件。①

“真的非常带劲，”她写道，“病人很快就掌握了我们的系统。见到他们的那一刻，你能感受到他们的恐惧，他们的希望，还有他们的痛楚。”

她补充说，希拉洛斯的员工应当“兜一圈以庆祝胜利”。

埃迪并没有那么乐观。在临床病患研究中使用希拉洛斯 1.0 似乎为时过早，尤其是现在，当他知道该研究涉及晚期癌症患者之后。

① 题为“祝贺”的电子邮件，是伊丽莎白·霍姆斯在太平洋标准时间 2007 年 8 月 8 日上午 11:35 发给希拉洛斯的员工的。

为了排解烦恼，埃迪会在周五晚上和肖纳克一起出去喝啤酒，去的是帕洛阿尔托一家热闹的体育酒吧，叫老手（Old Pro）。化学团队的头加里·弗伦泽尔常常跟他们一起去。

加里来自得克萨斯，是一个友善的老男孩。他喜欢讲自己在牛仔竞技比赛做骑手时候的风光故事。在骨折了好多次之后，他不得不放弃了骑术，好好做个化学家。加里喜欢小道消息，爱开玩笑，引得肖纳克爆发出响亮而尖利的笑声，埃迪从没听过谁笑到如此夸张的地步。这三人因为这些外出活动而关系密切，成了好朋友。

然后有一天，加里再也不去老手酒吧了。埃迪和肖纳克一开始不知道为什么，但他们很快就找到了答案。

2007 年 8 月下旬，希拉洛斯的员工们收到一封电子邮件，让他们到楼上集中开会。公司此时已经发展到 70 多人。每个人都停下了手中的工作，在伊丽莎白位于 2 楼的办公室门前集合。

气氛非常严肃。伊丽莎白眉头紧皱，看上去怒气冲冲。站在她身边的是迈克尔·埃斯基维尔（Michael Esquivel），一位衣着光鲜、语速很快的律师，几个月前他刚刚离开硅谷首屈一指的 Wilson Sonsini Goodrich & Rosati 律师事务所，加入希拉洛斯担任总法律顾问。

大多数时候是埃斯基维尔在发言。他说希拉洛斯正在起诉三位前员工盗窃公司的知识产权。这三人的名字是迈克尔·奥康纳尔、克里斯·托德和约翰·霍华德。霍华德曾负责所有的研究和开发工作，埃迪进来时是他面试的。埃迪接替的是托德的工作，后者领导了 1.0 版原型机的设计。而奥康纳尔参与了 1.0 版检测盒的研制，已在去年夏天离职。

埃斯基维尔下令，任何人今后不得与他们有任何接触，所有的电子邮件和文档必须封存。他将在 Wilson Sonsini Goodrich & Rosati 律师事务所的协助下进行彻底调查，收集证据。然后，他说了一句让一屋子人都感到惊慌的话。

“我们已经请联邦调查局来协助我们处理此案。”

埃迪和肖纳克认为，加里·弗伦泽尔可能是被这一系列事件吓到了。他是克里斯·托德的好朋友，他俩一起在之前的两家公司工作了5年，之后他跟着托德加入了希拉洛斯。托德在2006年7月离开希拉洛斯后，仍与加里常有来往，经常通电话、发电子邮件。伊丽莎白和埃斯基维尔一定是发现了这些事，认为加里在搞事情。他看上去惊慌失措。

肖纳克也与托德交好，因而能够大致拼凑出发生的事。

奥康纳尔是来自斯坦福的纳米科技专业的博士后，他认为自己已经解决了困扰希拉洛斯系统的微流体问题，叫托德跟他一起去开公司。他们给它取了个名字叫Avidnostics。奥康纳尔也跟霍华德讨论过，霍华德提供了一些帮助和建议，但拒绝加入他们的事业。Avidnostics与希拉洛斯非常相似，不过他们计划把设备卖给兽医，理由是一种在动物而不是人类身上进行血液检测的设备会更容易获得监管部门批准。

他们游说了一些风投公司，但没有成功，此时奥康纳尔失去了耐心，发邮件给伊丽莎白，问她是否愿意付费使用他们的技术。

他捅了大娄子。

伊丽莎白一向担心公司专有信息外泄，常常担心到夸张的地步。她不仅要求员工签署保密协议，还要求任何进入希拉洛斯公司办公室或者进行商务往来的人都要签。即使在公司内部，她也保持对信息流动的严格管控。

奥康纳尔的行为证实了她最坏的猜疑。她在几天内做好了打官司的准备工作。2007年8月27日，希拉洛斯向加州最高法院提交了一份14页的起诉书。①起诉书请求法院对三位前员工签发一份临时限制令，指定一位特别专家“确保他们不会使用或披露原告方的

① *Theranos Inc.v. Avidnostics Inc.*, No.1-07-cv-093-047, California Superior Court in Santa Clara, complaint filed on August 27, 2007, 12-14.

商业秘密”，并且对希拉洛斯所受的 5 种不同类型的经济损失予以赔偿。

随后的几个星期乃至几个月里，公司的气氛变得格外压抑。保留文档的电子邮件定期发到员工的收件箱，希拉洛斯进入封闭期。IT 部门主管是一位名叫马特·比塞尔的计算机专家，他采用的安全手段让每个人都觉得自己正被监视。如果没有比塞尔的同意，USB 不得插入公司的电脑。一名这么做的员工被当场抓住并解雇了。

在这出闹剧中，工程师团队之间的竞争加剧了。与埃迪团队竞争的新团队由托尼·纽金特领衔。托尼是个态度生硬、简单直接的爱尔兰人，在计算机配件生产商罗技公司（Logitech）工作过 11 年，其后一度就职于一家名叫 Cholestech 的公司，该公司的产品是希拉洛斯公司想做的东西的简化版，叫做 Cholestech LDX，可以用从指尖采集的少量血液样本进行三项胆固醇检测和一项葡萄糖检测。

托尼初到希拉洛斯时，是 Cholestech 的创始人加里·休伊特带过来的顾问。休伊特担任希拉洛斯的研发副总裁仅 5 个月就被解雇了，托尼接替了他的职位。

刚来希拉洛斯时，休伊特确信微流体学未能在血液诊断中发挥作用是因为血液量太少，无法进行精确的检验。但他根本没时间在替代方案上想太多。这项任务现在落在了托尼身上。

托尼认为，希拉洛斯的价值定位，部分应当在于将化学家在实验室中检测血液的所有步骤自动化。为了实现自动化，托尼需要机器人。但他并不想浪费时间从头开始造机器人，于是他从新泽西州一家叫必升能（Fisnar）的公司订了一个 3000 美元的点胶机器人。它成了希拉洛斯的新系统的核心。

必升能机器人是一个相当初级的机械化装置。它是一只安装在台架上的机械手，可以在三个维度活动：左右、前后、上下。托尼将一支移液器——一种细长的透明管，用于转移或测量少量液体——固定在机器人身上，给它编程，让它按照化学家在实验室里的动作进行操作。

在另一个新招进来的工程师戴夫·尼尔森的帮助下，他终于造出一个更小版本的点胶机器人，可以放入比台式电脑机箱稍宽但略短一些的铝盒里。托尼和戴夫从 1.0 版取来某些组件，比如电路和软件，把它们加入盒子中，使之成为一个新的阅读器。

新的检测盒是一个包含小塑料试管和两个移液器吸头的托盘。跟之前采用微流体技术的检测盒一样，它也是一次性的。你把血液样本放入其中一个试管，把检测盒通过一个向上翻转的小门推入阅读器。阅读器的机械手随后模仿人类化学家的那些步骤进行工作。

首先，它抓取一个移液器吸头，用它吸取血液，把血液与检测盒里其他试管中的稀释剂混合。然后，它抓取另一个移液器吸头，吸取已经稀释的血液。第二个吸头上涂有抗体，这些抗体可以将自己附着在特定的分子微粒上，做成一个微观的三明治。

机器人的最后一步操作是从检测盒中的另一个试管中吸取反应物。当反应物与“微观三明治”发生接触，产生的化学反应就会释放出光信号。阅读器中内置了一个叫光电倍增管的装置，它随后会将光信号转化成电流。

这项检测要测的是血液中的分子聚集度，它可以从电流的强度进行推测，而电流的强度是与光信号的强度成正比的。

这种血液检测技术被称为化学发光免疫分析法（chemiluminescent immunoassay）。（在实验室术语中，“检验”［assay］一词是“血液检测”的同义词。）这种技术并不算新，80 年代初期，卡迪夫大学的一位教授率先使用了这种技术。[1]不过托尼已将其自动化，并内置于一个机器中，尽管这个机器比多士炉大小的希拉洛斯 1.0 版大，但尺寸足以令伊丽莎白将其放置在病人家中的愿景成为可能。而且它只需要

---

① Anthony K. Campbell, “Rainbow Makers,” *Chemistry World*, June 1, 2003.

大约 50 微升血，比伊丽莎白最初坚持的 10 微升要多，但仍可以算作一滴。

到 2007 年 9 月，也就是他开始建造 4 个月后，托尼有了一个可以工作的原型机。它的表现比埃迪·顾仍在公司的另一个角落孜孜不倦研究的系统可靠得多。

托尼问伊丽莎白，想给它取个什么名字。

“我们尝试了其他所有办法，都失败了，所以我们叫它爱迪生吧。”她说。

一些员工不以为然地称作“点胶机器人”的东西，突然成了新的前进方向。而且它现在以美国公认最伟大的发明家命名，有了个受人尊敬的名字。

放弃微流体系统，支持爱迪生设备，考虑到希拉洛斯刚刚提起一场诉讼，保护支撑前者的知识产权，这个决策颇有些滑稽。对于埃迪·顾而言也是个坏消息。

离感恩节还有几个星期的某天上午，埃迪和他的团队被挨个儿叫到会议室。轮到埃迪的时候，托尼、人力资源经理塔拉·兰西奥尼和律师迈克尔·埃斯基维尔通知他，他被解雇了。他们说，公司正朝着新方向前进，而他正在研究的东西不在其列。如果埃迪想要得到离职补偿，他必须签署一份新的保密协议和一份互不诋毁协议。兰西奥尼和埃斯基维尔陪他走到工作区，让他取走一些个人物品，然后将他赶出了这栋楼。

大约一小时后，托尼看了一眼窗外，发现埃迪还站在外面，上衣搭在胳膊上，看上去失魂落魄。原来他那天早晨没有开车上班，不知何去何从。那个时候还没有优步（Uber），于是托尼去找肖纳克——他知道他们是朋友——让其开车送埃迪回家。

两周以后，肖纳克步埃迪的后尘，也离开了公司，不过方式友好得多。爱迪生设备的核心是一个经过改造的点胶机器人，这与伊丽莎白最初向他兜售的崇高愿景相比，是一步相当大的倒退。他也对员工的频繁流动和歇斯底里的法律诉讼感到不安。在待了大约三年半之后，似乎是时候离开了。肖纳克告诉伊丽莎白，他在考虑重回学校，他们同意分道扬镳。她组织了一个办公室派对，欢送他离开。

希拉洛斯的产品可能不再是她所设想的开创性的、代表未来的技术，但伊丽莎白仍然一如既往地全身心投入公司。事实上，她对爱迪生设备是如此的兴奋，迫不及待地把它带出公司去炫耀。托尼对戴夫开玩笑说，他们应该造出两台以后再告诉她。

玩笑归玩笑，托尼对她的轻率有点儿不安。他做过一项基本的安全评估，确保它不会电死人，但那只是程度问题。他甚至不知道该给它贴上什么样的标签。他咨询律师，但律师没给出什么帮助，于是他自己去翻阅美国食品药品监督管理局（FDA）的规章，最终觉得，“仅供研究使用”的标签可能是最合适的。

这并不是一件已完成的产品，不应当给任何人留下它是个完成品的印象，托尼想。

第三章
苹果情结

对于一位在硅谷心脏地带开公司的年轻企业家来说，很难摆脱史蒂夫·乔布斯的阴影。到 2007 年，这位苹果公司的创始人已经在科技界和美国社会铸就了自己的传奇，通过 iMac 电脑、iPod 音乐播放器和 iTunes 音乐商店，带领这家计算机制造商涅槃重生。那年 1 月，他在旧金山的 Macworld 大会上，当着欢天喜地的观众的面，发布了自己最新、最重磅的惊世之作：iPhone 手机。[①]

任何人与伊丽莎白待上一段时间，就会发现她对乔布斯和苹果公司的崇拜。她喜欢将希拉洛斯公司的血液检测系统称作“医疗保健版 iPod”，并且预言，就像苹果产品无所不在一样，她的产品有一天也将遍布美国的每一个家庭。

2007 年夏天，她对苹果公司的崇拜又进了一步：招募了多位苹果员工进入希拉洛斯。其中一位名叫安娜·阿里奥拉，参与过 iPhone 的产品设计。[②]

安娜第一次与伊丽莎白见面是在科帕咖啡馆，那是帕洛阿尔托一家很时髦的咖啡和三明治店，已经成了她在办公室之外最喜欢流连的地方。在向安娜灌输了一通她的背景，讲了她的多次亚洲之行之后，伊丽莎白告诉安娜，她设想通过希拉洛斯的血液检测技术为每个人绘制一张疾病地图。公司将通过数学模型处理血液数据，预测肿瘤的演变，从而能够对癌症等疾病进行逆向干预。

对于像安娜这样的医学外行而言，这听上去太感人了，仿佛世界即将因此改变，而伊丽莎白似乎才华横溢。但如果安娜加入希拉洛斯，就要放弃 1.5 万股苹果公司的股份，因此她想听听她妻子科瑞恩的意见。她约了伊丽莎白在帕洛阿尔托再次面谈，这次有科瑞恩在场。伊丽莎白也给科瑞恩留下了深刻的印象，安娜的一切犹豫都没了。

安娜加入了希拉洛斯，担任首席设计架构师。这个职位最主要是负责爱迪生设备的整体外观和感觉。伊丽莎白想让这台机器有个类似于 iPhone 的软件触屏，以及一个光滑的外壳。她要求外壳应该有两种颜色，按对角线分割，就像最早的 iMac 一样。但跟第一台 iMac 不一样，它不能是透明的。它得把机械手以及爱迪生设备的其他内部构件藏起来。

她把外壳设计外包给了伊夫·贝哈尔，这位瑞士出生的工业设计师在硅谷的声名仅次于苹果公司的乔尼·艾维。贝哈尔提出了一个优雅的黑白两色设计方案，但事实证明很难造出来。托尼·纽金特和戴夫·尼尔森花了无数的时间给金属薄片塑模，努力做成他们想要的样子。

外壳无法盖住机械臂发出的噪音，但安娜是满意的，至少伊丽莎白出去演示的时候，它是拿得出手的。

安娜觉得伊丽莎白自己也可以改造一番。伊丽莎白的穿着打扮绝对谈不上时尚。她穿着宽松的灰色套装和圣诞节毛衣，让她看上去像一个邋遢的会计。她周围的人，比如钱宁·罗伯逊和唐·卢卡斯，都开始拿她和史蒂夫·乔布斯比较。安娜告诉伊丽莎白，如果是这样，她的穿着也应该配得上这种比较。伊丽莎白将她的建议记在了心里。从此以后，大多数时候她都穿着黑色的高翻领毛衣和黑色的便裤去上班。

安娜很快有了伴——贾斯汀·麦克斯韦尔与迈克·鲍尔勒，新招

---

① John Markoff, "Apple Introduces Innovative Cellphone," *New York Times*, January 9, 2007.

② 安娜原为男子，名叫乔治。在去希拉洛斯工作后，变性为女。

进来的这两人从事爱迪生设备的软件设计以及该系统其他与病人交互部分的设计，例如检测盒的包装等。安娜与贾斯汀在苹果公司共事过，迈克的女朋友与他们曾是同事，因而也通过她认识了迈克。从苹果公司跳槽过来的这些人用不了多久就发现，伊丽莎白和希拉洛斯都有怪癖。安娜每天早晨到得很早，7点半与伊丽莎白碰面，汇报她在设计上的最新情况。当安娜把车停进车位的时候，她会发现伊丽莎白在自己的黑色英菲尼迪SUV里大声播放嘻哈音乐，挑染了几缕的金发狂野地甩动着。

一天，贾斯汀走进伊丽莎白的办公室，向她汇报一个项目的最新情况，伊丽莎白兴奋地向他示意，说要给他看样东西。她指着桌上一个9英寸长的金属镇纸，那上面刻着一句话："如果知道你自己绝不会败，你会做什么？"她调整镇纸的位置，让文字面向自己，显然觉得这句话令人振奋。

有个心怀理想主义的老板并不是坏事，但在希拉洛斯工作的其他一些方面不那么愉快。其中之一，就是每天不得不和IT部门的头头马特·比塞尔及其跟班内森·洛茨作斗争。比塞尔和洛茨设计的公司计算机网，是将信息分割成一个个孤岛，阻碍员工之间和部门之间进行沟通。你甚至不能与共事者之间发送即时信息。聊天的端口是被封闭的。所有一切都是以保护专有信息和商业秘密的名义，但最终的结果是耗费时间且工作效率低下。

情况令人极为沮丧，有一天晚上，贾斯汀待到很晚，给安娜写了一封长长的邮件谈论这个问题。

"我们已经忘记了自己的商业目标。这个公司是打算'把一群人关在屋子里，防止他们做违法的事'，还是想'和最优秀的人一起，尽快做出些了不起的事'？"他愤怒地写道。[1]

---

① 贾斯汀·麦克斯韦尔发给安娜·阿里奥拉的电子邮件，题为"IT"，2007年9月20日凌晨时分。

贾斯汀和迈克也明显地感觉到比塞尔和洛茨在监控他们，把发现的情况报告给伊丽莎白。IT 部门总是想知道他们在计算机上运行的是什么程序，有时又友好得令人生疑，感觉就像是试图诱人说出什么煽动性的谣言。不仅是 IT 部门的家伙在窥伺。伊丽莎白的行政助理们也会在 Facebook 上加员工为好友，把他们发的帖子报告给她。

其中一名行政助理一直在跟踪员工的上下班时间，以便伊丽莎白确切地知道每个人工作了多长时间。为了诱使大家加班，她每天提供晚餐。食物常常要到 8 点或 8 点半才能送到，那意味着你走出办公室时最早也要 10 点了。

当希拉洛斯的董事会召开每季度的例行会议时，气氛变得尤为奇怪。员工们被要求表现出很忙的样子，当董事会成员步行穿过办公区域时，不得与他们有目光接触。伊丽莎白把他们引进一个装了大玻璃的会议室，拉下百叶窗，让人感觉像是中央情报局的特工在与一名卧底秘密碰头。

一天晚上，安娜开车顺路带贾斯汀和工程师艾伦·摩尔回旧金山。艾伦在一份行业出版物上看到一则招聘小广告后，放弃了自己在麻省理工学院的微流体学博士学业，于 2006 年 9 月进入希拉洛斯工作。到安娜和贾斯汀入职时，他已经在公司工作了差不多一年。艾伦非常聪明，在斯坦福念的本科，麻省理工学院念的硕士，但他有些玩世不恭。他来自俄勒冈州的波特兰，一副波特兰嬉皮士的样子：又长又乱的头发，三天没刮过的胡子，还戴耳环。他也很风趣，所有这些让他成了希拉洛斯的苹果旧将们喜欢的人。

安娜、贾斯汀和艾伦都住在旧金山，每天开车或者坐地铁上班。那天晚上他们坐安娜的普锐斯回家，堵在车流之中时，艾伦向他的新同事发了一通牢骚。怕他们还没发现，艾伦告诉他们，希拉洛斯不停地炒人。安娜和贾斯汀当然已经注意到了。埃迪·顾刚刚被解雇。除了埃迪之外，还有 20 人丢掉了工作。事情发生得太快，埃迪落下了一大堆工作用的工具，包括一套非常好的 X-Acto 牌①精密刀具，被贾斯汀从一个废物篮里找了出来，据为己有。

艾伦提到，对田纳西州那些癌症病人进行的研究令他感到困惑。他们从未能让微流体系统正常工作，当然更不足以在活生生的病人身上使用，然而伊丽莎白仍坚持推动研究。转向托尼制造的新机器是个进步，但艾伦觉得，新机器的表现仍然不够好。工程师团队和化学家团队之间缺乏沟通。两者都对各自负责的系统进行了测试，但没人进行整个系统的测试。

安娜越听越感到不安。她以为如果希拉洛斯的血液检测技术即将用在病人身上，那么它已经是完美的了。现在艾伦告诉她，这项技术在很大程度上还有待改进。安娜知道田纳西州的研究涉及生命即将终结的癌症病人。想到他们也许被当作小白鼠来测试一项有缺陷的医疗设备，她也感到不安。

有一点是安娜和艾伦不知道的，这一点可能会在一定程度上缓解他们的焦虑，那就是希拉洛斯从癌症病人的血液中获取的检验结果不会用以改变对他们的治疗方式。它们只被用于研究目的，帮助辉瑞公司评估希拉洛斯的技术的有效性。但希拉洛斯的大部分员工都不清楚这一点，因为伊丽莎白从未向他们解释过这项研究的条款。

第二天早晨，安娜联系了介绍她到希拉洛斯工作的人——她在苹果公司时的同事艾维·特维尼安。艾维是希拉洛斯的董事会成员。几个月前，他向安娜伸出橄榄枝，安排她与伊丽莎白会面。安娜与艾维在洛斯阿尔托斯（Los Altos）的一家皮爷咖啡店碰面，说了她从艾伦·摩尔那里了解到的事。她担心希拉洛斯对田纳西州的研究超越了道德底线。艾维专注地听着，然后告诉安娜，他自己也对这个公司产生了怀疑。

① 美国知名刀具品牌。——译者

艾维是史蒂夫·乔布斯认识时间最久、关系最近的朋友之一。[①]他们曾一起在NeXT软件公司工作，那是80年代中期乔布斯被赶出苹果公司后创办的。乔布斯在1997年返回苹果公司时，把艾维带了过去，让他负责软件工程部门。在辛苦工作10年之后，艾维宣布退出。他赚了很多钱，多到不知道该拿这些钱怎么办，想多花点时间陪伴妻子和两个孩子。退休几个月后，一个为希拉洛斯寻找新董事的猎头找上了他。

跟安娜一样，艾维第一次见到伊丽莎白也是在科帕咖啡馆。她看起来光彩照人，对自己所做的事情充满激情，正好就是你想在一位企业家身上看到的特质。当艾维主动提到自己在苹果公司学到的一些管理智慧时，她听得两眼放光。他与乔布斯的长期合作似乎特别吸引她。这次碰面后，艾维同意加入希拉洛斯的董事会，并在2006年下半年的募资中购买了150万美元的公司股份。

艾维参加的头两次董事会会议相对平安无事，但到了第三次，他开始注意到一种模式。伊丽莎白会拿出乐观的不断增长的收入预测，根据就是她所说的希拉洛斯与制药企业正在洽谈的交易，但这些收入从没有兑现过。艾维成为董事后不久，首席财务官亨利·莫斯利被解雇，但这于事无补。在他参加的上一次董事会会议上，艾维针对与制药企业的交易提出了很多尖锐的问题，但被告知这些交易仍处于法律审查中。当他要求查看合同时，伊丽莎白说她手头没有现成的副本。

还有就是产品发布的一再推迟，而对于需要做出什么调整的解释一直在变。艾维没有假装自己懂得血液检测的学问；他的专长是软件。但是如果像他被告知的那样，希拉洛斯的系统已经处在最后的微调阶段，怎么可能每个季度都有一个完全不同的技术问题成为推迟的理由？他觉得，这听上去不像一个即将面世的产品。

① Walter Isaacson, Steve Jobs (New York: Simon & Schuster, 2011), 259, 300, 308.

2007 年 10 月底，他参加了董事会薪酬委员会的一次会议。董事会主席唐·卢卡斯告诉委员会成员，伊丽莎白出于税务规划的目的，打算建一个基金会，想让委员会同意特别捐赠一批股票给基金会。艾维注意到，唐对伊丽莎白有多溺爱。这个老人把她看成孙女一样。唐是个发福的白发绅士，喜欢戴宽边帽，他已过了 75 岁，属于老一代的风险投资家，这一代人把风险投资当成了私人俱乐部。他培养出了拉里·埃里森这个著名企业家。在伊丽莎白身上，他显然觉得自己又发现了一个埃里森。

然而艾维认为伊丽莎白所想的并非好的公司治理之道。既然她会掌控基金会，当然也会控制与其绑在一起的新股票的投票权，这将增加她有投票权的股份总额。艾维觉得，给予创始人更多权力并不符合其他股东的利益。他投了反对票。

两个星期后，他接到唐的一个电话，问他是否可以碰个面。艾维驱车来到这位老人在沙山路上的办公室。到了之后，唐告诉他，伊丽莎白真的非常恼火。她觉得他在董事会会议上的行为很令人不快，认为他不应当再留在董事会。唐问他是否愿意辞职。艾维感到惊讶。他只不过是在履行作为董事的职责，提出问题是其中之一。唐表示同意，说他认为艾维做得很好。艾维告诉唐，他要花几天时间好好考虑一下。

回到位于帕拉阿尔托的家里后，他决定回头查查他作为董事会成员得到的关于前几年情况的所有文件，包括他在购买股份之前收到的投资材料。反复读过之后，他意识到，一年时间里，关于这家公司的每一件事都发生了改变，包括伊丽莎白的整个管理团队。唐应当看看这些，他想。

与此同时，安娜·阿里奥拉越来越坐立不安。安娜生性容易激动，她说话语速很快，行动起来总是像风一样。大多数时候，这是一种正能量，在她的工作中发挥了巨大的作用。但有时候它也会变成压力、焦虑以及情绪化。

一起喝过咖啡后，她与艾维保持联系，并且从苹果公司的老同事那里了解到，伊丽莎白想要艾维退出董事会。她不知道是什么造成了他们的失和，但这显然不是好事。

安娜自己与伊丽莎白的关系也在恶化。伊丽莎白不喜欢别人对她说不，而安娜在多个场合这么做过，都是在她发现伊丽莎白提出的要求不近情理的时候。她也因伊丽莎白的严防死守而备受折磨。对于这家小公司，一名设计师可能不像工程师或者化学家那么重要，但她仍然需要处于信息回路之中，了解产品的进度，以便做好自己的工作。然而伊丽莎白始终将安娜算作“需要你知道的才让你知道”的那类人。

在他们的一次晨会上，安娜用她从艾伦·摩尔那里了解到的关于希拉洛斯系统的问题质问伊丽莎白。如果他们还在研究这项技术中的问题，那么暂停田纳西州的研究并集中精力先解决问题不是更好吗？她对伊丽莎白说，一旦机器能够可靠地运作，他们可以立即重启项目。

伊丽莎白一口回绝了这个主意。她说，辉瑞和其他所有大型药企都想要她的血液检测系统，希拉洛斯将成为一家伟大的公司。如果安娜觉得不开心，那么也许她应当反思，这里是不是适合她的地方。

“仔细想想，然后告诉我你想怎么做。”她说。

安娜回到座位上，内心煎熬了几个小时。她无法摆脱那个想法：田纳西州的研究项目是一件不应该做的事。伊丽莎白想让艾维离开董事会的事也令人不安。安娜信任艾维，把他当作朋友。如果艾维和伊丽莎白发生争执，她会选择站在艾维这边。

下午 3 点左右，安娜做出了决定。她写了一封简短的辞职信，打印了两份，一份给伊丽莎白，一份给人力资源部。伊丽莎白当时外出了，不在办公室，所以她从门缝底下把信塞了进去。离开时，她迅速敲了一封电子邮件给伊丽莎白，让她知道在哪里可以找到辞职信。①

伊丽莎白 30 分钟后回了邮件，让安娜打她手机。②安娜没有理会。她与希拉洛斯彻底结束了。

唐·卢卡斯不用电子邮件。多年来，他经历了太多法律诉讼，包括 1990 年代初一波针对甲骨文公司的集体诉讼，所以不喜欢这种留下电子痕迹的东西，担心哪一天会在法庭上被人用来对付他。如果艾维想让唐看看他的发现，就得当面拿给他看。他联系了唐的两位助理，安排再次会面。

在约定的那天，艾维去了唐的办公室，带去了他作为希拉洛斯的董事获得的所有文件，厚厚一摞复印件，大概有几百页。他告诉唐，放在一起看，这些文件呈现出一系列无法自圆其说的矛盾。董事会这样是有问题的，他说。希拉洛斯也许可以重新步入正轨，但用伊丽莎白现在的管理方式是做不到的。他建议他们引入某种更成熟的监管。

"好吧，我想你应该辞职。"唐回道。接着他又补充了一句："你打算怎么处理那堆文件？"

艾维大吃一惊。唐甚至都没兴趣听他把话说完。这位老人似乎只关心一件事：他是否想把事态升级到提交董事会全体讨论。在脑海中盘算了一下形势之后，艾维决定退出。他从苹果公司退休是有原因的。没有必要把事态激化。

"好，我会辞职，所有这些材料我都留给你。"他说。

艾维起身准备离开，这时唐说还有其他事情需要讨论。希拉洛斯的第一名员工、事实上的联合创始人肖纳克·罗伊即将离开公司，要把大部分创始人股份卖回给伊丽莎白。她需要董事会放弃公司回购股

---

① 安娜·阿里奥拉发给伊丽莎白·霍姆斯和塔拉·兰西奥尼的电子邮件，太平洋标准时间 2007 年 11 月 15 日下午 2: 57。

② 伊丽莎白·霍姆斯发给安娜·阿里奥拉的电子邮件，太平洋标准时间 2007 年 11 月 15 日下午 3: 27。

份的权利。艾维觉得这主意不好，但他告诉唐，由于他即将辞职，董事会可以无需他参加，直接进行表决。

“还有一件事，艾维，”唐说，“我需要你放弃购买那些股份的权利。”

艾维有点被惹毛了。在这么多事情上叫他忍让。他告诉唐，叫希拉洛斯的总法律顾问迈克尔·埃斯基维尔把所需要的文件发给他。他会对文件进行评估，但不会做出任何承诺。

文件送到后，艾维仔细阅读并得出结论，如果公司放弃回购肖纳克股份的权利，他和其他股东完全有权购买其中部分股份。他还注意到，伊丽莎白谈妥了一笔私下交易：肖纳克愿意以 56.5 万美元的价格放弃他的 113 万股。[①]折算下来是 50 美分一股，这比他和其他股东在一年多前希拉洛斯的上一轮融资中支付的价格折价了 82%。跌一点情有可原，因为艾维的股份是优先股[②]，对公司的资产和收益有更高的索取权，而肖纳克的股份是普通股，但折价这么多真是闻所未闻。

艾维决定行使他的权利，他告诉埃斯基维尔，他想要获得自己有权得到的相应比例的肖纳克股份。这个要求没有得到很好的响应。两人之间剑拔弩张的电子邮件一直持续到圣诞节期间。

圣诞夜晚上 11 点 17 分，埃斯基维尔给艾维发了一封电子邮件，谴责他的“恶意”行为，并警告他希拉洛斯正在认真考虑要不要起诉他作为董事会成员破坏信义义务（fiduciary duties）并公开诋毁公司。[③]

艾维大为惊愕。不仅因为他从未做过这种事，还因为他在硅谷那

① 迈克尔·埃斯基维尔发给艾维·特维尼安的电子邮件，题为“回复：弃权及辞职信”，太平洋标准时间 2007 年 12 月 23 日中午 12:41。

② preferred share，一种股份权益形式，持有者先于普通股股东享受分红，通常为固定股利。优先股收益不受公司经营业绩的影响。——译者

③ 迈克尔·埃斯基维尔发给艾维·特维尼安的电子邮件，题为“回复：弃权及辞职信”，太平洋标准时间 2007 年 12 月 24 日中午 11:17。

么多年，从未被人威胁过要起诉他。整个硅谷都知道他是个好人，人见人爱。他没有一个敌人。这到底是怎么了？他试图联络董事会的其他成员，但没有人回他的电话。

不知道如何是好的艾维咨询了一位律师朋友。好在有他在苹果公司积累的财富，他的个人资产比整个希拉洛斯公司还多，所以打一场昂贵的官司的可能性并没有真的吓到他。但在他把发生的一切通通告诉朋友之后，朋友问了他一个问题，这个问题帮他正确看待了形势："鉴于你现在了解的关于这家公司的一切，你真的还想有它家更多的股份吗？"

艾维想了一下，答案是否定的。而且，当时正是给予和欢庆的圣诞季。他决定平息此事，将希拉洛斯抛之身后。但在这么做之前，他给唐写了一封告别邮件，发给了唐的助理，附上了公司逼他签署的放弃声明的复件。

他写道，这些让他签署放弃声明的冷酷伎俩，证实了他向唐提出的公司运作方式方面的"某些糟糕问题"。①他接着说，他不怪迈克尔·埃斯基维尔，因为很显然这个律师只是秉承上意行事。他以这样一段话作为邮件的结尾：

> 我真的希望你能将这里发生的一切完全告知董事会其他成员。他们应当知晓，如果不百分百地"与项目共进退"，他们就有可能遭到公司/伊丽莎白的报复。
>
> ……
>
> 你真诚的
>
> 艾维·特维尼安

---

① 艾维·特维尼安致唐·卢卡斯的信，2007 年 12 月 27 日。

第四章
告别东帕洛

2008 年初，希拉洛斯搬到了位于帕洛阿尔托山景大道（Hillview Avenue）的一幢新楼。在硅谷，这相当于从南布朗克斯（South Bronx）搬到了曼哈顿中城。

在硅谷，门面是最重要的。3 年来，希拉洛斯一直是在正轨的对面经营。在这里，“正轨”是指 101 号公路，也被称为湾岸高速公路（Bayshore Freeway）。它是一条分割线，一侧是帕洛阿尔托，美国最富裕的小镇之一，另一侧是它的穷兄弟东帕洛阿尔托，一度以“美国谋杀之都”而闻名。

公司原来的办公室位于这条四车道高速公路的东帕洛阿尔托一侧，旁边是一家机修厂，马路对面是一家屋顶承建商。这不是有钱的风险投资家乐意进出的那类社区。相比之下，新址就在斯坦福大学校园隔壁，拐角处是惠普公司的豪华总部。此处房价昂贵，标志着希拉洛斯正逐渐跻身大企业行列。

唐·卢卡斯对这次搬家非常满意。在与托尼·纽金特的一次谈话中，他明确表达了对老地方的鄙弃。他跟托尼说：“终于让伊丽莎白摆脱了东帕洛，真是太好了。”

不过，对于负责执行的人来说，这次搬家并不好玩。这个工作落在了 IT 部门主管马特·比塞尔身上。比塞尔是伊丽莎白最信任的副手之一。他在 2005 年加入希拉洛斯，员工编号是 17，对工作极为认真。除了负责公司的 IT 基础设施之外，他的任务还包括安保。是他为迈克尔·奥康纳尔的诉讼完成了用于法庭的计算机证据分析。

过去的几个月里，规划搬迁占据了马特的大部分时间。2008 年 1 月 31 日，星期四，一切似乎都已准备就绪。搬家工人预定在第二天早晨先过来把所有东西都拖走。

但那天下午 4 点，马特被迈克尔·埃斯基维尔和加里·弗伦泽尔拉进了一个会议室。伊丽莎白在瑞士通过电话参加了会议，她正在当地为诺华制药进行第二次演示，这是在上次导致亨利·莫斯利离开的虚假产品演示的 14 个月后。她刚刚得知，如果午夜之前他们还不把地方清空，房东就会收他们 2 月份的租金。她说她绝不允许这样的事情发生。

她指示马特打电话给搬家公司，叫搬家工人立刻赶过来。马特觉得可能性非常低，但他答应一试。他走出会议室去打电话。搬家公司的调度员嘲笑他。他被告知：不，先生，事到临头才让我们改时间是不可能的。

伊丽莎白不肯罢休。她告诉马特打电话给另一家以前用过的搬家公司，把活派给他们。跟第一家公司不一样，这家公司没有工会组织。她很确定这家公司会更灵活。但当马特打电话给第二家公司解释情况时，那边的人强烈建议他放弃这个主意。这个人说，有工会组织的搬家公司都是由暴徒控制的。希拉洛斯公司的想法有卷入暴力的危险。

即使在听到如此令人警醒的回答之后，伊丽莎白依然不肯放弃。马特和加里摆出了其他困难跟她理论。加里提出了公司贮存着血液样本的问题。他指出，就算他们当天真能找来一队人马，搬运工人也要到第二天才能将所有东西卸在公司新址。在此期间，他们如何能将血液样本保持在合适的温度？伊丽莎白说他们可以用冷藏车，让车整晚停在车位上发动着。

让人抓狂的几个小时过后，马特终于能说点她听得进去的话，他指出，即使竭尽全力在那天晚上 11 点 59 分之前将房子清空，他们仍然得走州政府的检查程序，以证明他们已经将全部危险物品进行了合理的处置。毕竟，希拉洛斯是一家生物技术公司。那些检查流程要花好几周的时间去安排，在走完这些程序之前，新租户是不能搬进去的。

最终，搬迁按照原计划在第二天进行，但这一插曲是压垮马特的最后一根稻草。一方面，他钦佩伊丽莎白。她是他见过的最聪明的人之一，觉得她真的能成为一个鼓舞人心、充满活力的领导者。他常常开玩笑说，她能把冰卖给因纽特人。但另一方面，他对伊丽莎白的不可捉摸和公司的持续混乱状态感到厌倦。

马特的部分职责令他越来越烦闷。伊丽莎白要求员工绝对忠诚，如果她感觉到某人不再对她忠诚，可以在转瞬之间将他们抛弃。马特在希拉洛斯工作的两年半时间里，目睹她炒掉了 30 多人，还不包括在微流体方案被抛弃时跟着埃迪·顾一起丢掉工作的 20 多名员工。

伊丽莎白每次解雇人的时候，马特都得帮着了结。有时候，这不仅意味着撤销离职员工登录公司网络的权限，送他或她走出办公楼。某些时候，伊丽莎白要求他为离职员工建立档案，以便她加以利用。

有件事上，马特特别后悔帮了伊丽莎白：那就是赶走前首席财务官亨利·莫斯利。马特把他工作用笔记本电脑中的文件上传到中央服务器进行备份时，无意中发现其中有不合宜的色情资料。伊丽莎白知道此事后，声称这就是让莫斯利离开的原因，并且拒绝给他认股权①。

直到莫斯利离开前，马特一直向他汇报工作，知道他帮助伊丽莎白给希拉洛斯筹钱，做得非常出色。当然，他不应在一台办公的笔记本电脑上看色情片，但马特不觉得那是该被人讹上一笔的滔天大罪。而且，这事是在被解雇已成事实之后发现的。说这是莫斯利被炒鱿鱼

① stock option，员工按一定的价格购买所属公司股票的权利，又称股票期权，一般授予高级管理人员或对公司有重大贡献的员工。——译者

的原因肯定不对。

对待约翰·霍华德的方式也令他不安。当马特回头查看为迈克尔·奥康纳尔的诉讼案收集的所有证据时，他没有看出有任何东西证明霍华德做了什么错事。他确实与奥康纳尔有联系，但他拒绝加入奥康纳尔的公司。然而伊丽莎白坚持捕风捉影地把他们联系在一起，也将霍华德告上了法庭，全然不顾他是伊丽莎白从斯坦福辍学后第一批帮助她的人之一，让她在公司初创时期用他位于萨拉托加的家中地下室做实验。（希拉洛斯后来放弃了对 3 名前员工的诉讼，前提是奥康纳尔答应签字，将他的专利让给公司。）

马特一直希望开办自己的 IT 咨询公司，他认定是时候走人去实现自己的想法了。当他告诉伊丽莎白他的决定时，她看着他，一脸的不可置信。她无法理解他怎么可能放弃一份即将彻底改革医疗保健、改变世界的工作，去做那样的事情。她试图用加薪和升职诱他留下，但被他拒绝了。

在希拉洛斯的最后两周，马特所目睹的发生在其他无数员工身上的事也在他身上发生了。伊丽莎白不再跟他说话，甚至看都不看他。她将他的职位许给了他在 IT 部门的同事埃迪·鲁伊兹，如果埃迪同意去深挖马特的文档和电子邮件的话。但埃迪跟马特是好朋友，拒绝那样做。不管怎么样，什么都没找到。马特干干净净，无可指摘。与亨利·莫斯利不一样，他得以保留并行使自己的认股权。他在 2008 年 2 月离开希拉洛斯，并建立了自己的公司。埃迪·鲁伊兹在几个月后加入了他的公司。

希拉洛斯在帕洛阿尔托的新办公室很漂亮，但对于一家初创公司而言确实太大了一点，尤其是在埃迪·顾裁员使得员工数量降到 50 人之后。主楼层是一个长方形的空间。伊丽莎白坚持将员工集中在它的一侧，在另一侧留下一个巨大的空地。有一两次，艾伦·摩尔试图将其利用起来，他鼓动几个同事在那里踢室内足球赛。

安娜·阿里奥拉突然离去后，艾伦与贾斯汀·麦克斯韦尔、迈克·鲍尔勒走得更近了。安娜没有提醒他们中的任何一人她打算辞职。她就是某天走了出去，再也没有回来。这令贾斯汀最为不安，因为是安娜鼓动他离开苹果公司，来到希拉洛斯，但他努力保持积极乐观的态度。他告诉自己，如果公司能够搬到帕洛阿尔托最好的办公区，那它一定在做正确的事。

搬迁后不久，艾伦和迈克决定利用托尼·纽金特和戴夫·尼尔森制造的两台爱迪生原型机开展某种非正式的“人为因素”研究。这是工程术语，意思是把产品交到人的手中，看看两者之间如何互动。艾伦很想知道人们如何刺破自己的手指，以及后续如何一步步将血液弄到检测盒中。在进行内部测试的时候，他刺破自己手指的次数太多了，以至于对这事不再有任何感觉。

征得托尼的同意后，他们将爱迪生设备放进艾伦的马自达汽车后备厢，开车前往旧金山。他们的计划是带着它们去朋友们在城里的几家初创公司转一圈。首先，他们在艾伦位于旧金山教会区（Mission District）的公寓里稍作停留，检查准备工作。他们将机器放在艾伦起居室的木质咖啡桌上，确认带齐了需要用到的其他一切物品：检测盒、抽血用的采血针以及被称为“传输管”的小注射器，用来将血液放入检测盒中。

艾伦用他的数码相机拍照片，记录下他们的所作所为。伊夫·贝哈尔的外壳那时还没有做好，所以设备还是原始的外观。它们的临时外壳是用灰色铝片加螺栓固定而成。前盖可以向上翻，就像一个猫进出的门，可以将检测盒放进去。在“猫门”上方以一定角度安装了一个相当原始的系统软件界面。在机器内部，机械臂发出很大的、刺耳的声音。有时候，它会压坏检测盒，移液器吸头会被折断。给人的整体印象就是这是个八年级学生的科学项目。

艾伦和迈克到达他们朋友的办公室时，受到了笑脸相迎和咖啡招待。每个人都很有风度，同意支持他们的小试验。其中一站是在初创的社交网站贝博网（Bebo），该公司几个星期后被美国在线（AOL）以8.5亿美元收购。

随着时间的推移，有件事越来越明显，即只扎一次针常常难以搞定。将血液转移到检测盒并不是所有程序中最容易的一环。人们得用酒精擦拭手指，用采血针刺破，用传输管将手指上冒出来的血液吸进去，然后按压传输管上的活塞，把血液挤进检测盒里。没几个人能够在第一次尝试的时候就做到完全正确。艾伦和迈克得一直求测试对象多刺自己几次。这事儿搞得一团糟，到处都是血。

这些困难证实了艾伦已有的怀疑：公司低估了流程中的这一环节。以为一个55岁的病人在自己的家中就能迅速掌握只是个美好的愿望。而如果这个环节做不对，系统的其余部分进行得再好也无济于事，你不会得到有效的结果。当他们回到公司，艾伦将他的发现告诉了托尼和伊丽莎白，但他察觉到，他们并不当回事。

艾伦越来越沮丧和失望。刚开始的时候，他被伊丽莎白勾画的前景折服，觉得在希拉洛斯工作令人激动。但差不多两年后，他即将耗尽激情。在其他方面，他跟托尼相处得并不好，而此人却做了他的上司。为了从他手下脱身，艾伦曾要求从工程部门转到销售部门。最近的一个周六，他甚至花了一整天的时间开着车四处转悠，只为了买一套西服，巴望着伊丽莎白的瑞士之行会让他跟着去。伊丽莎白没叫他去，但看起来，她至少已在考虑他的换岗请求。

旧金山之行结束几天后，艾伦在家喝着啤酒，下载他拍摄的照片，突然一个促狭的主意冒了出来。他把其中一张两个爱迪生设备并排放在他的咖啡桌餐垫上的照片用Photoshop软件做成了一个假的克雷格列表网广告①。照片上方加了一行标题："希拉洛斯爱迪生1.0版'阅读器'——极为实用——1万美元，价格可议。"他写道：

---

① 克雷格列表网（Craigslist），是Craig Newmark 1995年在加州的旧金山湾区创建的一个大型免费分类广告网站。该网站上没有图片，只有密密麻麻的文字，标着各种生活信息，类似于网上分类广告加BBS的组合。——译者

待售物品是一套珍贵的希拉洛斯即时诊断“爱迪生”设备。“爱迪生”被誉为“医疗保健版 iPod”，它是一个半移动式免疫化学平台，能够对人体或动物的指尖针刺全血样本进行复合蛋白质检测……

我觉得自己可能会有感染性休克，所以最近购买了这些设备。现在我测出了自己的 C 蛋白含量，知道是在 4 微克/毫升的正常范围内，所以我已不再需要此款试验型血液分析设备。我之所失即君之所得。

1 万美元一对，6000 美元一件，价格可议——也可考虑交换类似的临床前诊断设备（如罗氏［Roche］、贝克顿-库尔特［Beckton-Coulter］①、爱贝斯［Abaxis］、博适［Biosite］，等等)。随附一次性检测盒、鹈鹕牌运输箱、交流电源适配器、欧盟电源适配器以及各类血液采集附件、吸血器等。

艾伦将这个假广告打印出来，第二天带去上班。贾斯汀和迈克在他桌上看到这个假广告，觉得太滑稽了。迈克认为应当让更多人看到，于是把它贴在了男厕所的墙上。

然后天下大乱。有人揭下广告，拿给伊丽莎白看，她以为是真的。伊丽莎白召集高管和律师紧急开会。她把这事看作一桩处心积虑的工业间谍案，要求立即调查，找出罪魁祸首。

艾伦觉得，在事情进一步失控之前他最好坦率承认。他怯怯地去找托尼，向他坦白了。他解释说，这就是一场无伤大雅的恶作剧，以为人们会觉得好玩。托尼表示理解，他在罗技公司工作的时候，自己也参与过一些恶作剧。但他警告艾伦，伊丽莎白暴跳如雷。

当天晚些时候，伊丽莎白把艾伦叫到自己的办公室，用刀子般的

① 作者在此处标了“原文如此”，因为这是艾伦把 Beckton-Dickinson 和 Beckman-Coulter 这两家美国生产临床前分析设备公司的名字各取一半拼接而成。其余如罗氏、爱贝斯以及博适均为著名血液检验设备制造商。——译者

眼神瞪着他。她告诉艾伦，她对他深感失望。她完全不觉得他的小把戏有什么可笑的，其他的员工也不觉得。这是不尊重那些努力工作打造产品的人。别指望加入销售团队了。她不可能把他放到顾客跟前去，这一事件表明他无法代表公司。艾伦回到自己的工位，知道自己已经被伊丽莎白打入了冷宫。

无论如何，转到销售部门可能是个不明智的想法。艾伦不知道，在公司的那个角落，麻烦正在发酵之中。一个叫托德·瑟尔迪的新员工加入了公司，负责销售和市场部门，而这个职位之前是由伊丽莎白自己担任的。

托德是个很有本事的销售管理人员。进入希拉洛斯之前，他在多家知名公司工作过，最近的一家是德国的软件巨头 SAP。他身材健美，长相英俊，身穿上好的西装，每天开着一辆拉风的宝马来来去去。午餐时，他会从后备厢搬出一辆碳纤维公路自行车，去附近的山上骑行。艾伦也喜欢骑车，在他的恶作剧让他被伊丽莎白打入冷宫前，为了巴结托德，他陪托德骑过几次。

托德的两个下属都以东海岸为大本营，所有大型制药公司的总部都在那里。其中一位下属是苏珊·迪吉亚莫，她在新泽西的家里办公，已经为希拉洛斯工作了差不多两年。苏珊陪着伊丽莎白去过无数次对制药商的宣讲会，当伊丽莎白向他们空口许诺时，她在一旁听得很不自在。当制药公司的高管们询问希拉洛斯的系统能否依据他们的需求定制时，伊丽莎白总是回答："绝对没问题。"

托德履新后不久，开始向苏珊提出很多问题，主要是关于伊丽莎白预计从与制药公司的交易中获得多少收入。苏珊留有一份详细的收入预测电子表格。数字很大，每一笔交易都达到数千万美元。苏珊告诉托德，据她了解，它们被大大地高估了。

而且，除非希拉洛斯向每一个合作者证明其血液系统是有效的，否则就不会有可观的收入兑现。也就是说，每笔交易都要提供一个初始试用期，即所谓的验证阶段。有些公司，比如英国制药商阿斯利康（AstraZeneca）愿意为验证阶段支付的金额不超过10万美元，而且如果对结果不满，所有公司都可以掉头走人。

2007年在田纳西州的研究，是与辉瑞公司交易的验证阶段。其目的是通过测量肿瘤生长时身体额外产生的三种蛋白在血液中的浓度，证明希拉洛斯能够帮助辉瑞测试癌症病人对药物的反应。①如果希拉洛斯未能在病人的蛋白水平和药物之间建立任何相关性，辉瑞就会终止伙伴关系，伊丽莎白从这笔交易中期待的任何收入都将变成空谈。

苏珊还告诉托德，她从未见过任何验证数据。当她与伊丽莎白去演示的时候，设备经常出现故障。一个这样的例子是他们刚刚在诺华制药的演示。2006年下半年，在诺华制药的第一次演示中，蒂姆·坎普从加州向瑞士发送了一个伪造的结果，在此之后，伊丽莎白继续讨好这家药企，安排在2008年1月再次拜访其总部。

第二次会谈的前一天晚上，苏珊和伊丽莎白在苏黎世的酒店里扎了两个小时自己的手指，试图得到勉强一致的测试结果，但徒劳无功。②第二天上午，当她们出现在诺华制药位于巴塞尔的办公室时，情况更加糟糕：在满满一屋子瑞士高管面前，三个爱迪生设备阅读器都给出了错误信息。苏珊羞愧无比，但伊丽莎白镇定自若，将问题归咎于一个微小的技术故障。

根据从苏珊以及其他帕洛阿尔托的员工那里得到的情报，托德开始相信，希拉洛斯的董事会在公司的财务状况和技术现状方面受到了误导。他将自己的担忧告诉了总法律顾问迈克尔·埃斯基维尔，他与此人已经相处得非常融洽。

事实上，迈克尔自己的疑虑也在与日俱增。一次午休时间，他和

---

① Confidential "Theranos Angiogenesis Study Report."

② John Carreyrou, "At Theranos, Many Strategies and Snages," *Wall Street Journal*, December 27, 2015.

一名同事出去跑步，从新的办公地点跑到斯坦福圆盘①，再折回公司。在跑步时，他提到对希拉洛斯与制药企业的伙伴关系感觉不太好。他不肯说更多，但那位同事看得出来有什么事情在困扰着他。

2008 年 3 月，托德和迈克尔找到希拉洛斯的董事会成员之一汤姆·布洛迪恩，告诉他伊丽莎白在董事会上吹嘘的收入预测并不是基于现实情况。他们说，预测被严重夸大了，按照产品现在的未完成状态是不可能实现的。

布洛迪恩 65 岁左右，久经商海，曾经领导过一家大型咨询公司以及多家科技公司。他进入希拉洛斯董事会的时间不长，是 2007 年秋天应唐·卢卡斯的邀请而来。考虑到自己担任董事的时间太短，他建议托德和迈克尔带着他们的报告直接去找董事会主席卢卡斯。

鉴于艾维·特维尼安几个月前刚刚提出过类似的担忧，这一次卢卡斯认真对待了此事。另外，他也不得不如此：托德是希拉洛斯的投资人之一、风险投资人 B. J. 卡辛的女婿。卡辛是卢卡斯的老朋友。在这家初创企业 2006 年初开展 B 轮融资期间，他们都给希拉洛斯注资了。

卢卡斯在他位于沙山路的办公室召集了董事会紧急会议。伊丽莎白被要求在门外等候，而其他董事——卢卡斯、布洛迪恩、钱宁·罗伯逊和彼得·托马斯（早期风险投资公司 ATA Ventures 的创始人）——在里面商谈。

经过讨论之后，四个男人达成共识：他们将撤销伊丽莎白的 CEO 职务，她的表现已经证明她太年轻、太缺乏经验，不适合这个职位。汤姆·布洛迪恩将暂代她领导公司，直到找到能任职更久的替代者。他们把伊丽莎白叫进去，拿他们所了解到的情况与她对质，并把他们的决定告知了她。

① Stanford Dish，斯坦福大学建的一个射电望远镜，位于大学校园附近的山上。——译者

但随后不可思议的事发生了。

在接下来的两个小时里，伊丽莎白说服他们改了主意。她告诉他们，她已认识到自己的管理中存在的问题，承诺将会改变。从今以后，她会更加透明，反应更敏锐，不会重蹈覆辙。

布洛迪恩真心不想从退休状态中复出，在一个他缺乏专业知识的领域经营一家初创公司，所以他采取中立立场，看着伊丽莎白巧妙地交替运用忏悔和魅力，逐渐赢回了他的三个董事同僚的支持。他想，真是一场令人印象深刻的表演。即使是一位年长得多、经验丰富得多、精通公司内斗的CEO，要扭转她所处的形势也得费尽心力。他想起了一句老话："当你攻击国王的时候，你必须杀了他。"托德·瑟尔迪和迈克尔·埃斯基维尔已经将火力对准了国王，或者不如说女王。但她活了下来。

女王一刻也不耽误地扑灭了叛乱。伊丽莎白先解雇了瑟尔迪，几个星期后开掉了埃斯基维尔。

对于艾伦·摩尔、迈克·鲍尔勒和贾斯汀·麦克斯韦尔，这一波新的清洗是又一次的负面发展。他们不知道发生了什么事，但他们知道，希拉洛斯失去了两名优秀的员工。托德和迈克尔不仅是与他们相处融洽的好伙伴，还是聪明睿智、秉持原则的同事。用迈克·鲍尔勒的话说，他们都是从好模子里刻出来的。

这些解雇事件使得贾斯汀对希拉洛斯更加厌恶。他以前从未经历过这样的员工换血，对亲眼看到的阴险狡诈的公司文化惴惴不安。

最令人痛恨的作恶者是软件团队的头头蒂姆·坎普。蒂姆是个唯唯诺诺的人，对于什么行得通，什么不可行，从来不会对伊丽莎白说实话。比如，他曾经反驳贾斯汀并向伊丽莎白保证，他们用 Flash 能比用 JavaScript 更快地编写出爱迪生设备软件的用户界面。第二天早晨，贾斯汀却在他的桌子上发现了一本 Flash 入门书。

伊丽莎白从来没有骂过蒂姆，即使她注意到他明显口是心非的例子。她看中他的忠诚，在她眼里，他从不对她说不，这一事实反映出一种积极的态度。尽管蒂姆的很多同事都认为他是个庸才，是个糟糕的管理者，但都不打紧。

还有一件牵涉到伊丽莎白本人的事也让贾斯汀难以容忍。一天晚上，在与伊丽莎白通电子邮件时，他找她要一条编写某段程序所需的信息。伊丽莎白回复说，第二天早晨回来上班的时候她会找的。这显然意味着她已经回家了。但是不一会儿，他无意中撞见她在走廊尽头托尼·纽金特的办公室里。贾斯汀大为光火，气冲冲地走开了。

过了一会儿，伊丽莎白来到他的办公室，说自己明白他为什么恼怒，但是警告他："下次不要再在我面前掉头就走。"

贾斯汀努力提醒自己，伊丽莎白还太年轻，对于管理一家公司还有很多东西要学。在他们的最后几次邮件往来中，有一次，他推荐了两本管理类的自学书籍给她——《拒绝混蛋规定：打造一个文明的工作场所，拯救不文明的工作场所》（*The No Asshole Rule: Building a Civilized Workplace and Surviving One That Isn't*），以及《不要废话：职场直接沟通》（*Beyond Bullsh*t: Straight-Talk at Work*），并且附上了它们在亚马逊网站上的链接。①

他在两天后辞职。他的辞职信有一部分是这么写的：

> 祝你好运，请一定要读那些书，看《办公室》②，信任那些与你意见相左的人……撒谎是一个恶习，它充斥在我们这里的对话中，就像货币一样流通。在试图解决肥胖症之前，我们先应当治好这里的文化痼疾……我对你没有恶意，因为你信任我在希拉洛斯所做的工作，希望我在这里有所成。既然我们没有 HR 做正

---

① 贾斯汀·麦克斯韦尔发给伊丽莎白·霍姆斯的电子邮件，题为"阅读材料"，太平洋标准时间 2008 年 5 月 7 日晚上 7:54。

② *The Office*，美国全国广播公司（NBC）出品的美剧，2005 年首播。——译者

式记录，我觉得我有义务在离职面谈时告诉你这些。[1]

遗憾的是，伊丽莎白把他叫进办公室，告诉他她不接受他的批评，并且叫他“有点脸面地”辞职。贾斯汀同意完成平稳交接，会发邮件给同事，详细说明在哪里可以找到他一直在做的各个项目。但当他坐下来写邮件时，忍不住加入了一些对那些项目现状的个人想法，结果招来了伊丽莎白对他的最后一次斥责。

艾伦·摩尔和迈克·鲍尔勒在希拉洛斯多待了几个月，但他们早已心不在此。新办公地点吸引人的一个地方，是它的入口上方有一个很大的阳台。迈克在阳台上放了折叠躺椅和吊床。艾伦和迈克会在这里休息，美美地喝一会儿咖啡，在谈笑间惬意地享受着午后的阳光。

艾伦觉得，得有人来告诉伊丽莎白踩下刹车，别急着把还在努力使其有效工作的产品推向市场。但要让她听得进去，话得出自三名高管——蒂姆、加里或托尼之口，但他们中没人愿意去跟伊丽莎白说。托尼承受着来自伊丽莎白的巨大压力，最终他听厌了艾伦的抱怨，叫其离开公司。他对艾伦说：“走吧，去找一个容得下你这尊大佛的地方。”

艾伦也觉得是时候离开了。令他惊讶的是，伊丽莎白劝他留下。尽管有那次恶作剧，但伊丽莎白似乎对他评价很高。他决心已下，在2008年6月辞职。接着，迈克·鲍尔勒在12月离开。苹果公司的旧将们至此全都各奔前程，标志着公司的一个混乱时期结束了。伊丽莎白在一次流产的董事会政变中幸存下来，重新牢牢掌握了权力。希拉洛斯剩下来的员工期待更平和、更安定的时期。但他们的希望很快就会破灭。

---

① 贾斯汀·麦克斯韦尔发给伊丽莎白·霍姆斯的电子邮件，题为“正式辞职”，太平洋标准时间2008年5月9日下午5: 19。

第五章
童年邻居

当伊丽莎白忙着创建希拉洛斯的时候，她家的一位老熟人对她在远方做的事产生了兴趣。此人名叫理查德·富兹，是一名企业家兼医疗发明家，极为自负，而且阅历丰富。

霍姆斯家与富兹家认识已经 20 年了。他们第一次碰到，是 1980 年代在福克斯豪新月（Foxhall Crescent）做邻居的时候，那是华盛顿特区一个绿树成荫、拥有豪华大宅的社区，被林区环绕，毗邻波托马克河。

伊丽莎白的母亲诺尔和理查德的妻子洛兰关系很好。[①]那个时候，她俩都是全职妈妈，养育的孩子年龄相仿。洛兰的儿子和伊丽莎白都在这个社区的一所私立小学——圣帕特里克圣公会走读学校念书，还是同一个班级。

诺尔和洛兰会去对方家里串门。[②]她们都喜欢中国菜，孩子们上学去了，她们就经常一起出去吃午饭。伊丽莎白和弟弟会参加富兹家孩子的生日派对，在富兹家的游泳池里嬉戏。一天晚上，富兹家停电了，理查德不在家，霍姆斯家就把洛兰和她的两个孩子贾斯汀和杰西卡接去过夜了。[③]

她们的丈夫走得就没那么近了。克里斯·霍姆斯靠政府的薪水度日，理查德·富兹则是个成功的商人，而且毫不羞臊地炫耀这一点。他是一名执业医生，早些年卖掉了一家制作医学培训影片的公司，得了 5000 多万美元。他家有保时捷和法拉利。他也是个医疗发明家，拥有不止一项专利，有授权费可赚。贾斯汀·富兹记得，在两家人一起去动物园玩的时候，伊丽莎白的弟弟克里斯蒂安跟他说："我爸爸认为你爸爸是个混蛋。"贾斯汀后来把这个话说给妈妈听，洛兰将之归因为嫉妒。

钱确实是霍姆斯家的一个痛处。克里斯的祖父克里斯蒂安·霍姆斯二世在夏威夷一座小岛上过得骄奢淫逸、挥霍无度，把他名下那份弗莱施曼公司的财产花得所剩无几，④克里斯的父亲克里斯蒂安·霍姆斯三世则在自己并不成功的石油生意中把剩下的钱败光了。⑤

不管克里斯·霍姆斯有多恨，都不能阻挡诺尔·霍姆斯和洛兰·富兹成为好朋友。甚至在霍姆斯家搬走以后（先是去了加州，后来到了得克萨斯），两个女人仍时常联系。⑥在霍姆斯家回到华盛顿小住时，富兹一家带他们去高档餐馆庆祝诺尔的40岁生日。⑦克里斯没有为他的妻子办派对，所以洛兰安排了这次活动，作为弥补。

洛兰后来去得克萨斯探望过诺尔几次，她们还一起去纽约购物和观光。⑧有一次她们带着孩子一起去，在公园大道的丽晶酒店（Regency Hotel）订了房间。那次旅行中拍的一张照片上，伊丽莎白在母亲和洛兰之间，与她们手挽着手站在宾馆门前。她身穿一件浅蓝色的夏装，头发上别着粉色的蝴蝶结。在后来的几次旅行中，诺尔和

---

① *Theranosm, Inc. et al. v. Fuisz Pharma LLC et al.*, deposition of Lorraine Fuisz taken on June 11, 2013, in Los Angeles, 18 – 19.
② 同上，19 – 20。
③ 同上，54。
④ P.Christian klieger, *Moku o Lo'e: A History of Coconut Island* (Honolulu: Bishop Museum Press, 2007), 54 – 121.
⑤ *Theranosm, Inc. et al. v. Fuisz Pharma LLC et al.*, deposition of Lorraine Fuisz taken on June 11, 2013, in Los Angeles, 52.
⑥ 同上，22。
⑦ 同上，35。
⑧ 同上，23 – 24。

洛兰把孩子们留在了家里，自己则住在富兹家买的一间公寓里，公寓位于中央公园西路上的特朗普国际酒店大厦。①

2001年，克里斯·霍姆斯的事业遭遇难关。他离开天纳克公司，接受了休斯敦最著名的公司安然（Enron）的一个职位。安然的欺诈行为曝光后，在那年12月破产，他和其他几千名员工一样失去了工作。事后，他去拜访过一次理查德·富兹，寻求就业方向和生意上的建议。富兹此时和他前一段婚姻所生的儿子创立了一家新公司，核心是他的一项发明：一种在嘴里融化的薄片，与传统的药丸相比，它可以更快地将药物送入血液循环之中。他和他的儿子乔在弗吉尼亚州大瀑布城的一间办公套房里经营着这家公司。

乔·富兹回忆说，克里斯来的时候，看上去脸色憔悴，神情郁郁。他若有所思地说想试试涉足咨询业，并强调他和诺尔迫切地想回到华盛顿。理查德·富兹刚刚在麦克莱恩市环城公路郊区的富人区买了一套房子，他愿意把马路对面他和洛兰刚刚空出来的房子给克里斯用，不收租金。②他们还没考虑把它挂牌出售。克里斯张嘴无声地说了一声“谢谢”，但没有接受。

克里斯和诺尔·霍姆斯最终在4年后搬回了华盛顿，克里斯在世界野生生物基金会找到了一份工作。③一开始，他们与大瀑布城的朋友住在一起，同时也在寻找新住处。④诺尔到处看房的时候，会不时给洛兰打电话，汇报找房的情况。

有一天午餐时，话题转到了伊丽莎白身上，谈及她在忙些什么。

---

① *Theranosm, Inc. et al. v. Fuisz Pharma LLC et al.*, deposition of Lorraine Fuisz taken on June 11, 2013, in Los Angeles, 55－56, 100－101.

② *Theranosm, Inc. et al. v. Fuisz Pharma LLC et al.*, deposition of Richard Fuisz taken on June 9, 2013, in Los Angeles, 92－93.

③ *Theranosm, Inc. et al. v. Fuisz Pharma LLC et al.*, deposition of Christian R. Holmes IV taken on Washington, D.C., on April 7, 2013, 30.

④ *Theranosm, Inc. et al. v. Fuisz Pharma LLC et al.*, deposition of Lorraine Fusiz, 34.

诺尔骄傲地告诉洛兰，她的女儿发明了一种手腕设备，可以分析人的血液，并且开了一家公司来将其投放市场。①事实上，那个时候希拉洛斯已经从伊丽莎白最初想的贴片转向了其他方向，但相比诺尔在午餐时自豪地讲出的一连串事情，这样的细节出入无足轻重。

洛兰回到家中，把诺尔告诉她的事情讲给丈夫听，觉得他作为医疗发明家可能会有兴趣。②但她也许并没有料想到丈夫会做出什么反应。

理查德·富兹是一个自负而高傲的人。老朋友兼邻居的女儿在他的专业领域内创办了一家公司竟然没有来求助于他，甚至都没有找他咨询过，这事深深地刺痛了他。正如后来他在一封电子邮件中所说："霍姆斯一家如此乐意接受我们的殷勤好客（纽约的公寓、晚餐等），但他们竟没有寻求我的建议，这事令我特别不是滋味。这意思就是：'我会喝你的酒，但我不会在你挣来酒钱的这个领域问计于你。'"③

富兹过去就对别人的轻视和怠慢耿耿于怀。他愿意付出多大努力来报复那些他认为与他作对的人，从他与医院设备供应商百特国际公司（Baxter International）的 CEO 弗农·劳克斯漫长而持久的宿怨中最能看得出来。

在整个 70 年代直至 80 年代初，富兹去过中东很多次，那里已经成为他的医疗影像公司 Medcom 的最大市场。回程的时候，他通常会在巴黎或伦敦待一个晚上，从那里搭乘英国航空公司和法国航空公司运营的协和超音速客机回纽约。1982 年，在其中一次停留期间，他在巴黎的雅典娜广场酒店偶遇劳克斯。当时，百特公司迫切地想把生意扩展到中东。共进晚餐时，劳克斯提议以 5300 万美元收购 Medcom，

---

① *Theranosm, Inc. et al. v. Fuisz Pharma LLC et al.*, deposition of Lorraine Fusiz, 65 – 68.
② 同上。
③ 理查德·富兹发给我的无标题电子邮件，太平洋标准时间 2017 年 2 月 2 日上午 10: 57。

富兹接受了。

富兹本应继续执掌百特的新分支机构 3 年时间，但劳克斯在收购结束后不久就解雇了他。富兹起诉百特非法解约，声称劳克斯解雇他是因为他拒绝拿出 220 万美元贿赂一家沙特公司，把百特从一个阿拉伯人的（与以色列人做生意的）公司黑名单上抹掉。①

双方在 1986 年达成和解，百特同意向富兹支付 80 万美元。②不过，事情并未就此结束。当富兹飞到百特在伊利诺伊州迪尔菲尔德的总部签署和解协议的时候，劳克斯拒绝与他握手，这激怒了富兹，又将他推回了敌对状态。

1989 年，百特被移出了阿拉伯人的抵制名单，这给了富兹一个机会进行报复。那时，他已成为中央情报局的卧底，过着双重生活，早些年他在《华盛顿邮报》的分类广告栏看到了中央情报局的广告后，自愿为其服务。

富兹为中情局做的事，包括在中东各地设立许多虚假公司，雇用特工，给他们非外交人员的身份掩护，以便在当地情报机关的监视之外活动。其中一家公司向与他关系特别好的叙利亚国家石油公司提供石油钻井操作工。

富兹怀疑百特是通过欺诈手段重新获取了阿拉伯国家的青睐，他利用自己在叙利亚的关系去证明此事。他派出自己招募的一名女特工，从负责实施抵制的阿拉伯联盟委员会在大马士革的办公室拿一份保存在那里的备忘录。③该文件显示，百特向这个委员会提供了有关其最近出售一家以色列工厂的详细资料，并且承诺不会在以色列进行新的投资，也不会向这个国家出售新的技术。这使得百特违反了美国 1977 年开始实施的一项反制裁法，该法禁止美国公司

① Thomas M.Burton, “On the Defensive: Baxter Fails to Quell Questions on Its Role in the Israeli Boycott,” *Wall Street Journal*, April 25, 1991.

② Sue Shellenbarger, “Off the Blacklist: Did Hospital Supplier Dump Its Israel Plant to Win Arabs' Favor?,” *Wall Street Journal*, May 1, 1990.

③ 同上。

参与任何外国制裁或是向黑名单制定方提供任何表示与制裁合作的信息。

富兹把这个有爆炸性内容的备忘录副本一份发给了百特公司的董事会，一份发给了《华尔街日报》，后者就此发表了一篇头版报道。①富兹并没有就此罢休。他后来又弄到了百特的总法律顾问写给叙利亚军方一位将领的信件，并把信件内容透露了出去，这些信件证实了备忘录上所言。②

这些揭发导致美国司法部启动了调查。1993 年 3 月，百特被迫认下了一项重罪，即违反了反制裁法，并支付了民事罚金和刑事罚金 660 万美元。③公司被暂停承接新的联邦合同 4 个月，2 年内禁止在叙利亚和沙特阿拉伯开展业务。声誉受损也令百特丢掉了与一家大型医院集团价值 5000 万美元的合同。④

对于大多数人而言，这已经充分证明了自己。但富兹并不这样认为。令他不满的是劳克斯熬过了丑闻，仍旧担任百特的 CEO。于是他决定要给他的仇敌最后一击。

劳克斯毕业于耶鲁大学，是该校的运营实体耶鲁公司（Yale Corporation）的托管人。他也是耶鲁筹款活动的主席。他定好将于那年 5 月出席在康涅狄格州纽黑文举行的毕业典礼，这是作为托管人的他每年都要做的一件事。

富兹的儿子乔前一年从耶鲁毕业，通过他，富兹联系上了一个叫本·戈登的学生，此人是耶鲁大学的以色列人联谊会主席。他们一起组织了一次毕业日的抗议活动，打出了“劳克斯是耶鲁之

---

① Sue Shellenbarger, “Off the Blacklist: Did Hospital Supplier Dump Its Israel Plant to Win Arabs' Favor?,” *Wall Street Journal*, May 1, 1990.

② Thomas M. Burton, “On the Defensive: Baxter Fails to Quell Questions on Its Role in the Israeli Boycott,” *Wall Street Journal*, April 25, 1991.

③ Thomas M. Burton, “Caught in the Act: How Baxter Got off the Arab Blacklist, and How It Got Nailed,” *Wall Street Journal*, March 26, 1993.

④ Thomas M. Burton, “Premier to Reduce Business with Baxter to Protest Hospital Supplier's ‘Ethics’,” *Wall Street Journal*, May 26, 1993.

耻”的标语牌，还散发传单。最高潮的部分是富兹租来的一架涡轮螺旋桨飞机，它飞越校园，拖着一条大横幅，上面写着“辞退劳克斯”。[①]

三个月后，劳克斯辞职，不再担任耶鲁公司的托管人。[②]

然而，若是把富兹对劳克斯的报复行动和他将要对希拉洛斯采取的行动相提并论，那未免过于简单化了。

除了对霍姆斯一家的忘恩负义大为恼火之外，富兹也是个投机者。他通过申请发明专利挣钱，这些发明是他预测其他公司某一天会需要的。他最赚钱的小玩意之一，是对棉花糖旋转机的改造，用来将药物做成快速溶解的胶囊。1990 年代初，他带女儿去参加宾夕法尼亚州的一个乡村集市时萌生了这个主意。他成立了一家做这项技术的生意的公司，后来将这家上市公司作价 1.54 亿美元卖给一家加拿大的制药公司，他个人从这笔交易赚到了 3000 万美元。[③]

在洛兰将诺尔告诉她的事转述给富兹之后，富兹坐在他位于麦克莱恩、拥有七个卧室的家中，打开电脑，用谷歌搜索“希拉洛斯”。他家占地宽广，他把有着拱形屋顶和巨大壁炉的大房间改造成了他的个人书房。工作时，他的那只杰克罗素㹴[④]喜欢趴在壁炉前。

富兹找到这家初创公司的网站。网站主页对希拉洛斯正在开发的微流体系统做了大致的描述。在网站的“新闻”一栏中，他还找到了一个电台访谈的链接，那是几个月前，2005 年 5 月伊丽莎白接受美国全国公共广播电台（NPR）《生物技术国度》（*BioTech Nation*）栏目采访的片段。在采访中，她更为详细地描述了自己的血液检测系

---

① “At Yale, Honors for an Acting Chief,” *New York Times*, May 25, 1993.

② Thomas J. Lueck, “A Yale Trustee Who Was Criticized Resigns,” *New York Times*, August 28, 1993.

③ “Biovail to Buy Fuisz Technologies for $154 Million,” Dow Jones, July 27, 1999.

④ Jack Russell，一种小型㹴犬，源自英国，最初用于猎狐，精力充沛，活泼好动。——译者

统，解释说她预测的应用前景是：在家监测药物引起的不良反应。①

富兹反复听了几遍 NPR 的访谈，盯着窗外院子里的锦鲤池出神，他觉得伊丽莎白的观点有几分道理。但作为一名受过专业训练的医生，他也发现了一个他可以加以利用的潜在缺陷。如果病人在家中使用希拉洛斯的设备监控他们对所服用药物的接受程度，就需要建立一种内嵌机制，当检测结果异常时，可以向医生示警。

他看到了一个取得那个缺失要素的专利的机会，认为沿着这条路走下去，不管是从希拉洛斯身上还是从其他人那里，都是有利可图的。35 年的医疗专利发明经验告诉他，这样一个专利，也许最终可以从每一个特许使用牌照上收取 400 万美元。②

2005 年 9 月 23 日，星期五，晚上 7 点 30 分，富兹发了一封电子邮件给他的常年专利律师——安托内利、特里、斯托特和克劳斯律师事务所（Antonelli, Terry, Stout & Kraus）的艾伦·斯卡维利，邮件标题是“血液分析——偏离标准（个体化）”：

> 艾，我和乔想申请如下专利。它是一种已知③技术，可以监测多种④血液参数，如血糖、电解质、血小板活性、血细胞比容等。我们想进行的改进，将呈现为一种记忆芯片或类似存储设备，它可以通过计算机或类似设备进行程序控制，并包括针对病人的“正常参数”。由此，如果结果明显偏离这些标准，就会向用户或医疗专业人士发送通知以重新抽样。如果再次检测的结果仍然存在重大偏离，运用这方面现有的已知技术的设备就会联系医生、医疗中心、制药公司或其他人等等。

---

① Interview of Elizabeth Holmes by Moira Gunn on “BioTech Nation”, May 3, 2005.

② Deposition of Richard Fuisz, 302.

③ 原文误为 know，作者在此标有“原文如此”。——译者

④ 原文误为 variou，作者在此标有“原文如此”。另外，信末“医疗中心”“制药公司”之间，原文误作句号。——译者。

请在下周告知我你是否可以处理此事。谢谢。

理·富[1]

斯卡维利正忙于其他事务，几个月都没有回复。2006 年 1 月 11 日，富兹又发了一封电子邮件给他，终于引起了他的注意，富兹在信中说想对他最初的想法做一些修改：示警机制现在变成在病人所服用药物的包装说明上放“一个条形码或无线电标签”。[2]血液检测设备中的芯片可以扫描条形码，设备可以编程，如果病人的血液检测表明药物产生了副作用，会自动向病人的医生示警。

富兹和斯卡维利互通了好多邮件，提炼想法，最后形成了一份 14 页的专利申请书，他们于 2006 年 8 月 24 日将其提交给了美国专利和商标局。[3]这个专利并没有想要发明什么开天辟地的新科技。相反，它是将已有的东西——无线数据传输、计算机芯片、条形码——结合在一起，形成一个向医生报警的机制，它可以嵌入其他公司制造的居家式血液检测设备之中。关于对标的具体公司，它并没有保密：在报告的第四段提到了希拉洛斯的名字，并且引用了该公司网站上的内容。[4]

专利申请提交后，在 18 个月内不会公开，因此伊丽莎白和她的父母一开始都不知道富兹的所作所为。洛兰·富兹和诺尔·霍姆斯继续定期见面。霍姆斯家搬进了他们在靠近美国海军天文台的威斯康星

---

① 理查德·富兹发给艾伦·斯卡维利的电子邮件，题为“血液分析——偏离标准（个体化）”，东部标准时间 2005 年 9 月 23 日晚 7:30。

② 理查德·富兹发给艾伦·斯卡维利的无标题电子邮件，东部标准时间 2006 年 1 月 11 日晚 11:23。

③ 艾伦·斯卡维利发给理查德·富兹的电子邮件，日期为 2006 年 4 月 24 日，提醒他专利申请已经提交，附上了申请书的一份副本以及所提供服务的账单。

④ Patent application no.60794117 titled “Bodily fluid analyzer, and system including same and method for programming same,” filed on April 24, 2006, and published on January 3, 2008.

大道上买的一套公寓。[1]有时候，洛兰从麦克莱恩开车过来，跟诺尔一起穿着慢跑服在社区的步道上跑步。[2]

一天，诺尔来到富兹家吃午饭。理查德也在，跟她们一起坐在家中石砌的大露台上，话题转到了伊丽莎白身上。她刚刚和另外几位年轻的创业者，包括 Fackbook 的马克·扎克伯格，一起登上《公司》（*Inc.*）杂志。[3]女儿开始获得媒体青睐，令诺尔倍感自豪。

当他们慢慢吃着洛兰从麦克莱恩一家美食店叫的午餐时，富兹以一种他在需要施展魅力时就会用上的柔和平静的声音向诺尔提议，他也许可以帮到伊丽莎白。他指出，对于像希拉洛斯这样的小公司，很容易被大公司占便宜。[4]他没有透露自己申请专利的事，但这些言论已经足够让霍姆斯家警觉。从那时开始，两对夫妻之间的关系变得令人担忧起来。

2006 年的最后几个月，富兹夫妇和霍姆斯夫妇碰了两次面，一起吃晚饭。有一次是在一家名叫 Sushiko 的日料店，就在克里斯和诺尔的新公寓所在的那条路上。[5]那晚克里斯没有吃多少东西。[6]在去帕洛阿尔托看望伊丽莎白的时候，由于最近一次手术的术后并发症发作，他被迫住进了斯坦福医院。他告诉富兹夫妇，幸好伊丽莎白的男友桑尼安排他住在医院的 VIP 套间，并且支付了费用。

谈话转向了希拉洛斯，该公司在当年早些时候完成了第二轮融资。克里斯提到，这次融资吸引了硅谷一些最大牌的投资人，这是一件好事，克里斯补充道，因为他和诺尔也把他们本来留给伊丽莎白交斯坦福学费的 3 万美元投进了公司。

从这时开始，不知道因为什么原因，晚餐的气氛变得紧张起来。

---

① Deposition of Lorraine Fuisz, 32.
② 同上，33。
③ Jasmine D. Adkins, "The Young and the Restless," *Inc.*, July, 2006.
④ Deposition of Richard Fuisz, 298.
⑤ Deposition of Lorraine Fuisz, 33.
⑥ 同上，33－34。

理查德和克里斯本来就不投缘，理查德可能说了什么话，惹怒了另一个男人。不管是什么情况，按照洛兰的说法，克里斯·霍姆斯批评了她戴的香奈儿项链，后来，他们买完单，沿着威斯康星大道散步的时候，克里斯又提及了约翰·富兹——富兹的第一段婚姻所生的一个儿子——在为他最好的朋友工作，这听上去像是一种含蓄的威胁。[①]约翰·富兹是个律师，在麦克德莫特·威尔和埃默里（McDermott Will & Emery）律师事务所工作，而克里斯·霍姆斯的密友查克·沃克正是该律所的高级合伙人之一。

此后，诺尔和洛兰之间的友谊开始出现裂痕。她们这对朋友一直有点奇怪。洛兰出身于皇后区的工人阶层，她那粗俗的纽约腔调暴露了她的背景。相比之下，诺尔则是国际化的华盛顿体制内女性的缩影。她青年时代在巴黎待过一阵子，当时她的父亲被派驻美国欧洲司令部总部。

后来的几个月，两个女人又在一起喝过几次咖啡。但可能是因为怀疑理查德·富兹在捣什么鬼，克里斯·霍姆斯总是坚持同去，弄得那场面既尴尬又紧张。在乔治敦 Dean & DeLuca[②] 的一次碰面中，当他们谈到洛兰的兄弟最近去世并留下一只猫时，谈话变得紧张起来。[③]洛兰非常苦恼，不知道拿这只猫怎么办，这似乎激怒了克里斯。他叫她把猫扔掉就是，还做出了一个抓住猫把它塞到袋子里去的动作。“猫又不是什么大事。”他不耐烦地说。

自从霍姆斯家搬回华盛顿后，诺尔一直跟洛兰去的是位于弗吉尼亚州泰森斯角购物中心的同一家理发店，用的也是同一名理发师，名叫克劳迪娅。有一天给洛兰剪头发的时候，克劳迪娅问她最近和诺尔之间是不是有什么问题。[④]显然，诺尔已经跟克劳迪娅透过口风了。

---

① Deposition of Lorraine Fuisz, 45 – 46.

② 美国高端连锁食品商店。——译者

③ Deposition of Lorraine Fuisz, 42.

④ 同上，40 – 41。

洛兰觉得尴尬，说她不想谈这个，然后换了个话题。

2007年圣诞节，洛兰带着蛋糕去霍姆斯家的公寓拜访时，两人又见了一面。[1]那时候，伊丽莎白正在镇上度假，她一定知道父母与富兹家有了隔阂。她没有多说什么，只是偷偷斜着眼睛看她母亲的朋友。

大约一周后，2008年1月3日，富兹的专利申请被公开，任何人都可以在美国专利商标局的在线数据库查到。然而，希拉洛斯又过了5个月才发现它的存在，是公司的化学团队主管加里·弗伦泽尔偶然发现并告知了伊丽莎白。[2]到这时，霍姆斯夫妇和富兹夫妇已经互不说话了，而富兹在和妻子聊天时，把他的专利申请称作“希拉洛斯杀手”。

那年夏天，克里斯·霍姆斯去麦克德莫特·威尔和埃默里律师事务所在华盛顿的办公室看望他的老朋友查克·沃克，那地方离白宫只有两个街区。克里斯和查克是多年的老朋友。他们是在1971年认识的，当时查克让克里斯搭他车去参加预备役部队的集会。尽管查克大了5岁，但他们很快发现彼此有很多共同之处：他们都来自加州，上的高中和大学都相同，分别是加州克莱蒙特（Claremont）的韦伯中学（the Webb Schools）和康涅狄格州中城的卫斯理安大学（Wesleyan University）。

这些年来，查克常常助克里斯一臂之力。安然公司垮台后，他让克里斯用他公司的访客室查找工作。当伊丽莎白的弟弟克里斯蒂安因为卷入某件跟电影放映机有关的事——克里斯说是恶作剧——而不得不离开休斯敦的圣约翰高中时，是查克帮助克里斯蒂安进了韦伯中学，因为他在该校董事会任职。当伊丽莎白从斯坦福辍学，需要人帮

---

① Deposition of Lorraine Fuisz, 108 - 10.

② 加里·弗伦泽尔发给伊丽莎白·霍姆斯、伊恩·吉本斯和托尼·纽金特的电子邮件，题为“这是新东西吗?”，太平洋标准时间2008年5月14日晚11:53。

助申请第一个专利的时候，是查克帮助她联系麦克德莫特律所擅长这方面工作的同事。

2008年夏天克里斯·霍姆斯来访正是为了这事。克里斯很激动。他告诉查克，一个叫理查德·富兹的人剽窃了伊丽莎白的想法，申请了专利。克里斯特意指出，富兹有个儿子叫约翰，在麦克德莫特工作。查克隐约知道约翰·富兹是谁。他们在公司打过一两次交道，共同参与过某个案子。他也知道麦克德莫特曾经为希拉洛斯提供过几年专利方面的法律服务，因为这桩生意最初就是他拉来的。但克里斯所说的其他东西就有点不着边际了。他既不知道理查德·富兹是谁，也不知道此人申请的专利是什么。然而为了给老朋友一个面子，他还是同意见见伊丽莎白。

她在几个星期之后来访，那天是2008年9月22日，她见到了查克以及另外一名叫肯·凯奇的律师。[①]当麦克德莫特搬到第十三街（Thirteenth Street）那座罗伯特·A. M. 斯特恩[②]的石灰岩建筑时，查克是公司的执行合伙人，所以他在8楼拥有最大、最好的带拐角办公室。在办公室大大的凸窗底下，对角摆放着两张双人沙发，伊丽莎白推着她的血液检测机器进来，坐在其中一张双人沙发上。她没有演示这个设备是如何工作的，但查克第一眼看上去就觉得它令人印象深刻。那是一个巨大、闪亮的黑白盒子，带有一个数字触摸屏，很明显是模仿苹果手机。

伊丽莎白直奔主题。她想知道麦克德莫特是否愿意代表希拉洛斯对付理查德·富兹。[③]肯表示，如果伊丽莎白想要，他们可以考虑提起专利干涉案。干涉案是由专利和商标局裁决的争议案，以决定两个

---

① *Theranos, Inc. et al. v. Fuisz Pharma LLC et al.*, declaration of Charles R. Work executed in Stevensville, Maryland, on July 22, 2013.

② 世界著名建筑设计师，新古典主义建筑的鼻祖，耶鲁大学建筑学院院长，偏爱设计石灰岩建筑。——译者

③ *Theranos, Inc. et al. v. Fuisz Pharma LLC et al.*, declaration of Charles R. Work executed in Stevensville, Maryland, on July 22, 2013.

互为对手的申请人正在争夺的同一发明专利是由谁率先提出的。胜者的申请将被优先考虑，即使申请在后。肯尤擅此类案件。

不过，查克对于这样做有所犹豫。他告诉伊丽莎白，他得好好考虑并告知其他同事。他说，富兹有个儿子也是本律所的合伙人，这令情况有些尴尬。伊丽莎白对于提到约翰·富兹一点也不感到奇怪。她等的就是这一刻。她询问，约翰是否有可能接触到麦克德莫特关于希拉洛斯的文件的机密信息，并泄露给他的父亲。

这对查克来说似乎有些荒谬。这种事会让一名律师被解雇、取消律师资格。约翰是一名专利侵权诉讼律师，他并不是麦克德莫特负责起草和提交专利的团队的一员。他没有任何原因或理由接触希拉洛斯的文件。此外，他是公司的一名合伙人，为什么要赔上自己的职业生涯？那太不合理了。而且，希拉洛斯已经在两年前的 2006 年将所有的专利业务移交给了硅谷的威尔逊·桑西尼律师事务所。查克还记得当时克里斯打电话给他，向他致歉，说拉里·埃里森坚持让伊丽莎白用那个律所。麦克德莫特只能答应并将一切都转交给了他们。没有任何文件可让麦克德莫特的律师获取。

伊丽莎白离开后，查克咨询了公司专利申请团队和专利侵权诉讼团队的头头，即约翰·富兹的上司。他们告诉他，希拉洛斯针对理查德·富兹的专利干涉案也许是可行的，但约翰·富兹是一名声誉良好的合伙人，公司若要跟自己合伙人的父亲对簿公堂，会惹来一堆麻烦。查克决定拒绝伊丽莎白的请求。几周后，他在电话里告知了伊丽莎白他的决定。[①]查克和麦克德莫特律所不希望再听到这件事。

① *Theranos, Inc. et al. v. Fuisz Pharma LLC et al.*, declaration of Charles R. Work executed in Stevensville, Maryland, on July 22, 2013.

第六章
桑　尼

切尔西·伯克特感到筋疲力尽。那是 2009 年夏末，她在帕洛阿尔托的一家初创公司工作，疲于奔命地干着相当于一家成熟公司的 5 个不同岗位的活。并不是说她反对努力工作。像大多数 25 岁的斯坦福毕业生一样，奋斗已深植于她的基因里。但她渴望有一点能鼓舞她的东西，从她的工作中却什么都得不到。她的雇主是 Doostang，一个为金融专业人员设计的就业网站。

切尔西是伊丽莎白在斯坦福最好的朋友之一，入学第一年，她们都住在校园东面边缘的一个大型居住区威尔伯宿舍楼（Wilbur Hall），宿舍挨着，两人一见如故。第一次遇见时，伊丽莎白穿一件红白蓝三色的 T 恤，印着“别惹得州人”的字样，笑容灿烂。切尔西觉得她善良、聪明、有趣。

两人都喜欢社交，性格外向，有着相似的蓝眼睛。两人一起喝酒，参加派对，宣誓加入女生联谊会——部分原因是为了有更好的住宿。不过，当切尔西还是一个试图找到自我的寻常年轻人时，伊丽莎白似乎已经清楚地知道自己想要什么，想做什么了。二年级刚开始，当她带着自己设计的一项专利回到校园时，切尔西无比震惊。

伊丽莎白从学校辍学、创建希拉洛斯的最初 5 年，两个年轻女子始终保持联系。她们不经常见面，但常常发短信。在一次短信交流中，切尔西谈及自己的工作不太开心，结果伊丽莎白回道：“为什么不来为我工作呢?”

切尔西去山景大道的办公室见了伊丽莎白。她的朋友不需要费多少力气向她推销希拉洛斯。伊丽莎白热情地谈论未来，说她的公司将用技术拯救生命。对于切尔西而言，这听上去比帮助投资银行家找工作要有趣、高尚得多。伊丽莎白又如此有说服力。她说话的时候会目光灼灼地盯着你，让你相信她，想追随她。

她们很快就敲定了切尔西的角色：她将在客户解决方案小组工作，负责安排希拉洛斯为了拿下制药企业的业务而正在开展的验证项目。切尔西的第一个任务，是为强生公司的子公司山陶克（Centocor）组织一项研究。

几天后，当切尔西汇报自己的新工作的时候，才知道自己并不是伊丽莎白的朋友里唯一给她打工的。就在一周之前，拉米什·“桑尼”·巴尔瓦尼也进来了，担任希拉洛斯的高管。切尔西见过桑尼一两次，但跟他并不熟，只知道他是伊丽莎白的男朋友，他们一起住在帕洛阿尔托的一间公寓里。桑尼加入公司的事，伊丽莎白只字未提，而切尔西现在面临的问题是必须跟他一起工作。或者说为他工作？她不确定自己是向桑尼汇报，还是向伊丽莎白汇报。桑尼的头衔是执行副总裁，既高高在上，又含糊其辞。但不管他的角色到底是什么，他都不遗余力地为自己树立权威。从一开始，他就将触角伸入公司的方方面面，变得无所不在。

桑尼天生充满力量，表现得却并不太好。尽管身高只有 5 英尺 5 英寸，而且很胖，但他以一种咄咄逼人、当面挑衅的管理风格，弥补了身材的缺陷。他长着浓眉、杏核眼、方下巴，嘴角下垂，流露出一种威吓人的神情。他对员工傲慢、无礼，喜欢颐指气使，动辄斥骂。

切尔西一见就不喜欢他，即便他考虑到她与伊丽莎白的交情，尽量对她友善一些。她不明白自己的朋友看中这个男人什么，他差不多比她大了 20 岁，缺乏最基本的风度和礼貌。她所有的直觉都告诉她，桑尼不好相与，但伊丽莎白似乎对他无比信任。

桑尼出现在伊丽莎白的生活中，是在她去上大学之前的那个夏天。①他们在北京相遇，当时是伊丽莎白参加斯坦福普通话项目的第三年。那年夏天，伊丽莎白被同行的一些学生欺负，很难交到朋友。②桑尼是这群大学小子中唯一的成年人，他挺身而出，施以援手。这是伊丽莎白的母亲诺尔向洛兰·富兹描述他俩关系的起因时说的。

桑尼在巴基斯坦出生、长大，1986 年第一次到美国是来上大学的。③其后，他在莲花公司（Lotus）和微软公司做了 10 年软件工程师。1999 年，他去了以色列企业家利龙·彼得鲁什卡在加州圣克拉拉的一家初创公司 CommerceBid.com。当时，彼得鲁什卡正在开发一个软件项目，它将使得公司可以让其供应商在实时在线竞拍中互相竞争，以确保规模经济和更低的价格。

桑尼加入 CommerceBid.com 时，正是互联网最热的时候，彼得鲁什卡的公司所在的细分领域被称为 B to B 电子商务，更是红得发紫。分析师们正屏气凝神地预测企业之间将很快有 6 万亿美元的商业往来是通过互联网处理的。④

该领域的领先者“第一商业”（Commerce One）彼时刚刚上市，其股票价格在上市第一天就翻了 3 倍。到年底时，已经上涨超过 10 倍。⑤当年 11 月，就在桑尼被任命为 CommerceBid.com 的总裁和首席技术官几个月后，“第一商业”便以 2.32 亿美元的现金和股票收购了这家初创公司。⑥对于一家只有三个客户在测试其软件，几乎没有任

---

① Ken Auletta, “Blood, Simpler,” New Yorker, December 15, 2014.

② *Theranosm, Inc. et al. v. Fuisz Pharma LLC et al.*, deposition of Lorraine Fuisz, 85 – 86.

③ 桑尼·巴尔瓦尼在领英（LinkedIn）上的资料；希拉洛斯公司网站。

④ Steve Hamm, “Online Extra: From Hot to Scorched at Commerce One,” *Bloomberg Businessweek*, February 3, 2003.

⑤ 同上。

⑥ “Commerce One Buys CommerceBid for Stock and Cash,” *New York Times*, November 6, 1999.

何收入的公司而言，这简直是天价。[1]作为公司排名第二的高管，桑尼将4000多万美元收入囊中。他的时机掐得极准。5个月后，互联网泡沫破灭，股票市场崩盘。“第一商业”最终申请破产。[2]

然而桑尼并不认为自己是拜运气所赐。在他的心目中，他是个天才商人，“第一商业”的那笔意外之财就是他才能的证明。当伊丽莎白在几年后遇到他时，对此没有任何理由怀疑。她那时还是个容易受人影响的18岁女孩，把桑尼看作她的榜样：一名成功而富有的企业家。他成了她的导师，那个能够告诉她如何在硅谷做生意的人。

说不清伊丽莎白和桑尼是什么时候开始成为恋人的，但看上去是在她从斯坦福辍学之后不久。他们2002年第一次在中国遇见的时候，桑尼已经与一位日本艺术家藤本惠子（Keiko Fujimoto）结婚，住在旧金山。[3]到2004年10月，在购买帕洛阿尔托钱宁大街（Channing Avenue）的一套独立产权公寓的契约上，他填的是“单身”。[4]其他公开记录表明，伊丽莎白在2005年7月搬入了那套公寓。[5]

在CommerceBid.com的任职短暂且获利丰厚，之后10年里，桑尼没做什么事，除了享受自己的金钱，就是在幕后给伊丽莎白出谋划策。他在“第一商业”担任副总裁，直到2001年1月，然后去读了伯克利商学院，后来又在斯坦福参加了计算机科学的课程学习。[6]

2009年9月加入希拉洛斯的时候，桑尼至少有一项前科。为了给他在CommerceBid.com的收入避税，他雇用了德豪国际会计师事务

---

① “Commerce One to Buy CommerceBid,” CNET website, November 6, 1999.

② Eric Lai, “Commerce One Rises from Dot-Ashes,” *San Francisco Business Times*, March 3, 2005.

③ 旧金山滨海大道和斯科特街拐角一处不动产的契书，日期为2001年3月2日，其中将桑尼·巴尔瓦尼和藤本惠子列为夫妻。

④ 加州帕洛阿尔托钱宁大街118号325室的契书，日期为2004年10月29日。

⑤ TLO的搜索记录上，从2005年7月开始将伊丽莎白·霍姆斯的住址列为帕洛阿尔托钱宁大街118号325室。在2006年10月10日的选民登记表中，她也将该地址作为她的居住地。

⑥ 桑尼·巴尔瓦尼在领英（LinkedIn）上的资料；希拉洛斯公司网站。

所（BDO Seidman），德豪安排他投资一种避税工具。这一操作产生了一笔4100万美元的虚假税务损失，抵销了他从CommerceBid.com获取的收益，几乎完全免除了他的纳税义务。[①]当美国国税局（IRS）在2004年打击此类行为时，桑尼被迫与其达成和解，为他所欠的税支付了数百万美元。他转而起诉德豪，声称他对税务一窍不通，是事务所故意误导他。[②]这一诉讼在2008年达成和解，但具体条款没有公开。

抛开税务的麻烦不谈，桑尼对自己的财富洋洋自得，喜欢用车来炫耀。他开一辆黑色的兰博基尼加拉多，一辆黑色的保时捷911。两辆车都有着浮夸的车牌。保时捷的车牌是“DAZKPTL”，这是对卡尔·马克思论述资本主义的著作的戏仿和嘲弄[③]。兰博基尼的车牌是“VDIVICI”，是用短语Veni，vidi，vici（我来，我见，我征服）玩了个文字游戏，此话是尤利乌斯·恺撒在泽拉之战后在给罗马元老院的一封信中所写，用来夸耀他迅速取得决定性的胜利。

桑尼的穿着打扮也刻意标榜财富，虽然不一定有品位。他穿袖子蓬松的白色名牌衬衫，酸洗牛仔裤，蓝色的古驰休闲鞋。他的衬衫最上面的三个纽扣一向开着，袒露着他的胸毛，露出脖子上的一条细细的金项链。不论何时，他身上总是散发出刺鼻的古龙水味。再加上那的豪车，给人的整体印象是某人要去夜店而不是上班。

桑尼的专长是软件，据说这也是他能给希拉洛斯带去的价值。在第一次参加公司会议时，他夸口说已经写了超过100万行代码。一些员工觉得太荒谬了。桑尼在微软工作过，在那里写Windows操作系统的软件工程师团队是按照每年1000行代码的开发速度工作。即使我们假定桑尼的速度比Windows开发人员快20倍，也需要50年的时间

① *Ramesh Balwani v. BDO Seidman, L.L.P. and Francois Hechinger*, No. CGC-04-433732, California Superior Court in San Francisco, complaint filed on August 11, 2004, 10.

② *Ramesh Balwani v. BDO Seidman, et al.*, 4, 6－7.

③《资本论》的德文名为Das Kapital。——译者

他才能做到自己所说的那个工作量。

桑尼好夸口，喜欢对员工摆出一副有恩的样子，但也时不时古怪地故作高深。当唐·卢卡斯每月来公司两三次看望伊丽莎白时，桑尼就会突然消失。一位员工曾经在办公室的打印机上看到伊丽莎白传真给卢卡斯的便条，在那上面她夸赞桑尼的技能和资历，所以她并没有隐瞒雇用桑尼的事实。但是像戴夫·尼尔森——帮助托尼·纽金特制造第一台爱迪生原型机的工程师，现在坐在切尔西的小隔间对面——这样的人开始怀疑，伊丽莎白对董事会刻意淡化了桑尼所扮演的角色的重要性。

还有一个不明之处是，她是如何跟董事会讲他们之间的关系的。当伊丽莎白通知托尼，桑尼即将加入公司时，托尼直截了当地问他们是否还是情侣。她回答说他们的关系已经结束。她说，向前看吧，这就是纯粹的生意。但事实将证明她说的是假话。

2009 年秋天，切尔西负责的山陶克的业务让她来到了比利时的安特卫普。陪她一起来的是聪明的丹尼尔·杨，毕业于麻省理工的一名生物工程学博士。丹尼尔 6 个月以前入职，职责是帮助希拉洛斯在血液检测系统中加入新的一环：预测建模。现在，当伊丽莎白说服制药企业的高管时，她告诉他们希拉洛斯可以预测服药的病人会产生怎样的反应。病人的测试结果将会输入公司开发的专有计算机程序。她说，随着越来越多的结果录入到程序中，它预测血液中的标志物在治疗期间将如何变化的能力会越来越完善。

这听上去很尖端，但有一个不好的地方：如果要让计算机程序的预测有价值，血液检测的结果就必须可靠，到比利时之后不久，切尔西开始怀疑这一点。希拉洛斯得测量病人血液中的生物标志物——过敏原-特异性免疫球蛋白 E（IgE）——来帮助山陶克评估病人对于一种哮喘药的反应。但在切尔西看来，希拉洛斯的设备似乎非常麻烦，不断出现机械故障。要么是检测盒没法妥帖地进入阅读器，要么是阅读器里面的什么东西失灵了。甚至在设备没有出问题的情况下，要从中得到任何输出结果也很困难。

桑尼总是怪罪无线连接，部分情况下他是对的。产生测试结果的过程需要 0 和 1 跨越大西洋地来回传输：血液检测完成时，阅读器上的一个蜂窝移动天线将光信号产生的电压数据传送到帕洛阿尔托的一个服务器上。服务器分析数据，将最终结果传回比利时的一台手机上。当移动网络信号微弱时，数据传输就会失败。

但除了无线连接问题，还有其他情况会干扰测试结果的产生。几乎所有的血液检测都要求一定程度的稀释，以降低物质在血液中的浓度，否则可能会歪曲检测结果。在化学发光免疫测定中——这是爱迪生设备所用的测试方法——必须对血液进行稀释，以过滤掉吸光性色素和其他可能干扰光信号发射的成分。希拉洛斯系统要求的稀释量更大，因为伊丽莎白坚持使用少量的血液样本。为了让阅读器有足够多的液体开展工作，样本的量必须大幅增加。唯一的办法就是将血液稀释得再多一点。那样做将导致光信号更弱，更难进行精确的测量。简单地说，稀释一点是可以的，但稀释太多就糟了。

爱迪生设备对周围的温度也非常敏感。为了正常工作，它需要在恰好为 34 摄氏度的环境中运行。在阅读器中内置有两个 11 伏的加热器，力图在运行血液检测时保持这个温度。但戴夫·尼尔森注意到，在更冷的环境中，例如欧洲的某些医院，小小的加热器不足以让阅读器保持足够的温度。

桑尼没有任何医学背景，更别说懂实验科学，因此他对此并不知情，也不理解。他更没有耐心去听科学家们的解释。责怪移动网络连接要简单得多。切尔西并不比桑尼更了解这些科学知识，但她与化学团队的主管加里·弗伦泽尔关系很好，从他们的对话中，她了解到困难远不止网络连接问题。

那时切尔西还不知道，他们的药企伙伴之一已经与这家初创公司渐行渐远。那年的年初，辉瑞公司通知希拉洛斯，它将终止双方的合作，因为它对田纳西州所进行的验证研究的结果感到失望。伊丽莎白向这家纽约的制药巨头发送了一份 26 页的报告，竭尽全力为耗时 15 个月的研究解释，但报告中暴露出太多明显不一致的地方。[1]在病人的蛋白质水平下降与抗肿瘤药物的使用之间，这项研究未能显示出任何清晰的联系。就像现在切尔西在比利时遇到的，报告承认发生了一些混乱情况，诸如机械故障和无线传输错误之类。它将无线传输错误归因于"过于茂盛的林木、金属屋顶以及位置偏远导致的信号质量太差"等。

田纳西州的两位病人打电话给希拉洛斯在帕洛阿尔托的办公室，抱怨阅读器由于温度问题而无法启动。按照报告的说法，"解决办法是请病人将阅读器移到离空调和可能的气流远一点的地方"。报告说，一位病人将设备放在房车里，另一位把它放在"非常炎热的房间里"，极端温度"影响了阅读器保持所需温度的能力"。

这份报告从未给切尔西看过。她甚至不知道辉瑞公司研究项目的存在。

切尔西在安特卫普待了三周，返回帕洛阿尔托之后，切尔西发现伊丽莎白和桑尼的注意力从欧洲转向了地球的另一处：墨西哥。一场猪流感自春天以来在那里肆虐，而伊丽莎白认为它提供了一次展现爱迪生设备的绝好机会。

在她的脑海中种下这个想法的人是希拉洛斯的首席科学官赛斯·迈克尔森（Seth Michelson）。赛斯是一个数学奇才，曾经在美国航天航空局的飞行实验室工作。他的专长是生物数学，运用数学模型帮助人们理解生物现象。他在希拉洛斯负责预测模型的构建，是丹尼尔·杨的上司。赛斯让人想起迈克尔·J. 福克斯[2]演的 1985 年那部《回

① Confidential "Theranos Angiogenesis Study Report."

② 加拿大裔著名演员，在《回到未来》三部曲里饰演马蒂·麦克弗莱。片中布朗博士由克里斯托弗·洛伊德（Christopher Lloyd）饰演。——译者

到未来》（*Back to the Future*）里的布朗博士。他没有博士那头狂野的白发，但他蓄了一把卷曲的灰色络腮胡，这赋予了他类似于疯狂科学家的外表。尽管已经快60岁了，他仍然把"老兄"挂在嘴边，而当他解释科学概念的时候会变得尤为兴奋。

赛斯曾经给伊丽莎白讲过一个叫做SEIR（这几个字母分别代表易感［Susceptible］、接触［Exposed］、感染［Infected］和解决［Resolved］）的数学模型，他认为可以运用这个模型来预测猪流感病毒接下来会往哪里扩散。为此，希拉洛斯需要检测最近受感染的病人，将血液检测结果输入模型中。那意味着得带着爱迪生设备和检测盒去墨西哥。伊丽莎白设想将它们放在皮卡的车厢里，开车带它们去处于疫情暴发前线的那些墨西哥村子。

切尔西能说流利的西班牙语，因此他们决定让她和桑尼前往墨西哥。一般来说，在外国要获得当局的许可使用一种实验性的医学设备并非易事，但伊丽莎白可以动用斯坦福一位有钱的墨西哥学生的家族关系。此人安排切尔西和桑尼会见了墨西哥社会保障研究所（IMSS，管理该国公共健康系统的机构）的高级官员。IMSS批准运送24台爱迪生阅读器到墨西哥城的一家医院。这家医院名叫墨西哥总医院（Hospital General de México），规模庞大，坐落于多克托雷斯（Colonia Doctores），那是墨西哥犯罪最猖獗的社区之一。切尔西和桑尼不敢自己往返医院，每天早晨，一名司机开车到医院的大门内把他们放下，一天结束时再来把他们接走。

有好几个星期，切尔西每天将自己关在医院的一个小房间里。爱迪生阅读器一台台堆在沿墙的架子上。储藏血液样本的冰箱排成一排。血液来自在医院接受治疗的受感染病人。切尔西的任务是加热样本，将它们放入检测盒，再将检测盒放进阅读器中，观察它们是否检测出病毒阳性。

这一次，事情进展仍然不顺利。阅读器经常跳出报错信息，或者从帕洛阿尔托返回的结果是病毒阴性，但它应当是阳性。一些阅读器根本就不工作。而桑尼继续将其归咎于无线传输的问题。

切尔西越来越沮丧和悲观。她质疑自己究竟在这里干什么。加里·弗伦泽尔和希拉洛斯的其他科学家告诉她，诊断 H1N1（猪流感病毒的名称）的最佳方法是用鼻腔拭子，在血液中检测该病毒的效用是可疑的。在来之前，她将这一点告知伊丽莎白，但伊丽莎白嗤之以鼻。“别听他们的，”她说的是那些科学家，“他们总是在抱怨。”

切尔西和桑尼在墨西哥卫生部与 IMSS 的官员们碰了几次面，通报了他们的工作进展。桑尼完全不懂西班牙语，因此全是切尔西在说。随着会议的拉长，桑尼的脸上会流露出一种混合着不安和担忧的表情。切尔西怀疑，他是在担心她告诉墨西哥人希拉洛斯的系统没有正常运作。看到他坐立不安的样子，她很开心。

在帕洛阿尔托，公司里传言伊丽莎白正在谈一笔生意，要卖 400 台爱迪生阅读器给墨西哥政府。据说这笔交易将带来急需的现金流。希拉洛斯在头两轮募集的 1500 万美元早已用完，在 2006 年下半年的 C 轮融资中，由亨利·莫斯利帮助引来的 3200 万美元资金也已烧完。公司现在靠着一笔由桑尼个人担保的贷款在维持运转。

与此同时，桑尼还飞去泰国建立一个猪流感检测的前哨站。流感已经蔓延到了亚洲，泰国是该地区受打击最厉害的国家，有上万例病例，200 多人死亡。但与墨西哥不同，尚不清楚希拉洛斯在泰国的活动是否得到了当地政府的许可。员工中流传的是桑尼在泰国的关系见不得人，他得掏钱行贿才能获得受感染病人的血液样本。切尔西在客户解决方案团队的一名同事斯蒂芬·赫里斯图陪同桑尼去了泰国，回来之后，斯蒂芬立即在 2010 年 1 月辞职了，许多人认为这说明传言是真的。

那时切尔西已从墨西哥回来了，关于泰国的小道消息令她感到恐慌。她知道有一部反腐败的法律叫做《反海外腐败法》（Foreign Corrupt Practices Act）。违反该法是重罪，可能会坐牢。

当切尔西驻足思考时，希拉洛斯的很多事情都让她觉得不舒服。

然而没有什么比桑尼更让人难以忍受了。他以恐吓行为散布恐惧文化。在公司，解雇已经是家常便饭，但在 2009 年下半年和 2010 年初，是桑尼扮演了打手的角色。切尔西甚至知道了一种新的表达方式：消失某人。当有人被开除的时候，员工们就是这样使用这个平常的不及物动词的。他们会说“桑尼消失了某人”（Sunny disappeared him），令人想起 1970 年代布鲁克林的黑帮火拼画面。

科学家们尤其害怕桑尼。唯一敢于直面他的人是赛斯·迈克尔森。圣诞节前的几天，赛斯外出给他的团队买了 Polo 衫。颜色与公司 logo 的绿色很配，上面印有“希拉洛斯生物数学”的字样。赛斯觉得这是一个很好的团建形式，而且他是自掏腰包。

桑尼看到 Polo 衫时大为生气。他不喜欢这事没有征询他的意见，认为赛斯给自己团队的礼物让其他部门经理难堪了。在职业生涯早期，赛斯效力于瑞士的大制药公司罗氏，他在那里领导 70 人的团队，经手 2500 万美元的年度预算。他觉得轮不到桑尼来教他怎么管理。他反唇相讥，然后两人大吵了起来。

从那以后，桑尼似乎对赛斯耿耿于怀，常常刁难他，这导致赛斯另寻工作。几个月后，他在总部位于雷德伍德城（Redwood City）的一家名叫基因组健康（Genomic Health）公司找到了一份工作，然后他手拿辞职信，走进了伊丽莎白的办公室告知他的决定。桑尼也在她的办公室里，他打开辞职信读了，然后把它摔回赛斯的脸上。

“我不接受！”他喊道。

赛斯面无表情地高声回道：“先生，我告诉你：在 1863 年，林肯总统解放了奴隶。”

桑尼的回应是将他赶出了办公大楼。过了几个星期，赛斯才得以取回他的数学书、科学杂志，还有放在桌上的妻子的照片。他不得不请公司的新律师乔迪·萨顿和一名保安帮忙，在一个工作日的夜晚，趁桑尼不在把东西打包带走的。

桑尼在某个周五的晚上与托尼·纽金特也闹翻了。他一直直接对托尼团队中的一位年轻工程师下达指令并施加巨大压力，导致其不堪重负精神崩溃。托尼为此质问桑尼，他们的争执迅速升级。桑尼暴怒，大喊大叫说公司每个人都欠他的，他花时间在公司帮忙，人们应当多一些感激。

“我挣的钱足够养活我家七代人。我根本就不用待在这儿！”他冲着托尼的脸尖叫。

托尼以他的爱尔兰土腔反击道：“我身无分文，也不需要待在这里！”

伊丽莎白不得不出面缓和局面。戴夫·尼尔森觉得托尼将会被解雇，星期一上午他就会有个新老板。然而不知为何，托尼从这次冲突中幸存了下来。

切尔西试着向伊丽莎白投诉桑尼，但没能说服她。他们的关系似乎牢不可破。伊丽莎白的办公室与桑尼的办公室只隔着一个玻璃会议室，无论什么时候伊丽莎白走出办公室，桑尼都会立刻从自己的办公室冒出来，与她并肩而行。他经常陪着她一路走到大楼后面的卫生间，引得一些员工半开玩笑地猜测他们是不是到后面吸可卡因去了。

工作了 6 个月之后，到 2010 年 2 月，切尔西已经失去了在希拉洛斯工作的所有热情，想着是不是要辞职。她痛恨桑尼。随着猪流感的消退，墨西哥和泰国的项目似乎正在失去动力。公司踉踉跄跄，从一个考虑不周的举措奔向另一个，就像患有注意力缺陷障碍的孩子。最重要的是，切尔西的男朋友住在洛杉矶，每个周末，为了见男朋友，她得在洛杉矶和湾区之间飞来飞去。这种来回奔波令她濒临崩溃。

正当她纠结于该怎么做的时候，发生了一些事情，促使她更快做出了决定。一天，让伊丽莎白在墨西哥借用过其家族关系的那位斯坦福学生和他父亲一起来访。切尔西当时不在，没有亲眼见到，但后来办公室里都在议论此事。这位父亲正担忧自己是否患了某种癌症。在听到他对健康的担忧后，伊丽莎白和桑尼说服他让希拉洛斯来检测他的血液中是否有癌症的生物标志物。托尼·纽金特当时也不在，但当天晚些时候从加里·弗伦泽尔那里听说了此事。

“呃，有意思，”加里告诉托尼，他的声音带着迷惘，“我们今天扮演了医生的角色。”

切尔西极为震惊。比利时的验证研究与墨西哥、泰国的实验是一回事。那些都只是为了研究的目的，跟患者的治疗方法毫无关系。但鼓动某人基于希拉洛斯的血液检测做出重大医疗决策完全是另一回事。切尔西觉得这是轻率和不负责任的。

没过多久，当桑尼和伊丽莎白开始分发让医生用来订购实验室的血液检测设备的申请表，并且兴奋地谈论消费者检测方面的巨大机会时，切尔西更加震惊了。

结束吧，切尔西跟自己说。这已经越过太多底线了。

她去找伊丽莎白，说自己想辞职，但决定不说出自己的担忧。相反，她告诉她的朋友，她周末来回奔波的成本太高，所以她想彻底搬到洛杉矶去，这些情况当然都是真实的。她提出可以留下来过渡一段时间，但伊丽莎白和桑尼并不想这样。他们说，如果切尔西想走，最好立刻就走。他们要求她离开时，对她手下的三个人什么都不要说。切尔西表示反对。这样的离开让人感觉不好，好像一个窃贼在午夜逃走。但桑尼和伊丽莎白的态度坚决：她不用再对他们说什么了。

切尔西走出大楼，走进帕洛阿尔托的阳光里，百感交集。最主要的感觉是如释重负。但她也觉得难受，没能和她的团队告别，没有告诉他们为什么离开。她会告诉他们那个官方理由——就是她要搬到洛杉矶去——但桑尼和伊丽莎白不相信她会这样做。关于她离开的理由，他们想要自己来决定怎么说。

切尔西也很担心伊丽莎白。在她想成为一名成功的初创企业创始人的不懈努力中，她在自己周围造了个气泡，将她与现实割裂开来。而她允许进入那气泡的唯一一人，却对她造成了可怕的影响。她的朋友怎能对此视若无睹呢?

第七章
J 博士

当日历从 2009 年翻到 2010 年，美国仍然深陷于经济萧条。在过去的两年中，大约有 900 万人在大萧条以来最严重的衰退中失业。还有数百万人收到了抵押物止赎通知。但在旧金山以南那片构成硅谷边界的 1500 平方英里地域内，动物本性再次蠢蠢欲动。

在沙山路上，新开了一家名叫瑰丽（Rosewood）的奢华酒店，尽管房价已经达到 1000 美元一晚，但总是客满。它遍植进口棕榈树，毗邻斯坦福大学校园，很快就成为风险投资家、小企业创始人、外来投资者的首选之地。他们蜂拥来到酒店的餐厅和池畔酒吧里谈生意，在人前亮相。在石头铺就的停车场里，停着一排排的宾利、玛莎拉蒂和迈凯伦。

当美国的其他地方还在舔舐自己在毁灭性的金融危机中所受的伤，一波由多个因素驱动的新的科技热潮已在这里蠢蠢欲动。其中之一是 Facebook 异乎寻常的成功。2010 年 6 月，这个社交网站的私募股权估值升至 230 亿美元，[①]6 个月后，飙升至 500 亿美元。[②]硅谷的每一个创业者都想成为下一个马克·扎克伯格，每一个风险投资人都想在下一艘暴富的火箭飞船上占据一席之地。推特公司横空出世，到 2009 年下半年估值超过 10 亿美元，给这热潮又加了一把火。[③]

同时，随着移动网络速度越来越快，能够处理更多数据，苹果手机和它的智能手机竞争对手（以谷歌的安卓操作系统为代表）正在开始迎来向移动计算的转变。像《愤怒的小鸟》这样广受欢迎的手机游戏，有数百万的苹果手机用户支付1美元来下载它，由此催生出一种理念，即可以围绕一个智能手机app打造一门生意。2010年春天，一家寂寂无名的初创公司优步打车（UberCab）在旧金山推出了测试中的黑色轿车呼叫服务。④

不过，如果没有另一个关键要素——跌到谷底的利率——的话，所有这些也许还不足以引燃新的热潮。为了拯救经济，美联储将利率降到近乎零，使得债券之类的传统投资毫无吸引力，迫使投资者向其他地方寻求更高的投资回报。他们转向的地方之一，就是硅谷。

突然之间，东海岸那些平常只投资于上市公司股票的对冲基金经理纷纷来到西海岸朝圣，在全新的初创公司世界寻找有前景的新机会。与他们一起来的还有老牌公司的高管，这些人想利用硅谷的创新能力，让被衰退重创的生意焕发生机。这个高管群体中有个人来自费城，65岁，他跟人打招呼的时候喜欢用击掌代替握手，人送绰号“J博士”。

J博士的真名叫杰·罗山，他本是一名医生，但是职业生涯的大部分时间都在为大公司工作。他是沃尔格林公司（Walgreens）创新团队的成员，该团队的职责是鉴别新的想法和技术，帮助这家109岁的连锁药店巨头重启增长之路。J博士在费城郊区康舍霍肯（Conshohocken）的一间办公室工作，这个办公室是沃尔格林在2007年收购Take Care Health Systems时接手的。⑤Take Care Health Systems

---

① Alexei Oreskovic, “Elevation Partners Buys $120 million in Facebook Shares,” Reuters, June 28, 2010.

② Susanne Craig and Andrew Ross Sorkin, “Goldman Offering Clients a Chance to Invest in Facebook,” *New York Times*, January 2, 2011.

③ Michael Arrington, “Twitter Closing New Venture Round at $1 Billion Valuation,” TechCrunch website , September 16, 2009.

④ Christine Lagorio-Chafkin, “How Uber Is Going to Hire 1,000 People This Year,” *Inc.*, January 15, 2014.

⑤ 杰·罗山的领英资料；Jessica Wohl, “Walgreen to Buy Clinic Operator Take Care Health,” Reuters, May 16, 2007。

是一家店内诊所运营商，J博士此前在此工作。

2010年1月，希拉洛斯通过电子邮件找到沃尔格林，声称它开发了能够利用指尖针刺取得的几滴血当场进行血液检测的设备，成本比传统实验室的一半还要低。[①]两个月后，伊丽莎白和桑尼来到沃尔格林公司位于伊利诺伊州芝加哥郊区迪尔菲尔德的总部，向沃尔格林的一群高管做了一次演示。[②]J博士从宾夕法尼亚飞过来参加这次会议，他立刻意识到了希拉洛斯技术的潜力。J博士相信，将这家初创公司的设备放到沃尔格林的药店里，可以为这家零售商开辟一个新的巨大的收入来源，并成为其一直在寻求成为的游戏规则改变者。

吸引J博士的不只是商业提案。他是一个注重养生的人，对自己的饮食非常小心，很少喝酒，狂热地坚持每天游泳，他对于推动人们去过更健康的生活充满激情。伊丽莎白在会上介绍的图景——让血液检测更少痛苦，更普遍可用，从而可以成为一种疾病早期报警系统——令他产生了极大的共鸣。那天晚上，与两位对于跟希拉洛斯私下谈论毫不知情的同事在一家红酒吧吃晚饭时，他难以抑制自己的激动情绪。在要求他们对他将要告知的事守口如瓶之后，他压低语调宣布，他发现了一家他确信将会改变医药行业面貌的公司。

“想想看，不需要做乳房X光就能查出乳腺癌。”他对欣喜若狂的同事说，为了营造效果，还故意停顿了一下。

2010年8月24日早晨，还有几分钟就到8点时，一队租来的轿车停在帕洛阿尔托山景大道3200号前。一名健壮男子从其中一辆车上下来，他戴着眼镜，宽宽的鼻梁上有些凹痕。此人名叫凯文·亨特，是一家名为“合作”（Colaborate）的小型实验室咨询公司的负责

---

① *Walgreen Co. v. Theranos, Inc.*, No. 1: 16-cv-01040-SLR, U. S. District Court in Wilmington, complaint filed on November 8, 2016, 4－5.

② 同上，5－6。

人。J 博士率领沃尔格林公司代表团飞到加州与希拉洛斯进行为期两天的会谈，亨特是代表团的一员。这家连锁药店企业几个星期前雇用了他，让他帮助沃尔格林评估和建立与希拉洛斯正在洽谈中的伙伴关系。

亨特对于沃尔格林所在的行业有一种特殊的亲近感：他的父亲、祖父和曾祖父都是药剂师。在成长过程中，他暑假会去父亲管理的纽约、得克萨斯和新墨西哥的空军基地药房帮忙照看柜台，给药房的货架上货。不过，尽管亨特对药店如此熟悉，他真正的专长却在临床实验室。他在佛罗里达大学获得 MBA 学位后，在全球最大的实验室设备提供商之一“奎斯特”（Quest Diagnostics）度过了职业生涯的头 8 年时光。随后，他创建了“合作”公司，为从医院到私募股权公司在内的客户提供实验室事务的咨询服务。

亨特关上租来轿车的门，往希拉洛斯办公楼的入口走去，他注意到的第一件事是门口的右侧停着一辆闪闪发光的黑色兰博基尼。他想，看来有人准备给我们留下点深刻印象。

伊丽莎白和桑尼在台阶的最上面迎接他及沃尔格林公司团队的其他人，领他们来到两人办公室之间的玻璃会议室。在那里他们见到了丹尼尔·杨，他已接替赛斯·迈克尔森领导希拉洛斯的生物数学团队。沃尔格林这一方，除了亨特和 J 博士以外，来的还有另外 3 人：一位名叫雷纳特·范登霍夫的比利时高管、财务高管丹·多伊尔以及亨特在“合作”公司的同事吉姆·桑德伯格。①

J 博士与桑尼、伊丽莎白击掌致意，然后坐下来，以他一贯用来介绍自己的话开始了这次会谈：“嗨，我是 J 博士，过去我是打篮球的②。”在一起工作的这几个星期里，亨特已经听过几十次了，不再觉得它好笑，但对于 J 博士，那是一个永远不会过时的笑话。这番话

① 2010 年 8 月 24 日，沃尔格林和希拉洛斯会谈的备忘录。
② 美国 NBA 前著名球星朱利叶斯·欧文的绰号是“J 博士”。——译者

引发了一阵尴尬的轻笑。

接着，J博士大声说："对我们正在做的事，我非常激动!"①他说的是两家公司已经同意的一个试点项目。该项目计划于2011年年中之前，在沃尔格林的30到90家门店内放置希拉洛斯的阅读器。②药店的顾客只需要刺破手指，就可以检测自己的血液，并在一小时内得到检测结果。他们已经签了一份初步合同，在合同中，沃尔格林承诺预购价值5000万美元的希拉洛斯检测盒，并另外贷款2500万美元给这家初创公司。③如果试点顺利，两家公司将把他们的伙伴关系扩展到全国范围。

如此快速的行动在沃尔格林是不多见的。创新团队发现的机会常常被内部委员会耽搁，被这家零售业巨头的官僚主义延误。这一次，J博士直接去找了沃尔格林的首席财务官韦德·米克隆，争取他对这个项目的支持，设法让它进入了快速通道。米克隆计划那天晚上飞过来，参加他们第二天的议程。

围绕试点项目讨论了大约半个小时之后，亨特问洗手间在哪里。伊丽莎白和桑尼明显僵了一下。他们说，保密是头等大事，所以任何人离开会议室都需要有人陪同。桑尼陪亨特去了洗手间，在洗手间门外等他，然后与他一道走回会议室。在亨特看来，这样做毫无必要，显得太过多疑了。

在从洗手间返回会议室的路上，他扫了一眼办公室，想找到实验室，但没有看到任何类似实验室的地方。他被告知，那是因为实验室在楼下。亨特说他希望在这次访问的某个时候看看实验室，伊丽莎白回答说："没问题，只要我们有时间。"

希拉洛斯告诉沃尔格林，它拥有一个已经具备商业化条件的实验

① 2010年8月24日，沃尔格林和希拉洛斯会谈的备忘录。

② Schedule F of Theranos Master Purchase Agreement dated July 30, 2010, filed as Exhibit C in *Walgreens Co.v.Theranos, Inc.* complaint.

③ Schedule B, F and H1 of July 2010 Theranos Master Purchase Agreement.

室，并且提供了一份有192项不同血液检测项目的清单，称其专有设备可以处理。[1]实际情况是，尽管在楼下确实有一间实验室，但那只是加里·弗伦泽尔和他的生物化学团队开展研究的研发实验室。而且，清单上有半数的检测无法按照化学发光免疫测定方法进行，而爱迪生系统必须依赖这一方法。那些检测需要使用不同的检测方法，超出了爱迪生设备的范围。

会议继续进行，一直开到下午3点左右，此时伊丽莎白建议他们一起到城里去吃个早点的晚餐。当他们从椅子上站起身时，亨特再次要求去看看实验室。伊丽莎白拍了拍J博士的肩膀，示意他跟她到会议室外面去。过了一会儿他回来了，告诉亨特不行。伊丽莎白还不愿意给他们看实验室。桑尼转而带着沃尔格林团队去参观了他的办公室。在他桌子后面的地上有一个睡袋，他的洗手间里有个淋浴间，旁边备有换洗的衣服。他自豪地告诉参观者，有很多个夜晚，他因为工作得太久，在办公室累瘫了。

在他们出去吃饭的时候，桑尼和伊丽莎白让他们错开时间离开。他们不想让大家同时到达饭店，担心会引人注意。他们还要求亨特和他的同事不要使用本人的姓名。亨特来到饭店，那是埃尔卡米诺路上的一家小寿司店，名叫富贵寿司（Fuki Sushi），女招待领着他进入后面一间带移门的包间，伊丽莎白在那里等着。

这种神神秘秘、遮遮掩掩的把戏让亨特觉得愚蠢。那是下午4点，饭店里空无一人，不需要对什么人遮掩他们的存在。而且，要说有什么可能会引人注意的话，那就是桑尼停在车位上的兰博基尼了。

亨特开始产生怀疑。黑色的翻领毛衣，低沉的声音，还有整天小口啜饮的绿甘蓝汁，这些说明伊丽莎白在竭力模仿乔布斯，但她似乎并不完全了解不同血液检测项目的差异所在。希拉洛斯也没能满足他两个最基本的要求：让他看看实验室，以及在其设备上现场演示一次

① Document with a Theranos logo titled "Theranos Base Assay Library."

维生素 D 的检测。亨特的计划是让希拉洛斯检测他和 J 博士的血液，然后晚上去斯坦福的医院重新检测，比较结果。他甚至安排了一名病理学家在医院待命，准备开单子给他们抽血。然而，尽管他在两周前就提出了这个要求，但伊丽莎白声称自己并没有接到什么通知。

还有其他事情困扰着亨特：桑尼的态度。他的行为既傲慢又轻佻。当沃尔格林方面提出让其 IT 部门参与试点的准备时，桑尼立即婉拒了，他说："IT 的人跟律师一样，尽量避免跟他们打交道。"[①]在亨特听来，这种观点本身就是个问题。

但是，J 博士似乎并没有跟他一样心存怀疑。他仿佛被伊丽莎白的光环迷住了，陶醉在硅谷的氛围之中。亨特觉得他好像一个追星族，飞越整个国家，就为了去看喜欢的乐队的演唱会。

第二天上午，他们在希拉洛斯的会议室继续开会，沃尔格林的首席财务官韦德·米克隆也来了。韦德已经与伊丽莎白直接协商了试点协议。他似乎也成了她的忠实粉丝。那天的会开到一半，伊丽莎白安排了一个节目，送给米克隆一面美国国旗，她说这面旗帜曾经飘扬在阿富汗的战场上。她在国旗上写下赠与沃尔格林的字样。

亨特觉得整件事都很古怪。沃尔格林把他带来，是来审查希拉洛斯的技术，但他们却没有让他去做该做的事。对于这次拜访，他们拿出来展示的唯一一件东西就是那面签名的国旗。然而，J 博士和米克隆好像完全不在意。在他们看来，这次拜访进行得很顺利。

一个月后，2010 年 9 月，沃尔格林的一群高管在这家连锁药店企业位于迪尔菲尔德的总部会议室会见了伊丽莎白和桑尼。气氛相当喜庆。带有沃尔格林 logo 的红色气球飘浮在桌子上空，桌上放满了小零食。韦德·米克隆和 J 博士正在为沃尔格林的管理层揭开"贝塔计

① Confidential memo titled "WAG/Theranos site visit thoughts and Recommendations" addressed by Kevin Hunter to Walgreens executives on August 26, 2010.

划”，那是希拉洛斯试点项目的代号。

投在大屏幕上的标题为“搅局实验室行业”，沃尔格林的一位高管站在投影前演唱了《想象》（*Imagine*）。[①]为庆祝合作，创新团队想出了这个主意，把约翰·列侬这首歌的歌词改了，以此赞颂他们的伙伴关系。当不伦不类的卡拉 OK 表演结束后，伊丽莎白和桑尼鼓动沃尔格林的高管检测自己的血液。他们带了几台黑白色的机器来参加这次会议。沃尔格林的高管们排成队，跟在公司总裁克米特·克劳福德和创新团队的头头科林·瓦茨身后刺破了自己的手指。

亨特现在全天在沃尔格林工作，为创新团队担任现场顾问，他没有参加这次会面。但当他听说沃尔格林的几位高管亲自做了血液检测，他发现这是一个机会，可以看看这项技术到底是怎么运作的。他告诉自己，下次会谈的时候，要向伊丽莎白追问一下这些人的检测结果。帕洛阿尔托的拜访结束后，他汇总了一份报告，在其中警告希拉洛斯有可能“过分吹嘘或者夸大……检测盒/设备的科学性”。[②]他还建议沃尔格林派人去希拉洛斯参与这个试点计划，并且推荐他在“合作”公司的一位名叫琼·斯马特的同事前去，这位娇小的英国女子最近刚结束在斯坦福大学实验室的管理工作。希拉洛斯拒绝了这项提议。

几天后，在每周视频会议——两家公司以此作为他们的主要沟通方式——上，亨特问及血液检测结果。[③]伊丽莎白回应称，希拉洛斯只能将结果告知医生。从康舍霍肯接入视频会议的 J 博士提醒大家，他是一位受过训练的医生，那么为什么希拉洛斯不直接把结果发给他呢？他们同意由桑尼会后单独跟他处理此事。

一个月过去了，结果还是没有来。

---

① PowerPoint titled “Project Beta—Disrupting the Lab Industry—Kickoff Review” dated September 28, 2010.

② 亨特给沃尔格林管理层的备忘录，2010 年 8 月 26 日。

③ 希拉洛斯与沃尔格林的会议视频，会议在中部时间 2010 年 10 月 6 日下午 1: 00—2: 00 举行。

亨特的耐心逐渐耗尽。在那一周的电话会议上，双方讨论了希拉洛斯遵照对它的监管措施突然做出的一个变动。希拉洛斯最初表示，根据1988年颁布的有关实验室监管的联邦法律《临床实验室改进法案修正案》（CLIA），其血液检测可被“豁免”。该修正案豁免的检测通常是FDA清楚表明为家用的简单实验室程序。

现在，希拉洛斯的调子变了，说它正在为沃尔格林提供的检测是“实验室开发检测”。这里存在巨大的差异：实验室开发检测处于FDA和另一家联邦医疗监管机构——美国医疗保险和医疗补助服务中心（CMS）——之间的灰色地带。美国医疗保险和医疗补助服务中心依据CLIA对临床实验室进行监管，FDA监管的则是实验室为检测而购买和使用的诊断设备。但没有一家对实验室按照自己的方法开展的检测进行严密监管。对于这一变动的重要性，伊丽莎白和桑尼在与亨特交换意见时咄咄逼人。①他们坚称，大型实验室公司大多使用实验室开发检测，但亨特知道事实并非如此。

亨特认为，这一变动使得核查希拉洛斯的检测的准确性变得更为重要。他建议做一项50名病人的研究，他们将把希拉洛斯的检测结果和斯坦福医院的检测结果进行比较。他与斯坦福那边有过工作往来，认识那里的人，这事儿很容易安排。亨特注意到，电脑屏幕上伊丽莎白的身体语言立即发生了变化。她明显变得警惕和防备起来。

“不，我觉得这次我们不必那样做。”她说，迅速将主题转到了电话会议议程的其他几项上。

会议结束后，亨特把沃尔格林一方负责试点项目的雷纳特·范登霍夫叫到一边，告诉他有些事不太对劲。危险信号一个接着一个。先是伊丽莎白拒绝让他进入实验室。然后，她拒绝了他安排一个沃尔格林的人去帕洛阿尔托的提议。而现在，她又拒绝做一个简单的比较研

① 希拉洛斯与沃尔格林的会议视频，会议在中部时间2010年11月10日下午1:00—2:00举行。

究。最最重要的是，希拉洛斯已经从沃尔格林最高级管理人员之一——公司药品业务总裁身上采了血，却不能给他一个测试结果！

范登霍夫听着，一脸苦涩。

“我们不能这样要求，”他说，“我们不能冒险让西维斯（CVS）在6个月内与他们达成交易，那是真有可能的。”

沃尔格林的竞争对手西维斯总部位于罗得岛，按收入来说比沃尔格林的规模大三分之一，两者之间的竞争确实影响了沃尔格林的一切行为。这是一种缺乏远见的世界观，对于亨特这样一个并非沃尔格林员工的外人来说是很难理解的。希拉洛斯聪明地利用了这种不安全感。结果，沃尔格林患上了严重的错失恐惧症（FoMO）——生怕会错过。

亨特请求范登霍夫至少让他看一看那个黑白两色阅读器的内部，那是希拉洛斯在“贝塔计划”的启动派对上留下的。他非常想撕下那个盒子上的封条，把它打开。希拉洛斯给他们寄过一些检测试剂，但都是用于像“流感的易感性”这样让人摸不着头脑的血液检测，他知道没有其他任何实验室提供这样的检测。所以不可能拿他们的结果去做什么比较。亨特想，多么投机取巧。而且，那些试剂已经过期。

范登霍夫说不行。他们已经签了保密协议，除此之外他们还被严厉警告，不得乱动阅读器。两家公司签的合同注明，沃尔格林同意“不得拆解或反向还原设备或其中的任何部件”。[①]

亨特努力克制自己的沮丧，提出了最后一个要求。希拉洛斯总是提及两件事，作为其技术已经得到认可的证明。第一个是它为多家制药公司所做的临床试验工作。它给沃尔格林的文件中声称，希拉洛斯的系统“在过去7年里经过了15家最大的制药企业中的10家的综合

① Schedule B of July 2010 Theranos Master Purchase Agreement.

验证”。[1]第二个是一份对其技术的评估报告，据说是J博士从约翰斯·霍普金斯大学医学院拿到的。

亨特给那些制药公司打过电话，电话那头没有一个人能够证实希拉洛斯公司的说法，尽管这很难证明什么。现在，他要求范登霍夫把约翰斯·霍普金斯大学的评估报告拿给他看。一番犹豫之后，范登霍夫不情不愿地递给他一份两页纸的文件。

读完之后，亨特差点笑出来。那是一封信，日期是2010年4月27日，概述了伊丽莎白、桑尼和J博士与霍普金斯大学5位代表的一次会议，地点在该校位于巴尔的摩的校园内。[2]信件称，他们向霍普金斯大学的团队展示了“基于测试作业的专有数据”，霍普金斯认为该技术“新颖且合理”。但它也明确表示，霍普金斯大学自己没有进行独立的验证。事实上，该信在第二页底部加了一条声明：“所提供的材料绝不意味着约翰斯·霍普金斯大学医学院对任何产品或服务的认可。”

亨特告诉范登霍夫，这封信毫无意义。从这名比利时人的表情判断，他感觉自己的努力开始起作用。范登霍夫的信心似乎动摇了。亨特知道负责创新团队财务的丹·多伊尔也跟他有一样的疑虑。如果他能够让范登霍夫转而支持他的观点，他们也许能够让J博士和韦德·米克隆幡然醒悟，从而避免潜在的危机。

沃尔格林并不是希拉洛斯在巴结的唯一一家大型零售业合作者。就在同一时期，希拉洛斯的员工注意到一位老先生多次造访他们在山景大道的办公室，他戴着无框眼镜，穿西服，打领带，看上去一丝不苟。此人就是西夫韦公司（Safeway）的CEO史蒂夫·伯德。

---

① “Project Beta—Disrupting the Lab Industry—Kickoff Review,” 5.

② 有约翰斯·霍普金斯大学医学院抬头、标明“机密”字样的信函，会议题为“Summary of Hopkins/Walgreens/Theranos”。

西夫韦是美国最大的连锁超市之一，伯德执掌该公司已达 17 年。一路走来，他专注于百货行业本身，在担任 CEO 的第一个十年赢得了华尔街的赞誉，现在却转而对医疗保健行业产生了强烈的兴趣。

他之所以转向这个领域，是因为意识到西夫韦的医保成本逐年攀升，如果他不想办法改变的话，公司总有一天会破产。[①]他率先为自己的员工办了创新性的健康和预防性医疗项目，并且倡导全民医保，这使他成为共和党人 CEO 中唯一欢迎奥巴马医改方案的人。[②]与 J 博士一样，他对自己的健康非常在意。每天早晨 5 点，他就在跑步机上锻炼；晚饭后还要练举重。[③]

应伯德的邀请，伊丽莎白来到这家连锁超市位于旧金山湾另一侧的普莱森顿市（Pleasanton）的总部。她描述了她对针头的恐惧是如何引导她开发出了突破性的技术，让血液检测不仅更方便，也更快速和便宜，令西夫韦的 CEO 和他的一群最高层管理人员听得入迷。她随身带了一台黑白色的设备来演示它是如何工作的。

演示对西夫韦的执行副总裁拉瑞·伦达（Larree Renda）产生了强烈的冲击。伦达的丈夫正在与肺癌作斗争。他必须经常进行血液检测，以便医生调整他的用药。每一次抽血都是一次折磨，因为他的静脉越来越脆弱。她觉得希拉洛斯的指尖取血系统将是他的福音。

伦达 16 岁就开始在西夫韦做兼职的装袋工，她在公司一路晋升，成为伯德最信任的高管之一，她发现自己的老板也很受触动。希拉洛斯的提案完全契合他的健康哲学，并且提供了一条途径来提高连锁超市停滞不前的收入，扩大微薄的利润空间。

没过多久，西夫韦也和希拉洛斯达成了一笔交易。根据协议，它借了 3000 万美元给这家初创公司，并承诺对自己的连锁店进行大规

---

① Richard S. Dunham and Keith Epstein, "One CEO's Health-Care Crusade," *Bloomberg Businessweek*, July 3, 2007.

② Jaime Fuller, "Barack Obama and Safeway: A Love Story," *Washington Post*, February 18, 2014.

③ Dunham and Epstein, "One CEO's Health-Care Crusade."

模出新，以便为光鲜的全新诊所留出空间，让诊所的顾客在希拉洛斯的设备上做血液检测。

伯德为这种伙伴关系欣喜若狂。他将伊丽莎白看作早慧的天才，以少有的尊重待她。除非绝对必要，他一般不愿离开自己的办公室，但对她是个例外，他常常开车越过海湾到帕洛阿尔托来。有一次，他来的时候带了一盆硕大的白色兰花。另一次，他带了一个私人飞机的模型送给伊丽莎白。他预测说，接下来她会有一架真正的飞机。伯德知道希拉洛斯同时在跟沃尔格林洽谈。伊丽莎白告诉他，他的公司将是超市中独家提供希拉洛斯血液检测的，而沃尔格林将是药店方面独家提供希拉洛斯血液检测的。两家公司对这一安排都不满意，但双方都觉得至少好过错失一个新的巨大的商业机会。

芝加哥这边，亨特竭力让范登霍夫把他的怀疑当回事，他的努力在 2010 年 12 月中旬落空了，因为范登霍夫通知同事说自己将在年底离职。他获得了新泽西一家公司的 CEO 职位，该公司为制药公司制造温度指示器。这是他职业生涯不可错过的一个机遇。

沃尔格林从内部任命了接替的人选，是一位叫翠西·利平斯基的女高管，她在实验室界有一定的知名度。来沃尔格林之前，她在美国病理学家学会工作，它是代表实验室科学家的医疗学会。亨特一刻也不耽搁地让她知道了自己对希拉洛斯项目的看法。他告诉她："我得阻止这个事情，要不然哪天它将成为某人的耻辱。"

他也将自己的怀疑直接告知了 J 博士，但几乎毫无用处。J 博士是希拉洛斯的坚定支持者，不遗余力地为其摇旗呐喊。如果有什么问题的话，那就是他觉得沃尔格林的动作太慢了。在得知史蒂夫·伯德送伊丽莎白模型飞机的事之后，他向翠西抱怨说沃尔格林也应向伊丽莎白表达好感。令亨特惊讶的是，他甚至不再向伊丽莎白和桑尼索要项目启动派对上所做检测的结果。他显然愿意纵容希拉洛斯不给出这些结果。

J博士有一个强大的同盟，就是韦德·米克隆。韦德衣着时髦，喜欢昂贵的西装和名牌眼镜，他喜欢交际，在沃尔格林很受欢迎。然而，《芝加哥论坛报》发表了一篇报道，曝光他那年秋天因为一年多来第二次酒驾而被捕，在此之后，许多同事开始质疑他的判断力。[1]他本来完全不应出现在方向盘后面：他的驾照仍因上次被捕而处于吊销状态。让事情变得更糟的是，他拒绝接受呼气酒精检测，因而未能通过现场的清醒测试。这次事件为他在沃尔格林总部的办公室中赢得了一个新绰号：米凯罗（Michelob）[2]。

韦德的酒驾，J博士的盲目为希拉洛斯叫好，让人很难相信“贝塔计划”在由最优秀的人负责。但那超出了亨特的职权范围。他关注的是自己能管的事，继续在每周的视频会议上提出尖锐问题，直到2011年初的一天，利平斯基告诉他，伊丽莎白和桑尼不想在两家公司的视频会议或会谈中再看到他。她说，他们觉得他制造了太多的麻烦，干扰了工作的进行。她还补充了一句，沃尔格林公司别无选择，只能服从，否则希拉洛斯公司会退出。

亨特试图说服她拒绝这种要求。如果要让他置身事外，让他难以开展自己的工作，那沃尔格林为什么又要每个月付他公司2.5万美元，让他维护公司的最佳利益呢？这说不通。他的抗议被礼貌地扔在了一边，伊丽莎白和桑尼得逞了。亨特继续与创新团队一起工作，在需要的时候贡献自己的专业知识，但被排除在后续的视频会议和会谈之外，他被边缘化，这限制了他的作用。

与此同时，沃尔格林继续推进项目。作为试点项目准备工作的一部分，亨特与创新团队一起进行实地考察，前往距迪尔菲尔德几英里远的一个工业园区，在那里有一座没有标识的仓库。这家公司在仓库里按实际尺寸建了一个药店。店内设了一个血液检测实验室，安装了

---

① Melissa Harris and Brian Cox, “2nd DUI Arrest for Walgreen Co. CFO Wade Miquelon,” *Chicago Tribune*, October 18, 2010.

② 美国著名啤酒品牌。——译者

特别设计的架子，放得下希拉洛斯那款黑白两色的阅读器。

亨特看着这间模拟药店和其中的小小实验室，恍然之间发现它是那么真实。他不安地想，很快，就会有真正的病人在这些小实验室做抽血检测了。

第八章
迷你实验室

随着沃尔格林和西夫韦成为其零售业合作伙伴，伊丽莎白突然遇到了一个她自己造成的问题：她跟两家公司都说了她的技术可以基于少量血液样本开展数百项检测。事实是，爱迪生系统只能做免疫测定，这是一种用抗体测量血液中物质含量的检测。免疫测定包括某些经常用到的实验室检测，如维生素 D 的测量、前列腺癌检测等。但其他许多血常规检测，包括从胆固醇到血糖的测定，都需要完全不同的实验室技术。

伊丽莎白需要一个新设备，一种可以开展不止一种检测的设备。2010 年 11 月，她雇用了一个名叫肯特·弗兰克维奇的年轻工程师，让他负责设计这种设备。肯特刚刚从斯坦福大学获得机械工程硕士学位。在此之前，他在美国航空航天局位于帕萨迪纳的喷气推进实验室工作了两年，在那里帮助建造了火星探测车“好奇号”。肯特随后把他在美国航空航天局工作时认识、后来去为埃隆·马斯克的火箭公司 SpaceX（总部在洛杉矶）工作的朋友格雷格·巴尼招了进来。格雷格身高 6 英尺 5 英寸，体重 260 磅，体格像职业橄榄球大联盟（NFL）的前锋，但这样的体格之下蕴藏着非凡的才智和敏锐的洞察力。

有那么几个月的时间，肯特和格雷格成了伊丽莎白最喜欢的员工。她参加他们的头脑风暴会议，对他们应当使用什么样的机器人系统提出建议。她把公司的信用卡给了他们，让他们购买任何想要的设备和物资。

伊丽莎白给她要他们制造的机器取了个名字，叫做“迷你实验室”（miniLab）。顾名思义，她最最关心的是大小：她仍旧怀有那种愿景，希望有一天能进入千家万户，想要它能放在桌上或架子上。这带来了工程学上的挑战，因为，为了运行所有她想要的检测，迷你实验室需要比爱迪生设备多得多的部件。除了爱迪生的光电倍增管外，新设备还需要在狭小的空间中塞下另外三套不同的实验设备：一台分光光度计、一台血细胞计数器以及一台等温放大器。

所有这些都不是新的发明。第一个面市的分光光度计是 1941 年由美国化学家阿诺德·贝克曼开发的，他是实验设备制造商贝克曼-库尔特（Beckman Coulter）的创始人。①分光光度计的原理是让有色光穿透血液样本，测量样本吸收了多少光线。从光线被吸收的程度，可以推断出某种微粒在血液中的浓度。分光光度计可以用来测量像胆固醇、葡萄糖和血红蛋白这样的物质。血细胞计数器是用来计算血细胞的数量的，发明于 19 世纪。②它被用来诊断贫血症、血癌以及其他疾病。

世界各地的实验室使用这些设备已经有数十年的时间。换句话说，希拉洛斯并没有开创任何检测血液的新方法。还不如说，迷你实验室的价值在于现有实验室技术的微缩化。尽管这也许算不上什么突破性的技术，但在伊丽莎白的愿景中它仍然是有意义的：让血液检测走出中央实验室，走进药店、超市，最终进入千家万户。

诚然，市场上已经有了便携式的血液检测设备。其中一款看上去像一台小型的 ATM 机，名叫 Piccolo Xpress，可以进行 31 项不同的血液检测，仅需 12 分钟即可得出结果。③而且，它只需要三四滴血就可

---

① Jerry Gallwas, “Arnold Orville Beckman(1900 – 2004),” *Analytical Chemistry*, August 1, 2004, 264A – 65A.

② M.L. Verso, “The Evolution of Blood-Counting Techniques,” *Medical History* 8, no.2 (April 1964): 149 – 58.

③ 爱贝斯公司的“Piccolo Xpress 化学分析仪”使用手册，可在该公司网站上获取。

以进行6项常规检测。不过，无论是Piccolo还是其他现有的便携式分析仪都没法进行全范围的实验室检测。在伊丽莎白的脑海中，那将是迷你实验室的卖点。

格雷格花了很多时间研究检测设备供应商制造的商用设备，将它们反向还原，让它们变得更小。他从一家名叫海洋光学（Ocean Optics）的公司订了一台分光光度计，将它拆开，研究它是如何工作的。这种做法相当有趣，但也使他怀疑自己所采用的方法。

与其从头开始制造新的设备来满足伊丽莎白设想的任意尺寸，格雷格觉得不如将他们正在费力缩小的现成组件组合在一起，以测试整个系统该如何运转。一旦他们有了能工作的原型机，接下来就可以考虑怎么将它缩小。先强调系统的大小、后担心它是否能工作是本末倒置。但伊丽莎白不肯让步。

格雷格和他在洛杉矶的恋人正在闹分手，所以他星期六去了公司，想让自己的思绪从中摆脱出来。他看得出伊丽莎白很欣赏这样的做法。她将这看作是忠诚和奉献的表现。她告诉格雷格，她想看到肯特周末也来公司；他的朋友没有来，让她感到不安。于她而言，保持生活与工作的平衡完全是陌生的概念。她不管什么时候都在工作。

跟大多数人一样，格雷格第一次见到伊丽莎白的时候，就被她低沉的嗓音惊到了。他很快就开始怀疑，那是装出来的。加入公司后不久，一天晚上，在她的办公室，他们的一场会议结束后，她的声音忽然变得自然了，更像是个年轻女子。“我真的很开心你来了这里。”她从椅子上站起来，对他说，音调比平常高了若干个八度。她在激动之余，似乎暂时忘记了调成男中音。当格雷格仔细思考这事时，觉得她的行为有一定的逻辑：硅谷是一个完全由男性主宰的世界。风险投资人都是男人，他甚至想不出有哪家著名的初创公司创始人是女性。某种程度上，她一定认为要获得人们的关注、被人当回事，必须有一副低沉的嗓音。

声音的事过去几天后，格雷格发现了希拉洛斯与一般工作场所不同的另一个线索。他与加里·弗伦泽尔成了朋友。尽管加里看上去像一个邋遢汉——体重300磅，穿着松松垮垮的牛仔裤、过大的T恤衫和洞洞鞋在公司里走来走去——但格雷格发现他是全公司最聪明的人之一。加里有严重的睡眠呼吸暂停症，在开会的时候，格雷格不止一次发现他在打盹，但他会突然醒过来，反驳某人提出的蠢主意，并给出一个绝妙的替代方案。

有一天，他们一起下班，加里压低声音，以一种密谋似的语调告诉了格雷格一件令他震惊的事：伊丽莎白和桑尼在谈恋爱。格雷格傻眼了。他觉得一家公司的CEO和公司的二号人物睡在一起是不合适的，但更令他困扰的是，他们在掩盖此事。这是一条极为重要的信息，他觉得应该让所有新进来的员工知道。对于格雷格而言，这一意外发现令他以一种新的眼光看待希拉洛斯的一切：如果伊丽莎白对这件事都不能坦率，会不会对其他事也说谎了呢？

2011年的春天，希拉洛斯的裙带关系出现了一个新动向：伊丽莎白把她的弟弟克里斯蒂安招进了公司，担任产品管理的助理董事。克里斯蒂安·霍姆斯从大学毕业两年了，没有任何明显的证据表明他有资格在一家血液检测公司工作，但伊丽莎白并不看重这个。她更看重的是，她弟弟是她可以信任的人。

克里斯蒂安是一个英俊的年轻人，有着跟他姐姐一样的深蓝色眼睛，但那是他俩之间仅有的相似之处。克里斯蒂安完全没有他姐姐的抱负和冲劲；他就是个普通的年轻人，喜欢看体育比赛，追女孩子，跟朋友开派对。2009年从杜克大学毕业以后，他在华盛顿的一家公司做分析师，为公司提供最佳操作建议。

刚到公司的时候，克里斯蒂安没有多少事可干，所以他花了一些时间阅读体育方面的文章。他从ESPN的网站上剪切和粘贴文章，藏在电子邮件草稿箱里，这样从远处看，他好像是在专心阅读与工作相关的邮件。克里斯蒂安很快招来了他的四个好兄弟，都是杜克大学的毕业生：杰夫·布利克曼、尼克·孟切尔、丹·埃德林、萨尼·哈德兹亚梅托维奇。稍后又来了一个杜克大学的，叫麦克斯·福斯克。他们一起在帕洛阿尔托乡村俱乐部附近租了一座房子，很快就成了希拉洛斯内部人人皆知的“兄弟帮”。与克里斯蒂安一样，这些杜克大学来的小伙子都没有任何与血液检测或医学设备相关的经验，也没有受过这方面的训练，但他们与伊丽莎白弟弟的交情足以令他们在公司的等级体系中凌驾于绝大多数员工之上。

那个时候，格雷格已经说服了自己的几个朋友加入希拉洛斯公司。其中有两人是他在佐治亚理工学院念本科时的好友：乔丹·卡尔和泰德·帕斯科。另一个是他在帕萨迪纳为美国国家航空航天局工作时结识的朋友，名叫特雷·霍华德。巧的是，特雷大学也是在杜克上的，比“兄弟帮”要早几年。

乔丹、特雷和泰德都被分在了产品管理组，与克里斯蒂安及其朋友在一起，但没有跟克里斯蒂安他们一样被授予同等级的敏感信息获取权。伊丽莎白和桑尼召开的许多涉及与沃尔格林和西夫韦的伙伴关系战略的秘密会议，都将他们拒之门外，而克里斯蒂安和他的朋友们则应邀参加。

“兄弟帮”长时间加班工作，深得桑尼和伊丽莎白喜爱。桑尼一直质疑员工对公司的奉献，他的终极衡量标准是一个人在办公室的工作时长，不管这个人有没有在做有建设性的工作。有的时候，他会坐在玻璃大会议室里，盯着成排的工作隔间，想找出谁在偷懒。

他们经常在办公室工作到很晚，以致没时间锻炼，所以克里斯蒂安和他的朋友在白天溜出去健身。为了避开桑尼的监视，他们在不同的时间从不同的出口低头猫腰溜出去。他们也很小心，从不会同时或者一起回来。泰德·帕斯科是辞掉了华尔街的工作来硅谷碰运气的，但在希拉洛斯的头几个月，他没有任何明确的职责，所以他拿安排出去和回来的时间给自己解闷。

有一天，“兄弟帮”的几人与格雷格以及工程部的两名同事一起在俯瞰停车场的大阳台上吃午餐。关于一些世界顶级足球运动员的低智商的讨论，引发了他们的争论：你是宁愿聪明而贫穷，还是蠢笨而富有？三个工程师都选择聪明而贫穷，“兄弟帮”的成员则一致选了蠢笨而富有。格雷格为这两帮人如此泾渭分明感到震惊。他们全都是二十五六岁的年纪，受过良好的教育，但他们看重的东西完全不同。

克里斯蒂安和他的朋友总是准备着并且心甘情愿去做伊丽莎白和桑尼要求的事。他们热切地想要取悦这二人，这一点在2011年10月5日晚史蒂夫·乔布斯逝世的消息传出时展露无遗。伊丽莎白和桑尼想在山景大道的办公楼前面挂上苹果公司的旗子，以下半旗的方式向乔布斯致哀。第二天早晨，杰夫·布利克曼自告奋勇地接受了这个任务，他是个红头发的高个子，在杜克大学的校队打过棒球。由于找不到地方买合用的苹果公司旗子，于是布利克曼去订制了一面乙烯基做的旗子。其背景是黑色的，上面有苹果公司著名的白色logo。他去的那家店要花时间做。那天直到很晚，布利克曼才带着旗子回来。此时，公司的工作处于停顿状态，伊丽莎白和桑尼无精打采地在公司里转来转去，沉迷于寻找苹果公司的旗子。

格雷格知道伊丽莎白对乔布斯的着迷。说到他的时候，她称他“史蒂夫”，好像他们是好朋友。有一次，她跟格雷格说，如果“史蒂夫”不相信9·11阴谋论，讲述这个的纪录片就不会出现在播放程序iTunes里面。格雷格觉得这种想法很愚蠢。他非常确定乔布斯不会亲自过目iTunes里销售或出租的所有影片。伊丽莎白似乎对他有一种过于夸张的想象，认为他是全知全能的人。

乔布斯去世后一两个月，格雷格在工程师团队的一些同事发现，伊丽莎白正在借用沃尔特·艾萨克森[①]为这位苹果公司已故创始人撰写的传记中所描述的行为和管理技巧。他们当时也都在读这本书，能根据她模仿的乔布斯职业生涯的某个时期，准确地指出她在读哪一

① 乔布斯传记的作者。——译者

章。伊丽莎白甚至给迷你实验室取了个乔布斯式的代码名：4S。这显然参考了 iPhone 4S，而这款手机恰巧是在乔布斯逝世的前一天发布的。

格雷格与希拉洛斯的蜜月期走到尽头，是在他妹妹应聘这家公司的工作之后。2011 年 4 月她被伊丽莎白和桑尼面试后，次月收到了入职产品管理团队的通知，但她决定婉拒，继续留在当时的东家——会计师事务所普华永道（PwC）。第二天是个周六，格雷格在办公室干活。伊丽莎白也在公司，但没有过来感谢他加班，这让他觉得奇怪，因为她一般都会这样做，尤其是在周末的时候。接下来的一个星期，格雷格不再被邀请参加她和肯特的头脑风暴会议。这让他明白，伊丽莎白对他妹妹的决定耿耿于怀，现在他得为此付出代价。

没过多久，肯特与伊丽莎白的关系也冷了下来。从任何方面来看，肯特都是迷你实验室的主设计师。作为一名热爱制造东西、卓具天赋的工程师，他也在业余时间尝试涉足了一个附带项目：一种能够既照亮车轮，也照亮道路的自行车车灯，可以为夜晚骑行者提升能见度和安全性。他把这个主意放到 Kickstarter 平台上，令他非常惊讶的是，竟然在 45 天内筹集了 21.5 万美元，成为这家众筹平台上当年募集资金数额排名第七的项目。原本不过是个爱好，突然间看起来像是可以成为一门养家糊口的生意。

肯特将他在 Kickstarter 上的成功告诉了伊丽莎白，以为她不会介意。但他的判断完全错了：伊丽莎白和桑尼都暴跳如雷。他们认为这其中存在重大利益冲突，要求他把自行车车灯专利转给希拉洛斯公司。他们声称，肯特加入公司时签署的书面文件让他们有权获得他在受雇期间产生的任何知识产权。肯特不同意。那是他在自己的业余时间做的小小尝试，他觉得自己没有任何地方做错了。他也不觉得一种新型的自行车车灯会对血液检测设备的制造商构成威胁。但伊丽莎白和桑尼不肯善罢甘休。他们开了一个又一个的会，逼他交出专利。其中一些会议他们还让希拉洛斯公司新任的高级法律顾问大卫·多伊尔参加了，以此对肯特施压。

格雷格目睹了这一对峙的逐渐发展，他越来越相信，事情跟专利本身没有多大关系，而是为了惩罚肯特的所谓不忠。伊丽莎白期望她的员工将一切都奉献给希拉洛斯，尤其是像肯特这样她信任并赋予重任的人。肯特不仅没有献出自己的一切，还花时间和精力去做其他的工程项目。这也解释了他为什么没有像伊丽莎白期望的那样周末来加班。在她看来，肯特背叛了她。最后，双方达成了一项脆弱的妥协：肯特将休假一段时间，去尝试一下他的自行车车灯事业。等他不再沉迷于自己的小项目时，他们再讨论是否让他回来，以及在什么条件下回来。

肯特的离开让伊丽莎白心情恶劣。现在她指望着格雷格和其他人来收拾烂摊子。从伊丽莎白和桑尼的行为中，格雷格也感觉到一种不断加剧的紧迫感。他们似乎在压着工程师团队在某个最后期限前完成工作，却没有告诉他们最后期限是什么。他们一定是向什么人承诺了什么，他想。

随着伊丽莎白对迷你实验室的开发进度日益失去耐心，格雷格首当其冲承受了她的沮丧带来的压力。当工程师团队聚在一起开每周的进度会时，她从会议开始就盯着他，一言不发，眼睛一眨不眨，直到他礼貌地打破沉默："嗨，伊丽莎白，你今天怎么样？"他开始做详细的记录，写下每一次会议上讨论过的和达成一致的内容，他可以在下一个星期作为参考，以免有任何情绪波动。

有好几次，伊丽莎白下楼来到工程师团队的工作间，在格雷格工作时待着不走。他彬彬有礼地跟她打招呼，然后默默地继续工作。那是某种奇怪的施压姿态，他决定不让自己受到干扰。

一天下午，伊丽莎白把他叫到办公室，告诉他，她觉得他身上有一种消极情绪。他沉默良久，内心纠结是否要告诉她：你说得没错。但随后格雷格决定将自己越来越强烈的幻灭感藏起来，他撒了个小谎：他之所以烦恼，是因为桑尼否决了几个申请职位的人，而他觉得他们很适合，希望公司会雇用他们。

伊丽莎白一定是相信了，因为她明显放松下来。“你应该把这些事告诉我们。”她说。

2011 年 12 月一个工作日的晚上，希拉洛斯包了几辆大巴车，把员工（现在已达到 100 多人）拉到了伍德赛德的托马斯·福格蒂酒庄。这是伊丽莎白喜欢举办公司活动的地方。酒庄的主体建筑和毗邻的附属活动设施建在山坡上，底下有支柱撑着，从那里可以俯瞰绵延起伏的葡萄园和远处山谷的壮观景色。

这次举办的是公司的年度圣诞晚会。在酒庄主楼内的一个开放式酒吧，员工们喝着饮料，等着晚宴开始，这时伊丽莎白讲话了。

“迷你实验室是人类有史以来制造的最重要的东西。如果谁不相信这一点，你现在就应该离开。”她这么说着，带着极为严肃的神情扫视她的听众，“每个人都必须尽全力，为完成这一目标而努力工作。”

特雷——格雷格在帕萨迪纳结识并且引荐到希拉洛斯的朋友——碰了碰格雷格的脚。他们心领神会地交换了一下眼神。伊丽莎白刚才说的话，验证了他们对自己的老板所做的纸上谈兵精神分析：她将自己视作一个世界性的历史人物，当代的居里夫人。

六个星期后，他们又去了托马斯·福格蒂酒庄，这次是为了庆祝与西夫韦公司的结盟。伊丽莎白站在露天活动大厅的平台上，伴着渐渐弥漫开来的雾气，向员工滔滔不绝地讲了 45 分钟，仿佛巴顿将军在盟军登陆前向他的部队训话。她说，眼前一览无余的景色正逢其时，因为希拉洛斯将成为硅谷占主导地位的公司。讲到最后，她夸口说：“我什么都不怕”，停顿了片刻之后，她又加了一句，“除了针头”。

到这个时候，格雷格已经不再抱任何幻想，他决定再坚持两个月，直到入职满一年、可以拿到股票期权的时候。他最近参加过在他母校佐治亚理工学院举行的一场招聘会，面对那些在希拉洛斯摊位前逗留的学子，他发现自己无力为公司说好话。他转而集中讲了些在硅谷展开职业生涯的好处。

部分问题在于，伊丽莎白和桑尼似乎不能或者不愿分清原型机和成熟产品之间的区别。格雷格帮助制造的迷你实验室是一个原型机，仅此而已。它需要经过周密的测试和精细的调校，这需要时间，很多很多的时间。绝大多数公司在将产品投放市场之前，需要经历三轮原型机周期。但桑尼已经下令预订可以制造100个迷你实验室的组件，而这个迷你实验室还是第一版未经测试的原型机。这就好像波音公司造了一架飞机，还没有经过一次飞行测试，就对乘客说："来，登机吧"。

需要通过大量的测试来解决的困难之一是热量问题。当你把这么多的仪器置于一个很小的密闭空间，你就会迎来无法预测的温度变化，可能干扰化学过程，彻底影响整个系统的表现。桑尼似乎觉得只要把所有的部件放在一个盒子里，打开开关，它就会工作。如果真是那样就太容易了。

有一次，他把格雷格和另外一名年纪大一些的工程师汤姆·布鲁米特拉到那个玻璃大会议室，对他们的工作热情提出质疑。格雷格一向以自己从不失去冷静而自豪，但这次，他发火了。他整个人凶狠地朝办公桌探去，肌肉结实的庞大身躯高耸在桑尼的上方。

"去他妈的，我们已经在拼命工作了！"他咆哮道。

桑尼让步了，还道了歉。

桑尼是个暴君。他炒人犹如家常便饭，以至于在楼下的库房形成了一套常规动作。这是和蔼可亲的供应链经理约翰·方齐奥工作的地方，员工们已经把这儿当成一个可靠的地方，来这儿发泄情绪或者聊聊八卦。每隔几天，希拉洛斯的安保部门主管埃德加·巴斯就会下来，一脸坏笑，手里藏着一张工号牌。一看到他，约翰和后勤团队就会激动地聚拢过来，想知道会发生什么。当巴斯走近，他会从挂绳开始缓缓转动工号牌，直到露出那张脸的正面，引发一阵惊叹。那是桑尼马上要发落的人。

约翰已经跟格雷格、乔丹、特雷以及泰德成了好朋友，他们 5 个人组成了公司里一个还算清醒的小团体。在湾区，约翰可能是唯一在离卸货区冰冷的卷帘门只有几英尺远的地方工作的战略供应链经理，但他喜欢，因为这样可以远离桑尼的监视和对人们工作时长的过度关注。

不幸的是，恰恰是库房的工作最终让约翰被开了。2012 年 2 月的一天早晨，一个跟约翰一起工作的收货员开了一辆崭新锃亮的讴歌（Acura）来上班。他骄傲地跟约翰炫耀车子，约翰也夸了他的车。不过，第二天，这辆车的车身上出现了一个大凹痕。一定是有人在公司的停车场撞了它。约翰检查了停车场的其他所有车子，寻找撞击的痕迹，找到了罪魁祸首。那是桑尼带来帮忙做软件开发的一名印度顾问的车。

车主跟几个朋友到外面抽烟的时候，约翰找到了他，跟他对质。约翰用卷尺比对了讴歌车上的凹痕和他车上擦痕的大小，这一招是从警匪片里学来的，即使如此，车主依然矢口否认。约翰建议他的库房同事将撞车的事报警，给警察看证据。事态由此升级。这位印度软件顾问上楼向桑尼抱怨此事，桑尼怒不可遏地冲下楼，两手明显气得发抖。

“噢，是真的吗，你想做警察？”桑尼朝约翰吼道，声音里透着嘲讽，“去做你的警察吧！”

然后他转向一名站在旁边的保安，指着约翰说：“带他出去！”在看过了埃德加·巴斯恶作剧般地公布桑尼去年一整年解雇的几十名员工的身份之后，轮到约翰自己被炒鱿鱼了。

朋友被解雇的事令格雷格如坐针毡，也坚定了他离开公司的决心。一个月后，一位与他一起工作的年轻工程师一时疏忽，烧坏了迷你实验室的部分电路板。桑尼将格雷格和汤姆·布鲁米特召到办公室，生气地叫他们供出谁该为此负责。他们不肯说，因为他们很清楚，如果给他名字，桑尼一定会开除那个年轻人。

这事发生时，格雷格刚刚拿到了股票期权。那天晚些时候，他再度来到桑尼的办公室，把辞职信交给他。桑尼平静地接受了，但格雷格一离开，他就把特雷、乔丹和泰德挨个叫到办公室，估量他们的打算。三个人都向他保证，格雷格的决定不会对他们造成影响，他们仍会长期待在希拉洛斯工作。他们知道这就是桑尼想听的。

在离职通知期内的最后一个星期六，格雷格去公司上班。桑尼表示了感谢，并且邀请他参加伊丽莎白在下个周一举行的一次会议，地点在旧金山湾那边、正对着帕洛阿尔托的一个小城纽瓦克。希拉洛斯刚刚在那里租下了一大片厂房，批量生产迷你实验室。伊丽莎白在员工面前为这个洞穴一般空荡荡的地方揭幕。讲话的时候，她在观众中发现了格雷格，目光死死盯着他。

“如果这儿有人不相信你是在为人类有史以来所制造的最好的东西工作，或者你太消极悲观，那么你该走了。”她老调重弹，念叨了上次圣诞演讲时说过的话。然后，她继续直直地盯着格雷格，特别点名表扬了特雷、乔丹和泰德。与会的大约有 150 名员工，她可以叫出其中任何人的名字，但她选择夸奖了三个她明知道是他朋友的人。这是最后的公开报复。

在格雷格离开后的几个月里，希拉洛斯的旋转门继续以疯狂的节奏转动着。更离奇的事层出不穷，其中一件与身材魁梧的软件工程师戴尔·巴恩维尔有关，大家叫他大戴尔，他以前是一名海军陆战队的直升机飞行员。桑尼认为他的工作时长不够，竟然去查阅保安的记录，跟踪大戴尔的进出时间，并且在大戴尔的办公室当面质问他，声称记录表明他一天只工作 8 个小时。“看我怎么收拾你。”桑尼对大戴尔说，好像他是个损坏的玩具一样。

但大戴尔不想被收拾。这次会面过后没多久，他就给伊丽莎白的助理发了一封辞职邮件。他没有得到任何回音，在最后两个星期的通知期内，他尽职尽责地工作。然后，在星期五下午 4 点，大戴尔收拾好他的东西径直向办公楼的出口走去。此时，桑尼和伊丽莎白突然跑下楼梯去追他。他们说，他不签保密协议就不能走。

大戴尔拒绝了。在入职的时候他已经签过了保密协议，而且除此以外，他们本来有两个星期的时间安排跟他进行离职面谈。现在他是自由的，想走就走，而且他非常想走。当他开着自己的黄色丰田陆地巡洋舰从停车位倒出来的时候，桑尼派了一名警卫上去阻止他。大戴尔无视警卫，开车扬长而去。

桑尼报了警。20 分钟后，一辆警察的巡逻车缓缓在办公楼前停下，熄了车灯。暴怒的桑尼告诉警官，一名员工辞职，带着公司的财产跑了。当警官询问他带走了什么时，桑尼以其带有口音的英语脱口而出："他偷的公司财产在他脑子里。"

第九章
健康游戏

西夫韦的生意惨淡。这家连锁超市刚刚宣布，2011年的最后三个月，公司利润下降了6%，在公司的季度财报电话会议上，多年担任CEO的史蒂夫·伯德正在手忙脚乱地向数十位通过电话参加会议的分析师解释原因。①

其中一位分析师是来自瑞士信贷银行的埃德·凯利，他正在温和地指责伯德运用股票回购来掩饰糟糕的业绩。②即使公司的真实收益下降，通过回购减少所发行的股票数量，可以人为地提高公司的每股收益——这是投资者最关注的指标。这个把戏一点都不新鲜，狡猾的华尔街分析师深谙公司常玩的各种花招，一眼就能看穿。

恼羞成怒的伯德并不认账。③他有信心，西夫韦的财务状况将会改善，因而购买自己的股票是一项明智的投资。为了证明他的乐观不无理由，他拿出了公司正致力发展的三项计划。他那位很难被取悦的听众对前两项计划不以为然，都是旧消息罢了，但当他说到第三项的时候，分析师的耳朵竖了起来。

“我们正在考虑一项重大的……啊，我想把它叫做健康游戏。”他故作神秘地说。

这是伯德第一次在公开场合提及此事。他没有详细说明，但分析师得到的信息是，这家97岁高龄、臃肿的连锁百货公司有一项秘密计划，可以让其疲软的生意实现跳跃式发展。在西夫韦内部，这项秘密计划的代号是“霸王龙计划”（Project T-Rex）。它指的不会是其他项目，只可能是与希拉洛斯的伙伴关系，到现在——2012 年 2 月——已经进行了两年时间。

伯德对这项冒险的期望很高。他要求西夫韦的 1700 家门店中过半数要进行改建，留出空间打造高端诊所：有豪华地毯、定制的实木家具、大理石台面、平板电视。按照希拉洛斯的要求，它们将被称为健康中心，要看上去“比水疗中心好得多”。尽管 3.5 亿美元的改造成本全部由西夫韦自己承担，但一旦新诊所开始提供那家初创公司的新型血液检测项目，伯德对它的期待可远不止收回这个成本。

财报电话会议结束几个星期后，伯德和他的管理团队领着一群分析师前往西夫韦的一家门店视察，它位于奥克兰东部，离伯德在风景如画的圣拉蒙谷的家只有几英里远。分析师们看到了门店里的新健康中心，但伯德仍对其中将要提供什么样的服务讳莫如深。甚至连门店经理也蒙在鼓里。希拉洛斯坚持在启动之前要绝对保密。

自从两家公司同意一起开展业务以来，已经耽误了相当一段时间。有一次，伊丽莎白告诉伯德，2011 年 3 月袭击日本东部的大地震影响到了希拉洛斯生产其设备所需检测盒的能力。西夫韦的一些管理人员觉得这个理由太扯了，但表面看来伯德接受了。他对那位年轻的斯坦福辍学生和她的革命性技术抱有太多幻想，因为这跟他预防性医疗保健的梦想是如此完美契合。

伊丽莎白为伯德设了一条直线电话，只接听他一个人的电话。在普莱森顿的公司总部建了一间作战室，一小群秘密参加“霸王龙计划”的西夫韦管理人员每周在这里开一次例会，讨论项目进展。伯德每次会议都参加了，在的话就亲自出席，如果外出就通过电话参与。当人们提出问题或提到事情，需要反馈给希拉洛斯的时候，他就

① Safeway, “Safeway Inc. Announces Fourth Quarter 2011 Results,” press release, February 23, 2012.

② 西夫韦 2011 年第四季度财报电话会议，东部时间 2012 年 2 月 23 日上午 11:00 举行，Earningscast.com 网站上可见。

③ 同上。

会说出那句一再重复的话："我会跟伊丽莎白说说这事。"拉瑞·伦达——1974年时才十几岁的她就在西夫韦做装袋工，后来升到公司管理层，成为伯德的副手之一——和参与该项目的其他高管都很惊讶，伯德居然给了那个年轻女子如此大的自由度。他通常要求副手和公司的生意伙伴恪守最后期限，但他却任由伊丽莎白一次次延期。伯德的一些同事知道他有两个儿子。他们开始怀疑，他是否把伊丽莎白当成了他想有却没有的女儿。不管怎么样，他是落入了她的彀中。

在一次次耽搁之后，到2012年初的几个月，合作似乎终于要起步了：两家公司同意，作为正式启动之前的试运行，西夫韦在普莱森顿的公司园区开设一家员工健康诊所，由希拉洛斯承担血液检测工作。该诊所是伯德通过鼓励员工更关心自己的健康来控制这家超市运营商的医保成本的战略之一。它提供免费的检测。检测结果良好的员工可以在医疗保险费上享有折扣。诊所设在西夫韦园区的健身房旁边，很方便，员工包括一名医生和三名执业护士，配备了五间诊室。它还有一个小小的实验室。前台一个崭新的标牌上写着："希拉洛斯负责检测。"

员工诊所是伦达的管辖范围。她的职责还包括管理"西夫韦健康"（Safeway Health），伯德创立的这家分支机构是为了将西夫韦在健康福利方面的专业经验推广到其他公司。从伊丽莎白第一次在普莱森顿出现，时间已经过去了两年，伦达的丈夫已经在与肺癌的斗争中败下阵来，但她仍然希望希拉洛斯的无痛针刺检测能让其他人免遭她丈夫在生命的最后几个月里被反复扎针的折磨。

伦达刚刚给西夫韦请来了第一位首席医疗官。他名叫肯特·布拉德利，来自美国陆军，他上过西点军校和马里兰州贝塞斯达的军方医学院，随后为美国陆军服务超过17年。布拉德利在军方的最后一个职务是管理"军队医疗保健计划"（Tricare）的欧洲部分，该计划为现役和退役的军人提供医疗保险。伦达给这位言语温和的前军医的职责还包括管理公司园区的诊所。

在部队的时候，布拉德利在工作中接触过许多复杂的医疗技术，所以他很好奇，想见识希拉洛斯系统的实际运作。不过，他惊讶地得知，希拉洛斯不打算把它的任何设备放在普莱森顿的诊所里，而是在诊所里安排了两位采血师，抽取血液，然后把收集好的样本通过快递送到旧金山海湾对面的帕洛阿尔托进行检测。他还注意到，采血师从每一位员工身上抽血两次，一次是用针从食指采血，第二次是传统的方式，即以针头在手臂上进行皮下抽血。如果希拉洛斯的指尖针刺技术已经发展成熟，即将面向消费者使用，为什么还需要静脉采血（针头抽血的医学术语）呢？他觉得很奇怪。

当注意到检测结果返回所需的时间时，布拉德利的怀疑更甚。他一直以为这些检测应当差不多是即时的，但西夫韦的一些员工要等两个星期才能拿到结果。而且，并非每一项检测都是希拉洛斯自己做。尽管这家初创公司从未表示过会将部分检测外包，但布拉德利发现，它将部分检测分包给了盐湖城一家名叫 ARUP 的大型参考实验室（reference laboratory）。

不过，真正在布拉德利心里敲响警钟的，是一些本来健康的员工开始来找他，对异常的检测结果忧心忡忡。为防万一，他让他们去奎斯特或美国实验室集团（LabCorp）的门店重新检测。每个新得到的检测结果都回归正常，说明希拉洛斯的检测是扯淡。然后，有一天，西夫韦的一名高管拿到了他的 PSA 检测结果。PSA 是指“前列腺特异性抗原”，它是前列腺细胞中产生的一种蛋白质。一个人血液中该蛋白质的浓度越高，他得前列腺癌的可能性就越大。这位西夫韦高管的检测结果显示非常高，说明他差不多肯定得了前列腺癌。但布拉德利有所怀疑。像处理其他员工的问题一样，他让这位焦虑的同事去另一个实验室重新检测，然后，你看，结果也恢复正常了。

布拉德利将所有这些出入汇总到一起，做了详细分析。希拉洛斯的检测值和其他实验室的检测值之间差异大得令人不安。而当希拉洛斯的检测值与其他实验室的检测值相符时，检测大多是由 ARUP 完成的。

布拉德利将自己的疑虑告知了伦达和“西夫韦健康”的总裁布拉德·沃尔夫森。伦达的信心已经被过去两年中的屡次拖延所动摇了，她鼓励布拉德利去找伯德谈谈，布拉德利照做了。但伯德礼貌地打发了他，还向这位前军医保证，希拉洛斯的技术已经通过审查，是可靠的。

从普莱森顿的西夫韦员工身上取得的血液样本，被送到了位于帕洛阿尔托东梅多环路的一栋石头外立面的平房。2012 年春季，希拉洛斯临时在这里建了一个刚刚起步的实验室，同时将其他正在发展的业务部门从山景大道搬到了附近一座更大的建筑，后者之前是 Facebook 在用。

几个月前，这个实验室获得证书，证明其符合《临床实验室改进法案修正案》——联邦监管临床实验室的法律——的规定，但要获得这样的证书并不难。①尽管该修正案最终是由美国医疗保险和医疗补助服务中心负责实施，但这家联邦机构将绝大多数常规实验室的审查委托给了州政府。②在加州，它们是由州政府卫生部门所辖的实验室服务部（Laboratory Field Services division）负责，而一项审计显示，该机构的资金严重不足，很难履行其监管职责。

如果史蒂夫·伯德获准进入东梅多环路的实验室——位于这座单层建筑中心的一片房子——他就会注意到，里面一台希拉洛斯的专有设备都没有。那是因为迷你实验室仍然处于开发阶段，完全没有准备

① 美国医疗保险和医疗补助服务中心第 2567 号表格显示，2012 年 1 月 9 日完成了对希拉洛斯位于帕洛阿尔托山景大道 3200 号的实验室的检查，未发现任何不足之处。

② California Bureau of State Audits, “Department of Public Health: Laboratory Field Services’ Lack of Clinical Laboratory Oversight Places the Public at Risk,” September 2008.

好做病人测试。实验室真正有的，是一堆市面上可见的血液和体液分析仪器，它们是由像芝加哥的雅培（Abbott Laboratories）、德国的西门子以及意大利的索灵（Diasorin）这样的企业制造的。该实验室由一名糟糕的病理学家阿诺德·盖尔博管理，人们叫他“阿尼”，他的员工包括一小撮临床实验室科学家（CLS）——拥有州政府执照、可以处理人类样本的实验室技术人员。尽管在这个阶段，实验室用的只是商用设备，但仍然有很多事可能出错，而且确实出了错。

最主要的问题是实验室缺乏有经验的人。实验室的临床实验室科学家中，有个叫科萨尔·林的小伙子，他太粗心大意，又没怎么受过训练，以至于他的一位同僚戴安娜·杜普伊确信他会危及检测结果的准确性。杜普伊来自休斯敦，曾受训于这座城市的世界知名癌症中心安德森癌症中心。她成为临床实验室科学家 7 年以来，大部分时间都专门从事临床输血，这让她对 CLIA 的监管深为了解。她严格按照章程操作，如果发现有违规情况，会毫不犹豫地报告。

在杜普伊看来，林的莽撞是不可原谅的。[①]其行为包括：无视制造商关于如何处理试剂的要求；将已过期的试剂和未过期的试剂放在同一个冰箱里；在未经校准的实验室设备上做病人检测；不恰当地在分析仪上做质量控制测试；做他没有专门受过训练的工作；污染了一瓶瑞氏色素（一种用来区分不同血细胞类型的混合染料）。杜普伊脾气急躁，当面跟林对质了好几次，告诉他，自己总有一天会成为实验室巡查员，要把像他这样糟糕的实验室技术员清除出去。当他的行为达不到她的标准时，她开始记录他的糟糕表现，通过电子邮件定期发给盖尔博和桑尼，还常常附上照片证明她的观点。

杜普伊也对希拉洛斯派驻普莱森顿的两位采血师的表现感到担忧。血液在被检测之前，通常会在离心机里旋转处理，以便将血浆和

① 雅各布·赛德律师代表戴安娜·杜普伊发给伊丽莎白·霍姆斯的信函，日期为 2012 年 6 月 25 日。

病人的血细胞分离。对于拿到的离心机，采血师并没有接受过使用训练，也不知道病人的血液要旋转多长时间、以什么样的速度旋转。[①]血浆样本到达帕洛阿尔托时，常常已经被颗粒物污染。她还发现，希拉洛斯使用的抽血管许多是过期的，其中的抗凝剂已经失效，破坏了样本的完整性。

某次发出投诉信后不久，杜普伊被派到了特拉华州去接受培训，学习如何使用希拉洛斯购买的一台西门子新型分析仪。一个星期后，她出差归来，发现实验室无可挑剔。似乎一直在等她的桑尼，把她叫到一个会议室。桑尼以一种带有恐吓的语气通知她，她不在的这段时间，他已经在实验室转了一圈，没发现她投诉的任何一项是确有其事。然后，他提起了一件事，说在她飞去特拉华州的那天，她让男朋友进公司来帮她拿行李。他说，这严重违反了公司的安全规定，他已决定因此事解雇她。让她消化了片刻之后，他打电话叫盖尔博进来，问其是否认为杜普伊是实验室的重要人员，想让她继续留用。盖尔博说他想，而桑尼似乎不情愿地收回了成命。杜普伊最终还是留了下来。

带着震惊的她回到自己的座位上，一脸茫然。接下来，她记得一位 IT 部的员工拍了拍她的肩膀，要她跟他到走廊上去。他正在为她的公司手机重新创建连接，需要她提供一些信息。因为桑尼在改变主意留下她之前，已经下令把她的公司邮箱以及与公司网络的连接全都断开了。

像杜普伊这样心直口快的人，注定在希拉洛斯待不长。三个星期后，一个星期五的上午，桑尼回到东梅多环路的这座房子，再次解雇了她，这次是无可挽回的。她当即被赶了出去，甚至没有机会收拾她的个人物品。解雇她的原因在于，她让人们注意到一件事，由于账单

---

① 雅各布·赛德律师代表戴安娜·杜普伊发给伊丽莎白·霍姆斯的信函，日期为 2012 年 6 月 25 日。

未付，实验室的一家主要供货商暂停按其订单发货。

对自己的遭遇愤愤不平的杜普伊在那个周末给桑尼发了一封电子邮件，坚决要求拿回她的个人物品，除了实验室的书籍之外，那里还有一个装着她的眼镜和加州临床实验室科学家执照的化妆包。这封电子邮件她抄送了伊丽莎白，其中强烈控诉了桑尼的管理方式和实验室的状况：

> 不止5个人提醒过我，你是一门失控的大炮。到底[①]什么会让你开炮，完全看你的心情。还有人告诉我，不管什么时候什么人跟你打交道，那人从来都不会有好结果。
>
> ……
>
> 有科萨尔在做事，归CLIA管的实验室就会有麻烦，而且没人盯着他或是阿尼。你有个平庸的实验室主管，他不知出于什么原因袒护着一个不合格的临床实验室技术人员。我可以保证，将来有一天，科萨尔肯定会在实验室犯下大错，会严重影响病人的检测结果。事实上我想他已经犯过几次这样的错了，但他都怪在试剂头上。正如你所说，他碰什么都会坏事！
>
> 我只是希望多少能让你明白，你创造了一个人们出于恐惧而向你隐瞒实情的工作环境。你不能通过畏惧和恐吓来管理一家公司……一段时间能行，但终将土崩瓦解。[②]

桑尼同意派人在东梅多环路建筑的门前跟她碰面，归还她的东西，但是警告她公司的律师会联系她。[③]随后几天，杜普伊收到了由希拉洛斯的高级法律顾问大卫·多伊尔发来的多封措辞严厉的电子邮

---

① 杜普伊的原始邮件中此处多了一个how，作者标了“原文如此”。——译者

② 戴安娜·杜普伊发给桑尼·巴尔瓦尼并抄送伊丽莎白·霍姆斯的电子邮件，题为“事件”，太平洋标准时间2012年5月27日上午11:13。

③ 桑尼·巴尔瓦尼发给戴安娜·杜普伊并抄送伊丽莎白·霍姆斯的电子邮件，题为“回复：观察”，太平洋标准时间2012年5月27日下午2:16。

件，要求她签署一份声明，保证将受雇期间获得的所有材料归还希拉洛斯公司或是“永久销毁”，以遵守她的保密义务。①

杜普伊一开始拒绝了，她雇了一位奥克兰的律师，威胁要起诉公司非法解雇，但当希拉洛斯从威尔逊·桑西尼律师事务所请了一位更有名的律师过来后，她的律师建议她让步，签掉文件。②他告诉她，跟硅谷最厉害的律师事务所斗必定失败。她不情愿地听从了他的劝告。

西夫韦当然对所有这些都一无所知。整个 2012 年到 2013 年，它继续让希拉洛斯处理普莱森顿的诊所的血液检测。它也在加州北部的数十家门店设置了健康中心，雇了采血师在那里工作。但时间一个月一个月地过去了，希拉洛斯仍不断推迟启动的日期。

2012 年 4 月底，在第一季度财报电话会议上，伯德被问及西夫韦神秘的“健康游戏”的现状。③他回答说，它还没有“准备好迎接黄金时间的到来”，但到真正启动的时候，它会对公司的财务状况产生“实质性的影响”。随后在 7 月份的财报电话会议上，他主动提供信息，说它“非常有可能在第四季度”完成。④然而，到了第四季度，还是没有启动。

到这个时候，西夫韦的一些管理人员怒了。他们拿不到他们的奖金，因为公司未能完成财务目标，而这些目标中包括从希拉洛斯的伙伴关系中预计可以获得的额外收入和盈利。马特·奥雷尔是西夫韦的财务部管理人员，他负责测算健康中心带来的预计收入。按照极为乐

---

① 大卫·多伊尔在 2012 年 5 月 29 日、30 日及 6 月 1 日发给戴安娜·杜普伊的多封电子邮件，题为“来自希拉洛斯的重要通知”“回复：来自希拉洛斯的重要通知”。

② 赛德 2012 年 6 月 25 日发给霍姆斯的信函。

③ 西夫韦 2012 年第一季度财报电话会议，东部时间 2012 年 4 月 26 日上午 11:00 举行，Earningscast.com 网站上可见。

④ 西夫韦 2012 年第二季度财报电话会议，东部时间 2012 年 7 月 19 日上午 11:00 举行，Earningscast.com 网站上可见。

观的假设，即每个健康中心每天迎来50名病人，他预测每年会带来2.5亿美元的额外收入。现在不仅是这笔收入没有实现，单单是为了建设这些中心，西夫韦就已经花了1亿多美元。

健康中心尽管无事可做，却占据了门店内宝贵的不动产空间——它们本可作其他可产生利润的用途。伦达和布拉德利厌倦了等待，一起就如何利用这些空间出了许多主意。其中之一是给健康中心配备营养学家，为人们提供饮食建议。另一个主意是将它们变成完全合格的医疗诊所，由执业护士来运作。还有一个主意是提供远程医疗服务。他们游说伯德让他们实施这些计划，但是伯德与伊丽莎白讨论之后否决了他们的提议。他说，她不愿意放弃这些空间。

在幕后，西夫韦的董事会正逐渐失去耐心。伯德在这个职位上已经待了20年，华尔街显然已经对他失去了信心。他担任CEO的头一个十年取得了巨大的成功，令西夫韦的股票价格大幅上涨。但近些年来，他对医疗和健康的热情使他忽略了依旧是公司核心的一样东西：那单调乏味的杂货生意。在健康中心上的巨大投资和毫无结果的无尽拖延，成了最后一根稻草。

2013年1月2日，股市收盘后不久，西夫韦公司发布了一份公告，宣布伯德将在5月的年度股东大会之后退休。①公告显示，这是伯德主动提出的，但伦达和其他管理层怀疑是董事会要求他下台。甚至到了出局的时候，伯德还是对仍然保密的与希拉洛斯的伙伴关系的前景抱有乐观态度。公告列出他担任CEO所取得的一系列成就，其中一项引用他本人的话称西夫韦很快将“推出一项健康行动计划，力争实现公司转型”。②

伯德离开后，与伊丽莎白的联系渠道没了。西夫韦的任何人想与希拉洛斯对话都必须通过桑尼或是“兄弟帮”。无论西夫韦的管理层

---

① Safeway, “Safeway Announces Retirement of Chairman and CEO Steve Burd,” press release, January 2, 2013.

② 同上。

什么时候要求了解最新情况，桑尼都是拖延，似乎他的时间太过宝贵，不能浪费，而他们不了解制造一种这个量级的创新产品到底需要多久。他的傲慢令人愤怒。然而，西夫韦仍在犹豫要不要解除伙伴关系抽身走人。如果事实证明希拉洛斯的技术真的可以改变游戏规则会怎么样呢？那它可能接下来的十年都会活在悔恨之中。错失机会的恐惧仍有巨大的威慑力。

至于伯德，很显然他还没准备退休。离开这家连锁超市企业三个月后，他创建了一家咨询公司，向企业提供减少医保成本方面的建议。[①]他将公司命名为“伯德健康”（Burd Health）。他试图以健康初创公司联合创始人的身份重新联系伊丽莎白，但她再也不接他电话了。

① “Letter from Steve Burd, Founder and CEO” at Burdhealth.com.

第十章
“谁是舒梅克中校?”

大卫·舒梅克中校一直在有礼貌地听这位信心满满的年轻女子说话，她坐在会议桌的那头，解释她的公司打算如何运营，但听了15分钟后，他无法再保持沉默了。

“你们的监管架构还没做好准备。”他打断了她。

伊丽莎白恼怒地盯着这位穿着军服、戴着眼镜的军官，后者列举了他认为她在描述中违反的各种规定。这不是她想听到的。舒梅克和他率领的这个小型军方代表团受邀在2011年11月的这个上午来到帕洛阿尔托，为希拉洛斯将其设备部署到阿富汗战场的计划表示感谢，而不是来对着公司的监管策略唱反调的。

去年8月，伊丽莎白在旧金山的海军陆战队纪念俱乐部酒店遇到了美国中央司令部司令詹姆斯·马蒂斯①，把希拉洛斯的设备用到战场上的想法由此而生。②伊丽莎白即兴推销，说她的血液检测方式如何新颖，只需刺一下指尖，就能帮助更快地诊断和救治受伤的士兵，这番话被这位四星上将听了进去。吉姆·“疯狗”·马蒂斯③极为爱护他的部下，这让他成为美军中最受爱戴的指挥官之一。这位将军坚毅果敢，愿意接受任何可能让他的士兵更安全的技术——尤其是当他们在阿富汗没完没了地与塔利班作战、伤亡惨烈时。与伊丽莎白碰面之后，他要求中央司令部的下属对希拉洛斯的设备安排现场测试。

根据军方规定，此类申请必须通过设在马里兰州德特里克堡

（Fort Detrick）的美军医疗部，在那里，申请通常会送达舒梅克中校的办公桌。作为受监管行为与合规处（Division of Regulated Activities and Compliance）的副主管，舒梅克的工作是确保军队在试用医疗设备时遵守所有法律和规章。

舒梅克并非普通的军队官僚。他拥有微生物学的博士学位，花了很多年研究针对脑膜炎和兔热病的疫苗，兔热病是在白尾灰兔身上发现的一种危险病毒，冷战期间被美国和苏联变成了武器。他还是美军中第一个在 FDA 完成一年研究工作的军官，这使他成为军方在 FDA 监管方面的常驻专家。

舒梅克举止冷静、谦逊，笑起来很和蔼，讲起话来有种俄亥俄州南方人的拖沓，但在觉得需要时，他也可以跟人直来直去。他警告伊丽莎白，希拉洛斯的策略——试图完全绕过 FDA——是绝无可能的，尤其是如果像她对他言之凿凿的那样，在明年春天把她的设备推向全国各地的话。他告诉她，如果没有通过其评估程序，那家机构绝不会允许她那样做。

伊丽莎白引用希拉洛斯从其律师那里获得的建议，强烈表示不赞同。舒梅克很快就明白了，她防备心太重，太过倔强，继续争论下去只会浪费时间。很显然，她不想听到任何与她的观点相抵触的东西。他环顾会议桌，注意到她没有带任何监管事务专家来参加会议。他怀疑这家公司根本就没有雇用这样的人。如果他猜得没错，那是一种极为天真的经营方式。在这个国家，医疗是受监管最严的行业，理由非常充分：事关病人的生命。

舒梅克告诉伊丽莎白，如果想要他开绿灯，允许在军人身上使用

① 1950 年出生，美国海军陆战队退役上将，2010 年 7 月开始担任美军中央司令部司令，2013 年退役。2017 年 1 月至 2018 年 12 月在特朗普政府中担任美国国防部长。——译者

② Carolyn Y. Johnson, "Trump's Pick for Defense Secretary Went to the Mat for the Troubled Blood-Testing Company Theranos," *Washington Post*, December 1, 2016.

③ 吉姆为詹姆斯的昵称，"疯狗"是詹姆斯·马蒂斯的绰号。——译者

她的机器，她就要从 FDA 获得书面材料来支持她的立场。她的脸上显露出极大不快。她继续自己的介绍，但在剩下的时间里都对舒梅克冷眼相待。

在 18 年的军旅生涯中，舒梅克遇到过许许多多的人，他们想当然地认为军队可以不受民事法律的监管，可以自由地从事自己想要的医学研究。事实并非如此，尽管这并不是说过去没有发生过这种情况。第二次世界大战期间，五角大楼在美军士兵身上测试过芥子毒气，1960 年代在囚犯身上试验过橙剂①，但军方不受监管、随心所欲进行医学实验的日子已经一去不复返了。

例如，在 1990 年代的塞尔维亚冲突中，五角大楼先确保获得 FDA 的认可，然后才向部署到巴尔干地区的部队提供了一种试验阶段的对抗蜱媒脑炎的疫苗，而且只给那些愿意接种的士兵。与此类似，2003 年在伊拉克，军方与该机构密切合作，为士兵提供一种临床试验阶段的针对肉毒杆菌毒素的疫苗。那个时候，人们非常担心萨达姆·侯赛因储备了这种致命的生物制剂，所提供的疫苗由德特里克堡的研究人员开发，但尚未获得 FDA 的批准。

在这两个例子中，军方都向伦理审查委员会（IRB）咨询过，该委员会在军队内部监管医学研究，以确保其安全且符合伦理。如果伦理审查委员会认定一项拟议中的研究不会带来重大的风险，FDA 通常会允许它推进，前提是它必须按照经委员会审核和批准后的严格方案执行。

适用于疫苗的要求同样也适用于医疗设备。如果希拉洛斯想在驻阿富汗的部队里试验其血液检测机器，舒梅克觉得它肯定要带上由 IRB 批准的研究协议。但既然伊丽莎白如此顽固不化，他又收到了中央司令部的马后炮意见，他决定把耶利米·凯利请来，此人是在 FDA

① 橙剂（Agent Orange），一种剧毒除草剂喷液。——译者

工作过的军方律师。他再次安排与伊丽莎白的会面，以便凯利能直接听到伊丽莎白的说法并提供第三方意见。他们同意在 2011 年 12 月 9 日下午 3 点 30 分会面，地点在希拉洛斯雇用的扎克曼·施佩德律师事务所位于华盛顿的办公室。

伊丽莎白单独来参加会议，带着一份只有一页纸的文件，概述了舒梅克几周前在帕洛阿尔托听她说过的那个监管办法。他不得不说：她列出的结构很有创意。甚至可以说是狡猾。

这份文件解释了希拉洛斯的设备仅仅是远程的样本处理单元。真正的血液分析工作将在公司位于帕洛阿尔托的实验室进行，在那里计算机会分析设备传输过来的数据，并由有资质的实验室人员复核和解释检测结果。因此，只有帕洛阿尔托的实验室需要获得许可。设备本身类似于“无声”的传真机，是免于监管的。

舒梅克发现还有第二个令他觉得疙疙瘩瘩、同样难以忍受的地方：希拉洛斯坚持其设备进行的血液检测是实验室开发检测，因此不在 FDA 的审查范围之内。

那么，希拉洛斯的立场就是，它的帕洛阿尔托实验室依据 CLIA 获得的许可，足以让它在任何地方设置和使用它的设备。这招很聪明，但舒梅克并不买账。凯利也不买账。希拉洛斯的设备绝不是无言的传真机。它们是血液分析仪器，像所有市场上的其他分析仪器一样，它们最终需要经过 FDA 的审核和批准。在那之前，希拉洛斯需要咨询伦理审查委员会，提出一个该机构可以接受的研究方案。这样一个过程通常需要 6 到 9 个月的时间。

伊丽莎白继续表示不同意，无视军方律师在场。她的身体语言不像在帕洛阿尔托时那样有敌意，表现得更愿意进行讨论，但他们仍然陷入僵局之中。奇怪的是，扎克曼·施佩德律师事务所没有派人陪她待在会议室里。舒梅克以为那家律所会出几个合伙人陪她来，但只有她自己来了。她继续援引律所的法律建议，但律所没有人到场作证。

会议最后以舒梅克重申他的立场结束，即他需要看到 FDA 以书面文件证明希拉洛斯受其监管，才能签发在阿富汗进行试验的许可。伊丽莎白同意去弄一份这样的证明信。她的举动看上去煞有介事。舒梅克对此非常怀疑，不过事情现在至少扯清了：球到了希拉洛斯这边。

舒梅克此后没有听到关于这事的更多消息，直到 2012 年春末，他又开始收到来自中央司令部的询问。他不由得感到恼火。希拉洛斯不仅没有提供他要的证明信，而且自从他和凯利 12 月份去华盛顿见过伊丽莎白之后，该公司音讯全无。

在征得上司同意后，他决定自己联系 FDA。[①]2012 年 6 月 14 日上午，他发了一封电子邮件给该机构微生物设备处的主管萨莉·霍瓦特。2003 年，舒梅克在 FDA 做访问学者期间，两人曾经共事，而且在此前一周的一个会议上刚刚见过面。舒梅克向霍瓦特描述了希拉洛斯的情况，称该公司的监管想法"相当新颖"，请 FDA 对此予以指点。尽管他并没有打算让这封电子邮件超出非正式的咨询请求的范围，但它引发了一系列事件，如果他能有所预见的话，也许会再三斟酌是否要发这封邮件。

霍瓦特将他的问询转发给了 5 位同事，包括 FDA 的体外诊断和放射健康办公室（Office of In Vitro Diagnostics and Radiological Health）主任阿尔贝托·古铁雷兹。[②]古铁雷兹拥有普林斯顿的化学博士学位，在 FDA 工作的 20 年中，他恰巧有一小段时间花在了思考实验室开发

---

① 大卫·舒梅克发给萨莉·霍瓦特的电子邮件，题为"寻求关于希拉洛斯的监管建议（非保密件）"（Seeking regulatory advice regarding Theranos［UNCLASSIFIED］），东部时间 2012 年 6 月 14 日上午 10: 16。

② 萨莉·霍瓦特发给伊丽莎白·曼斯菲尔德、凯瑟琳·塞拉诺、考特尼·利亚斯、阿尔贝托·古铁雷兹、唐·圣皮埃尔和大卫·舒梅克的电子邮件，题为"转发：寻求关于希拉洛斯的监管建议（非保密件）"，东部时间 2012 年 6 月 15 日中午 11: 43。

的检测的相关问题上。

FDA长期以来都在考虑将实验室开发的检测（LDT）的监管纳入自己的权限之内。然而，在实践中，它没有做到，因为直到1976年对《联邦食品、药品和化妆品法》（Federal Food, Drug, and Cosmetic Act）进行修订，将FDA的权限从药品扩展到医疗设备时，实验室开发的检测都还不常见。①只有某个不太寻常的医疗案例有需要，地方的实验室才会偶尔做一下。

到了1990年代，这一情况发生了变化，实验室开始为大众做更多包括基因检测在内的复杂检测。②根据FDA自己的估计，数十种有缺陷的、不可靠的检测被推向市场，使用范围从百日咳、莱姆病（Lyme disease）到各种癌症，给病人造成了难以言说的伤害。在FDA内部日益形成了一种共识，即它需要开始监管实验室的这部分业务，最为支持这种观点的就是古铁雷兹。当他看到霍瓦特转发给他的舒梅克的邮件时，古铁雷兹难以置信地摇了摇头。其中描述的监管方式，正是他想要阻止的那种绕过FDA监管的擦边球。

古铁雷兹的观点——应当由FDA而不是美国医疗保险和医疗补助服务中心来监管实验室开发的检测——并不意味着他与该中心的同僚相处得不好。恰恰相反，他们有良好的工作关系，经常进行跨部门沟通，努力弥补过时的法规造成的监管空白。古铁雷兹将舒梅克的电子邮件转发给了朱迪斯·约斯特和彭妮·凯勒——她们是美国医疗保险和医疗补助服务中心的实验室监管处成员——并且在邮件开头加了一个说明：

看看这个!!! 美国医疗保险和医疗补助服务中心会把这个东

① Office of Public Health Strategy and Analysis, Office of the Commissioner, Food and Drug Administration, "The Public Health Evidence for FDA Oversight of Laboratory Developed Tests: 20 Case Studies," November 16, 2015.

② 同上。

西看作实验室开发的检测吗？我搞不清楚在这个案子上我们是否会行使执法自由裁量权。

阿尔贝托[①]

经过来来回回的讨论，古铁雷兹、约斯特和凯勒都得出了同样的结论：希拉洛斯的模式不符合联邦监管的规定。约斯特和凯勒认为，不妨派人去帕洛阿尔托，看看这家他们此前闻所未闻的公司在做什么，并纠正它的错误认识。[②]

这个活落到了加里·山本的头上，他是美国医疗保险和医疗补助服务中心旧金山分部的资深现场巡查员。[③]两个月后，2012 年 8 月 13 日，山本没打招呼就突然造访希拉洛斯在帕洛阿尔托的办公室。[④]那个时候，公司已经完全搬入 Facebook 原来那幢坐落于南加利福尼亚大道（South California Avenue）1601 号的办公楼，离之前它在山景大道的办公室不到一英里远。

桑尼和伊丽莎白引着山本进了会议室。当山本解释说，他的机构收到了一份关于希拉洛斯的投诉，他来是为了就此进行调查时，他惊讶地发现，他们竟然知道那投诉来自哪里，来自何人。[⑤]看来已经有人将舒梅克给 FDA 发邮件的事暗中通知了他们。伊丽莎白很不高兴，脸上阴云密布。她和桑尼声称不知道舒梅克在电子邮件中所说的事。是的，伊丽莎白与这位军官见过面，但她从未跟他说过，希

---

① 阿尔贝托·古铁雷兹发给朱迪斯·约斯特、彭妮·凯勒和伊丽莎白·曼斯菲尔德的电子邮件，题为“转发：寻求关于希拉洛斯的监管建议（非保密件）”，东部时间 2012 年 7 月 15 日下午 4:36。

② 朱迪斯·约斯特发给彭妮·凯勒和萨拉·本内特的电子邮件，题为“回复：寻求关于希拉洛斯的监管建议（非保密件）”，东部时间 2012 年 6 月 18 日中午 11:46。

③ 彭妮·凯勒发给加里·山本的电子邮件，题为“转发：寻求关于希拉洛斯的监管建议（非保密件）”，东部时间 2012 年 6 月 18 日下午 5:48。

④ 加里·山本发给彭妮·凯勒和凯伦·富勒的电子邮件，题为“回复：关于希拉洛斯情况的更新”，东部时间 2012 年 8 月 15 日下午 2:03。

⑤ 电子邮件，标题为“回复：关于希拉洛斯（非保密件）”，彭妮·凯勒发给大卫·舒梅克，抄送艾林·埃德加，东部时间下午 1:36，2012 年 8 月 16 日。

拉洛斯凭着 CLIA 的一张许可就想把自己的血液检测设备大范围地铺开。

那么为什么希拉洛斯已经申请了 CLIA 的许可呢？山本问道。桑尼回答，公司想了解实验室如何操作，还有比自己操作更好的方式吗？山本发现这个回答很可疑，暧昧模糊，毫无意义。他要求看看他们的实验室。

他们无法像拒绝凯文·亨特一样拒绝他。这是一位联邦监管机构的代表，不是什么私人实验室顾问，可以随意叫板。因此，桑尼不情愿地带着这位巡查员来到新办公楼二楼的一个房间。杜普伊被解雇后，希拉洛斯将实验室从东梅多环路的临时地点搬了过来。

山本在房间里没有发现什么令他眼前一亮的东西，但也没有产生大的疑问：那是一个小空间，有一群穿着白色实验服的人，还有一些闲置的商用诊断仪器。看上去跟别的实验室没什么两样，没有任何迹象表明这里有特别的或创新的血液检测技术。当他指出这一点时，桑尼说希拉洛斯的设备仍在开发，公司并没有不经 FDA 的许可就推广它们的计划，这与伊丽莎白不是一次而是两次对舒梅克说过的话截然不同。山本不确定该相信哪一方。那位军官有什么必要捏造所有这些事呢？

然而，对于希拉洛斯现在的运作方式，山本找不到明显违规的地方，所以跟桑尼说了一大通关于实验室监管的话就让他过关了。他再三强调，舒梅克在其给萨莉·霍瓦特的电子邮件里描述的场景——在一个经 CLIA 认证的主基地远程操作试验性血液分析仪——是不可接受的。如果希拉洛斯打算最终把设备推广到其他地点，那些地方也需要 CLIA 的认证。除此之外，更好的办法是设备自身通过 FDA 的批准。

当伊丽莎白感觉公司遭受攻击的时候，她不会坐视不理、听天由命。在一封写给马蒂斯将军的措辞激烈的邮件里，她对那个胆敢在她的前路上设置障碍的人进行了反击。[①]她写道，舒梅克将关于希拉洛斯的“明晃晃的虚假信息”传递给了 FDA 和美国医疗保险和医疗补助服务中心。她随后用几个段落指责这位陆军中校，并在“我们的法律顾问协助下”列出了他向那些机构所作陈述中 7 个不准确之处。她在邮件最后提了个要求：

> 我们正在迅速采取行动纠正这些令人误解的陈述。舒梅克中校告诉 FDA，他在“提醒”他们“希拉洛斯在搞什么名堂”，并向他们提供错误信息，这让人觉得我们在做违法的事，如您能帮忙向该监管机构澄清，我将不胜感激。由于错误信息来自国防部内部，如果由国防部内部人士正式予以纠正将会极其有用。谢谢您的周到，并一如既往地感谢您费心。
>
> 致以最真诚的祝愿，
>
> 伊丽莎白

当马蒂斯几个小时后读到伊丽莎白的电子邮件时，他极为愤怒。他将邮件转发给艾林·埃德加上校——中央司令部的军医主任，也是他安排负责落实希拉洛斯的战地测试的助手——并附了一段话表达自己的怒气：

> 艾林：谁是舒梅克中校，到底发生了什么事？……我想要这个设备尽快在战场上测试，要合法、合乎伦理，而且我还要知道下面提到的拜访是否发生过，我们该如何克服这个新的障碍……最低限度，我需要关于以下陈述之准确性的基本事实。如果需要跟舒梅克中校和曼恩中校见面，以便让他们解释我是在推动不符

---

① 伊丽莎白·霍姆斯发给詹姆斯·马蒂斯的电子邮件，复件给了约恩·彭和卡尔·霍斯特，题为“回复：后续跟踪”，东部时间 2012 年 8 月 9 日下午 3: 14。

合伦理或不合法的事，请安排时间，等我回国后，让他们在坦帕[①]与我会面（我可能会在战场逗留，错过原定的返回日期）。谢谢，M。[②]

美国医疗保险和医疗补助服务中心巡查员出其不意的来访，将伊丽莎白推入了战斗状态。在打给埃德加上校的电话中，她威胁要起诉舒梅克。埃德加将她的威胁以及美国医疗保险和医疗补助服务中心巡查的消息，一起转达给他在德特里克堡的这位同事。他还把伊丽莎白给马蒂斯的邮件以及马蒂斯的回复也转发给了舒梅克。[③]

读完这一串邮件，舒梅克脸都白了。马蒂斯是军中最有权势、最令人生畏的人之一。这位说话直率的将军对驻扎在伊拉克的海军陆战队说过一句著名的话："你们要有礼貌，要专业，也要准备杀死你们遇到的每一个人。"[④]如果你是一个低阶军官，你绝不会想跟这样一个人对着干。

舒梅克对于自己的行为导致这家公司被检查也确实觉得内疚。他深知这样的造访多么令人难受：他之前被派到陆军传染病医学研究所担任生物安全处主管，该部门负责军队研究中所使用的生物威胁剂（biothreat agents）的安全，就在 2008 年 7 月布鲁斯·埃文斯自杀[⑤]两周前。埃文斯的自杀表明，作为该所研究人员的他很有可能是 2001 年炭疽攻击事件的罪魁祸首，其自杀也导致形形色色的政府机构对该

---

① 佛罗里达州的城市，美军中央司令部所在地。——译者

② 詹姆斯·马蒂斯发给艾林·埃德加的电子邮件，复件给了卡尔·霍斯特、卡尔·曼迪和约恩·彭，题为"转发：后续跟踪"，东部时间 2012 年 8 月 9 日晚 10: 52。

③ 艾林·埃德加发给大卫·舒梅克的电子邮件，题为"转发：后续跟踪"，东部时间 2012 年 8 月 14 日下午 1: 35。

④ Thomas E. Ricks, *Fiasco* (New York: The Penguin Press, 2006), 313.

⑤ 2001 年 10 月，9·11 事件之后，美国发生多起通过信函传播炭疽病毒的事件，造成极大恐慌。联邦调查局经多年调查，怀疑陆军传染病医学研究所的研究人员布鲁斯·埃文斯博士为幕后黑手。2008 年 7 月 29 日，埃文斯自杀身亡。联邦调查局其后发布报告称埃文斯就是炭疽攻击的凶手，但遭到广泛质疑。——译者

研究所开展了持续两年之久的大规模检查。在每一次检查中，舒梅克都是受检查方的负责官员。

在埃德加上校的鼓励下，他试图平息事态，于是发邮件给美国医疗保险和医疗补助服务中心的官员，说他从没有想要暗示希拉洛斯已经在实施他所描述的监管模式，只是说它在考虑而已。[①]他也对该机构竟然告诉希拉洛斯公司是他要求对其进行检查表示惊讶。他收到的回复带来了另一个意外：美国医疗保险和医疗补助服务中心没有告诉希拉洛斯公司此事；当巡查员到达时，该公司已经手握他与 FDA 往来通信的副本。[②]

当他就此事与埃德加上校对质时，埃德加窘迫地承认他就是那个把舒梅克与萨莉·霍瓦特的电子邮件透露给伊丽莎白的人，他把这说成是疏忽。[③]他向舒梅克道歉，并邀请其下周前往中央司令部位于佛罗里达州坦帕的总部，与马蒂斯梳理相关监管问题。舒梅克对面见将军感到紧张，但他接受了邀请。他联系了阿尔贝托·古铁雷兹，问其能不能跟他一起走一趟，他觉得自己的意见如果得到 FDA 高层的支持会更有分量。尽管通知得相当仓促，古铁雷兹还是同意一同前往。

2012 年 8 月 23 日下午 3 点整，埃德加上校陪同这两人进入马蒂斯位于坦帕的麦克迪尔空军基地（MacDill Air Force Base）的办公室。[④]这位 61 岁的将军本人看起来气势逼人：他肌肉发达，肩膀宽阔，眼睛下面的黑眼圈表明他不怎么睡觉。他的办公室里摆放着长期

---

① 大卫·舒梅克发给彭妮·凯勒和朱迪斯·约斯特的电子邮件，题为“希拉洛斯（非机密件）”，抄送艾林·埃德加和罗伯特·米勒，东部时间 2012 年 8 月 15 日下午 3:34。

② 彭妮·凯勒发给大卫·舒梅克的电子邮件，题为“回复：希拉洛斯（非机密件）”，抄送艾林·埃德加，东部时间 2012 年 8 月 16 日下午 1:36。

③ 艾林·埃德加发给大卫·舒梅克的电子邮件，题为“回复：希拉洛斯（非机密件）”，东部时间 2012 年 8 月 20 日上午 7:23。

④ 大卫·舒梅克发给阿尔贝托·古铁雷兹的电子邮件，题为“回复：希拉洛斯后续进展（非机密件）”，东部时间 2012 年 8 月 20 日上午 10:58。

军旅生涯留下的各种纪念品。在一堆旗帜、奖章和纪念币中，舒梅克盯着玻璃柜里一套漂亮的剑看了好一会儿。当他们在办公室一侧镶着木质面板的会议室落座，马蒂斯直入正题："各位，这一年来我一直想把这个东西部署下去，进行得怎么样了？"

舒梅克已经跟古铁雷兹把所有东西又梳理了一遍，确信自己有充分的理由。他率先开口，简要概括了希拉洛斯的技术要进行战场测试所产生的问题。古铁雷兹接着告诉将军，他的军中同僚对法律的阐释是正确的：希拉洛斯的设备很大程度上应当归 FDA 监管。而 FDA 至今尚未评估和批准其进行商用，它只能按照伦理审查委员会设定的严格条件进行人体测试。这些条件之一就是受试者给他们知情同意书——众所周知，这东西在战区很难获得。

马蒂斯不愿放弃。他想知道，他们是否能给出一条推进的路径。正如几个月前给伊丽莎白的一封邮件里所提到的，他确信她的发明对于他的部下而言将"改变游戏规则"。古铁雷兹和舒梅克提出了一个解决办法：用从士兵身上获取的去除身份信息的残存血液样本进行"有限目标实验"。它可以避开对知情同意的要求，是唯一可以按照马蒂斯的愿望尽快推进的研究方式。他们同意按照这一行动路径继续下去。进入办公室 15 分钟后，舒梅克和古铁雷兹与马蒂斯握手告别。舒梅克如释重负。无论如何，马蒂斯态度粗暴，却是通情达理的，而且达成了一种可行的妥协。

双方商定的有限实验，与马蒂斯脑海中更雄心勃勃的战地测试相去甚远。希拉洛斯的血液检测不会被用来为受伤士兵的治疗提供信息。它们只会被用来检测用剩下的样本，看结果是否与军方的常规检测一致。但它并非毫无意义。在职业生涯早期，舒梅克有 5 年时间是在监管生物威胁剂诊断检测的开发，他付出了极大努力从战场上现役军人那里获取匿名样本。从此类检测中获得的数据，在向 FDA 提出申请时是非常有用的。

然而，在接下来的几个月里，希拉洛斯莫名其妙地没有利用给予它的机会。当马蒂斯将军 2013 年 3 月退役时，这项利用去除身份信息的剩余样本的实验尚未开始。到埃德加上校数月后被任命为陆军传染病医学研究所所长时，它仍未启动。希拉洛斯似乎就是无法付诸行动。

2013 年 7 月，舒梅克中校退役。在告别仪式上，德特里克堡的同僚赠予他一张“幸存证书”，表彰他有勇气直面马蒂斯，并从对抗中全身而退。他们还送给他一件 T 恤，正面写着一个问题：“从四星将军手下逃生后你想做什么?”答案可以在 T 恤的背面找到：“退休，扬帆驶向落日。”

第十一章
找上富兹

2011年10月29日，星期六，上午10点15分，比弗利山冷水峡谷街（Coldwater Canyon Drive）1238号的门铃响了。①这座棕榈树掩映下的带门禁的意大利平层别墅属于理查德·富兹和洛兰·富兹。他们的两个孩子从乔治敦大学毕业后，从华盛顿搬到了洛杉矶，为了住得离孩子们近一些，这对夫妻两年前买下了这里。②

理查德·富兹开了门，一名传票送达员递上一沓法律文件。

“我是来送达起诉‘富兹科技’的传票的。”这人说。

富兹说他不能接受，因为这个公司尽管冠着他的名字，但已不归他所有。十多年前他就已经卖掉了公司。③他解释说，它现在属于加拿大药企瓦伦特制药公司（Valeant Pharmaceuticals）。④送达员打了一个电话，重复了富兹所说。电话那边传来某人的咆哮，回答说地址是对的，只要送上文件即可。但富兹仍然拒收。送达员失去了耐心，把文件扔在他脚边就走了。富兹拿出手机，给散落在人行道上的文件拍了照。他对这一套非常熟悉。两天前，作为官司中的共同被告，他已经收到了一套类似的文件。仔细考虑了一会儿后，他蹲下来捡起一地的东西。他决定不让邻居看到这些。

诉讼是由希拉洛斯向旧金山的联邦法院提起的。⑤它指控富兹和他第一段婚姻所生的两个儿子——乔·富兹和约翰·富兹——合谋窃取该公司的机密专利信息，并以此为自己申请了竞争性专利。起诉书称，窃密是约翰在其父指使下所为，当时约翰受雇于希拉洛斯的前专利顾问麦克德莫特·威尔和埃默里律师事务所。

起诉书的第一页开头显示，希拉洛斯请了著名律师大卫·博伊斯来代表它。然而，即使是像博伊斯这样的名人，他的事务所的人也没能做好调查，找对富兹的公司。争议中的专利授予的是理查德和乔的新公司“富兹药业”而不是“富兹科技”。富兹拒收传票，因为他想让博伊斯为自己犯的错着急上火。

富兹和他的儿子都对这起诉讼非常愤怒，但一开始他们并没有过分担忧。他们很有信心，知道这项指控是不成立的。富兹第一次也是唯一一次向约翰提及伊丽莎白·霍姆斯的初创公司，是在2006年7月给儿子的电子邮件中，他发了他在专利办公室的公开数据库中发现的希拉洛斯的一项专利申请的链接。⑥这封电子邮件是在富兹提交自己的临时专利申请之后的两个多月后发的，询问约翰是否知道麦克德莫特事务所里谁在处理希拉洛斯的申请。约翰回复说麦克德莫特是一家大事务所，他不知道是谁。⑦这桩事与约翰毫无关联。5年多过后，他已经不记得此事了。就他而言，这起官司是他第一次看到或听到“希拉洛斯”这个名字。

换个角度讲，约翰没理由和伊丽莎白或她的家人过不去。⑧他二十出头时，是克里斯·霍姆斯为他写了一封推荐信，帮助他进了天主教大学（Catholic University）法学院。后来，约翰的第一任妻子通过

---

① 经公证的2011年10月31日传票送达书。

② *Theranosm, Inc. et al. v. Fuisz Pharma LLC et al.*, deposition of Lorraine Fuisz, June 11, 2013, 111; Realtor.com.

③ “Biovail to Buy Fuisz Technologies for $154 Million,” Dow Jones, July 27, 1999.

④ “Biovail to Merge with Valeant,” *New York Times*, June 21, 2010.

⑤ *Theranosm, Inc. et al. v. Fuisz Pharma LLC et al.*, Complaint filed on October 26, 2011, 7-10.

⑥ 理查德·富兹发给约翰·富兹并抄送乔·富兹的电子邮件，标题栏为“http://www.freshpatents.com/Medical-device-for-analyte-monitoring-and-drug-delivery-dt20060323ptan20060062852.php”，东部时间2006年7月3日上午8:31。

⑦ 约翰·富兹发给理查德·富兹并抄送乔·富兹的电子邮件，标题栏为“回复：http://www.freshpatents.com/Medical-device-for-analyte-monitoring-and-drug-delivery-dt20060323ptan20060062852.php”，东部时间2006年7月3日上午9:34。

⑧ *Theranosm, Inc. et al. v. Fuisz Pharma LLC et al.*, deposition of Lorraine Fuisz, 80-81, 83.

洛兰·富兹认识了诺尔·霍姆斯，跟她关系很好。当约翰的第一个儿子出生时，诺尔甚至去他们家看望，并给孩子带去了礼物。[①]

而且，理查德·富兹和约翰·富兹并不是很亲近。约翰认为他的父亲是一个傲慢的自大狂，总是尽可能少与其来往。2004 年，他甚至拒绝让麦克德莫特代理父亲的业务，因为其付账又慢又不痛快。认为约翰甘愿拿自己的法律生涯冒险去为他的父亲盗取信息，显然大大误解了他们之间冷淡的关系。

但伊丽莎白对理查德·富兹的愤怒是可以理解的。他在 2006 年 4 月提交的专利申请，在 2010 年 11 月成为美国第 7824612 号专利，现在阻挠了她将希拉洛斯的设备送进千家万户的梦想。如果这一梦想有一天实现，她就要请富兹授权她使用他发明的条形码机制，它能提醒医生其病人的检测结果异常。富兹的专利被批准的那天，他发了一份"富兹药业"的新闻通稿给 info@ Theranos.com，也就是希拉洛斯在其网站上公布的、接受一般咨询的邮箱地址，这无异于打了伊丽莎白的脸。[②]与其向这种她视作胁迫的行为低头，伊丽莎白决定雇用美国最好的、最令人胆寒的律师迎头痛击她的老邻居。

大卫·博伊斯的传奇故事远比他本人更出名。博伊斯在 1990 年代扬名全国，当时美国司法部委托他处理诉微软公司反垄断案。据一份录像证词显示，他盘问了比尔·盖茨 20 小时，对这家软件巨头的辩护造成了致命一击，最终在法庭大获全胜。[③]在 2000 年有争议的美国大选中，他代表阿尔·戈尔在最高法院出庭，巩固了他作为法律界大腕的地位。最近，他成功地领导了推翻加州禁止同性恋婚姻的 8 号提案的诉讼。

---

① *Theranosm, Inc. et al. v. Fuisz Pharma LLC et al.*, deposition of John Fuisz taken on May 29, 2013, in Washington, D.C., 38.

② 理查德·富兹发至 info@ Theranos.com 的电子邮件，题为"Gen Dis"，太平洋标准时间 2010 年 11 月 8 日上午 7:29。

③ David Margolick, "The Man Who Ate Microsoft," *Vanity Fair*, March 1, 2000.

博伊斯是一位大师级的诉讼律师，当他觉得形势需要时，可以变得冷酷无情。有一个案例展现了他不择手段的特质，他将棕榈滩一家小型草坪养护公司的老板与客户之间的生意争端，升级为一起敲诈勒索的联邦诉讼，指控公司老板及其三名园丁串通、欺诈、勒索，并且犯有一项重罪：违反了反垄断法。[①]迈阿密的一位法官驳回诉讼后，博伊斯向亚特兰大的美国第十一巡回上诉法庭提起上诉。[②]直到上诉失败，他才罢手。

博伊斯的博伊斯、席勒和弗莱克斯勒律师事务所（Boies，Schiller & Flexner）以其策略的激进而闻名。富兹家的人不需要多长时间就会明白为什么这么说。在希拉洛斯提起诉讼的几个星期前，父子三人都发现了他们遭到监视的迹象。理查德·富兹开车前往凡奈斯机场，准备坐飞机去拉斯维加斯的时候，发现有辆车尾随他。乔住在迈阿密，他的邻居，一位自封为本街区联防队长的退休警察警告他，有人在窥探他的房子。约翰和妻子发现一个男人在给他们位于乔治敦的家拍照。富兹家的人现在非常肯定，那些是博伊斯雇的私家侦探。

提起诉讼后，监视仍在继续，这令理查德的妻子洛兰焦躁不安。经常有车子停在他们比弗利山的房子对面，司机无所事事地坐在车里。有一天，洛兰注意到方向盘后面的人是个金发女子，慢慢认出那是她的老朋友诺尔·霍姆斯。富兹认为这不太可能，但还是抓起相机，从房子里面用长焦镜头拍了一张车子的照片，那是一辆灰色的丰田凯美瑞。然后他走出去，想质问司机。当他走近时，车子迅速开走了。后来他仔细查看了照片，但没法看清那个女人的模样，也就无法排除是诺尔的可能性。这让洛兰更加气恼。她越来越觉得霍姆斯家想把她家搞垮，霸占她家的房子。她快要歇斯底里了。

博伊斯派出私家侦探之举，不仅仅是一种恐吓手段，也是塑造了

---

① John R. Wilke, "Boies Will Be Boies, as Another Legal Saga in Florida Shows," *Wall Street Journal*, December 6, 2000.

② 同上。

伊丽莎白和桑尼的世界观的偏执使然。这种偏执的核心，是相信实验室行业的两大主宰者——奎斯特诊断公司和美国实验室集团——会不惜一切代价来打压希拉洛斯及其技术。拉里·埃里森和另一位投资人最初联系博伊斯，请他代理希拉洛斯的时候，便向他传达了这一首要关切。换句话说，博伊斯的任务不仅仅是起诉富兹，更是要调查他是否与奎斯特和实验室集团有所勾结。实情是，在那个阶段，希拉洛斯还没有进入这两家公司的视野，而尽管富兹的人生丰富多彩、充斥着阴谋，但他无论如何都与那两家公司没有任何来往。

希拉洛斯提起诉讼两个月后，约翰·富兹雇来为自己辩护的柯克尔和范·内斯特律师事务所（Keker & Van Nest）给博伊斯发了几份文件，费了很大周折来反驳希拉洛斯的指控。其中有麦克德莫特律师事务所的文书管理员布莱恩·麦考利的一份声明，称经过对律所的文件和电子邮件系统的彻底检查，表明约翰或其秘书均从未接触过希拉洛斯的文件。[①]声明的附件展示了麦考利是如何一步一步得出其结论的。但在5天后的一份回复中，博伊斯反驳这份文件是“自我作证”，“并非……非常有说服力”。[②]

理查德·富兹试图直接向希拉洛斯的董事会申诉，他给董事会成员发了几封邮件。其中一封附有伊丽莎白儿时的照片，以证明两家人从前相处友好，而且相识已久。另一封邮件中，他放了一个文件夹，其中包括他与他的专利律师来往的全部电子邮件副本以及据此在2006年4月提交的专利申请，他想表明该专利源于他自己的工作。他还提议与董事会成员会面。[③]他只收到了来自博伊斯的回复，后者写道希拉洛斯“很困惑”，不明白他怎么会认为那些电子邮件能证明

---

① *Theranos, Inc. et al. v. Fuisz Pharma LLC et al.*, declaration of Brian B. McCauley executed in Washington, D.C., on January 12, 2012.

② 大卫·博伊斯致埃利奥特·彼得斯的信函，日期为2012年1月17日。

③ 理查德·富兹致唐纳德·L. 卢卡斯、钱宁·罗伯逊、T. 彼得·托马斯、罗伯特·萨皮利奥和乔治·舒尔茨的信函，日期为2012年6月7日。

什么。[1]

尽管没有任何证据证明约翰·富兹有希拉洛斯指控的行为，但博伊斯打算利用约翰过去的一些事在法官或陪审团的脑子里播下怀疑的种子。

1992年，约翰刚从法学院毕业，他在父亲和在世达律师事务所（Skadden, Arps, Slate, Meagher & Flom）工作的一名大学好友之间充当传信的。[2]好友给了约翰一堆世达的账单文件，让他转交给他的父亲。当时，理查德·富兹与世达的客户、重型设备制造商特雷克斯集团（Terex Corporation）有法律纠纷，他告诉国会某委员会，说该公司向伊拉克出售飞毛腿导弹发射器，该公司起诉他诽谤。[3]即使这件事已经过去了20年，诽谤案早已尘埃落定，法庭也没有发现约翰有任何过错，但博伊斯仍想利用它来暗示约翰做过将窃取的信息交给父亲的事。[4]

博伊斯还准备利用其他新近发生并且可能更具杀伤力的事：麦克德莫特在2009年迫使约翰辞职，原因是他在一件不相干的事情上与律所的高层发生冲突。争端的起因是，在国际贸易委员会的一起仲裁案中，麦克德莫特律师事务所代表中国的一家国有企业，对阵美国政府的不公平进口调查办公室（Office of Unfair Import Investigations），约翰坚持要求律所撤回一份作为证据的伪造文件。麦克德莫特的领导层同意撤回该文件，但此举严重损害了为中方客户所做的辩护，激怒

① 大卫·博伊斯致詹妮弗·石本的信函，日期为2012年7月5日。

② *Terex Corporation et al. v. Richard Fuisz et al.*, No. 1: 1992-cv-0941, U.S. District Court for the District of Columbia, deposition of John Fuisz taken on February 17, 1993, in Washington, D.C., 118－54.

③ "Manufacturer Sues Seymour Hersh over Scud Launcher Report," Associated Press, April 17, 1992.

④ *Terex Corporation et al. v. Richard Fuisz et al.*，罗伊斯·C. 兰伯斯法官于1996年12月2日做出裁决，以偏见之由驳回了此案。

了律所的高级合伙人。律所随后要求约翰离开，并列出了一份事件清单，认为这些事件显示约翰的行为与其合伙人身份不符。其中一条是某个客户对约翰的投诉。当时，律所拒绝告诉约翰是哪个客户，投诉的是何事，但现在他明白了，一定是伊丽莎白在 2008 年 9 月向查克·沃克投诉关于他父亲的专利那件事。

博伊斯向约翰·富兹身上泼脏水的策略在 2012 年 6 月受挫，当时负责此案的法官驳回了对约翰的所有指控，理由是加州对于渎职的诉讼时效为一年，如今已经过期。①博伊斯转而在华盛顿特区的州法院起诉麦克德莫特律所，但诉讼很快被驳回，法院裁定希拉洛斯针对约翰和律所的指控完全是猜测。②法官写道："仅仅因为该律所的律师有渠道接触［希拉洛斯公司的文件］，并不意味着该律所没有遵守保密义务。"③

然而，博伊斯仍不肯罢休：在驳回对约翰的指控的同时，加州那起诉讼的法官允许对理查德·富兹和乔·富兹提起的多项指控成立，并让案子进入庭审阶段。约翰也许不再是被告，但博伊斯仍然可以利用他与其父合谋的故事来对付其父与乔的案子。

随着案子拖到秋天，约翰最初对案子的不满演变成了对伊丽莎白的满腔怒火。在离开麦克德莫特之后，他创建了自己的律所，而希拉洛斯的案子和相关指控令他损失了好几个客户。在他的两个案子中，对方律师也翻出那些事来抹黑他。到 2013 年春天，在博伊斯律所的律师对他进行采证时，他的愤怒因为另一件糟心事而更加强烈：他的妻子阿曼达被诊断出患有血管前置，这是一种妊娠并发症，胎儿的血

---

① *Theranos, Inc. et al. v. Fuisz Pharma LLC et al.*, 2012 年 6 月 6 日的法庭令，批准被告约翰·R. 富兹的驳回动议，部分批准、部分驳回富兹制药、理查德·C. 富兹和约瑟夫·M. 富兹的驳回动议。

② *Theranos, Inc. et al. v. McDermott, Will & Emery LLP*, No. 2012-CA-009617-M, Superior Court of the District of Columbia, complaint filed on December 29, 2012.

③ *Theranos, Inc. et al. v. McDermott, Will & Emery LLP*, 2013 年 8 月 2 日的法庭令，被告麦克德莫特律所以带有偏见为由提出驳回动议，法庭予以批准。

管外露，有破裂的危险。她和约翰一直处于焦虑状态，要等胎儿长到34 周，医生才能给她接生，将婴儿送到新生儿重症监护室。

即使在风平浪静的时候，约翰也是性情暴躁的。在成长的过程中，他经常与其他男孩子打架。那天，在回答博伊斯一位同事的问题时，他变得好斗而别扭，不但爆粗口，还大发脾气。在六个半小时的采证快要结束时，他出言威胁，这正中博伊斯的下怀。当时，他父亲的一位律师问他此案是否损害了他的声誉，如果是，这是否影响了他在作证时的举止，他回答：

> 当然。我对这些人很恼火。等这一切结束，我一定要报仇雪恨，告这些狗娘养的，我向你保证，我不会让伊丽莎白·霍姆斯在有生之年还能有第二家他妈的公司。我要凭我的能力申请专利，干死她，绝不手软。①

当约翰·富兹怒火翻涌时，他的父亲和弟弟越来越担忧打官司的费用。他们雇了洛杉矶的肯达尔、布里尔和克雷格（Kendall Brill & Klieger）律师事务所代理他们，费用是每个月 15 万美元。负责他们案子的合伙人劳拉·布里尔想发起一项反 SLAPP② 的动议，试图令希拉洛斯的诉讼因轻率而被驳回，这需要另加 50 万美元，而且不保证能成。他们决定改换规模较小、费用低一些的北加州律师事务所巴尼和石本（Banie & Ishimoto），并且请乔治·华盛顿大学法学院教授斯蒂芬·萨尔茨堡来督战，这位教授过去为富兹做过法律方面的工作。

另一方面，他们知道他们对付的是世界上最贵的律师之一。博伊

---

① *Theranos, Inc. et al. v. Fuisz Pharma LLC et al.*, eposition of John Fuisz, 238.

② Strategic Lawsuit Against Public Participation，即反公众参与策略诉讼，美国法律界常见的一种诉讼手法，即当企业或政治人物在面临批评时，利用自身在财力、地位上的优势对批评者提起诉讼，企图通过旷日持久的诉讼程序和高昂的诉讼成本令批评者放弃批评或做出妥协，发起诉讼方一般并无足够证据，也不期待胜诉。——译者

斯的收费差不多是每小时 1000 美元，据说年收入超过 1000 万美元。[1]然而，他们不知道的是，在这个案子里，博伊斯同意接受股票代替常规收费。伊丽莎白给他的律所 30 万股希拉洛斯公司的股份，每股按 15 美元算，也就是说，博伊斯的服务标价为 450 万美元。

这已经不是博伊斯第一次与客户制定替代费用的安排，也不是第一次接受股份作为付费。在互联网繁荣期，他接受过股份作为代表 WebMD 公司的费用，后者是一个向消费者提供医疗信息的网站。博伊斯处理案子的方式类似于风险资本家，他认为他和他的律所可以通过收取股票赚到更多的钱。但这也意味着他在希拉洛斯有既得利益，让他不仅是一个法律顾问的角色。这也有助于解释为什么到了 2013 年初，博伊斯开始参加公司所有的董事会会议。

尽管希拉洛斯公司的所有专利写的都是伊丽莎白的名字，理查德·富兹也高度怀疑一个没受过医学和科学训练的大学辍学生完成了这么多真正的发明。他觉得，更有可能是公司其他拥有高学历的员工做出了她获得专利的那些工作。

在双方为庭审做准备的过程中，富兹注意到有一个名字在伊丽莎白的许多专利中作为共同发明人出现：伊恩·吉本斯。稍稍做了一点调查后，他了解到这个人的一些基本情况。吉本斯是一个英国人，拥有剑桥大学的生物化学博士学位，他被认为是大约 50 项美国专利的发明者，其中 19 项来自他 1980 年代和 1990 年代在一家名叫 Biotrack Laboratories 的公司所做的工作。

富兹推测吉本斯是个真正的科学家，像大多数科学家一样，他应当是个诚实的人。如果能让他宣誓承认富兹的专利中没有任何东西借

---

① Vanessa O'Connell, "Big Law's $1, 000-Plus an Hour Club," *Wall Street Journal*, February 23, 2011; David A. Kaplan, "David Boies: Corporate America's No. 1 Hired Gun," *Fortune*, October 20, 2010.

鉴了伊丽莎白早期的专利申请，或与之相似，将会给希拉洛斯的案子重重一击。他和乔还注意到，吉本斯在 Biotrack Laboratories 的一些专利和希拉洛斯的很相似，这将使他们有理由指控希拉洛斯公司不当地再次利用吉本斯过去的成果。他们将吉本斯的名字加入了他们想要采证的证人名单中。但随后发生了奇怪的事：在随后的 5 个星期内，博伊斯律所的律师们一直对他们安排吉本斯作证的要求置之不理。①富兹一家满腹怀疑，要求他们的律师去施压。

① *Theranos, Inc. et al. v. Fuisz Pharma LLC et al.*，预审会和动议听证会的文字转录稿，2014 年 3 月 5 日，第 42 页。

第十二章
伊恩·吉本斯

伊恩·吉本斯是伊丽莎白在创建希拉洛斯后雇用的第一位有经验的科学家。他是伊丽莎白在斯坦福的导师钱宁·罗伯逊推荐来的。1980年代，伊恩和罗伯逊在 Biotrack Laboratories 相识，在那里他们发明了一种稀释和混合液体样本的新机制，并取得了专利。[①]

从2005年到2010年，伊恩与加里·弗伦泽尔一起领导希拉洛斯在化学方面的工作。伊恩加入这家初创公司在先，最初职位比加里高。但伊丽莎白很快就调换了两个人的位置，因为加里更懂跟人打交道，这让他在管理上更游刃有余。他们两个人对比极为鲜明：伊恩，有着怪异幽默感的保守的英国人；加里，带有得州腔的爱唠叨的前牛仔。但他们关系很好，因为他们有着作为科学家的相互尊重，开会时偶尔互相吐槽。

伊恩符合人们对书呆子科学家的刻板印象。他蓄胡子，戴眼镜，裤子提到腰部以上。他可以花好几个小时连续分析数据，写下大量的笔记，记录他在工作中所做的一切。这种一丝不苟的精神一直延续到他的业余时间：他是一位狂热的读书人，把读过的每一本书都列进单子里。其中包括马塞尔·普鲁斯特的七卷本作品《追忆逝水年华》，他重读过不止一遍。

伊恩和他的妻子罗谢尔是1970年代初在加州大学伯克利分校认识的。他从英国来，在该校的分子生物学系做博士后，罗谢尔则在读研究生。他们一直没生孩子，但伊恩非常宠爱他们的狗狗克洛伊和露西，以及一只名叫莉薇娅的猫——他给猫咪取了罗马皇帝奥古斯都之妻的名字。

除了阅读，伊恩的另外两个爱好是去歌剧院以及摄影。他和罗谢尔常常去旧金山的战争纪念歌剧院（War Memorial Opera House），夏天则飞到新墨西哥州去看圣达菲歌剧院黄昏时的露天演出。他喜欢修改照片，图个乐子。他改过许多照片，其中一张他把自己改成了一个戴着手套、打着领结的疯狂科学家，正在配制蓝色和紫色的魔药。另一张照片中，他把自己塞在了一张英国皇室家族合影的最前面。

作为一名生物化学家，伊恩的特长是免疫测定，这是希拉洛斯早期专注于这类检测的主要原因。他对血液检测学相当痴迷，很喜欢讲授这门学问。在公司发展的早期，他有时候会搞些小讲座，给其他员工讲解生物化学最基本的东西。他还做了关于如何创建不同的血液检测的演示，都被记录并存储在了公司的服务器上。

伊恩和希拉洛斯公司的工程师们一再出现不和的原因之一，是他坚持认为他和其他化学家设计的血液检测，在希拉洛斯设备内的表现与在实验室工作台上一样准确。他收集的数据表明，这种情况少之又少，令他相当沮丧。在开发爱迪生设备时，他和托尼·纽金特在这个问题上互不相让。尽管伊恩的严苛标准令人钦佩，但托尼觉得他做的一切只是抱怨，从来没有提供任何解决办法。

伊恩对伊丽莎白的管理也有微词，尤其是她把各个团队隔开，而且不鼓励他们互相交流。她和桑尼采用这种操作方式的理由是希拉洛斯还处在“隐形模式”，但这对伊恩毫无意义。在他工作过的其他诊断设备公司，总是有跨职能的团队，来自化学、工程、制造、质量控制、监管部门的代表一起为一个共同的目标而工作。这样才能让每个人达成共识，解决问题，在最后期限内完成任务。

伊丽莎白对真相的漠不关心是另一个争议焦点。伊恩不止一次听

---

① U.S. Patent no. 4, 946, 795 issued August 7, 1990.

到她谎话连篇，在与她共事5年之后，他已经不再相信她说的任何话了，尤其是当她向员工或是外部人士介绍公司技术已经准备就绪时。

2010年秋天，当希拉洛斯加紧讨好沃尔格林时，伊恩的沮丧情绪翻涌不止。他去向老朋友钱宁·罗伯逊发牢骚。①伊恩以为罗伯逊会对他们之间的谈话保密，但他把伊恩说的一切都报告给了伊丽莎白。那个星期五的晚上，伊恩很晚才回到他们在波托拉山谷（Portola Valley）的家，罗谢尔已经上床了。他告诉妻子，罗伯逊背叛了他的信任，他被伊丽莎白解雇了。

令他们惊讶的是，桑尼第二天打来电话。伊恩不知道，在过去的几个小时里，他的好几位同事劝说伊丽莎白重新考虑。桑尼给伊恩回来工作的机会，但不再担任原职。伊丽莎白解雇伊恩的时候，他是通用化学团队的头，该小组负责在他们为爱迪生开发的免疫测定法之外研究出新的血液检测方法。他被允许回来担任该团队的技术顾问，但团队的领导权交给了保罗·帕特尔，此人是一位生物化学家，两个月前在伊恩的推荐下进入公司。

伊恩是个骄傲的人，很难接受降职。18个月后，公司搬到Facebook用过的办公楼时，他失去了自己在山景大道总部拥有的私人办公室，这令他备感羞辱。可以肯定的是，那时他并不是唯一一个被边缘化的人：加里·弗伦泽尔和托尼·纽金特也被晾在了一边，因为伊丽莎白与桑尼雇了新人并且提拔到了他们的上头。公司的旧人——那些帮助伊丽莎白走到今天的人——正在被束之高阁。

搬家前几个月，托尼在伊恩的办公室注意到一张《恋爱中的女人》（*Women in Love*）的电影海报，便聊了起来。这部根据D. H. 劳伦斯的同名小说改编的1969年的电影，讲述了第一次世界大战期间，

① *Theranos, Inc. et al. v. Fuisz Pharma LLC et al.*，预审会和动议听证会的文字转录稿，2014年3月5日，第47－48页。

英国一个矿业小镇上两姐妹和两个男人之间关系的故事。伊恩提到，这部电影上映时，他在周游爱尔兰，托尼那时还是个住在那里的孩子。由此引发了其他话题。托尼得知伊恩的父亲在第二次世界大战中曾经在北非被俘，起初被关押在意大利的战俘营，后来穿越欧洲，被押解到波兰的另一个战俘营，直到战争结束时才获救。

谈话最后又回到了此时此地，回到了希拉洛斯身上。托尼和伊恩一样不再受到伊丽莎白的青睐，也被排除在迷你实验室的开发之外，他忽然冒出个想法，这家公司也许只是伊丽莎白和桑尼之间浪漫关系的载体，他们并不真的关心任何工作。

伊恩点了点头。“他们是一对二联性精神病（folie à deux）。”他说。

托尼对法语一窍不通，所以离开后去翻词典。他发现这个定义很贴切：“在两个彼此关系密切的人身上存在相同或相似的妄想。”

搬到 Facebook 原来的办公楼后，伊恩变得更加闷闷不乐。他被安排跟普通员工坐同样的办公桌，背后是墙。这是他已经多么无足轻重的一个象征。

一天，工程师汤姆·布鲁米特在埃尔卡米诺路的一家名为鱼市（Fish Market）的海鲜餐馆见朋友，在那里碰到了伊恩。在他们排队等位时，伊恩问能不能跟他们一起。汤姆和伊恩都是 65 岁左右，一向关系不错。他们的第一次打交道是在 2010 年，汤姆到希拉洛斯工作后不久。在某次讨论应当雇什么样的工程师来给他当助手时，桑尼和其他经理无视汤姆的意见，汤姆非常气恼，从会议室出来萌生了辞职的念头。伊恩追了出来，安慰他，向他保证他的意见很重要——这一姿态令汤姆非常感动。

接下来的两年里，汤姆注意到伊恩日渐消沉。当他们坐下来在鱼市吃午餐时，汤姆很怀疑伊恩是不是跟着他过去的。希拉洛斯的大部分员工都在公司吃伊丽莎白和桑尼提供的午餐，白天不离开公司。更重要的是，这家餐馆并不在公司附近，而伊恩进去只比他晚了一两分钟。汤姆觉得，伊恩可能想单独遇到他。他似乎很想找人聊聊。但汤姆到那里是为了与一位朋友重聚，后者是一家日本芯片制造商的销售员。他们试图让伊恩加入谈话，但他在最初的寒暄之后便一言不发了。事后回想这一幕时，汤姆意识到他忽略了这位同事的无声呼救。

汤姆最后一次遇到伊恩，是 2013 年初，在公司的餐厅。那时，他看上去非常沮丧。汤姆试着给他打气，提醒他现在的薪水不错，劝他不要把工作上的困境太当回事。毕竟只是一份工作而已。但伊恩只是盯着餐盘，神情郁郁。

伊恩的降职并不是唯一折磨他的事。尽管现在他只是一名内部顾问，但他还是跟接替他工作的保罗·帕特尔紧密合作。作为一名科学家，保罗对伊恩极为尊重。他还在英国读研究生的时候，就研读过伊恩 1980 年代在一家叫做西瓦（Syva）的公司所做的免疫测定的开创性工作。

在被提拔后，保罗继续平等地对待伊恩，所有的事情都征询他的意见。但他们在一个关键方面存在分别：保罗回避冲突，与伊恩相比，他更愿意与制造迷你实验室的工程师妥协。伊恩则寸步不让，当他觉得自己被要求降低标准时会勃然大怒。保罗有无数个夜晚跟他通电话，想让他平静下来。在讨论的过程中，伊恩告诉保罗要坚持自己的信念，永远不要忽视对病人的关注。

“保罗，必须做正确的事。”伊恩会说。

桑尼安排了一个叫萨玛撒·阿内卡尔的人负责将迷你实验室的各个部分整合到一起，此人拥有化学工程博士学位，但没有从业经验。一些同事认为萨姆①就是个应声虫，对桑尼唯命是从。整个 2012 年，伊恩和保罗多次与萨姆剑拔弩张。其中一次，萨姆告诉他们，迷你实验室的分光光度计还不能达到伊恩认为不容商量的某些标准，伊恩愤

① 萨玛撒的昵称。——译者

然离去。萨姆之前是同意他们意见的，但现在说他需要更多的时间。伊恩回到自己的办公桌时心烦意乱。

周末的时候，伊恩和罗谢尔经常带着他们的两只美国爱斯基摩犬克洛伊和露西，去波托拉山谷周围起伏的山丘上散步。有一次散步时，伊恩告诉罗谢尔，在希拉洛斯没有一件事顺利，但他没有透露任何细节。严格的保密协议禁止他讨论任何与公司有关的具体信息，即使是面对自己的妻子。他也哀叹自己职业生涯的转折，觉得自己就像一件被扔进仓库的老旧家具。伊丽莎白和桑尼早就不听他的意见了。

2013 年的头几个月，伊恩大部分日子都不去公司上班，而是在家里工作。6 年前，他被查出患有结肠癌，在接受了手术和化疗后，他有段时间没有工作。同事们以为他癌症复发了。但实情并非如此。他的病情正在缓解，身体健康状况良好。问题在于他的心理健康：他正在忍受未确诊的深度临床忧郁症带来的痛苦。

4 月，希拉洛斯通知伊恩，他已被传唤去富兹一案中作证。将要接受质询一事使他变得精神紧张。他和罗谢尔多次讨论这个官司。罗谢尔曾做过专利律师，所以伊恩叫她核查一下希拉洛斯的专利组合，希望她能给自己一些建议。在这个过程中，她注意到该公司所有的专利上都有伊丽莎白的名字，常常在发明者名单中列在首位。当伊恩告诉她伊丽莎白的科学贡献微不足道时，罗谢尔警告伊恩，如果这一情况被曝光，这些专利可能会无效。这让他更加焦虑不安。

当伊恩把富兹的专利和希拉洛斯早期的专利申请放在一起研读时，发现找不到伊丽莎白的剽窃指控有任何依据。但他可以确定一件事：他不想卷入此案。然而，他担心自己的工作将取决于此。他开始在晚上喝很多酒。他告诉罗谢尔，他认为自己再也不能在希拉洛斯恢复正常的工作安排。他说，一想到要回办公室，他就感到恶心。罗谢尔说，如果这份工作让他如此痛苦，那他应当辞职。但辞职似乎并不是他的可选项。在 67 岁的年龄，他觉得自己没法找到其他工作。他还坚持认为自己仍能帮助公司解决问题。

5 月 15 日，伊恩联系了伊丽莎白的助理，要求安排与她会面，希望能讨论出某种替代性的工作安排。但当助理回电确定第二天会面时，伊恩变得焦躁起来。他告诉罗谢尔，他担心伊丽莎白会借这次会面把他炒掉。同一天，他接到希拉洛斯的律师大卫·多伊尔的电话。富兹家的律师给了个日期，要求博伊斯律所的律师安排伊恩在那天接受质证，几个星期过去了，他们已经失去了耐心，于是发出通知，要求他必须于 5 月 17 日上午 9 点出现在他们位于加州坎贝尔的办公室。①

这就是多伊尔打电话来的原因。离他出现的最后期限只有不到两天的时间，律师怂恿伊恩以健康问题为由逃避质证，并且通过电子邮件发了一份医生证明给他，要他去找他的医生修改并签字。②伊恩将电子邮件转发到了自己的谷歌邮箱，并从那里转发给了妻子，让她打印出来。③他的焦虑似乎达到了一个新的高度。

罗谢尔早已知道伊恩的状态不好，但她还有其他事要操心：她正在为母亲的离世悲伤，母亲留下了一个复杂的不动产需要整理，而且她刚刚跟一个合伙人开办了一项新的法律业务。在这段充满压力的时期，她没能从婚姻中获得她需要的支持，这让她有点不满。但伊恩那天的痛苦状态使她意识到他的精神状况已经变得多么糟糕。她设法让他同意去寻求帮助，并预约了第二天上午去看他的全科医生。

5 月 16 日，罗谢尔在 7 点半左右起床，她看到卫生间的灯是亮的，门关着。她以为伊恩在为去看医生做准备。但过了一会儿他并没

① *Theranos, Inc. et al. v. Fuisz Pharma LLC et al.*，被告要求伊恩·吉本斯接受采证的通知，2013 年 5 月 6 日提交。

② 大卫·多伊尔发给伊恩·吉本斯、抄送莫娜·拉玛莫西的电子邮件，题为“作证-保密的律师/客户特权”，太平洋标准时间 2013 年 5 月 15 日晚 7:32。

③ 伊恩·吉本斯发给罗谢尔·吉本斯的电子邮件，题为“转发：转发：作证-保密的律师/客户特权”，太平洋标准时间 2013 年 5 月 15 日晚 7:49。

有从里面出来，她叫他，他也没有回答，于是她推开了卫生间的门。她发现丈夫弓着腰坐在一张椅子上，不省人事，几乎没了呼吸。惊慌失措的她打了报警电话。

接下来的8天，伊恩都在斯坦福医院靠呼吸机维生。他服下的对乙酰氨基酚——这是泰诺等止痛药中的活性成分——多到足以杀死一匹马。再加上他喝的酒，这些药物已经毁了他的肝脏。5月23日，他被宣布死亡。作为一名专业化学家，伊恩清楚地知道他在做什么。罗谢尔后来发现了一份署名遗嘱，是他几个星期前在保罗·帕特尔和另一个同事的见证下所立。

罗谢尔悲痛欲绝，但她勉力支撑，给伊丽莎白的办公室打电话，留下消息给她的助理，通知她伊恩的死讯。伊丽莎白没有回电。相反，那天晚些时候，罗谢尔收到一封希拉洛斯的律师的电子邮件，要求她立即归还伊恩的公司笔记本电脑、手机以及他可能保存的任何其他机密信息。

在希拉洛斯内部，伊恩的死亡也是以同样冷漠、公事公办的方式处理的。大多数同事甚至没有被告知此事。伊丽莎白只是在一封简短的电子邮件中通知了公司的一小部分老员工，含含糊糊地提到要为他举行追悼会。但她从未跟进，也没有举行任何仪式。与伊恩长期共事的同事，比如安加丽·拉哈里——一位化学家，与伊恩在希拉洛斯密切合作了8年，此前还在另一家生物技术司共事过2年——只能猜测发生了什么。大多数人认为他死于癌症。

托尼·纽金特非常不满公司没有采取任何行动来纪念他已故的同事。他和伊恩走得并不近。事实上，在开发爱迪生的过程中，他们之间时不时会小打小闹。但他恼火的是，对于一个把将近10年的生命奉献给公司的人，公司没有表现出任何同情。在希拉洛斯工作，仿佛就是要逐渐把人的所有人性剥离干净。托尼决心表明自己仍然是个人，仍然对同胞有悲悯之心，他从专利办公室的在线数据库下载了一份伊恩的专利清单，将其复制粘贴到电子邮件中。在清单之上，他嵌入了一张伊恩的照片，然后将邮件群发给他能想到的曾与伊恩共事的20多位同事，并特别抄送给了伊丽莎白。这不算什么，但至少给人们一点东西记住他，托尼想。

第十三章
李岱艾公司

“你是领袖。”咔、咔、咔。“强大，有力。”咔、咔。“想想你的使命。”咔、咔、咔、咔。

著名人像摄影师马丁·舍勒正在用他浓重的德国口音轻声指导着伊丽莎白，激发出她的各种情绪，好给她拍照。她穿了一件薄薄的黑色高领毛衣，涂了红色的口红，头发往后梳了一个松散的发髻，耳朵被遮着。她坐的椅子两侧放了两盏立灯，直接照在她瘦削的脸上并在她的瞳孔中产生白光，这是舍勒的摄影作品的标志。

请舍勒来拍，是李岱艾（TBWA \ Chiat \ Day）广告公司洛杉矶分公司的创意总监帕特里克·奥尼尔的主意。李岱艾正在为希拉洛斯进行一场秘密营销活动。要抢在沃尔格林和西夫韦的门店推出血液检测服务之前，为该公司创建品牌标识、建个新网站、开发智能手机 App 等。

伊丽莎白选择李岱艾，是因为它为苹果公司服务多年，打造了 1984 年那支标志性的麦金托什（Macintosh）电脑广告，后来在 90 年代末期发起了“非同凡想”（Think Different）活动。她甚至试图说服那些广告背后的创意天才李·克劳从退休状态中复出，来为她工作。[①]克劳礼貌地将她推给了广告公司，在那儿她立即与帕特里克建立了联系。

帕特里克是个英俊非凡的男人，有着金色的头发、蓝色的眼睛以及通过严苛的锻炼才会有的雕塑般身材，第一次见到伊丽莎白，他就被迷住了。他的倾慕并不是出于情爱：他是一名同性恋。毋宁说，他是被她的魅力，被她想要在宇宙中留下印记的独特冲劲所吸引。他在李岱艾工作了15年，为维萨信用卡（Visa）和宜家这样的大客户制作广告。这项工作很有趣，但都没有像伊丽莎白第一次到这家公司位于普拉亚德雷（Playa del Rey）的仓库改建的办公室来时让他激动，她给他们描述了希拉洛斯的使命，即为人们提供无痛、低成本的医疗保健。在广告业，为真正有可能让世界变得更好的东西工作的机会是不多见的。对希拉洛斯在绝对保密上的执着，帕特里克也没有感到惊讶或反感。苹果也是这样。他明白科技公司需要保护他们珍贵的知识产权。无论如何，这家公司很快就会走出伊丽莎白所称的“隐形模式”，到那时他就会出场：他的工作是让它的商业发布尽可能具有影响力。

重新设计希拉洛斯公司的网站，是其中的一个重要部分。舍勒拍摄的照片将出现在上面，而且不只有伊丽莎白的照片。这位摄影师拍了两天，大部分时间是在卡尔弗城（Culver City）的一家工作室拍摄扮作病人的模特。他们有着不同的年龄、性别、种族，有不到5岁的孩子，有5到10岁的孩子，有年轻男女，有中年人、老人。有些是白人，有些是黑人，还有西班牙裔和亚裔。传递的信息是，希拉洛斯的血液检测技术可以帮助每一个人。

伊丽莎白和帕特里克花了好几个小时从拍摄的照片中挑选可用的病人照片。伊丽莎白想让网站上展示的面孔能使人产生同理心。她动情地讲述了当人们发现挚爱之人生病、想做什么却为时已晚时感到的那种悲哀。她说，希拉洛斯的无痛血液检测技术将通过在死亡判决下达之前尽早发现疾病来改变这一点。

从2012年秋冬到第二年春，帕特里克和他在李岱艾的一组同事

① Walter Isaacson, *Steve Jobs* (New York: Simon & Schuster, 2011), 162, 327.

每周飞到帕洛阿尔托一次，与伊丽莎白、桑尼以及伊丽莎白的弟弟克里斯蒂安一起头脑风暴，这时，伊恩·吉本斯正陷入抑郁之中，而史蒂夫·伯德在西夫韦担任 CEO 只剩下最后几个月了。当伊丽莎白得知苹果公司与李岱艾每周一次的创意会议安排在星期三时，也把他们的会面安排在了每周的这天。她告诉帕特里克，她很欣赏苹果品牌信息的简洁，想要效仿它。

在李岱艾内部，希拉洛斯的业务被称为“斯坦福项目”。跟帕特里克一起每周前往帕洛阿尔托的还有洛杉矶办事处总经理卡瑞沙·比安奇，公司战略部主管洛兰·克奇，财务监管斯坦·菲奥里托以及文案迈克·八木。一开始，李岱艾的团队认为，对于希拉洛斯的创新，最佳视觉表现形式是该公司制造的从指尖采血的微型小瓶。伊丽莎白称它为“纳米容器”。这名字很合适，因为它真的非常小，只有 1.29 厘米，比一个直立的一角硬币还要短。帕特里克想给它拍照，让医生和病人知道它的大小。但伊丽莎白和桑尼非常担心，如果让外界在发布之前看到它，可能会走漏消息。因此他们同意李岱艾公司用其自己的摄影师在该公司位于普拉亚德雷仓库的小型摄影室内拍照。

在约定的那一天，丹·埃德林——克里斯蒂安在杜克大学的朋友之一——带着一个装有 12 只“纳米容器”的特制塑料箱飞往洛杉矶。这个箱子在机场打包托运是不可接受的，在整个飞行过程中，它一直放在他的随身行李中。抵达仓库以后，丹也没有让这些小管离开他的视线。除了帕特里克，李岱艾公司的其他人都不可接触它们。帕特里克拿起一个看了一下，惊叹于它竟如此之小。

真血暴露在空气中片刻后就会变成紫色，所以他们在一个“纳米容器”里注入了万圣节用的假血，并放在白色的背景前面拍照。随后，帕特里克做了一张蒙太奇照片，显示它稳稳当当地立在指尖上。如他所料，它产生了醒目的视觉效果。迈克·八木尝试了许多不同的广告语，最终定格在两个伊丽莎白喜欢的用语上：“小小一滴，改变一切”以及“重塑实验室检测”。他们将图片放大，做成模拟的《华尔街日报》整版广告。在广告业术语中，这被称作“插页”（tip-in）。伊丽莎白喜欢这种形式，要求多做了十几个不同的版本。她并没有说要拿它们做什么，但斯坦·菲奥里托意识到她会在董事会会议上把它们当作道具。

帕特里克还与伊丽莎白一道设计了新的公司标志。伊丽莎白相信生命之花①，那是一种几何图案，由众多小圆圈在一个大圆圈内交叉构成，异教徒曾认为它是贯穿所有有知觉造物的生命的视觉表达。②后来在 1970 年代，新时代运动（New Age movement）采用它，称为“神圣几何”，为那些耗费时间研究它的人们提供了启示。

因此，这个圆圈成为希拉洛斯品牌的指导性主题。希拉洛斯的字母“o”的内部被填成绿色，以便突出，病人面庞的照片和指尖上的“纳米容器”的照片也被圆圈框起。帕特里克还为网站和营销材料设计了一种新字体，它脱胎于赫维提卡字体（Helvetica），其中字母“i”和“j”上的点以及句子末尾的句号都是圆形而非方形。伊丽莎白似乎对结果很满意。

当帕特里克还在为伊丽莎白着迷的时候，斯坦·菲奥里托则谨慎得多。斯坦有一头偏红色的金发，长着雀斑，是广告行业的资深人士，交游广阔。他觉得桑尼有点不大对劲。在他们每周定期的会议上，桑尼使用了很多软件工程术语，这对于他们的营销讨论一点都不适用。当斯坦想让他说清楚如何实现看似遥不可及的销售目标时，桑尼给出的是含糊而又自负的答案。一般来说，公司会进行研究，找出

① the Flower of Life，是一种几何语言，图形中的花瓣等比分裂 8 次之后同时外旋，重复循环，直至完成“创作”。其具有纯粹的形状和比例，包含着自然中繁花的生命形态。达·芬奇画作中的“黄金比例”便是源于此，不仅体现出他对美感和数学比例规则的不懈追寻，更延续了自古希腊毕达哥拉斯时代所建立的数学传承。——译者

② April Holloway, “What Ancient Secrets Lie Within the Flower of Life?” *Ancient Origins*, December 1, 2013.

营销所针对的受众规模，然后测算在其中有多大比例真正有希望转化为顾客。但桑尼似乎完全没有这样的基本概念。斯坦试着在网上查他，但是一无所获。他觉得很奇怪，像他这样背景的人——一个在互联网繁荣时期卖掉一家公司并挣了许多钱的科技企业家，居然在网上没有留下痕迹。他怀疑桑尼找人把这些痕迹清除掉了。

另外，一家名不见经传的初创公司雇用像李岱艾这样的大广告公司也是极不寻常的。大广告公司的开销和人员配备都非常昂贵。李岱艾每年向希拉洛斯收取600万美元的酬金。这家没人听说过的公司从哪里得到钱来支付这些费用？伊丽莎白曾多次表示，军方正在阿富汗战场上使用她的技术拯救士兵的生命。斯坦想知道希拉洛斯是否获得了五角大楼的资助。

这一点有助于解释保密的程度。根据桑尼的指示，希拉洛斯向李岱艾提供的任何材料都必须编号、登记，保存在上锁的房间内，只有指定为这个项目工作的团队才可以进入。任何打印工作都必须在房间内的一台专用打印机上完成。废弃的文件不能一扔了事，必须粉碎。计算机文件必须存储在一个独立的服务器内，并且只能通过专用的内部局域网在团队之间分享。在任何情况下，他们都不能将希拉洛斯的相关信息与李岱艾洛杉矶分公司或该公司更大范围内未签署过保密协议的人分享。

除了迈克·八木外，斯坦还管着另外两名全职为希拉洛斯的项目工作的李岱艾员工，即凯特·沃尔夫和麦克·佩蒂托。凯特负责网站的建设，麦克负责制作店内宣传册、标志以及用在iPad上的一个交互式销售工具——希拉洛斯计划用它来向医生推销。

几个月过去了，凯特和麦克也开始对他们古怪而挑剔的客户产生了疑虑。两人都来自东海岸，对自己的工作一丝不苟。凯特28岁，在马萨诸塞州的林肯长大，在波士顿大学的时候打过冰球。她那小城镇的良好教养使她有了强大的道德取向。她对医学也略知一二：她的父亲和她的妻子都是医生。麦克32岁，是来自费城的意大利裔美国人，个性愤世嫉俗，在大学和研究生院时是田径赛和越野赛运动员。在他成长的地方，人们不会扯淡，也不会接受这种行为。

伊丽莎白想在网站和其他各种营销材料中突出一些大胆、肯定的说法。其中之一是希拉洛斯可以对一滴血进行“800 多项测试”。另一个说法是它的技术比传统的实验室检测更准确。她还想说，希拉洛斯的检测结果可以在 30 分钟内准备好，其检测“获得了 FDA 的批准”，并“得到重要的医疗中心的认可”，如妙佑医疗国际（Mayo Clinic）和加州大学旧金山分校医学院，还使用了 FDA、妙佑和加州大学旧金山分校的标识。

凯特询问希拉洛斯卓越准确性的说法依据何在，得到的回答是，这是根据一项研究推断出来的，该研究的结论是 93%的实验室错误是人为失误造成的。希拉洛斯辩称，由于其检测过程在其设备内是完全自动化的，足以证明它的检测比其他实验室更准确。凯特觉得这个逻辑的跳跃性太大，她表达了这个想法。毕竟，有禁止误导性广告的法律。

麦克亦有同感。在给凯特的一封电子邮件中，他列出了需要经过法律查核的项目，其中包括“自动化让我们更准确”，他在旁边的括号里写着：“这听上去像是夸大宣传。”①此前，麦克从未参与过涉及医药行业的营销任务，他想格外谨慎点。一般来说，医疗方面的营销活动，比如涉及制药公司的，是由该公司在纽约以外的一个特殊分支机构“李岱艾健康”（TBWA\Health）负责。他很奇怪为什么他们没有承接这一业务，或者至少给点意见。

伊丽莎白提到了一份长达几百页的报告，支持希拉洛斯的科学主张。凯特和麦克一再要求看看，但希拉洛斯不愿给。该公司反而发给他们一份有密码保护的文件，其中包含据称是该报告摘录的内容。文

① 麦克·佩蒂托发给凯特·沃尔夫的电子邮件，题为“法律”，太平洋标准时间 2013 年 1 月 4 日下午 4:27。

件称，约翰斯·霍普金斯大学医学院对希拉洛斯的技术进行了尽职调查（due diligence），发现其“新颖可靠”，能够“准确”地运行“广泛的常规检测和特殊检测”。

不过，这些话并非出自任何长篇报告。它们来自伊丽莎白和桑尼2010年4月与霍普金斯大学5位官员会面时的一份两页纸的摘要。正如对沃尔格林所做的那样，希拉洛斯再次利用那次会面宣称其系统已通过了独立评估。但事实并非如此。作为该大学参加2010年那次会面的三位科学家之一，约翰斯·霍普金斯医院临床毒理学主任比尔·克拉克曾要求伊丽莎白运送一台设备到他的实验室，以便他对其进行测试，并将其性能与他日常使用的设备作比较。她表示可以，但随后便再无下文。凯特和麦克对这些一无所知，但希拉洛斯拒绝向他们出示完整的报告，这一事实令他们心生怀疑。

为了深入了解如何向医生推销，李岱艾建议对一些医生进行焦点团体访谈。希拉洛斯同意了这个主意，但想秘密进行，于是凯特把她妻子和父亲列入了参与名单。

凯特的妻子特蕾西是洛杉矶县综合医院的总住院医师，她正在这里完成内科和儿科的住院医生实习期。在对她的电话访谈中，特蕾西问了几个问题，希拉洛斯那头似乎没有人能回答。那天晚上，特蕾西告诉凯特，她怀疑该公司是否真的有什么创新性技术。她特别质疑这样一种观点，即你可以从指尖上获得足够的血液来准确地进行检测。特蕾西的怀疑让凯特怔住了。

在希拉洛斯公司，凯特和麦克的主要联系人是克里斯蒂安·霍姆斯以及他的两位杜克大学兄弟丹·埃德林和杰夫·布利克曼。麦克叫他们“希拉兄弟”。在网站上线前，他和凯特常常通过打电话或发邮件与他们沟通。希拉洛斯最初想在2013年4月1日让网站上线，但多次推迟日期。新的发布日期定在9月，但随着新的最后期限临近，凯特和麦克要求希拉洛斯提供实质性材料以支撑伊丽莎白想要采用的说法，他们发现，其中有些显然是夸大其词。例如，他们费了一番周折才了解到，希拉洛斯不可能在30分钟内给出检测结果。凯特给这个说法打了折扣，说检测结果可以在“4小时或更短时间内”准备好，但她对此仍然存疑。凯特和麦克也开始怀疑，希拉洛斯无法通过指尖采血完成所有的血液检测，有些检测就是要使用传统的静脉抽血。他们建议在网站上增加一份免责声明说清楚这一点。但他们从克里斯蒂安和杰夫那里得到的反馈是，伊丽莎白不想要这样的免责声明。

麦克越来越担心李岱艾公司要负的法律责任。他回去查了公司与希拉洛斯签的合同。它免除了李岱艾对于经客户书面认可的营销材料中提出的任何说法的责任。[①]他给公司外聘的戴维斯和吉尔伯特（Davis & Gilbert）律师事务所的律师乔·塞纳发了一封电子邮件，询问李岱艾是否应当让希拉洛斯在其书面认可中使用特定语言。[②]塞纳回复说没必要，但提醒他要看清楚那些书面认可。[③]

与此同时，就伊丽莎白想在网站上增加的一句话，凯特与克里斯蒂安、杰夫发生了争执，这句话是“把样本发给我们”。凯特问他们，公司有什么物流体系可以将血液样本从医生的办公室运到公司的实验室，最终的结论是，公司没有。医生“注册”该服务后，只会生成一封电子邮件自动发到杰夫的邮箱。之后会发生什么，只有天知道了。在凯特看来，希拉洛斯公司没有一个人会费心考虑此事。

网站上线之前的48小时乱成一片。几个月来，迈克·八木一直在不知疲倦地反复重写网站的文案，以满足伊丽莎白的要求。他承受着非常大的压力，焦虑症发作，只得回家休息。他离开办公室如此突

---

① 李岱艾洛杉矶分公司与希拉洛斯公司之间的协议，日期为2012年10月12日。

② 麦克·佩蒂托发给约瑟夫·塞纳的电子邮件，题为“转发：协议”，太平洋标准时间2013年3月19日下午6:23。

③ 约瑟夫·塞纳发给麦克·佩蒂托的电子邮件，题为“回复：协议”，太平洋标准时间2013年3月20日下午6:51。

然，又是在这样的状态下，以至于同事们不知道他是否还会回来。

然后，在上线的前一天晚上，希拉洛斯传话过来，说想要开个紧急电话会议。凯特、麦克、帕特里克、洛兰·克奇以及来填补迈克·八木的位子的文案克里斯蒂娜·埃尔特皮特，聚集在仓库的“董事会议室”（之所以这么叫，是因为会议桌是用冲浪板做成的①），听着伊丽莎白宣布希拉洛斯的法律团队在最后一刻要求修改措辞。凯特和麦克很生气。几个月来，他们一直要求进行法律查核。为什么到现在才搞？

电话会议拖了三个多小时，一直开到晚上10点半。他们一句一句地检查，伊丽莎白缓慢地口述每一处需要修改的地方。帕特里克一度打起了瞌睡。但凯特和麦克保持着足够的警醒，注意到所用的话正在被系统性地回拨。②“迎接实验室检测的革命”被改成“欢迎来到希拉洛斯”。“更快获得结果，更快得到答案”变成了“快速获得结果。快速得到答案”。“小小一滴，得到一切”，现在成了“小小几滴，得到一切”。

有一张图片是一个金发碧眼的孩子在蹒跚学步，边上原本有一段文字，标题是“再见，可恶的大针头”，是说指尖针刺取血的。现在上面写着：“无需大针头，我们可以利用指尖的轻轻一刺，或是从静脉抽取少量的样本。”凯特和迈克可没忘记，这就相当于他们之前建议过的免责声明。

在网站上“我们的实验室”部分，有一张“纳米容器”的放大照片，下面一条横幅贯穿整个页面，上面原来写着：“在希拉洛斯，我们可以基于典型抽血量千分之一的样本进行所有的实验室检测”。在新版本中，“所有的”这几个字消失了。在同一页面更靠下的地

---

① 董事会议室的英文是 board room，此处会议桌是冲浪板做的，冲浪板的英文为 surfboard，故而有此一说。——译者

② 希拉洛斯网站在最后时刻所作的许多修改，可以在一份标明“希拉洛斯机密”的 Word 文档中找到，杰夫·布利克曼在视频会议开始前不久将其通过电子邮件发给了凯特·沃尔夫和麦克·佩蒂托。

方，是凯特早在几个月前反对过的说法：以“无与伦比的准确性”为标题，引用了大约93%的实验室错误是人为引起的这一统计数据，并据此推论“希拉洛斯比其他任何实验室更准确”。果不其然，这个说明也被撤了下来。

最后关头的修订只会加深凯特和麦克的怀疑。迈克觉得，伊丽莎白曾希望所有那些笼统的说法都是真的，但仅仅因为你极度渴望某件事成真，并不能真的让它成真。他和凯特开始质疑希拉洛斯是否真的拥有什么技术。它自吹自擂的“黑匣子”——李岱艾的人这么称呼希拉洛斯的设备——是否存在呢?

他们将自己日积月累的怀疑告诉了斯坦，后者自己与桑尼的沟通也变得越来越不开心。每个季度，斯坦都得追着桑尼要钱。桑尼则总是叫他核实广告公司过来的账单。斯坦与他一起花了很长时间逐项核对。桑尼会打开电话的免提，在办公室里踱来踱去。当斯坦叫他离电话近一些，以便听清楚他说的话时，桑尼的脾气就会发作。

不过，并不是每一个李岱艾的员工都对希拉洛斯产生了恶感。洛杉矶分公司的两位高层卡瑞沙和帕特里克仍然对伊丽莎白着迷。帕特里克崇拜李·克劳以及他为苹果公司施展的营销魔法。很显然，他认为希拉洛斯有潜力为他造就属于他的丰功伟业。凯特在多个场合向他表达了自己的担忧，但他认为凯特无足轻重而不予理会。帕特里克觉得，她有一种唯恐天下不乱的倾向。他的观点是，她和麦克应当停止质疑一切，只完成叫他们做的工作即可。根据帕特里克的经验，所有的科技初创公司都是乱糟糟、神叨叨的。他没看出有什么不正常，对此也并不担心。

第十四章
发　布

艾伦·比姆正坐在办公室里检查实验室报告，伊丽莎白探进头去，叫他跟她出去。她想给他看点什么。他们走出实验室，进入其他员工聚集的开放办公区域。她一声令下，一名技术人员刺破一位志愿者的手指，然后用一个形似迷你火箭的透明塑料工具收集渗出的血液。这就是希拉洛斯的样本采集设备。它的尖端收集了血液，然后将血液转移到火箭底部的两个小发动机上。这并不是真的发动机：它们是“纳米容器”。为了完成血液的转移，你得把“纳米容器”像活塞一样推入塑料火箭的腹部。这一动作会产生真空，将血液吸入其中。

或者说，至少想法是这样的。但这一次，事情没有按照预想的进行。当技术人员将小小的双管推入设备时，“砰”的一声，血液四溅。其中一个“纳米容器”炸了。

伊丽莎白看起来镇定自若。“好吧，让我们再试一次。”她淡淡地说。

艾伦不知道该怎么看待这一场景。他在希拉洛斯工作才几个星期，还在努力寻找自己的定位。他知道“纳米容器”是公司专有的血液检测系统的一部分，但他此前从未见过它投入使用。他希望这只是一个小意外，而不是预示着更大的问题。

这位身材瘦长的病理学家通往硅谷的路颇多周折，起点是南非，他长大的地方。他在约翰内斯堡的威特沃特斯兰德大学（南非人叫它“威茨”）主修英文，后来搬到美国，在纽约的哥伦比亚大学读预科班。这一选择是他保守的犹太父母主导的，他们认为自己的儿子只可以从事几种职业：法律、商业以及医疗。

艾伦曾在纽约上医学院，就读于曼哈顿上东区的西奈山医学院，但他很快意识到，医生在某些方面与他的脾性不合。他对医院病房可怕的工作时间以及各种景象和气味感到厌倦，逐渐转向了安静些的实验室科学专业，这使他去了波士顿的布列根和妇女医院（Brigham and Women's Hospital）从事病毒学的博士后研究并担任临床病理学住院医师。

2012 年夏天，艾伦在匹兹堡的一家儿童医院的实验室工作时，注意到领英（LinkedIn）上的一个招聘贴与他刚刚生出的对硅谷的憧憬不谋而合：一家位于帕洛阿尔托的生物技术公司的实验室主管。他刚刚读完沃尔特·艾萨克森写的史蒂夫·乔布斯传记。[①]这本书非常鼓舞人心，令他想搬到旧金山湾区的愿望更加强烈。

他申请了这个职位，随后被要求飞过去参加面试，时间定在一个周五的下午 6 点。这个时间安排似乎有些奇怪，但他乐意遵从。他先见了桑尼，然后见了伊丽莎白。他发现桑尼身上有一种让人毛骨悚然的东西，但这个印象被伊丽莎白完全抵消了，她表现得极为认真，决心改变医疗健康行业。跟许多第一次见她的人一样，艾伦被她低沉的嗓音吓了一跳。那声音跟他之前听到的任何声音都不一样。

几天之后，艾伦就收到了入职邀请，但他并没有能马上去希拉洛斯工作。首先，他得申请加州的行医执照。这花了 8 个月的时间，使他到 2013 年 4 月才正式入职。那会儿，他的前任阿诺德·盖尔博已经辞职差不多一年了。在此期间，一位半退休状态的实验室主管斯宾塞·平木偶尔会过来看看，检查实验室的报告并在上面签字。对艾伦来说并不存在多大问题，因为希拉洛斯的实验室每周只检测来自西夫韦职工医院的几个样本。

---

① Walter Isaacson, *Steve Jobs* (New York: Simon & Schuster, 2011).

当他接手的时候，实验室的士气似乎是更令人头痛的问题。大家都极为消沉。艾伦上任的第一周，桑尼草率地开除了一名检测人员。这个可怜的家伙在大庭广众之下被保安反扣双臂拖了出去。艾伦产生了清晰的念头，这类事情绝不是第一次发生了。他想，难怪人们情绪低落。

艾伦所接手的实验室分成两个部分：一个在办公楼二层，房间里面堆满了商用诊断设备，另一个房间在它下面，作研究之用。楼上的房间是经 CLIA 认证的实验室，由艾伦负责。桑尼和伊丽莎白将这些常规机器视作恐龙，很快就会被希拉洛斯的革命性技术消灭殆尽，所以他们把这里叫做“侏罗纪公园”。他们称楼下的房间为“诺曼底”，说的是第二次世界大战时的诺曼底登陆。这个房间中的希拉洛斯专有设备将席卷实验室行业，就像盟军冒着枪林弹雨冲上诺曼底海滩，将欧洲从纳粹占领下解放出来。

急切而兴奋的艾伦最初相信了这种虚张声势。但在那次拙劣的“纳米容器”演示后不久，他和保罗·帕特尔有过一次对话，在他心中引发了一个问题，即希拉洛斯的技术到底进展到了哪里。帕特尔是生物化学家，领导希拉洛斯的新设备的血液检测开发，这个新设备艾伦只知道其代号——“4S”。帕特尔透露，他的团队仍然在实验室的工作台上开发检测方法。这令艾伦非常惊讶，他以为这些检测已经集成到 4S 中了。当他询问为什么没有做到这一步时，帕特尔回答说，新的希拉洛斯盒子用不起来。

到 2013 年夏天，当李岱艾公司竭尽全力为希拉洛斯网站的商业发布做准备时，4S，也就是迷你实验室，已经开发了两年半。但这个设备仍然只是一个有待完善的产品。存在的问题可以列出一长串。

其中最大的问题，是它正在发展出来的企业文化功能失调。伊丽莎白和桑尼将任何敢于提出关切或反对意见的人视为愤世嫉俗或唱反调。坚持这样做的员工常常被边缘化或是被炒掉，溜须拍马的则会晋升。桑尼提拔了一群逢迎讨好的印度人担任要职。其中一个是萨玛撒·阿内卡尔，是负责集成迷你实验室各个部件的经理，曾经与伊恩·吉本斯发生过冲突。另一个叫青迈·潘加卡，是位生物工程师，拥有加州大学圣芭芭拉分校的化学工程博士学位。[①]还有临床化学家苏拉吉·萨克塞纳，他在得克萨斯州农工大学（Texas A&M）取得生物化学和生物物理博士学位。[②]从书面材料看，上述三人都拥有非常好的文凭，但他们有两个共同点：他们几乎没有行业经验，完成学业后不久就进了这家公司；而且，他们都有一个习惯，伊丽莎白和桑尼想听什么他们就说什么，不管是出于害怕，还是出于对晋升的渴望，抑或两者都有。

对于希拉洛斯雇用的数十名印度人而言，被炒掉的恐惧不仅仅是害怕失去薪水。大多数人持的是 H-1B 签证，需要在该公司持续就业才能够留在这个国家。有一个像桑尼这样专横的老板把他们的命运握在手里，仿佛就是签了一张卖身契。事实上，桑尼有一种老一代印度商人身上常见的主仆心态。员工都是他的奴仆。他希望他们白天、晚上、周末都随时听候使唤。他每天早晨检查安保记录，看他们什么时候打卡进出。每天晚上，7 点半左右，他都会去工程部，确认每个人是否还在工位上工作。

随着时间推移，一些员工越来越不怕他，想出了各种对付他的方法，因为他们渐渐明白，他们面对的是一个古怪的成年儿童，其智力有限，注意力持续的时间更有限。阿耐夫·康纳是做迷你实验室的一名年轻的机械工程师，他想出了一个摆脱桑尼的万无一失的办法：用超过 500 字的篇幅回复他的电子邮件。这通常会让他清静几个星期，因为桑尼根本没耐心去阅读长邮件。另一个策略是召集他的团队每两周开一次会，邀请桑尼参加。一开始的几次他可能会来参加，但他最

---

① 青迈·潘加卡在领英上的资料。
② 苏拉吉·萨克塞纳在领英上的资料。

终会失去兴趣，或者是忘记出席。

伊丽莎白对工程概念领会得很快，但桑尼在工程讨论中经常力不从心。为了掩饰这点，他有一个习惯，就是重复从别人那里听来的技术用语。在一次与阿耐夫的团队开会时，他把“末端执行器”（end effector）一词听进了耳里，这个词指的是机械臂末端的爪子。只不过桑尼没听清楚是 end effector，而是听成了 endofactor。在会议剩下的时间里，他不断地提及这个虚构的 endofactor。两个星期后的会上，阿耐夫的团队带着 ppt 来了，题为“endofactor 的更新”。当阿耐夫用投影仪把文件投在屏幕上时，他团队的 5 位成员偷偷地互相交换了眼神，担心桑尼可能会忽然变聪明，发现这个恶作剧。但他连眼皮都没动一下，会议顺利进行，波澜不惊。他离开会议室后，大伙儿迸出一阵大笑。

阿耐夫和他的团队还让桑尼用上了一个晦涩的工程术语“龟裂”（crazing）。它通常指在某种材料表面产生细微裂纹的现象，但阿耐夫和他的团队用得很随意，而且不管上下文，就看他们是否能让桑尼重复使用，他果然上当了。桑尼的化学知识也好不到哪里去。他以为钾的化学符号是 P（应该是 K，P 是磷的符号）——这是大多数学过化学的高中生都不会犯的错误。

不过，在迷你实验室的开发过程中，并不是遇到的所有阻碍都要归咎于桑尼。有些是伊丽莎白的无理要求所致。比如，她坚持迷你实验室的检测盒保持在某一尺寸，但又不断想往里面增加更多的检测项目。阿耐夫不明白，为什么盒子不能再长半英寸，因为消费者又不会看到它们。在与大卫·舒梅克中校发生冲突之后，伊丽莎白放弃了将希拉洛斯的设备放在沃尔格林的门店进行远程操作的计划，以避免遇到 FDA 监管的问题。转而将从病人指尖上刺取的血液送到希拉洛斯在帕洛阿尔托的实验室，并在那里进行检测。但她仍固执地认为迷你实验室是一种消费型设备，就像 iPhone 或 iPad 一样，其组件必须看上去又小又漂亮。她仍然怀着有朝一日将它放进千家万户的雄心，正如她向早期投资者承诺的那样。

另一个困难源自伊丽莎白坚持要求迷你实验室能够进行四大类血液检测：免疫测定、普通化学分析、血液学测定以及基于DNA扩增的检测。已知的唯一一个可以将它们全都整合在一台台式机器中的方法，是使用挥舞移液管的机器人。但这一方法有一个固有缺陷：随着时间推移，移液管的精度会出现漂移。当移液管还是全新的时，吸取5微升的血液可能需要启动移液管泵的小电机以某一速度转动。但三个月后，完全相同的电机转速也许只能吸取4.4微升的血液，这个差异足以使整个检测失败。所有依赖移液管体系的血液分析仪多少都受到移液管漂移的困扰，但在迷你实验室里，这一现象尤其明显。其移液管每隔两三个月就必须重新校准一次，而这个过程会让设备在五天之内无法使用。

凯尔·罗根常常就这一问题与萨姆·阿内卡尔争论，凯尔是一名年轻的化学工程师，在斯坦福获得了以钱宁·罗伯逊的名字命名的学术奖，从斯坦福毕业后他就加入了希拉洛斯公司。他认为公司应该改用不依赖于移液管的更可靠的系统，比如爱贝斯在其Piccolo Xpress分析仪中使用的那种。萨姆回答说Piccolo只能进行一种血液检测，即普通化学分析。（免疫测定是通过使用附着于某种物质上的抗体来测量该物质在血液中的量，与此不同，普通化学分析依靠的是其他化学原理，比如吸光度或电信号变化。）他提醒凯尔，伊丽莎白想要一台更通用的机器。

与大型的商用血液分析仪相比，迷你实验室的另一个明显弱点是一次只能处理一份样本。商用机器的大块头是有原因的：它们被设计成可以同时处理数百份样本。用行业术语来说，这叫“高通量”。如果希拉洛斯的健康中心吸引了大量病人，迷你实验室的低通量就会导致长时间的等待，从而令公司快速得出检测结果的承诺成为笑话。

为了解决这一问题，有人想出了一个主意，将六个迷你实验室一个叠一个垒起来，让它们共用一个血细胞计数器，以缩减体积和由此产生的装置的成本。这种科学怪人式的机器被称为“六刃”（six-blade），是从计算机行业借用的一个术语，在计算机行业，把服务器堆叠在一起很常见，为的是节省空间和能源。[①]在这些模块化堆叠的布局中，每个服务器都被称为一个“刀片”。

但没人停下来想一想这种设计对一个关键变量——也就是温度，会产生什么影响。每一个迷你实验室的“刀片”都会产生热量，而且热量会不断上升。当六个刀片同时处理样本时，顶部“刀片”的温度会高到干扰检测的地步。刚从学校出来的22岁的凯尔简直不敢相信，如此基本的问题居然被忽视了。

除了检测盒、移液管和温度问题外，还有其他许多技术问题困扰着迷你实验室，这些可能都归因于一个事实：它仍然处于非常早期的原型机阶段。还不到三年，这样的时长并不足以设计和完善一台复杂的医疗设备。这些问题，从机器人手臂落在错误的位置导致移液管破裂，到分光光度计严重错位，不一而足。有一次，一台迷你实验室的血液旋转离心机炸了。这些都是可以解决的问题，但需要时间。公司距离研制出一台可以用在病人身上的产品还需要几年时间。

然而，在伊丽莎白看来，她没有几年可等。12个月前，也就是2012年6月5日，她与沃尔格林签了一份新合同，承诺希拉洛斯将在2013年2月1日之前在这家连锁药店企业的部分门店推出血液检测服务，以换取1亿美元的“创新费”，外加4000万美元的贷款。[②]

希拉洛斯错过了那个最后期限——从沃尔格林的角度看是再次延期，已经推迟三年了。随着史蒂夫·伯德的退休，与西夫韦的合作关系已经分崩离析，如果再等一段时间，伊丽莎白也可能会失去沃尔格林。她决心9月前在沃尔格林的门店推出其服务，不管遇到什么

---

① 参见 *PC Magazine Encyclopedia* 中关于 bladeserver 的定义，可在 PCMag.com 网站获取。

② Amended and restated Theranos Master Services Agreement dated June 5, 2012, filed as Exhibit A in *Walgreen Co. v. Theranos, Inc.*, complaint.

困难。

由于迷你实验室还不具备铺开的条件，伊丽莎白和桑尼决定把尘封的爱迪生设备拿出来用，以旧设备推出服务。这随后又引发了另一个致命的决定——弄虚作假。

6月份，聪明的麻省理工博士、希拉洛斯的生物数学团队的领导人丹尼尔·杨带着一个叫龚新伟（音）的下属到“侏罗纪公园”去拜访艾伦·比姆。在加入希拉洛斯后的5年里，丹尼尔一路升迁，成为公司事实上的第三号高管。伊丽莎白和桑尼听得进他的话，他们常常指望他去解决棘手的技术问题。

在希拉洛斯的最初几年，丹尼尔似乎完全是个顾家的男人，每天下午6点下班，与妻子、孩子共进晚餐。这个惯例曾经被一些同事在背后取笑。但在被提拔为副总裁之后，丹尼尔完全变了一个人。他的工作时间变长了，在办公室留到很晚。他在公司的聚会上喝得大醉，引发了大家的惊讶，因为他在工作中总是安安静静、不露声色。还有传言说他与一位同事眉来眼去。

丹尼尔告诉艾伦，他和龚（大家叫他山姆）准备修复实验室的ADVIA 1800——一台商用分析仪器。ADVIA是一台重达1320磅的大家伙，有两台大型办公用复印机那么大，由德国大型企业西门子的医疗产品子公司“西门子医疗”制造。①

在随后的几周里，艾伦看到山姆花了几个小时拆开这台机器，用他的iPhone拍摄其内部。艾伦意识到，他正在破解这台机器，试图让它与指尖针刺取血的小样本兼容。这似乎印证了保罗·帕特尔告诉他的话：4S一定还无法工作，否则为什么要采取如此走投无路的办法？艾伦知道爱迪生只能进行免疫测定，所以丹尼尔和山姆选择

① 参见“西门子医疗”（Siemens Healthineers）的美国网站上技术支持页面对ADVIA 1800化学系统的介绍。

ADVIA 是有道理的，它是专门从事普通化学分析的。

医生最常要求进行的血液检测板块之一被称为“血常规 18 项”（chem 18）。其中包括从测量钠、钾和氯等电解质的检测到监测病人的肾功能和肝功能的检测，都是普通化学分析。在沃尔格林的门店中推出的血液检测菜单中如果不包括这些，将是毫无意义的。它们在医生要求的检测中占了三分之二。

但 AVDIA 的设计目的是处理比刺破指尖采血多得多的血液。于是，丹尼尔和山姆想出了一系列步骤调整这台西门子分析仪，以便其适用于量较小的样本。其中最主要的是使用一个帝肯①的大型机器人液体处理器，将“纳米容器”中收集的少量血液样本用生理盐水进行稀释。另一个步骤，是将稀释后的血液转移到定制的量杯中，尺寸比通常放到 AVDIA 中的杯子小一半。

这两个步骤合在一起解决了一个叫做“死容积”的问题。跟许多商用分析仪一样，AVDIA 的特色是有个探针，可以向下探入血液样本抽吸。尽管它会吸走大部分样本，但总会有一些未用过的液体留在底部。缩小样本杯的尺寸使其底部更接近探针的针尖，稀释血液可以产生更多的液体用于检测。

艾伦对稀释这部分持保留意见。西门子分析仪在进行分析时已经对血液样本进行了稀释。丹尼尔和山姆所提出的方案意味着血液将被稀释两次，一次是在进入机器之前，一次是在机器内部。任何称职的实验室主管都知道，对血液样本的干预越多，出错的空间就越大。

而且，这种双重稀释降低了被分析物在血液样本中的浓度，其水平将低于 FDA 批准的 AVDIA 的分析测量范围。换言之，这意味着以制造者和监管者都不认可的方式使用这台机器。为了获得最终的病人检测结果，必须将稀释后获得的结果乘上血液被稀释的同一倍数，而

① Tecan，瑞士一家全球领先的生物制药、法医和临床诊断实验室仪器和解决方案供应商。——译者

且还不知道稀释后的结果是不是可靠。即使如此，丹尼尔和山姆仍对他们取得的成绩感到骄傲。本质上，他们是工程师，照顾病患对他们两人都是抽象的概念。如果他们的修修补补最终产生了不利的后果，也不会由他们来担责。CLIA 发的执照上写的是艾伦的名字，不是他们的。

在他们的工作完成后，希拉洛斯的一个叫吉姆·福克斯的律师来到艾伦的办公室，建议由公司为他们的所作所为申请专利。在艾伦看来，这简直荒谬。在他看来，摆弄其他制造商的设备并不等于发明了新东西，特别是如果它以后还不好用的话。

西门子的机器被破解的消息传到了泰德·帕斯科那里——此人接替约翰·方齐奥担任采购经理，并在此过程中继承了公司小道消息主要接收者的角色。当伊丽莎白和桑尼命泰德再买 6 台 AVDIA 时，他迅速证实了他从谣言工厂听到的消息。他找西门子谈了一个批发价，但这个订单的花费仍然远超 10 万美元。

随着 2013 年 9 月 9 日——也就是伊丽莎白设定的发布日期的临近，艾伦开始担心希拉洛斯还没有准备好。在被破解的西门子分析仪上进行的两项检测——钠和钾的——尤其给实验室带来了困扰。艾伦怀疑，对钾的检测出现问题是因为一种被称为“溶血”的现象，当红血球破裂并将额外的钾释放进血液样本中时，就会产生这种现象。溶血是指尖针刺取血的已知副作用。①从手指上挤出血液会对红血球施加压力，并可能导致它们破裂。

艾伦注意到伊丽莎白办公室的窗户上贴了一张纸，上面有个数字。那是她在为发布倒计时。看到这个，艾伦就慌了。在发布前几天，他去找她，要求她延期。伊丽莎白不再如往常那般自信。当她试

① Marlies Oostendorp, Wouter W. van Solinge, and Hans Kemperman, “Potassium but Not Lactate Dehydrogenase Elevation Due to In Vitro Hemolysis Is Higher in Capillary Than in Venous Blood Samples,” *Archives of Pathology & Laboratory Medicine* 136 (October 2012): 1262－65.

图向他保证一切都会没事时，她的声音颤抖着，人看上去也在发抖。她告诉他，如果有必要，他们可以回归常规的静脉抽血。这让艾伦暂时觉得好些了，但一离开她的办公室，他又重新焦虑起来。

安加丽·拉哈里是一位化学家，曾与伊恩·吉本斯在希拉洛斯以及另一家生物技术公司共事了10年，她在印度休了三个星期的假，8月底回到公司时感到沮丧。

安加丽是免疫测定团队的负责人。她的团队多年来一直致力于在希拉洛斯的老设备爱迪生上开发血液检测。令她非常失望的是，对于某些检测，这个黑白两色的机器的错误率仍然很高。一年来，伊丽莎白和桑尼一直向她许诺，只要公司推出下一代设备4S，一切都会好起来。只不过那一天似乎从未到来。那也没什么，只要希拉洛斯仍然处于研发阶段，三个星期前安加丽出发去印度时还是这样。但现在，每个人似乎都在谈论“上线”，她的收件箱里有电子邮件提到了即将到来的商业发布。

发布？拿什么发布？安加丽很好奇，心中的警惕与日俱增。

她了解到，在她休假的时候，无CLIA实验室人员许可的员工被允许进入实验室。她不知道为什么，但她知道实验室接到指示，当德国制造商西门子的代表上门维修自己的机器时，要向其隐瞒他们所做的一切。

样本在爱迪生上进行处理的方式也发生了变化。桑尼下令，在样本被放到该设备处理之前，现在要用一款帝肯液体处理器进行预先稀释。这是为了弥补一个事实——爱迪生在一份指尖取血的样本上最多只能进行三项检测。预先稀释血液会产生更多的剂量来运行更多的检测。但是，如果该设备在正常情况下已经有很高的错误率，那么额外的稀释步骤似乎只会让情况变得更糟。安加丽对“纳米容器”也有担忧。血液会在小容器中干涸，她和她的同事常常无法从中抽取足够的血液。

她试图通过将爱迪生的数据发到伊丽莎白和丹尼尔·杨的邮箱来劝说他们，数据来自希拉洛斯上一次与新基（Celgene）制药公司一起开展的研究，其时间要追溯到2010年。在那项研究中，希拉洛斯使用爱迪生设备追踪哮喘病人血液中的炎症标志物。数据呈现出的错误率高到令人无法接受，以致新基制药公司终止了双方的合作。安加丽提醒他们，自从那次的研究失败之后，一切都没有改变。

伊丽莎白和丹尼尔都告知收到了她的邮件。在公司工作了8年之后，安加丽发现自己身处道德的十字路口。如果你处在研发模式并用员工及其家人自愿提供的血液做测试，仍然要解决产品中存在的问题是一回事，但在沃尔格林的门店推出意味着将一个未经批准的大型研究型实验推到普通民众中。这是她无法接受的。她决定辞职。

伊丽莎白听到消息后，把安加丽叫到了她的办公室。她想知道安加丽为什么要离开，以及是否有可能说服她留下。安加丽再次表达了她的担忧：爱迪生的差错率太高，而且“纳米容器”仍然存在问题。为什么不等到4S准备好再说？为什么现在就急着推出？她问。

伊丽莎白回答：“因为一旦我向客户承诺了，我就要做到。”

这个回答对安加丽来说毫无意义。沃尔格林只是一个商业合作伙伴。希拉洛斯的最终客户是那些到沃尔格林的门店要求做血液检测的病人，他们以为可以靠这些检测来做出医疗决定。那些才是伊丽莎白应当操心的客户。等安加丽回到自己座位时，她辞职的消息已经传开，与她共事的人们都来向她道别。她是提前一周给的通知，原本计划工作到通知期结束，但桑尼不喜欢这些公开告别的场景。他派人力资源主管莫娜·拉玛莫西去告诉安加丽，她必须立即走人。

在准备离开时，安加丽将她发给伊丽莎白和丹尼尔的电子邮件打印出来。她有一种感觉，此事不会善终，她需要一些东西来保护自己，某种可以表明她不同意发布的决定的东西。将邮件转发到她的雅虎个人邮箱也许更容易，但她知道桑尼在监控员工的电子邮件。所以她将打印的东西藏在包里偷偷带了出去。安加丽并不是唯一一个心存疑虑的人。她在免疫测定团队的副手、已在希拉洛斯工作 7 年多的蒂娜·诺耶斯也辞职了。

她们的辞职激怒了伊丽莎白和桑尼。第二天，他们在召集员工在公司餐厅开了全体员工大会。每张椅子上都放了一本保罗·柯艾略的名作《牧羊少年奇幻之旅》，这部小说写的是安达卢西亚的一个牧羊少年通过前往埃及之旅找到了自己的命运。明显仍处于愤怒之中的伊丽莎白告诉聚集在一起的员工，她正在建立一种宗教。如果他们当中有人不信，就应该离开。桑尼说得更加露骨：任何不准备对公司全心全意奉献和绝对忠诚的人，都应该“滚他妈的蛋”。

第十五章
独角兽

她讨厌那个艺术家画的插画。[①]他把她的头画得很大，让她瞪着一双空洞迷离的大眼睛咧嘴傻笑，像个金发荡妇。除此以外，这篇文章没有什么不招人喜欢的地方。它占了《华尔街日报》头版的大部分版面，并且给出了所有的要点。用针在手臂上抽血的传统方法被比作吸血，或者用作者更婉转的说法，是“布拉姆·斯托克[②]的医学”。与之相比，希拉洛斯的处理方式被描述为“只需微量的血液”，并且“比传统方式更快、更便宜、更准确”。文章结尾引用了一段话，说这项突破性发明背后的那位年轻而聪明的斯坦福辍学生，被前国务卿乔治·舒尔茨（许多人认为是他打赢了冷战）和其他人誉为“下一个史蒂夫·乔布斯或比尔·盖茨”。

是伊丽莎白策划了这篇发表在 2013 年 9 月 7 日星期六的《华尔街日报》上的文章，以配合希拉洛斯的血液检测服务的商业发布。星期一早晨将先发出一份新闻通稿，宣布第一家希拉洛斯的健康中心将开在沃尔格林位于帕洛阿尔托的门店内，并且计划随后在全国范围内扩大合作。[③]对于一家迄今不为人知的初创公司来说，在全国最著名、最受人尊敬的出版物之一上刊登这样自卖自夸的报道不啻于一场政变。这一切之所以可能，是因为伊丽莎白与舒尔茨走得很近——这是她两年前建立起来并精心培养的一段关系。

这位前国务卿不仅制定了里根政府的外交政策，还在尼克松总统任内当过劳工部长和财政部长，他在 2011 年 7 月加入希拉洛斯的董事会，成为伊丽莎白最大的支持者之一。④作为胡佛研究所——坐落于斯坦福校园内的一家智库——的杰出研究员，尽管年事已高（92 岁），但舒尔茨仍是共和党圈子内受人尊敬、有影响力的人物。这让他与《华尔街日报》著名的保守倾向的社论版保持着良好的关系，时不时会在上面发表评论。

2012 年，舒尔茨造访该报位于曼哈顿中城的总部，与编委会讨论气候变化时，提到了一位神秘的、遗世独立的硅谷初创公司创始人，并言之凿凿称她将以自己的技术彻底改变医学。《华尔街日报》长期担任社论版编辑的保罗·吉格特对此大感兴趣，主动提出在这位神秘的青年英才准备打破沉默向世界介绍她的发明时，他会派一位撰稿人去采访她。一年后，舒尔茨打电话过来说伊丽莎白已经准备好了，吉格特将这个任务交给了约瑟夫·拉格，他是《华尔街日报》的编委会成员，写过大量关于医疗保健的文章。这次采访写成的文章刊登在了《华尔街日报》周六的评论版《周末访谈》（*Weekend Interview*）专栏。

伊丽莎白为她的出场挑选了一个安全的地方。《周末访谈》由吉格特的手下轮流负责，并不能算是严格意义上的新闻调查。反倒是像其名称所暗示的，它是一个访谈，调子通常是友好的、非对抗性的。而且，她所传递出的即将颠覆一个老旧而低效的行业的信息，势必与《华尔街日报》社论版支持商业、反对监管的倾向投契。曾因多篇剖析奥巴马医改的强硬社论而获得普利策奖的拉格，也没有任何理由怀

---

① Joseph Rago, "Elizabeth Holmes: The Breakthrough of Instant Diagnosis," *Wall Street Journal*, September 7, 2013.

② 爱尔兰作家，以其所写的吸血鬼小说而闻名。——译者

③ Theranos, "Theranos Selects Walgreens as a Long-Term Partner Through Which to Offer Its New Clinical Laboratory Service," press release, September 9, 2013, Theranos website.

④ *Theranos, Inc. et al. v. Fuisz Pharma LLC et al.*, trial transcript, March 13, 2014, 92.

疑伊丽莎白跟他说的并非真的。[1]在造访帕洛阿尔托时，她给他看了迷你实验室和“六刃”，他自愿参加了演示，而他还没有离开这座办公楼，他的电子邮箱就收到了似乎是准确的检测结果。他不知道的是，伊丽莎白正计划利用沃尔格林的发布活动以及带有她误导性言论的他的文章，公开为她启动新一轮的融资背书，这将把希拉洛斯推上硅谷舞台的前沿。

迈克·巴桑迪正在塔霍湖（Lake Tahoe）度假时，接到了传奇风险投资家唐纳德·L. 卢卡斯的儿子唐纳德·A. 卢卡斯用手机打来的电话。1980 年代初，迈克和唐一起就读于圣克拉拉大学，此后关系一直不错。迈克曾在湾区一家海鲜和家禽企业担任首席财务官，现已退休，他的家族经营这家企业 60 余年，直到前一年才将其出售。

唐打电话来，是向迈克推销一项投资：希拉洛斯。这让迈克感到意外。他上次听说这家初创公司是 7 年前，当时他和唐一起去听了伊丽莎白在沙山路做的 20 分钟演讲，看她展示她小小的血液检测机器。迈克对伊丽莎白记忆犹新：当时她看起来像一名邋遢的年轻科学家，戴着可乐瓶底那么厚的眼镜，没有化妆，紧张地对着一群年龄是她 2 到 3 倍的男人讲话。那时候，唐经营着一家叫 RWI Ventures 的风险投资企业，是他为父亲工作 10 年、学到了风险投资业务的诀窍之后在 1990 年代中期创办的。迈克曾是 RWI 的投资人之一。这个笨拙但显然非常聪颖的年轻女性激起了他的好奇心，他问唐，为什么公司不在她身上赌一把，就像唐的父亲那样。唐回答说，经过仔细斟酌，他决定不这么做。迈克记得唐告诉他，伊丽莎白什么都要管，她的精力不集中，即使他父亲身为她公司的董事会主席也无法控制她，而唐不喜欢她，也不信任她。

现在，迈克得问问了：“唐，有什么东西变了吗？”

---

① “*WSJ*'s Rago Wins Pulitzer Prize,” *Wall Street Journal*, April 19, 2011.

唐激动地解释说，希拉洛斯从那时起有了长足的进步。该公司即将宣布在全国最大的连锁零售门店之一推出其创新的指尖采血检测。而且这还不是全部，他说。希拉洛斯的设备也在被美国军方采用。

“你知道在伊拉克，它们被放在悍马车的后面吗？”他问迈克。

迈克不确定他是否听错了。“你说什么？”他脱口而出。

“是的。我看到它们回来后被堆在希拉洛斯的总部。”

迈克心想，如果这一切属实，他们确实取得了令人瞩目的进展。

唐在2009年成立了一家新公司，叫做卢卡斯风险投资集团（the Lucas Venture Group）。伊丽莎白考虑到她与他年迈的父亲——因阿尔茨海默病的困扰而日渐糊涂的老卢卡斯——相识多年，给了唐一个机会，让他在即将到来的一轮大规模融资之前以其他投资者拿不到的折扣价投资她的公司。唐告诉迈克，为了抓住他眼中的这个大好机会，卢卡斯风险投资集团正为两只新基金筹集资金。一只是传统的风险投资基金，将投资包括希拉洛斯在内的多家公司。第二只将专门用于投资希拉洛斯。迈克想不想加入？如果想的话，时间很紧。交易必须在9月底之前完成。

几个星期后，也就是2013年9月9日下午，迈克收到唐发来的一封电子邮件，题为“希拉洛斯——时间紧急”，其中包含了更多细节。[①]邮件发给了像迈克这样以前投资过唐的基金的人，提供了《华尔街日报》那篇文章的链接，还有那天早晨希拉洛斯的新闻稿的链接。邮件说，卢卡斯风险投资集团已“受邀”向希拉洛斯投资，额度最高可达1500万美元。按照伊丽莎白给卢卡斯公司的折扣价，希拉洛斯的估值是60亿美元。

迈克倒吸了一口凉气。那个估值简直是天价。他禁不住对唐有些恼怒。7年前，他的朋友对他的投资提议置若罔闻时，希拉洛斯的估

① 唐纳德·A. 卢卡斯发给迈克·巴桑迪和其他卢卡斯风险投资集团的客户的电子邮件，题为“希拉洛斯——时间紧急”，太平洋标准时间2013年9月9日下午2:47。

值大约是4000万美元，如今回想起来他后悔莫及。

诚然，这个公司现在似乎投起来更让人放心。唐的邮件说希拉洛斯已经“与大型零售商、药店以及多家制药公司、健康维护组织（HMO）、保险机构、医院、诊所、多家政府机构签约，建立了合作关系”。邮件还说，公司“自2006年以来一直是正现金流”。

迈克和他家的10位亲戚把钱集中到了一家有限责任公司，这样他们就可以投资于这类风险交易。在与他们商议之后，他决定动手，给唐打了79万美元。卢卡斯风险投资集团的其他数十名投资者——业内的说法叫“有限合伙人”——采取了同样的做法，开出不同金额的支票。他们之中既有业已倒闭的一家旧金山投资银行罗伯逊·斯蒂芬斯公司（Robertson Stephens & Co.）的联合创始人罗伯特·科尔曼，也有帕洛阿尔托已退休的心理医生。①

到2013年秋天，资金以令人目眩的速度流入硅谷生态系统，以至于有人创造了一个新词来描述它正在孵化的新一代初创公司。2013年11月2日，科技新闻网站TechCrunch上发表了一篇文章，风险投资家艾琳·李在其中写到了估值10亿美元或以上的初创公司的激增。她把这些公司称作“独角兽”。②尽管叫这个名字，但这些科技独角兽并非神话：按照李的统计，共有39家，但很快就将超过100家。

与1990年代末的.com前辈们不同，这些独角兽没有急于冲入股市，而是能够私下筹集数额惊人的资金，从而规避了公开上市引来的严格监管。

独角兽的代表是优步公司，这是一款叫车服务智能手机APP，由冲劲十足的工程师特拉维斯·卡兰尼克与他人共同创立。在伊丽莎白

---

① *Robert Colman and Hilary Taubman-Dye, Individually and on Behalf of All Others Similarly Situated, v. Theranos, Inc., Elizabeth Holmes, and Ramesh Balwani*, No. 5: 16-cv-06822, U.S. District Court in San Francisco, complaint filed on November 28, 2016, 4.

② Aileen Lee, “Welcome to the Unicorn Club: Learning from Billion-Dollar Startups,” TechCrunch website, November 2, 2013.

接受《华尔街日报》采访的几个星期前，优步以35亿美元的估值筹集了3.61亿美元。[①]还有音乐流媒体服务公司Spotify，它在2013年11月筹得2.5亿美元，按其每股价格算，整个公司的估值为40亿美元。[②]

这些公司的估值在随后几年将继续攀升，但眼下已被希拉洛斯赶超。差距还将变得更大。

《华尔街日报》的那篇文章引起了克里斯托弗·詹姆斯与布莱恩·格罗斯曼的注意，这两位经验丰富的专业投资人在旧金山经营一家对冲基金，名叫合作基金管理公司（Partner Fund Management）。合作基金的总资产约40亿美元，拥有成功的业绩记录，自詹姆斯2004年创建公司以来，其平均年回报率接近10％。[③]这一成功部分要归功于其庞大的医疗保健投资组合，这一块由格罗斯曼负责。

他们与伊丽莎白联系上之后，她邀请詹姆斯和格罗斯曼在2013年12月15日会面。[④]当他们来到希拉洛斯的总部——一座沿着山坡伸展的米色建筑，离斯坦福大学的校园咫尺之遥，两人首先注意到了安保的严密。入口处有多名保安，他们得签署保密协议才能进入楼内。一旦进入，无论走到哪里，即使上洗手间，都有保安护送。建筑物的部分区域必须有特殊的门卡才能进入，而他们是禁止入内的。

伊丽莎白和桑尼一直对安保重视有加，但随着在沃尔格林的门店推出服务，他们的偏执达到了新的高度。他们让自己相信，奎斯特和

① Tomio Geron, "Uber Confirms $258 Million from Google Ventures, TPG, Looks to On-Demand Future," Forbes.com, August 23, 2013.

② John D. Stoll, Evelyn Rusli, and Sven Grundberg, "Spotify Hits a High Note: Valuation Tops $4 Billion," *Wall Street Journal*, November 21, 2013.

③ Cliffwater LLC, "Hedge Fund Investment Due Diligence Report: Partner Fund Management LP," December 2011, 2.

④ *Partner Investments, L.P., PFM Healthcare Master Fund, L.P., PFM Healthcare Principals Fund, L.P. v. Theranos, Inc., Elizabeth Holmes, Ramesh Balwani and Does 1－10,* No. 12816-VCL, Delaware Chancery Court, complaint filed on October 10, 2016, 10.

美国实验室集团把希拉洛斯看作对其惬意的寡头垄断地位的致命威胁，它们会采取一切可能的手段压制新的竞争对手。还有一件事，就是约翰·富兹在证词中扬言要“干死”伊丽莎白。她把这个威胁看得非常严重。那年早些时候，詹姆斯·马蒂斯从军中退役，加入了希拉洛斯的董事会，在他的推荐下，伊丽莎白聘用了五角大楼安全部门负责人吉姆·里维拉。里维拉是个头发花白的安保专家，在马蒂斯频繁前往伊拉克和阿富汗期间，他一直负责其安全。他的夹克下面或者脚踝上总是系着枪套，手下是一支六人警卫队，都穿黑色制服，戴着耳麦。

严格的安保措施给詹姆斯和格罗斯曼留下了深刻的印象。它让人想起可口可乐公司当年是怎么保护其可乐配方的秘密的，这也向他们暗示希拉洛斯有非常宝贵的知识产权需要保护。伊丽莎白和桑尼的介绍令他们加深了这一印象。

根据合作基金后来对希拉洛斯提起的诉讼，在第一次会面时，伊丽莎白和桑尼告诉他们的客人，在实验室向老年医疗保险（Medicare）和私人医疗保险公司收费的1300多个计费代码（billing codes）的血液检测项目中，有1000多项是希拉洛斯专有的指尖针刺技术可以做的。①（许多血液检测项目涉及好几个计费代码，因此这上千项检测对应的实际检测数量只有几百个。）

三个星期后的第二次会面中，他们给客人做了一个PPT演示，其中包含多个散点图，目的是拿希拉洛斯专有分析仪的检测数据与传统实验室设备的数据进行比较。②每一张图都显示，数据点紧紧聚集在一条沿横坐标X轴的对角线上升的直线周围。这表明希拉洛斯的检测结果几乎完美吻合从传统设备获得的检测结果。换言之，它的技

① *Partner Investments, L.P., PFM Healthcare Master Fund, L.P., PFM Healthcare Principals Fund, L.P. v. Theranos, Inc., Elizabeth Holmes, Ramesh Balwani and Does 1 – 10*, No. 12816-VCL, Delaware Chancery Court, complaint filed on October 10, 2016, 11.

② 同上，15–16。

术跟传统检测一样准确。玄机在于，图表中的大部分数据并不是来自迷你实验室或者爱迪生，而是来自希拉洛斯购买的其他商用血液分析仪器，其中一台是位于帕洛阿尔托以北一小时车程的一家名为伯乐（Bio-Rad）的公司生产的。①

桑尼还告诉詹姆斯和格罗斯曼，希拉洛斯已经开发出大约300种不同的血液检测，从测量葡萄糖、电解质和肾功能这样的常规检测，到深奥得多的癌症检测，不一而足。②他夸口道，希拉洛斯可以对从指尖针刺取得的微小血液样本进行其中98%的项目的检测，6个月内将能够做所有项目的检测。他说，这300项检测占实验室收到的所有检测任务的99%到99.9%，而且希拉洛斯已经将每一项检测都提交FDA批准。

桑尼和伊丽莎白最胆大包天的说辞，是说希拉洛斯的系统能够在一份指尖取血的样本上同时进行70项不同的血液检测，而且很快就能进行更多项检测。③能够在一两滴血上进行如此多的检测，这在微流体领域有点像圣杯。自从瑞士科学家安德里亚斯·曼兹证明计算机芯片行业开发的微制造技术可以经改造用于制造转移微小体积流体的小通道以来，全世界的高校和公司里成千上万的研究人员已经追逐这个目标20多年了。

但由于一些基本原因，它仍然遥不可及。主要原因之一是不同类别的血液检测要求采用截然不同的方法。一旦你使用微量血液样本进行免疫测定，通常不会剩下足够的血液去做普通化学分析或血液学分析所要求的完全不同的实验室检测。另一个原因在于，尽管微流体芯片可以处理体积极小的样本，但还没有人知道如何避免样本转移到芯片的过程中的损失问题。当血液样本量大的时候，损失一点点没什么

---

① *Partner Investments, L.P. et al. v. Theranos, Inc. et al.*, deposition of Pranav Patel taken on March 9, 2017, in Palo Alto, California, 95–97.

② *Partner Investments, L.P. et al. v. Theranos, Inc. et al.*, complaint, 16–17.

③ 同上，12–13。

关系，但当样本量很小的时候，这就成了一个大问题。从伊丽莎白和桑尼的讲述来看，希拉洛斯已经解决了这些问题和其他困难，要知道，它们曾经困扰着整个生物工程研究领域。

除了希拉洛斯所宣称的科学成就外，打动詹姆斯和格罗斯曼的还有公司的董事会成员。除了舒尔茨和马蒂斯，现在还有前国务卿亨利·基辛格、前国防部长威廉·佩里、前参议院军事委员会（Senate Arms Services Committee）主席山姆·纳恩以及前海军上将盖里·罗海德。这些人德高望重，等于在告诉世人希拉洛斯是可信的。所有这些人的共同点在于，像舒尔茨一样，都是胡佛研究所的研究员。在攀上舒尔茨之后，伊丽莎白有条不紊地培养跟他们每个人的关系，赠予他们股份，换取他们在董事会任职。

董事会中有这些前内阁成员、国会议员和军方官员，也让伊丽莎白和桑尼关于希拉洛斯的设备正被美军用于战场上的说法可信了。詹姆斯和格罗斯曼觉得，希拉洛斯在沃尔格林和西夫韦的门店提供的指尖采血检测可能会受消费者欢迎，并在美国血液检测市场占很大份额。而与国防部签下合同将带来另外一大笔收入。

桑尼发给这家对冲基金高管的一份带有财务预测的电子表格，为上述观点提供了支持。①它预测，2014 年收入将达到 2.61 亿美元，毛利达 1.65 亿美元；2015 年收入为 16.8 亿美元，毛利 10.8 亿美元。他们完全不知道，桑尼是凭空捏造了这些数据。自从 2006 年伊丽莎白炒掉亨利·莫斯利之后，希拉洛斯就没有真正的首席财务官。该公司最接近这个职位的人是一个叫丹尼斯·任的财务总监②。在桑尼将那份预测发送给合作基金 6 个星期之后，丹尼斯向一家名为 Aranca 的咨询公司发了一份截然不同的预测，目的是为员工的股票期

① *Partner Investments, L.P. et al. v. Theranos, Inc. et al.*, deposition of Danise Yam taken on March 16, 2017, in Palo Alto, California, 154 – 58.

② corporate controller，也译作内控人员，美国企业多把会计职能定位为经济活动的记录者、内部控制的执行者。——译者

权定价。[1]丹尼斯预测，2014 年的利润为 3500 万美元，2015 年则为 1 亿美元（与桑尼对合作基金所作的预测相比，分别少了 1.3 亿美元和 9.8 亿美元）。而收入预测的差距更大：她预测 2014 年收入为 5000 万美元，2015 年为 1.34 亿美元（比给到合作基金的预测分别少了 2.11 亿美元和 15.5 亿美元）。事实将证明，即使是丹尼斯预测的数字，也乐观得难以想象。[2]

当然，詹姆斯和格罗斯曼绝不会知道，给他们看的数字比希拉洛斯内部的预测高了 5 到 12 倍。他们觉得，这家公司有一个如此有名望的董事会，怎么可能有不对的事发生。更不用说这个董事会里还有一个叫大卫·博伊斯的特别顾问，此人出席了董事会的所有会议。有这么一个全国最顶级的律师盯着，事情怎么可能会错?

2014 年 2 月 4 日，合作基金以每股 17 美元的价格购买了 5655294 股希拉洛斯的股份，比 4 个月前卢卡斯风险投资集团支付的价格高了 2 美元每股。[3]这笔投资给希拉洛斯带来了 9600 万美元的收入，其估值达到了惊人的 90 亿美元。这意味着拥有公司一半多一点股份的伊丽莎白，现在的净资产近 50 亿美元。

---

① *Partner Investments, L.P. et al. v. Theranos, Inc. et al.*, deposition of Danise Yam taken on March 16, 2017, in Palo Alto, California, 140 – 58.

② Christopher Weaver, "Theranos Had $200 Million in Cash Left at Year-End," *Wall Street Journal*, February 16, 2017.

③ *Partner Investments, L.P. et al. v. Theranos, Inc. et al.* complaint, 17 – 18.

第十六章 孙子

泰勒·舒尔茨站在 Facebook 过去的办公楼餐厅，在一群新同事中间聆听着伊丽莎白富有激情的演讲。她谈到她的姨父因癌症早逝，谈到希拉洛斯的血液检测的早期预警将如何预防此类事件。这就是她在过去 10 年里孜孜不倦工作的目标，她满含热泪地说着，声音动人：在这个世界，没人想过早与亲人天人永隔。泰勒觉得这一讯息非常令人振奋。上一年春天从斯坦福大学毕业后，他在夏天环游欧洲，不到一周前才开始在希拉洛斯工作。在这几天里，他有太多东西需要吸收，特别是伊丽莎白这次召开全员大会宣布的消息：公司将在沃尔格林的门店正式推出其技术。

泰勒第一次遇到伊丽莎白是在 2011 年下半年，当时他顺道去斯坦福校园附近的祖父乔治家。那时他还是大学三年级的学生，主修机械工程。伊丽莎白基于指尖采血进行即时无痛检测的愿景立即引起了他的共鸣。那年夏天，他在希拉洛斯实习，随后换了生物学专业，并申请该公司的全职工作。

他上班的第一天充满了戏剧性。一位名叫安加丽的免疫测定团队主管辞职，一群员工聚集在停车场跟她道别。传言安加丽和伊丽莎白大吵了一架。接着，三天之后，泰勒被告知他原本要被分去的蛋白质工程小组即将解散，所有人都被转入人手缺乏的免疫测定团队帮忙。一切都有点混乱，有点让人摸不着头脑，但伊丽莎白激奋人心的演讲打消了他刚刚萌生的担忧。他离开会场的时候干劲十足，准备努力投入工作。

入职一个月后，泰勒遇到了一位新员工，名叫艾瑞卡·张。跟泰勒一样，艾瑞卡也是刚刚大学毕业，专业同样是生物学，但除此以外他们再无共同之处。泰勒有一头乱蓬蓬的金发，还有大名鼎鼎的祖父，他出自当权派家庭，而艾瑞卡来自一个混血的中产阶级家庭。她的父亲从香港移民美国，在 UPS 公司从包裹搬运工一路做到工程经理。青少年时代的大部分时间，她是在家自学的。

尽管有着截然不同的背景，但泰勒和艾瑞卡很快成了朋友。他们在免疫测定团队的工作是帮助进行试验，在希拉洛斯公司的爱迪生设备被部署到实验室、用于病人身上之前验证其血液检测的准确性。这一验证过程被称为“检测验证”（assay validation）。用于这些试验的血液样本来自员工，有时来自员工的朋友和家人。为了鼓励员工献血，希拉洛斯每管血液付给他们 10 美元。这意味着一次最多可以挣 50 美元。泰勒和艾瑞卡比着看谁能先拿到 600 美元——超过这个数，公司就得将其作为报酬向美国国税局申报。一个周末，希拉洛斯正在寻找更多的志愿者，于是泰勒推荐他的 4 名室友跟他一起来献血。那天晚上，他们把拿到的总共 250 美元的补偿买了啤酒和汉堡，在几个街区外他们租的破房子里开了个派对。

令泰勒在希拉洛斯的工作热情受挫的第一件事，是看到了爱迪生设备的内部构造。上一年夏天的实习期间，他没有被准许靠近这个设备，所以当一位名叫胡冉（音）的华裔科学家去掉一台机器的黑白外壳给他看时，他的期望很高。站在泰勒旁边的是他的上司阿茹娜·阿耶尔。阿茹娜跟他一样好奇：她之前的角色是蛋白质工程小组的负责人，也从未见过爱迪生设备。胡冉迅速地做了演示，泰勒和阿茹娜简直不敢相信他们看到的东西。这个设备似乎就是在一个机械臂上固定一个移液管，然后机械臂在龙门架上来回移动。两人都期待能看到某种复杂的微流体系统。但这个似乎是中学生在车库里就能造出来的东西。

阿茹娜竭力保持一种开放的态度，问道："冉，你觉得这个东西酷吗?"

冉回复的语调暗示她并不这样觉得："我想你还是自己看吧。"

当外壳装回去之后，爱迪生倒是还有一个触摸屏的软件界面可以显摆一下，但即使这个东西也令人失望。你得用力敲击屏幕上的图标才能让它起作用。泰勒和团队的其他一些成员开玩笑说，如果史蒂夫·乔布斯看到其中一台设备，会在坟里气背过去。泰勒感到一阵失望席卷了他，但重又振作起来，告诉自己，传说中正在研发的下一代设备 4S 可能要复杂得多。

很快，又有其他事情开始困扰泰勒。他和艾瑞卡受命要在爱迪生设备上反复检测血液样本，以判定结果存在多大差异。所收集的数据用来计算每一台爱迪生设备血液检测的变异系数（coefficient of variation)。如果其变异系数低于 10%，则通常认为检测是准确的。令泰勒沮丧的是，未能达到足够低的变异系数值的那轮数据只是被简单地删掉，试验不断重复，直到达到想要的数量。这就好像你抛硬币，抛的次数够多，总会得到连续 10 次头像，然后你宣布硬币每次掉下来都是头像朝上。①即使在达到"良好"的那轮数据中，泰勒和艾瑞卡也注意到某些数值被视为异常并被删除。当艾瑞卡询问团队较资深的科学家如何定义异常值时，没人能直接回答她。艾瑞卡和泰勒也许太年轻，缺乏经验，但他们都知道，像采樱桃②那样得到数据的绝不会是好的科学。并不是只有他们对这些做法感到担忧。泰勒喜欢和尊敬的阿茹娜也不赞成这么做，生性活泼、跟泰勒关系很好的德国科学家迈克尔·亨伯特亦是如此认为。

---

① *Partner Investments, L.P., PFM Healthcare Master Fund, L.P., PFM Healthcare Principals Fund, L.P. v. Theranos, Inc., Elizabeth Holmes, Ramesh Balwani and Does 1 – 10*, No. 12816-VCL, Delaware Chancery Court, deposition of Tyler Shultz taken on March 6, 2017, in San Francisco, California, 138.

② 即只选择最优数据。——译者

泰勒参与了一项涉及检测梅毒的验证实验。有些检测是测某种物质在血液中的浓度，比如胆固醇，以判断它是否过高。另外有些检测，比如梅毒检测，是判断病人是否患有某种疾病，答案不是“是”就是“否”。这类检测的准确性是通过其灵敏度来衡量的，即多久能正确地将病人标为阳性。在几天的时间里，泰勒和几位同事在爱迪生设备上对 247 份血液样本进行了检测，其中有 66 份已知为梅毒阳性。在第一轮测试中，设备只正确地检测出 65％的阳性样本。在第二轮中，正确地检测出了 80％。然而，在验证报告中，希拉洛斯声称其梅毒检测的灵敏度达到 95％。①

艾瑞卡和泰勒觉得，希拉洛斯在爱迪生设备的其他检测的准确性上也存在误导，比如一项测维生素 D 的检测。当一份血液样本用意大利索灵公司制造的分析仪检测时，它可能显示维生素 D 浓度为每毫升 20 纳克，对于一个成年人来说，这被认为是足够的。但当艾瑞卡在爱迪生设备上测试同一样本时，结果是每毫升 10 或 12 纳克，这个值意味着维生素 D 不足。尽管如此，爱迪生设备的维生素 D 检测还是被批准用于临床实验室的活的患者样本，还有两项甲状腺激素检测和一项测量前列腺癌症标志物 PSA 的检测也是这样。

2013 年 11 月，艾瑞卡从免疫测定团队被调到临床实验室，并被分到了“诺曼底”，是楼下的一个房间，那里有爱迪生设备。感恩节期间，从沃尔格林在帕洛阿尔托的门店传来一份患者订单，要求做维生素 D 检测。按照她所接受的训练，艾瑞卡在检测患者的样本之前，先在爱迪生设备上进行了质量控制检查。

质量控制检查是防止结果不准确的基本保障，也是实验室运作方式的核心。它包括对一份预先保存的血浆样本进行检测，其中某项被

---

① 泰勒·舒尔茨发给伊丽莎白·霍姆斯的电子邮件，题为“回复：此前讨论的后续进展”，太平洋标准时间 2014 年 4 月 11 日下午 3:38。

分析物的浓度已知，然后查看实验室对该物质检测的结果是否与已知值吻合。如果所得的结果比已知值高或低两个标准方差，则通常认为质量控制检查失败。

艾瑞卡做的第一次质量控制检查失败了，于是做了第二次。这一次也失败了。艾瑞卡不知道怎么办才好。实验室的资深工作人员都在休假，所以她找出了公司设的紧急求助方式，发了电子邮件。萨姆·阿内卡尔、苏拉吉·萨克塞纳和丹尼尔·杨回复了，给出多种建议，但都没有奏效。过了不久，研发部门的一个叫杜余延（音）的员工下来看了看质量控制读数。

按照桑尼和丹尼尔制定的框架标准，希拉洛斯从爱迪生设备获得检测结果的方式至少可以说是非正统的。首先，指尖针刺采血的小样本用帝肯液体处理器稀释，并分成 3 个部分。随后，3 份被稀释的样本在 3 个不同的爱迪生设备上进行检测。每个设备上都有两个移液管针头，探入被稀释的血液中，产生 2 个值。因此，这 3 个设备合在一起产生了 6 个值。最终的结果是取那 6 个值的中间值。

按照这个框架，艾瑞卡在三个爱迪生设备上检测了两个质量控制样本，每一轮生成 6 个值，一共获得 12 个值。杜没有劳神向艾瑞卡解释她的理由，就删除了 12 个值中的 2 个，声称它们是异常值。然后，她继续检测病人的样本，并将结果发了出去。

这不是应有的处理质量控制反复失败的方式。通常，连续两次此类失败就会要求设备离线重新校准。而且，杜甚至没有进入临床实验室的许可。①与艾瑞卡不同，她没有临床实验室工作人员的执照，没有处理患者样本的资格。这一事件令艾瑞卡大为震惊。

不到一个星期之后，艾伦·比姆在楼上的实验室“侏罗纪公园”

---

① *Partner Investments, L.P. et al. v. Theranos, Inc. et al.*, deposition of Erika Cheung taken on March 7, 2017, in Los Angeles, California, 45 - 47.

与加州公共卫生部实验室现场服务处的一位女巡查员紧张地聊起了天。希拉洛斯实验室的CLIA执照已经用了差不多两年，需要续展，这得实验室通过检查才行。联邦医疗保险机构将诸如此类的例行检查外包给了州巡查员。

桑尼已经下令，在检查期间，任何员工不得进出"诺曼底"。通往这间楼下房间的楼梯藏在一扇必须用门禁卡才能打开的门后面。艾伦和实验室的其他人将这视为一个明确的信号，即桑尼不想让巡查员问及这扇门后的情况。巡查员在实验室的楼上部分待了几个小时，找出了几个相对轻微的问题，艾伦保证会尽快纠正。[①]然后她就走了，完全没有意识到自己忽略了实验室中包括该公司专有设备的部分。艾伦不知道是该如释重负呢，还是该生气。他刚才难道不是在帮忙蒙骗监管机构吗？为什么他会陷入这样的境地？

检查过后的几天里，桑尼下令，不只是在爱迪生设备上运行的4项检测采用指尖针刺取血的样本，希拉洛斯在沃尔格林的门店中提供的数十项血液检测都从常规的静脉抽血改为指尖针刺取血。这意味着丹尼尔·杨和山姆·龚[②]用西门子的ADVIA设备临时拼凑出的系统现在将用在普通病人身上。用不了多长时间，问题就会浮出水面。

伊丽莎白和桑尼决定将凤凰城作为他们推出检测的主要市场，这是因为亚利桑那州素有支持企业发展的名声，而且该州有大量未投保的患者，他们相信这些人尤其容易接受希拉洛斯提供的低价服务。因此，除了在帕洛阿尔托已开的一家店，公司在凤凰城地区的沃尔格林门店开了两家健康中心，并计划再开几十家。伊丽莎白计划在凤凰城设了第二个实验室，但目前在亚利桑那州的门店中收集的指尖取血样本还需要通过联邦快递（FedExed）送回帕洛阿尔托进行检测。这种安排远不能说理想："纳米容器"是放在冷却器中运送的，但在机场

---

① CMS第2567号表格说明，2013年12月3日对希拉洛斯实验室的一次检查发现了相对轻微的缺陷。

② 即前文提到的龚新伟（音）。——译者

停机坪暴晒几个小时，冷却器的温度会升高。这会导致小试管中的血液凝结。

跟发布之前检测员工的血液样本时一样，艾伦在钾的检测上也遇到了问题。“纳米容器”中的血液通常呈粉红色，这是溶血的迹象，而稀释后的样本钾含量一直过高。部分情况下高到只有在病人死去的情况下才可能如此。问题实在太严重，以至于艾伦定下一条规则，超过一定值的钾检测结果不得提供给病人。他请求伊丽莎白将钾检测从希拉洛斯的检测清单上删除。而她却派了丹尼尔·杨去尝试修复。

2014 年初，泰勒·舒尔茨从免疫测定团队被调到生产团队，该团队在楼下的“诺曼底”工作。这让他离艾瑞卡和临床实验室其他同事很近，他们正在爱迪生设备和经过改装的西门子 ADVIA 上处理病人的样本。这两个团队之间没有物理隔断，所以泰勒可以听到实验室同事之间的谈话。泰勒从艾瑞卡和其他人那里了解到：爱迪生设备经常在质量控制检查中不合格，桑尼向实验室的人施压，要求他们忽略这些不合格，无论如何都要在这些设备上检测患者样本。

正当泰勒纠结该如何做的时候，他接到了祖父的电话。乔治说他要为伊丽莎白办一个 30 岁的生日宴会，想让他的孙子来为她弹奏一曲。泰勒从高中开始弹吉他，喜欢自己写歌。之前夏天旅行期间，他曾在爱尔兰的酒吧里或街角演奏。泰勒想以工作为借口推脱掉：他在生产团队的排班是从下午 3 点到凌晨 1 点，与晚会时间冲突。但乔治坚持己见。他已经做好了座位表，让自己的孙子用餐时坐在钱宁·罗伯逊和伊丽莎白之间。而且他很确定，伊丽莎白不会介意泰勒因为替她庆生而误了工作。她想让你参加，他说。

几天后，在乔治家的客厅里，泰勒与其他宾客济济一堂，那是一幢淡蓝色的木顶大房子，位于斯坦福大学校园附近的一座小山上。乔治的第二任妻子夏洛特主持生日宴会。伊丽莎白的父母飞过来参加，她的弟弟克里斯蒂安也来了。另外还有钱宁·罗伯逊和希拉洛斯的董事威廉·佩里，佩里曾在克林顿政府担任国防部长。

在祖父的催促下，泰勒弹奏了他匆匆写就的歌。俗套的歌词借用了希拉洛斯的口号："小小一滴，改变一切"，泰勒唱的时候尽力不显出难堪的谄媚。令他厌恶的是，过了一会儿，他又得重弹一次，因为亨利·基辛格来晚了，所有人都认为他应该听听。泰勒弹完以后，跟乔治·舒尔茨一样九十出头的亨利·基辛格朗诵了一首他为女寿星写的五行打油诗。这幕场景有一种超现实的感觉：所有人坐在舒尔茨家的客厅里，围成一圈，伊丽莎白在当中，沉浸在众人的关注中。仿佛她是个女王，他们都是她的宫廷属臣，要亲吻她的戒指。尽管那晚如此尴尬，但让泰勒觉得他与伊丽莎白关系不错，足以向她坦陈自己的担忧。晚会过后不久，他发了一封电子邮件给她，询问是否可以跟她面谈。

伊丽莎白请他去她的办公室。他们的会面很简短，但他还是有时间提出一些困扰他的问题。其中之一是希拉洛斯对其血液检测准确性的公开表述，他告诉她，公司声称其检测的变异系数低于 10%，但许多验证报告中的变异系数高出很多。伊丽莎白表现得很惊讶，说她不认为希拉洛斯做出过这样的断言。她建议两人一起去看看公司的网站，并且立即在她巨大的 iMac 上把网站调了出来。该网站有一个叫"我们的技术"的板块，其中用一个醒目的绿色白色圆形标志清清楚楚地宣传了变异系数低于 10%，但伊丽莎白指出，上面有一行小字，声明只包括希拉洛斯的维生素 D 检测。

泰勒接受了她的说法，但在心里记下了要去检查维生素 D 的验证数据。随后他提出，他自己计算的变异系数往往与验证报告中找到的数据不符。按他的统计，报告中的变异系数百分比远低于实际的数据。也就是说，希拉洛斯夸大了其血液检测的准确度。

"这听起来不对劲。"伊丽莎白说。她建议他去和丹尼尔·杨谈谈。丹尼尔可以带他了解希拉洛斯是如何进行数据分析的，帮他打消任何疑虑。在随后的几个星期里，泰勒与丹尼尔·杨碰了两次头。跟丹尼尔谈话会令人感到泄气。他的额头很高，后退的发际线更突出了这一点，表明他有一个很大很强的大脑。但要想知道那个大脑里面在想什么是不可能的。他的眼睛藏在金边眼镜后面，从不泄漏任何情绪。

在他们第一次碰头的时候，丹尼尔平静地解释了为什么泰勒的变异系数计算是错误的：泰勒考虑的是六个值，或者说爱迪生设备的每轮检测中产生的“重复计数”，而不是取那六个值的中位数。希拉洛斯向病人报告的最终结果是中位数，因此只有这个数与变异系数的计算有关，他说。

技术上而言，丹尼尔也许是正确的，但泰勒已经触及了爱迪生型设备的一个核心缺陷：它的移液管尖端非常不精确。每次检测产生六个测量值，然后选择中位数是纠正这种不准确的一种方式。如果针头一开始就是可靠的，就没必要这样折腾。

话题转移到了梅毒检测上，泰勒觉得其灵敏度被夸大了。丹尼尔再一次给出了现成的解释：爱迪生设备的梅毒检测结果有部分掉入了一个模糊区域。该区域的结果不在灵敏度计算范围内。泰勒仍然持怀疑态度。对于这个所谓的模糊区域，似乎没有任何预先界定的标准。它可以随意扩展，直到灵敏度达到公司想要的某个数字。[①]在梅毒检测的情况中，这个范围如此之广，以至于被认定在模糊区域内的样本比爱迪生设备正确地发现为阳性的样本还要多。泰勒问丹尼尔，他是否认为希拉洛斯的梅毒检测真的是市场上最准确的，就像公司所宣称的那样。丹尼尔回答，希拉洛斯从未声称拥有最准确的检测。

泰勒回到自己的座位上，去谷歌上搜了两篇最近在媒体上发表的关于希拉洛斯的文章，把它们通过邮件发给了丹尼尔。其中之一是伊丽莎白在《华尔街日报》的访谈，她声称希拉洛斯的检测

---

① 泰勒·舒尔茨 2014 年 4 月 11 日发给伊丽莎白·霍姆斯的邮件。

“比传统方法更为准确”，并且称那准确性的提高是一项科学进步。[①]几天后，当他们再次碰面时，丹尼尔承认《华尔街日报》上的那个说法太过笼统，但又争辩那些是作者说的，不是伊丽莎白自己说的。泰勒觉得这个说法有点太不过脑了。当然不是那个作者自己凭空编造的，一定是从伊丽莎白那里听来的。一抹淡淡的微笑掠过丹尼尔的嘴唇。

“嗯，伊丽莎白有时候会在采访中夸大其词。”他说。

还有其他事情困扰着泰勒，那是他刚从艾瑞卡那里听到的，他决定也提出来。所有的临床实验室都必须每年接受三次所谓的“能力验证”（proficiency testing），这是用来排查那些检测不准确的实验室的。美国病理学家学会等认证机构会向实验室发送保存的血浆样本，要求它们检测各种分析物。

在运营的头两年，希拉洛斯的实验室一直在商用分析仪上做“能力验证”的样本检测。但既然现在开始使用爱迪生设备进行某些病人检测了，艾伦·比姆和实验室的另一位新主管迫切地想看看这些设备在测验中的表现。比姆和新任主管马克·潘多里要求艾瑞卡与实验室的其他同事将“能力验证”的样本一分为二，一份在爱迪生设备上运行，另一份在实验室的西门子和索灵分析仪上运行，以便进行比较。爱迪生设备的结果与西门子和索灵的结果有显著差异，尤其是维生素 D 的检测。

当桑尼知道了他们的小试验之后，暴跳如雷。他不仅立刻叫停此事，而且要求他们只上报西门子和索灵的结果。实验室的人私下里交头接耳，认为爱迪生设备的结果才是应当上报的。泰勒查阅过 CLIA 的规定，这些规定似乎支持了员工的说法：“能力验证”的样本必须“以与患者样本相同的方式”“使用实验室的常规方法”进

---

① Joseph Rago, “Elizabeth Holmes: The Breakthrough of Instant Diagnosis,” *Wall Street Journal*, September 7, 2013.

行检测和分析。[1]希拉洛斯在爱迪生设备上做维生素D、PSA和两种甲状腺激素的检测，因此提交这四种分析物的“能力验证”结果时应当用爱迪生设备的。

泰勒告诉丹尼尔，他不明白希拉洛斯的做法怎么可能是合法的。丹尼尔的回答仍是拐弯抹角。他说一个实验室的“能力验证”结果是通过将其与同行的结果进行比较来评估的，但对于希拉洛斯，这是不可能的，因为它的技术独一无二，没有同行。因此，做同行比较的唯一办法就是像其他实验室那样，使用传统的方法。此外他提出，“能力验证”的规则极其复杂。泰勒尽可放宽心，没有任何违法之处。泰勒却不买账。

2014年3月31日，星期一，上午9点16分，泰勒整个周末都在等待的电子邮件到了他的雅虎邮箱收件箱，或者更确切地说，到了科林·拉姆雷兹的收件箱，这是他为了掩饰而使用的化名。邮件来自斯蒂芬妮·舒尔曼，纽约州卫生部临床实验室评估项目主管。她对泰勒上周五假托某个身份提出的一个问题做出了回应。[2]

泰勒联系纽约州卫生部，是因为它管着希拉洛斯参与的一项“能力验证”。他仍然怀疑公司进行“能力验证”的方式不当，希望听取专家意见。在与舒尔曼互通了几封邮件后，泰勒得到了答案。他向舒尔曼描述了希拉洛斯的做法，她回复说这些做法相当于“在能力验证中作弊”，“有违州和联邦政府的要求”。[3]舒尔曼给泰勒两个选择：可以告诉她违规的实验室的名称，或者向纽约州实验室调查处（New York State’s Laboratory Investigative Unit）匿名投诉。他选择了

---

① Title 42 of the Code of Federal Regulations, Part 493, Subpart H, Section 801.

② 斯蒂芬妮·舒尔曼发给科林·拉姆雷兹（即泰勒·舒尔茨）的电子邮件，题为“回复：能力验证问题”，东部时间2014年3月31日中午12:16。

③ 斯蒂芬妮·舒尔曼发给科林·拉姆雷兹（即泰勒·舒尔茨）的电子邮件，题为“回复：能力验证问题”，东部时间2014年4月2日下午4:46。

后者。

确信自己对“能力验证”的怀疑是正确的，泰勒便去见了他的祖父。他们一起坐在乔治那幢大房子的餐厅里，泰勒试着向这位前国务卿解释准确性、灵敏度、质量控制以及“能力验证”的意思，并向他说明为什么自己认为希拉洛斯在每一个方面所用的方法都存在缺陷。他还透露，希拉洛斯在其网站上宣称其可以进行的200多种血液检测，其实只有少数几项使用了其专有设备。还有，在用那设备处理那些样本之前，他们得先用一台6英尺长、2.5英尺宽、花数万美元买的第三方机器稀释样本。

乔治疑惑地听着这一切。泰勒看得出他没有明白自己说的东西，但他要让既是祖父又是公司董事会成员的乔治知道，他不能再参与正在进行的事情了。他说自己计划辞职。乔治叫他先缓一缓，再给伊丽莎白一次机会把一切都说清楚。泰勒同意了，然后试着跟伊丽莎白安排会面，但她日益增加的公共活动让她非常忙。她便叫他把自己的担忧通过邮件发给她。于是他敲了一封长长的信，概述了他与丹尼尔·杨的对话，解释了为什么他觉得丹尼尔的大多数回答不能让人信服。他甚至加入图表和测验数据来说明自己的不同观点。信末他写道：

> “如果这封邮件读起来带有任何攻击性，我很抱歉，我无意这么做，我只是觉得有责任将我所看到的告诉你，这样我们就可以一起找出解决办法。我非常认同本公司的长期愿景，担心我们现在的一些做法会阻碍我们实现更大的目标。”①

过了好些天，泰勒都没有收到任何反馈。终于等到姗姗来迟的回复，却发现不是来自伊丽莎白，而是来自桑尼，且咄咄逼人。这封邮件比泰勒的邮件还要长，桑尼在其中从泰勒对统计学的掌握到对实验

① 泰勒·舒尔茨2014年4月11日发给伊丽莎白·霍姆斯的电子邮件。

室科学的了解进行了逐点驳斥。总体而言，就是说泰勒太年轻，太嫩，不懂他自己在谈的东西。桑尼话里话外都透着恶毒，但最尖刻的话留给了泰勒提出的关于“能力验证”的问题：

> “这种出于绝对无知对本公司、公司领导层及其核心团队成员的诚信的鲁莽评论和指责，是对我的侮辱，假如是其他人这样做，我们会以最强硬的方式追究其责任。我之所以抽出这么多时间，抛下工作，亲自处理这件事，仅仅是因为你是舒尔茨先生的孙子……
>
> 我现在放下极其重要的事务，花了大量的时间来调查你的说法——我想从你这里收到的唯一后续邮件是道歉，我将把它转给包括丹尼尔在内的其他人。”①

泰勒决定，是时候离开了。他回了桑尼一封一句话的邮件，提前两周通知自己要走人，并说如果他想让他早点走也可以。几个小时后，人力资源主管莫娜叫他去办公室，通知他公司已经决定叫他当天就走。她让他签了一些新的保密单，告诉他保安会护送他离开办公楼。但保安部没有人手过来带他，于是泰勒自己走了。

还没到车上，他的手机就响了。是他母亲打来的，听上去她快疯了。

她恳求道：“停下来，不管你要做什么！”

泰勒告诉她太晚了。他已经辞职，并且签了离职文件。

“我不是那个意思。我刚刚跟你爷爷通了电话。他说伊丽莎白打电话给他，告诉他，如果你坚持恶意对付她，你会输的。”

泰勒惊得目瞪口呆。伊丽莎白竟通过他的家人来威胁他，利用他的祖父传递这一信息。他感到一阵怒气上涌。在挂掉母亲的电话后，

---

① 桑尼·巴尔瓦尼发给泰勒·舒尔茨的电子邮件，2014 年 4 月 15 日。

他直奔胡佛研究所。

乔治·舒尔茨的秘书领着他去了他祖父位于赫伯特·胡佛纪念大楼二楼拐角的办公室。书架上摆着他一辈子的藏书。泰勒对伊丽莎白的威胁余怒未消，但他平静地向乔治解释了发生的一切。他给祖父看了自己给伊丽莎白的电子邮件以及桑尼的尖刻回复。乔治叫他的秘书影印了邮件，然后放入了办公室的保险箱。

泰勒觉得这次他可能明白了，但并不是很确定。这位老人很难叫人猜透。作为总统内阁的高级成员，他多年来一直面临像冷战最激烈时的苏联那样的威胁，这让他变得像密码一样难解。他吸收信息，但很少主动透露信息。他们说好当晚在祖父的房子里碰面，共进晚餐。离别时，乔治告诉泰勒："他们想说服我相信你是个笨蛋，但他们没法说服我相信你是个笨蛋。不过，他们能说服我你是错的，在这件事上，我相信你是错的。"

知道泰勒辞职后，艾瑞卡问自己是否也应该这样做。实验室里的事已经失控。除了爱迪生设备上原有的四项检测，检测验证团队还批准该设备的丙型肝炎检测用于临床。给患者不准确的维生素 D 检测结果是一回事，但要是检测传染性疾病，风险会高得多。

来了一份患者要求做丙型肝炎检测的单子，艾瑞卡拒绝在爱迪生设备上进行样本检测。马克·潘多里叫她过去说说此事，她在他的办公室里泪流满面。艾瑞卡与马克关系很好，艾瑞卡信任他。从几个月前入职开始，马克就一直在努力做正确的事，包括在"能力验证"一事上。

艾瑞卡告诉马克，丙型肝炎检测试剂过期了，爱迪生已经有段时间没有重新校准了，她根本不信任这个设备。于是，他们定了个计划，用市面上可以买到的肝炎检测套件 OraQuick HCV 来做患者样本检测。这支撑了一段时间，但后来实验室中的肝炎检测套件用完了。他们想下单买一批新的，可桑尼大发脾气，威胁要阻止此事。

然后，就在泰勒接到他母亲异常激动的电话的那个下午，几乎是在同时，桑尼把艾瑞卡叫到办公室。他查看了泰勒的电子邮件，发现是艾瑞卡将“能力验证”的结果发给了泰勒。他们的对话开始的时候相当友善，但当她提到实验室的质量控制检查失败时，桑尼严厉斥责了她。他最后撂下一句：“你得告诉我你是不是还想在这里工作。”

下班后，艾瑞卡去见了泰勒。泰勒建议她陪他去祖父家里吃晚饭。如果乔治看到他的孙子不是唯一一个对希拉洛斯的运作方式抱有疑虑的员工，他也许会醒悟过来。艾瑞卡觉得值得一试。

然而，当他们到了祖父家以后，泰勒很快就发现，祖父对希拉洛斯的信任在过去的几个小时里加强了。在舒尔茨家的服务人员等着的时候，泰勒和艾瑞卡讲述了他们所有的担忧，但似乎只有乔治的妻子夏洛特能接受他们的说法。她不断地用震惊的语气要求他们重复他们所讲述的各个部分。

乔治则不为所动。泰勒注意到他是多么宠爱伊丽莎白。祖父跟她的关系似乎比跟他还要亲。泰勒也知道他的祖父对科学抱有多大的热情。他常常跟孙子说，科学进步将让世界变得更美好，会让这个世界免受瘟疫和气候变化的威胁。这种激情似乎让他无法放弃对希拉洛斯的指望。

乔治说，纽约的一位顶级外科医生跟他说过，这家公司将给外科领域带来彻底变革，而他的好朋友亨利·基辛格认为这个医生是目前还在世的最聪明的人。而且按照伊丽莎白的说法，希拉洛斯的设备已经用在了空运伤员的直升机和医院的手术室，所以它们一定管用。

泰勒和艾瑞卡试着劝说他，鉴于这些设备在希拉洛斯内部都很少管用，那些说法不可能是真的。但很显然，他们都白说了。乔治叫他们将公司抛在脑后，继续过自己的日子。他跟他们说，他们都会有光明的未来。他们沮丧地吃完饭走了，除了听从他的建议，他们别无选择。

第二天上午，艾瑞卡也辞职了。她写了一封简短的辞职信，请马克·潘多里转交伊丽莎白和桑尼。信上说，她不赞成在爱迪生设备上进行患者样本检测，而且认为自己和公司在“病患护理和品质”方面无法达成相同的标准。[1]马克看了一眼，把信还给了艾瑞卡，建议她悄悄地离开，不要再起波澜。

艾瑞卡想了想，觉得他可能是对的。她将辞职信折了起来放进背包。但过了一会儿，莫娜在办公室处理艾瑞卡的辞职时，问她有没有从办公室带走什么东西。为表清白，艾瑞卡打开背包给她看。莫娜发现了这封信，将其没收。她让艾瑞卡签了一份新的保密协议，警告其不要在 Facebook、领英或其他任何论坛上写任何关于希拉洛斯的东西。

“我们有办法追查，”她说，“不管你在哪里发表了什么，我们都会看到的。”

① 艾瑞卡·张在 2014 年 4 月 16 日写的辞职信。

第十七章
成　名

圣何塞的费尔蒙特酒店大堂吧，理查德·富兹和乔·富兹警惕地坐在大卫·博伊斯及其同伴的对面。这是3月中旬一个星期日的晚上，平时喧闹的酒吧里的两架三角钢琴此时寂静无声，让这四个人可以不用提高声音说话。博伊斯看上去很放松，打扮利落，穿一件海军蓝的西服，脚上是标志性的黑色运动鞋，他召集了这次会面，讨论如何解决过去两年半里令富兹家和希拉洛斯陷入对抗的诉讼。

理查德和乔起初决心要将官司打到底，但如今已筋疲力竭。庭审几天前开始，就在这条街尾的联邦法院，他们受攻击的程度让他们完全明白了自己的劣势。由于对律师及不断增加的法律费用感到不满，他们在几个月前选择"自行应诉"。当时看起来明智的决定，现在看很愚蠢：作为一名从未打过官司的专利律师，乔根本无法与全国最好的诉讼律师及其团队抗衡。

伊恩·吉本斯的死也是一个巨大的挫折。乍一看，他们可以通过传唤他的遗孀罗谢尔作证来亡羊补牢。理查德设法联系上了罗谢尔，罗谢尔告诉他，伊丽莎白曾试图恐吓伊恩不要出庭作证，而且伊恩认为她不诚实。但主审法官否决了富兹家随后提出的传唤罗谢尔出庭的动议。[①]

不过，让事情变得更糟的是理查德·富兹两天前在法庭上的证词。博伊斯让他陷入了一系列无关紧要的谎言中，尽管这些谎言并不能证明希拉洛斯的剽窃指控，但损害了他的信誉。其中一个谎言是富兹的抗辩，他说他仍然从事医药行业并诊治患者——这个说法被他妻子的证词反驳了。[②]即使博伊斯用他妻子的证词质问他时，富兹也拒绝收回这个说法，除了骄傲再没有其他明显的原因了。在杂乱无章的开场辩论中，富兹还表示他的专利与希拉洛斯毫无关系，鉴于他的专利申请中提到了该公司的名称并引用了其网站的内容，这种说法一看就是荒谬的。[③]

乔看着他父亲在法庭上极其糟糕的表现，心里越来越惊慌。他的父亲曾经是商场上一位了不起的推销者，因为他极为健谈，善于即兴发挥，但当你在法庭宣誓后被一个随时准备抓住一切不一致之处的顶级律师盘问时，那种即兴的、不顾事实的方法就难以奏效了。而更于事无补的是，74 岁的理查德记忆力已经开始衰退了。

乔担心弟弟约翰即将出场的作证可能会变成另一个麻烦。博伊斯知道约翰的脾气很坏，毫无疑问会在陪审团面前向他施压。他已经摆出了约翰在被采证时威胁过伊丽莎白的事实。

把这一切在脑子里过了一遍之后，乔知道他们有麻烦了。法庭上的失败看上去极有可能成真，一个可怕的想法缠绕着他：如果他们不仅输了官司，而且法官还要他们承担希拉洛斯的法律费用怎么办？想到他们的对手在这件案子上花了多少钱，他就不寒而栗。他担心这可能足以让他父亲和他都破产。他们已经花了 200 多万美元来为自己辩护。

博伊斯是带着迈克·昂德希尔来跟富兹父子见面的，昂德希尔是博伊斯律所参与这起诉讼的人之一。他个子很高，身材瘦长，为了打破僵局，他问理查德·富兹是不是真的在农场长大（答案为“是”）。这让富兹和博伊斯讨论起了养牛的问题，博伊斯有点经验，

---

① *Theranos, Inc. et al. v. Fuisz Pharma LLC et al.*, transcript of pretrial conference and hearing on motions, March 5, 2014, 48.

② *Theranos, Inc. et al. v. Fuisz Pharma LLC et al.*, trial transcript, March 14, 2014, 118－21.

③ *Theranos, Inc. et al. v. Fuisz Pharma LLC et al.*, trial transcript, March 13, 2014, 54.

他在纳帕谷（Napa Valley）拥有一家牧场。谈话最终转向了手头的事，昂德希尔说案子达成和解对双方都好。不过，如果富兹家仍想继续打下去，他们应该知道，将要揭露出来的事会毁了约翰·富兹。昂德希尔没有具体说是什么事，说的时候也没有语带威胁。他的话听起来好像他很喜欢约翰，看到约翰受到伤害他会很痛苦。昂德希尔威胁要公开约翰的丑事，这有些滑稽。他们俩曾经在麦克德莫特·威尔和埃默里律师事务所做过同事，共用一个秘书。在约翰代表这位秘书向律所的人力资源部投诉昂德希尔对其性骚扰之后不久，昂德希尔便离开了律所。[1]（昂德希尔否认有任何不当行为，说他从麦克德莫特离开并加入博伊斯律所是早已定好的。）

可能会出现新的伤害自己弟弟的信息，这让乔本已经要担忧的很多事又添了一件，但事实上他和他父亲来会面是准备和解的。没花多少时间就达成了协议：富兹家撤回专利，以换取希拉洛斯撤销诉讼。没有钱易手；双方各付各的法律费用。这就等于富兹一方完败。伊丽莎白赢了。

博伊斯坚决要求立刻当场起草协议。他在一张纸上写下条款，交给乔，乔做了一些修改。然后昂德希尔拿到楼上打出来。在等昂德希尔返回的时候，理查德·富兹再次抱怨说伊丽莎白的剽窃指控是假的。博伊斯一派宽宏大量的胜利者的样子，承认情况可能确实如此，但他必须向客户负责。

富兹问博伊斯是否可以为约翰做点什么。他说，他儿子的名誉遭到了不公正的玷污。昂德希尔之前向乔提过，如果约翰签一份声明，承诺不起诉伊丽莎白或公司，博伊斯律所可以为他介绍专利方面的工作。博伊斯重申了这个提议。他要等六个月，让事情平息下来，但随后他可以给约翰找活。博伊斯建议他们给约翰打个电话，让他与其好好谈谈。

---

① *Theranos, Inc. et al. v. Fuisz Pharma LLC et al.*, deposition of John Fuisz, 165-66.

富兹拨通了约翰在华盛顿的电话，将他的手机递给了博伊斯。结果，约翰完全不想接受示好，他一直期待着出庭作证。他把这看作洗刷自己声名的机会。现在，和解将阻止他这么做。他愤怒地告诉博伊斯，他决不签任何和解书，除非希拉洛斯发表公开声明为他昭雪。理查德和乔能看出谈话进行得不顺利：当约翰在电话那头咆哮时，博伊斯把电话拿开离耳朵好几英寸远。几分钟后，博伊斯把电话还给富兹。他们附带的小交易泡汤了。

但主协议依然成立。当昂德希尔拿着打印好的和解协议回来，理查德和乔读过后在上面签了字。然后，理查德·富兹看上去被彻底击垮了。这个骄傲好斗的前中情局特工失声痛哭起来。

第二天早晨，富兹在酒店的记事本上写下一张便条，到达法院时，他让博伊斯转交伊丽莎白。上面写着：

亲爱的伊丽莎白，

事情现在已经解决了。我祝贺你事业成功，祝你父母健康快乐。我们都会犯错。生活就是这样。请注意，事实上，612号专利中没有任何东西来自你的任何临时专利。它只源自我的大脑。

诚挚祝愿

理查德·富兹[①]

华盛顿这边，约翰·富兹对和解很不满。他对每个人都非常生气，包括他自己的父亲和哥哥，因为他们同意了一桩交易，给了希拉洛斯想要的一切，使他没有机会在法庭上陈述自己的故事。一怒之下，约翰给一个叫朱莉娅·洛夫、为“美国律师媒体”（American Lawyer Media）公司写报道的年轻记者发去了电子邮件，告诉她博伊

① 手写便条，日期为2014年3月17日，写于费尔蒙特酒店和度假村的信笺上。

斯前一天晚上给他开出的交换条件，听上去像是试图贿赂他。[①]他还发誓要起诉博伊斯，并且把他的父亲和哥哥一同列为被告。随后，他把邮件转发给了昂德希尔、理查德和乔，让他们知道他们发给他的任何东西都会被转发给该媒体。[②]

几小时后，昂德希尔怒气冲冲地回复邮件，将记者排除在收件人之外，但抄送给了他的老板。[③]他否认有任何贿赂约翰的企图，并警告约翰，如果其继续这么做，博伊斯律所会追究其责任。生怕说得还不够清楚，几分钟后，博伊斯自己又从 iPad 发信插了一句话：上帝欲使其灭亡，必先令其疯狂。[④]

朱莉娅·洛夫登在“美国律师媒体”的通讯《诉讼日报》(*Litigation Daily*) 上的关于这一和解的文章，引起了《财富》杂志的法律记者罗杰·帕洛夫的注意。[⑤]在做记者之前，帕洛夫从事过法律工作，在曼哈顿担任白领刑事辩护律师，他一直是找传奇的案子来写。

这个特别的案子让他觉得奇怪，而且以他的经验，奇怪的案子通常可以写成好故事。大卫·博伊斯可以说是全美最著名的律师，素来只挑最受瞩目的案子，为什么会亲自处理这样一件含糊不清的专利案件，而不是打发给资历较浅的助理去做？还有一个事实是，身为其中

---

① 约翰·富兹发给朱莉娅·洛夫的电子邮件，题为“希拉洛斯”，东部时间 2014 年 3 月 17 日上午 7: 15。

② 约翰·富兹发给理查德·富兹、乔·富兹、迈克尔·昂德希尔和朗达·安德森的电子邮件，题为“转发：希拉洛斯”，东部时间 2014 年 3 月 17 日上午 7: 17。

③ 迈克尔·昂德希尔发给约翰·富兹，抄送大卫·博伊斯、理查德·富兹、乔·富兹和朗达·安德森的电子邮件，题为“回复：希拉洛斯”，东部时间 2014 年 3 月 17 日下午 3: 59。

④ 大卫·博伊斯发给约翰·富兹，抄送朱莉娅·洛夫、迈克尔·昂德希尔、理查德·富兹、乔·富兹和朗达·安德森的电子邮件，题为“回复：希拉洛斯”，东部时间 2014 年 3 月 17 日下午 4: 16。

⑤ Julia Love, “Family Gives Up Disputed Patent, Ending Trial with Boies’ Client,” *Litigation Daily*, March 17, 2014.

一名被告的儿子、另一名被告的兄弟，律师约翰·富兹公开威胁要起诉原告和博伊斯虚假指控。

在自己位于曼哈顿中城时代生活大厦（Time & Life Building）的办公室里，帕洛夫拿起电话，打给长期担任博伊斯的公关代表的道恩·施耐德。对施耐德而言，帕洛夫的电话来得正是时候。她刚刚与热情高涨的博伊斯讨论过这个案子，觉得应该给他找几个媒体来写写。她主动提出要亲自给这位《财富》杂志的作者介绍情况。博伊斯律所的办公室位于 51 街和列克星敦大道，离此只有四个街区。

当施耐德步行穿过中城时，一个念头闪了出来，博伊斯在富兹一案中的胜利是个好选题，但希拉洛斯及其才华横溢的年轻创始人的故事比它还要好。她从未见过伊丽莎白，但这几年一直听到博伊斯对其赞不绝口。在伊丽莎白的公司准备扩张到全国之际，这是个让举国上下注意到大卫的这位女门徒的机会。等她到达《财富》杂志位于美洲大道的办公室时，施耐德已经改变了主意。

帕洛夫饶有兴致地听着。他没有看过《华尔街日报》去年秋天的文章，所以还没有听说过希拉洛斯，但在施耐德看来，这正是关键所在。这就像是在苹果或谷歌还没有成为硅谷标志，还没进入大众视野之前写它们的早期故事一样。

“罗杰，这是你从未听说过的最伟大的公司，”她说，“你就把它当作一个老派的《财富》杂志封面故事来写。”

几个星期后，帕洛夫飞往帕洛阿尔托与伊丽莎白会面。花了几天时间，对她做了共计 7 个小时的采访。在克服了最初对她的低沉嗓音的惊讶后，他觉得她聪颖而迷人。当他们谈论血液检测以外的话题时，她毫不做作，近乎天真。但当谈话转到希拉洛斯时，她变得强硬而紧张，说话滴水不漏。她抛出一个独家新闻：希拉洛斯已经从投资者那里募集了超过 4 亿美元，公司估值达 90 亿美元，使它成为硅谷最有价值的初创公司之一。她还给帕洛夫看了迷你实验室（尽管她没有提到它的名字）。但她没有允许这家杂志给它拍照片，也不想让帕洛夫用“设备”或“机器”之类的词来描述它。她更喜欢“分析仪”一词。

抛开那些怪癖不提，伊丽莎白跟帕洛夫说的她想达成的目标似乎真的很有创新性，令人印象深刻。正如她和桑尼向合作基金所说的，她告诉他，希拉洛斯的分析仪可以基于针刺取血的小小一滴进行 70 种不同的血液检测，她让他相信，其菜单上标的 200 多项检测全都是通过指尖针刺取血以公司的专有技术完成的。由于自己缺乏专业知识来判断她的科学主张，帕洛夫采访了她的董事会中的著名成员，实际上把他们当成了品格证人。他与舒尔茨、佩里、基辛格、纳恩、马蒂斯以及两位新董事——富国银行前 CEO 理查德·科瓦塞维奇、前参议院多数党领袖比尔·弗里斯特——都进行了交谈。从政前，弗里斯特是一名心肺移植外科医生。他们都竭力为伊丽莎白担保。舒尔茨和马蒂斯尤为热情。

“不论你在哪里看到这位年轻的女士，她身上都洋溢着一种纯粹的活力，”舒尔茨告诉他，“我是说，她真的在努力让世界变得更好，这就是她的方式。”

马蒂斯极力赞美她的正直。“她可能是我所听说过的最成熟、最有道德感的人之一，不论是个人道德、管理道德、商业道德、医学道德。”这位退役将军滔滔不绝地说。

帕洛夫最终并没有在文章中引用这些话，但是他在一次次的采访中听到了希拉洛斯董事会的名人掷地有声的保证，这使他相信伊丽莎白的货真价实。他还喜欢认为自己很善于判断一个人的品格。毕竟，他多年来与一些不诚实的人打过交道，在法学院期间，他曾在一座监狱工作过，后来写了很多像地毯清洁公司老板巴里·明科和律师马克·德雷尔等骗子的文章，两人都因策划了庞氏骗局而入狱。当然，在谈论公司的某些细节时，伊丽莎白有故作神秘的倾向，但他觉得绝大多数情况下她都是真实、真诚的。既然他的角度不再是专利案，他也就懒得去联系富兹家的人了。

当帕洛夫的封面故事登上了2014年6月12日那期的《财富》杂志，伊丽莎白瞬间成为明星。[①]《华尔街日报》的采访让她引起了些许注意，《连线》杂志也发表过一篇写她的文章，但都不如《财富》杂志的封面故事更让她引起人们的关注。尤其当那封面上是一位迷人的年轻女子——身穿黑色高领毛衣，黑色的睫毛膏衬托出锐利的蓝色眼睛，鲜红的唇膏，旁边是夺人眼球的标题：**“为血而生的CEO”**。

文章首次披露了希拉洛斯的估值，以及伊丽莎白拥有该公司一半以上股份的事实。还有一个现已人所共知的与史蒂夫·乔布斯和比尔·盖茨的比较。这一次，这么比较的不是乔治·舒尔茨，而是她从前在斯坦福大学的教授钱宁·罗伯逊。（如果帕洛夫读过罗伯逊在富兹案中的证词，他就会知道希拉洛斯每年付给他50万美元，名义上是顾问费。[②]）帕洛夫还在文章中写到了伊丽莎白对针头的恐惧——这个细节将会在他的文章随后引发的一系列热潮中一再重复，成为她的神话的核心。

《福布斯》的编辑看到《财富》杂志的这篇文章后，立即安排记者去核实该公司的估值以及伊丽莎白的持股数额，并在随后一期杂志上发表了一篇关于她的文章。文章题为“神奇的血液”（*Bloody Amazing*），说她是“白手起家的亿万富翁中最年轻的女性”。[③]两个月后，她跻身当年的福布斯美国400富豪榜。[④]更多赞誉出现在《今日美国》（*USA Today*）、《公司》（*Inc.*）、《快公司》（*Fast Company*）、《魅力》（*Glamour*），以及美国全国公共广播电台、福克斯商业频道（Fox Business）、美国全国广播公司财经频道（CNBC）、有线电视新闻网（CNN）以及哥伦比亚广播公司新闻频道（CBS News）的报道

① Roger Parloff, “This CEO Is Out for Blood,” *Fortune*, June 12, 2014.
② *Theranos, Inc. et al. v. Fuisz Pharma LLC et al.*, trial transcript, March 14, 2014, 202.
③ Matthew Herper, “Bloody Amazing,” Forbes.com, July 2, 2014.
④ “The Forbes 400,” *Forbes*, October 20, 2014.

中。伴着激增的媒体报道而来的是数不清的会议邀请和一连串的荣誉。伊丽莎白成为霍雷肖·阿尔杰奖（Horatio Alger Award）的最年轻的获得者。[①]《时代》杂志提名她为全球百位最有影响力的人物之一。[②]奥巴马总统任命她为美国全球创业大使，[③]哈佛医学院邀请她加入其著名的研究员理事会。

尽管引来了这般关注，但她的突然成名并不完全因为她的所为。她的出现迎合了公众想要看到一个女性企业家突破历来由男性主导的科技世界的渴望。雅虎公司的玛丽莎·梅耶尔和Facebook的雪莉·桑德伯格在硅谷已经有了一定的声望，但她们并不是白手起家创建自己的公司。有了伊丽莎白·霍姆斯，硅谷迎来了它的第一个身为技术创始人的女性亿万富翁。

尽管如此，伊丽莎白迎接聚光灯的方式仍然有些与众不同。她的举止更像是一个电影明星而不是一位企业家，陶醉在公众对她的吹捧中。每周都有新的媒体采访，或者在大会上亮相。其他知名初创公司的创始人也会接受采访，公开亮相，但远不如她频率高。帕洛夫兜售的那个遗世独立、清心寡欲的年轻女子形象，一夜之间被无处不在的名流范儿取代。

伊丽莎白也很快开始拥抱出名带来的一切。希拉洛斯的保安团队增加到了20人。现在，两名保镖开着一辆黑色奥迪A8轿车载她进出。他们给她的代号是“老鹰一号”。（桑尼是“老鹰二号”。）这辆奥迪没有车牌，这是再次向史蒂夫·乔布斯致敬，他喜欢租用新的奔驰车，每六个月换一辆，以免上牌照。伊丽莎白还有一个私人厨师，为她准备沙拉和用黄瓜、欧芹、羽衣甘蓝、菠菜、生菜和芹菜做的绿色蔬果汁。[④]如果她要飞到哪里去，就乘一架私人的湾流喷气机。

---

① 霍雷肖·阿尔杰协会在美通社发布的新闻公告，2015年3月9日。

② *Time*, “The 100 Most Influential People,” April 16, 2015.

③ Theranos, “Elizabeth Holmes on Joining the Presidential Ambassadors for Global Entrepreneurship (PAGE) Initiative,” press release, May 11, 2015, Theranos website.

④ Ken Auletta, “Blood, Simpler,” *New Yorker*, December 15, 2014.

伊丽莎白的做派之所以如此引人注目，部分是因为她所传递的感人讯息，即运用希拉洛斯便捷的血液检测尽早发现疾病，从而像她在一个又一个访谈中所说：没有人再过早地弃他所爱的人而去。2014年9月，《财富》杂志的封面故事发表三个月之后，她在旧金山的TEDMED大会所作的一次演讲为这个讯息增加了个人维度，令它更为沉痛：她第一次公开讲述了她的姨父死于癌症的故事——就是泰勒·舒尔茨刚开始在希拉洛斯工作时觉得非常鼓舞人心的故事。①

伊丽莎白的姨父罗恩·迪亚茨确实在18个月前死于皮肤癌，死时癌症已经转移并扩散到大脑。但她没有披露的是，她从来都跟姨父不怎么亲近。对于了解他们实际关系的家庭成员来说，以他的死来宣传她的公司不仅虚伪，而且是利用。当然，坐在旧金山艺术宫里的观众没人知道此事。与会的上千名观众大都觉得她的表现非常迷人。

她穿一身黑，一边演讲，一边庄重地绕着讲台踱步，就像是一个牧师在布道。为了获得精彩的现场效果，她准备了一个噱头，中途从外套口袋里掏出了一个"纳米容器"，举起来让大家看希拉洛斯的检测需要的血液量是多么少。她称对针头的恐惧是"人类最基本的恐惧之一，与害怕蜘蛛和恐高一样"，然后她讲述了其他一些令人感动的轶事。其中之一是说一个小姑娘反复被注射器困扰，因为医院的护士找不到她的静脉。另一个是关于癌症病人的，在治疗过程中他们被抽的血液量足以令他们精神崩溃。

观众席中间坐着一个人，他是帕特里克·奥尼尔，伊丽莎白将他从李岱艾公司挖了过来，让他担任希拉洛斯的首席创意官。帕特里克在塑造伊丽莎白的形象、提升她的外形方面起了重要作用。他帮她为大会作准备，此前还与《财富》杂志的摄影师合作拍摄杂志的封面

① 霍姆斯的TEDMED演讲可在YouTube上看到，地址：https://www.youtube.com/watch?v=kZTfgXYjj-A。

照片。对于帕特里克而言，将伊丽莎白打造成希拉洛斯公司的门面非常有意义。她是公司最强有力的营销工具。她的故事令人沉醉。每个人都想相信她，无数年轻女孩给她写信、发电子邮件。在帕特里克看来，这不是市侩的算计：他自己就是她最大的信徒之一。他对实验室中的把戏一无所知，也不假装了解血液检测的学问。就他而言，这个传奇故事是真实的。

帕特里克成为全职员工之前，伊丽莎白在那栋 Facebook 曾经的办公楼里挂了不少励志名言，用小相框装着。其中之一来自迈克尔·乔丹："我的职业生涯中有 9000 多次投篮不中，输掉了近 300 场比赛，26 次投丢了被大家寄予厚望的绝杀球。我的一生遭遇了一次又一次的失败。而这正是我成功的原因。"另一段名言来自西奥多·罗斯福："生活所能给的最好的奖励，是有机会努力去做值得做的事。"

帕特里克建议将这些名言用黑字印在这座建筑的白墙上，使之与工作场所结合得更紧密。伊丽莎白喜欢这个主意。她也喜欢他提议的一句新名言，来自电影《星球大战》中的尤达："要么做，要么不做。没有尝试一说。"她把这句话用巨大的大写字体印在办公楼入口。

为了应对不断壮大的员工队伍——现在已经达到 500 多人——希拉洛斯计划搬到一个它从斯坦福大学租来的新址，地点在几个街区外的佩奇米尔路（Page Mill Road）。那里过去是一家旧印刷厂，现在已经拆除了。帕特里克受命负责新楼的内部装修，他请来南非设计师克利夫·威尔金森承担这项工作，此人曾为李岱艾公司洛杉矶仓库的改建做过设计。

设计的核心主题再次选定了神圣的圆形几何形状。办公桌排成巨大的圆形，从中间的圆形玻璃会议室向外延伸。地毯也采用同样的环形图案。在办公楼的大堂，地面的水磨石瓷砖中嵌入了相互连接的黄铜环，形成了生命之花的象征。拐角的伊丽莎白的新办公室设计得像是椭圆形办公室。帕特里克订了一张特制的办公桌，中间与总统的那张一样，但边缘是圆形的。在办公桌前面，他布置了两张沙发和两把扶手椅，环绕着一张桌子，这是对白宫布局的复制。在伊丽莎白的坚持下，办公室的大窗户用的是防弹玻璃。

帕特里克不仅是伊丽莎白的风格和装饰顾问，还带头推动了希拉洛斯在亚利桑那州的大规模营销，在那里，公司的健康中心已经扩展到40家沃尔格林的门店。他请了得过奥斯卡奖的纪录片制片人埃罗尔·莫里斯——也做商业广告的制作人和导演——制作视频广告，在凤凰城地区的电视台播放，也放在公司网站和YouTube的频道上。其中一则广告，是伊丽莎白的特写镜头，穿着她标志性的黑色高领毛衣盯着镜头，谈论她所谓的人们通过血液检测获取自己健康信息的“基本人权”。她的眼睛看上去如此之大，说得又是如此缓慢而刻意，令这视频有种催眠的效果。

另一则广告展示的是病人在抱怨他们如何痛恨大针头，然后开心地接受希拉洛斯的无痛指尖针刺。帕特里克认为它很有说服力，并安排在女性收视率高的节目中播出，比如美国广播公司的剧集《丑闻》(*Scandal*)，因为研究显示，母亲是家中做出医疗决策的人。但开始播出几周后，这则广告就不得不撤了下来，因为当地的一位医生投诉说他的一些患者去沃尔格林的门店，期待做指尖取血，却被告知他们的检测还是要用大针头。帕特里克觉得很失望，但没有对此大惊小怪，因为他知道这是一个敏感的话题。几个月前他曾问桑尼，希拉洛斯的检测有多大比例是用指尖取血，多少是用静脉抽血。桑尼拒绝直接给他答案，粗暴地转移了话题。

第十八章
希波克拉底誓言

那个派对，希拉洛斯的实验室主管艾伦·比姆来迟了。

一个白色的帐篷搭在 Facebook 旧大楼旁边的篮球场上，公司还在搬迁。音乐从巨大的户外音箱中响起，灯光在临时搭建的舞池投射出巨型的粉红色蜘蛛图案。帐篷后面的草地上装饰着南瓜和成捆的干草。帕洛阿尔托迎来了一个小阳春，艾伦吸了几口夜晚的清冷空气，扫视奇装异服的人们，然后看到了伊丽莎白。她穿一件镶有金边的天鹅绒长裙，大大的立领，金发挽成一个精致的发髻。这副伊丽莎白女王的打扮的讽刺意味没有逃过他的眼睛。她在《福布斯》杂志 2014 年 10 月 20 日那期上刚被估出 45 亿美元的净资产，她已经成了硅谷的皇族。

伊丽莎白喜欢举办公司派对，但每年为万圣节组织的派对是她最喜欢的。这是希拉洛斯的传统，不惜血本。公司的高级管理人员都来玩了。桑尼打扮成阿拉伯酋长。丹尼尔变成了沃尔特·怀特——电视连续剧《绝命毒师》里那个后来成了毒贩的高中化学老师。克里斯蒂安·霍姆斯和“兄弟帮”装扮成昆汀·塔斯蒂诺的电影《杀死比尔》中的角色。

伊丽莎白在办公室里通常严肃而冷漠，在这些场合她会放松下来。去年的派对上，她在一个充气房子里跳上跳下，像一个兴奋的孩子。今年，充气房子换成了一个充气拳击场。当员工们穿着相扑服装，戴上超大的拳击手套在里面摇摇晃晃时，伊丽莎白则穿着工程师的服装，扮成了一个巨大的中性白细胞。

艾伦看起来是个僵尸，他也觉得自己像个僵尸。回想起来，离开匹兹堡波澜不惊的生活，到希拉洛斯来工作，就像进入了他自己的怪异版《阴阳魔界》①。他当实验室主管的头几个月，坚信公司将以其技术变革实验室检测。但过去一年的各种事件粉碎了所有的幻觉。现在，他觉得自己像是与患者、投资者和监管者玩的危险游戏中的一枚棋子。有一次，他不得不说服桑尼和伊丽莎白不要基于稀释的指尖取血样本做艾滋病毒检测。不可靠的钾和胆固醇检测结果已经够糟糕了。错误的艾滋病毒检测结果将是灾难性的。

他的联合主管马克·潘多里在这个职位上做了5个月就辞职了。导火索是他要求伊丽莎白在向媒体谈论希拉洛斯的检测能力之前跟他们核实。桑尼当场拒绝了，促使马克当天就交了辞职信。实验室的另一个成员一直对公司的某些做法感到非常不安，她告诉艾伦自己晚上睡不着觉。她也辞职离去。

艾伦自己也到了能承受的极限。几个星期之前，他开始向自己的Gmail邮箱转发了数十封工作邮件。他知道转发这些邮件是个有风险的举动，因为公司监控一切，但他想留下记录：他一再向桑尼和伊丽莎白提出的担忧。两天前，他又进了一步，打电话给华盛顿特区一家专门代理公司内幕举报人的律师事务所，但接电话的只是一名“客服专员”。于是他含含糊糊地解释了去电的原因，只想跟律师对话。他的确给他们发了一封他与桑尼的往来邮件，但他担心，缺乏其他的背景知识又不熟悉临床实验室运作的话，是很难理解这邮件的。②

---

① *Twilight Zone*，最早是从1959年播到1964年的一部美国惊悚科幻奇幻悬疑剧，总共159集，每一集互不相关。1983年改编成电影，由斯皮尔伯格等四大导演执导的四个短篇故事组成，其中主人公去寻找真相，但结果是令人诧异的，在没有禁忌的幻想空间里抓住当下生活的各种不幸与窘境，用离奇的故事情节拓展想象力，犹如一本社会百科全书。——译者

② 发给德怀恩·斯科特的电子邮件，题为“回复：就业法律小组：咨询信息”，东部时间2014年10月29日晚9: 18。

要证明什么也很难。公司把事情分得非常细。为什么不再给他看质量控制数据了？一个实验室主管，一位本应向医生和患者保证检测结果的准确性的人，怎么能不许知晓这一信息？另一大担忧是“能力验证”。在研读了 CLIA 的规定之后，他确信希拉洛斯在要花招。

“艾~伦!”

丹尼尔·杨悄悄地走到他身旁，打断了他的忧思。丹尼尔喝醉了，在公司派对上他历来如此。酒精使他变得异常友好和亲切，但艾伦知道得很清楚，不能跟他说出自己的疑虑。丹尼尔是核心圈子的一员。他们闲聊，调侃丹尼尔在康涅狄格州上流社会的成长经历。在他们聊天的时候，派对似乎慢慢接近了尾声。一些同事直奔“安东尼奥的坚果屋”——沿这条街走几个街区的一个廉价酒吧——再喝几杯啤酒。艾伦和丹尼尔跟在他们后面。

到达酒吧的时候，艾伦看到了公司研发部门的科学家柯蒂斯·施耐德，于是拽过一张凳子坐到他边上。柯蒂斯是艾伦在希拉洛斯认识的最聪明的人之一。他拥有无机化学博士学位，在加州理工学院做了4 年的博士后研究。他们谈了一会儿飞钓，那是柯蒂斯最大的爱好之一。然后，柯蒂斯向艾伦讲述了当天早些时候与一些 FDA 官员开的电话会议。希拉洛斯正试图让 FDA 批准公司一些专有的血液检测项目。会上，FDA 的一位审查人员对该公司的申请表达了反对意见，但他的同事让这人的电话静音了。柯蒂斯觉得奇怪。也许这没什么，艾伦想，但这个故事加剧了他越来越不安的情绪。他向柯蒂斯讲述了实验室的质量控制数据，以及他如何不被允许接触这些数据。他还透露了另一件事：公司在“能力验证”上弄虚作假。他怕柯蒂斯没有理解他所说的话意味着什么，自己做出了解读：希拉洛斯违反了法律。

当艾伦抬起头时，他看到杨正从酒吧的另一边盯着他们。他的脸白得像个鬼。

三个星期后，艾伦正在纽瓦克他的新办公室里时，克里斯蒂安·霍姆斯打来电话。该公司的大部分人都搬到了位于帕洛阿尔托佩奇米尔路上的新办公楼，但不包括临床实验室。实验室得搬到旧金山湾对面的纽瓦克，希拉洛斯正在那里扩建工厂，计划未来在这里生产成千上万台迷你实验室。

克里斯蒂安想让艾伦处理又一起医生投诉。自从公司去年秋天推出检测以来，艾伦已经应付了数十起这类投诉。他一次又一次被要求去说服那些医生，说他根本不信的那些血液检测结果是可靠的、准确的。他决定不能再这样做了。他的良心过不去。

他拒绝了克里斯蒂安，给桑尼和伊丽莎白发了邮件，通知他们他要辞职，并要求他们立即把他的名字从实验室的 CLIA 执照上去掉。伊丽莎白回复说她深感失望。他同意推迟一个月再正式离职，以便希拉洛斯有时间找到新的实验室主管。在通知期的头两个星期，艾伦去度假了。他骑摩托车去洛杉矶看望他弟弟，几天后，他飞去纽约与父母共度感恩节。12 月中旬他回来了，前往帕洛阿尔托的新总部，与桑尼讨论过渡计划。

桑尼带着莫娜下来，在新办公楼的大堂迎接他。他们领他进了接待区外的一个房间，并通知他将被提前终止合同。桑尼将一份看上去像法律文件的东西从桌子对面推给他。

艾伦看到了最上面的粗体字标题：“**艾伦·比姆的宣誓书**”。

文件称，根据加州关于伪证罪的法律，他承诺永不披露在公司就职期间知晓的任何专有或机密信息。其中包括这样一句话：“我在个人电子邮件账户、个人笔记本电脑或台式机、回收站/已删除文件夹、U 盘、家中、车内或任何其他位置的所有物中都没有任何与希拉洛斯相关的电子或硬拷贝信息。”

艾伦还没来得及读完，就听到桑尼冷冰冰地说：“我们知道你给自己发了一堆工作邮件。你必须让莫娜进你的 Gmail 账户，让她检查并删除它们。”

艾伦拒绝了。他告诉桑尼，公司无权侵犯他的个人隐私，他也不会签署任何文件。

桑尼的脸涨得通红。他的暴脾气正在酝酿。他厌恶地摇着头，转向莫娜说："你能相信这个家伙吗？"

他回头看向艾伦，声音里流露出轻蔑，提出帮他请一名律师加快问题的处理。

希拉洛斯出钱找的律师会在他与公司的纠纷中充分捍卫他的利益，这样的想法令艾伦觉得荒谬。他拒绝了这个提议，宣布他想离开了。莫娜将他的背包给了他，这是他坚持要她从实验室取来的。作为交换，她要求拿回公司给他的手机和笔记本电脑。他迅速将手机重置为出厂设置，清除其中的内容后交给了他们。然后他走了出去。

随后的几天里，他的语音信箱满是信息。有些来自桑尼，其他的则来自莫娜。他们都说的是同一件事，只是语气越来越带有威胁性：他必须回到办公室，让莫娜删除他个人电子邮箱中的邮件，并签署宣誓书。否则公司会起诉他。

艾伦意识到公司不会罢手。他需要一名律师。与华盛顿的那个律师事务所的联系没有下文。他需要一个在本地可以当面咨询的人。他在谷歌上搜索，给跳出来的第一个人名打了电话：一位旧金山的医疗事故和人身伤害律师。他付了 1 万美元定金给她，她同意代理他。

在他的新律师看来，艾伦的选择不多。希拉洛斯可以弄出个案子，说他的行为确实违反了他的保密义务。即使希拉洛斯在这案子中败了，也能让他在法庭上困上几个月，甚至好几年。这是硅谷最有价值的一家私人公司，传说中的独角兽之一。它的财力几乎无穷无尽。官司会让他倾家荡产。他真的想要冒这个险吗？

博伊斯律所的一名合伙人代理希拉洛斯，这让艾伦的律师非常有压力，显然她被吓坏了。她敦促艾伦删除邮件，签署宣誓书。她告诉他，她会给希拉洛斯发一封保留令，要求其保留原件。虽然不能保证该公司是否会遵守，但那是他们所能想到的最好的应对，她说。

那天晚上，艾伦郁郁地坐在他位于圣克拉拉的公寓的电脑前，进入了自己的 Gmail 账户。他将邮件一封一封地删除。删完以后，他数了一下，共有 175 封。

理查德·富兹与希拉洛斯达成和解并同意撤回专利已经 9 个月了，但他仍未从这件案子中脱身。在和解之后的头几个星期，他几乎还是处于紧张状态。他的妻子洛兰只好打电话给儿子乔，问发生了什么事，因为他拒绝谈论这件事。

在打官司期间，富兹找到了一位好心的倾听者：他的多年好友菲丽丝·加德纳，斯坦福大学医学院的教授。菲丽丝和她丈夫安德鲁·佩尔曼在希拉洛斯的初创期曾短暂与其接触过，因为伊丽莎白从斯坦福辍学时，曾就她最初的贴片创意咨询过菲丽丝。[①]菲丽丝告诉伊丽莎白，她的想法根本不具可行性，然后将伊丽莎白推荐给了安德鲁，他是生物技术行业的资深管理人员。安德鲁同意在希拉洛斯的咨询委员会中任职，但这个短命的委员会几个月后就被伊丽莎白解散了。

10 年前的这一幕，令菲丽丝对伊丽莎白这样一个没有受过医学或科学训练，明显不听年长和更有经验的人劝说的人，是否真的开发出了开创性的血液检测技术产生了怀疑。在一次飞行旅途中，安德鲁与一位西门子的销售代表聊天，了解到希拉洛斯是西门子诊断设备的大买家，这令她的怀疑进一步加深。

富兹也开始怀疑希拉洛斯是否真的能做它所声称的那些事。2013 年秋天，在某次前往帕洛阿尔托准备审前动议时，他打电话给当地的沃尔格林门店，询问是否可以去那儿做一个肌酐指尖采血检测。他的医生最近诊断他患上了醛固酮增多症（aldosteronism），这是一种引发

---

① 希拉洛斯公司的 A 轮融资期间，在霍姆斯用来向投资者推销的一份公司机密摘要中，菲丽丝·加德纳被列为科学和战略顾问。

高血压的激素紊乱症，要他注意监测自己的肌酐水平，留心任何肾损伤的迹象。肌酐是一种常规血液检测，但接电话的女子告诉他，没有希拉洛斯的CEO的特别许可，健康中心不提供这项服务。联想到公司的高度保密以及它在伊恩·吉本斯去世前竭力劝阻其作证，富兹感到事有蹊跷。

富兹将菲丽丝引荐给了伊恩的遗孀罗谢尔，两个女人因为对伊丽莎白的怀疑而结下了不解之缘。最终，他们三人组成了一个怀疑希拉洛斯的小团队。问题是，似乎没有其他人也抱有跟他们一样的怀疑。

不过，在《纽约客》2014年12月15日那期发表了一篇对伊丽莎白的介绍后，情况会有所变化。①不论从哪方面来看，它只是6个月前让她一举成名的《财富》杂志那篇文章的加长版。但这次的不同在于，一个了解血液检测的人读到了文章，并且当即产生了怀疑。

此人就是亚当·克莱帕，密苏里州哥伦比亚的一名执业病理学家，他在业余时间开了一个“病理学博客”（Pathology Blawg），在上面撰写关于本行业的文章。在克莱帕看来，这件事听上去太过完美，不像真的，尤其是希拉洛斯所谓的只需在指尖刺一滴血就可以进行数十项检测的能力。

《纽约客》的文章确实激发了一些质疑。其中引用了奎斯特公司一位资深科学家的话，他说指尖针刺的血液检测是不可靠的，并指出希拉洛斯缺乏经过同行评议的已发表的数据。针对质疑，伊丽莎白集中反驳了后面一点，她列举了自己与人合著、发表在医学杂志《血液学报告》（*Hematology Reports*）上的一篇论文。②克莱帕以前从没听说过《血液学报告》，所以去查了查。他了解到，那是一家总部在意大利的纯在线出版物，任何想在上面发表文章的科学家只要支付500

① Ken Auletta, “Blood, Simpler,” *New Yorker*, December 15, 2014.

② Steven M. Chan, John Chadwick, Daniel L. Young, Elizabeth Holmes, and Jason Gotlib, “Intensive Serial Biomarker Profiling for the Prediction of Neutropenic Fever in Patients with Hematologic Malignancies Undergoing Chemotherapy: A Pilot Study,” *Hematology Reports* 6 (2014): 5466.

美元即可。然后，他查阅了霍姆斯与人合著的那篇论文，震惊地发现其中的数据只包括6名患者所做的一次血液检测的数据。

克莱帕在自己的博客上发了一个关于《纽约客》文章的帖子，指出了那份医学杂志的寂寂无名以及研究的浅薄，并宣称自己持怀疑态度，“除非我看到证据，表明希拉洛斯能够达到它所说的诊断准确性”。[①]“病理学博客”的读者并不多，但乔·富兹有一次在谷歌搜索的时候凑巧搜到了这个帖子，转给他父亲看。理查德·富兹立即与克莱帕取得了联系，并告知自己发现的一些事。他让克莱帕联系菲丽丝和罗谢尔，劝其听听她们是怎么说的。克莱帕对他们三人所说的东西很感兴趣，尤其是伊恩·吉本斯之死的事。但一切听上去都是间接推测，并没有超出他文章中所写的内容。他告诉富兹，他需要的是证据。

富兹感到沮丧。要怎么做才能让人们听到他的话，最终看穿伊丽莎白·霍姆斯呢？

几天后，在查看电子邮件时，富兹看到一份来自领英的通知，提醒他有新人查看了他的个人资料。来访者的姓名——艾伦·比姆——听上去陌生，但他的头衔引起了富兹的注意：希拉洛斯的实验室主管。富兹通过网站的InMail功能给比姆发了一条信息，询问是否可以与他通电话。他觉得收到回复的几率很低，但是值得一试。第二天，他正在马里布（Malibu）用他的老式徕卡相机拍照时，比姆的一条简短回复出现在了他的iPhone收件箱中。他愿意谈谈，并附上了自己的手机号码。富兹开着他的黑色奔驰E级轿车回到比弗利山，在离家还有几个街区的时候，拨打了那个号码。

电话那头的声音听上去战战兢兢。“富兹医生，我之所以愿意跟您交谈，是因为您是一位医师，”比姆说，“你和我都宣过誓，念过

① 在Wayback Machine网站输入“PathologyBlawg.com”，可以看到克莱帕的博客帖子。

希波克拉底誓言，第一条是不得伤害他人。希拉洛斯正在将人们置于危险之中。”接着，艾伦给富兹讲了希拉洛斯实验室存在的一长串问题。富兹把车子停进自家的车道，迅速从车上下来。一进屋，他就抓起一个记事簿——他从巴黎的莫里斯酒店（Le Meurice）带回来的——开始做记录。艾伦说得太快，他很难跟上。他匆匆地写下：

> **对 CLIA 的人撒谎**/作弊
> **<u>铺开的灾难</u>**
> 指尖针刺不准确——使用静脉抽血
> 从亚利桑那送到帕洛阿尔托
> 使用西门子设备
> 违反职业操守
> 虚假的甲状腺结果
> K 结果遍布
> 假怀孕的错误
> 告诉伊丽莎白还没准备好，但她坚持继续

富兹叫艾伦跟乔和菲丽丝谈谈。他想让他们自己直接从消息来源听到这些事。艾伦同意给他们打电话，将他告诉富兹的事再向他们分别重复一遍。但他只能做到这些。他不能再跟其他人讲了。他说，博伊斯律所的律师一直在纠缠他，而他负担不起像富兹那样的官司。尽管富兹很同情艾伦的困境，但他不能就此罢手。富兹再度和克莱帕联系，给他讲了这个自己新认识的人和新了解的情况，说这就是他一直想要的证据。

克莱帕表示同意，认为这事令一切发生了变化。故事现在有了根据。但他认定自己不能独自承担此事。首先，他无法承受与一家 90 亿美元市值、打过这方面官司的硅谷公司抗衡的法律后果，何况这家公司由大卫·博伊斯代理。其次，他只是一个业余博主，不具备新闻

专业知识来处理这样的事。更不用说他还有一份全职的医疗职业要做。他认为这是调查记者的活。自从克莱帕推出“病理学博客”以来的三年中，他与多名记者谈过实验室行业的乱象。其中一人他尤其印象深刻，此人为《华尔街日报》工作。

第十九章
爆　料

那是2月的第二个星期一，我坐在《华尔街日报》位于曼哈顿中城的新闻编辑部，正在我那乱糟糟的办公桌前寻觅可以深入调查的新报道。我最近刚完成了一个长达一年的医保诈骗调查，不知道接下来做什么好。即使在《华尔街日报》工作了16年，我仍然没有掌握一件事：如何从一个调查项目快速有效地过渡到下一个。

我的电话铃响了。来电的是“病理学博客”的亚当。8个月前，我为了我医保系列报道中的一篇曾找他帮过忙，想看懂复杂的实验室账单。他耐心地向我解释了某些账单代码对应的实验室程序，这些知识后来被我用来曝光了一家大型癌症治疗中心的运营商的骗局。①

亚当告诉我，他偶然发现了一个他认为可能是个大新闻的东西。人们经常向记者爆各种料。十有八九不会有什么结果，但我总是花时间听他们说。世事难料。而且，这种时候，我就像一只没了骨头的狗。我需要找根新骨头来嚼嚼。

亚当问我是否读过《纽约客》最近的一篇特稿，写的是一个叫伊丽莎白·霍姆斯的硅谷奇才和她的公司希拉洛斯。我确实读过。我订了《纽约客》，经常在上下班的地铁上读。

既然他提到了这篇文章，其中确实有些东西我在读的时候觉得可疑。其中之一是没有任何经同行评议的数据支撑该公司的科学主张。过去十年中，我大部分时间都在报道医疗保健问题，我想不出有任何医学上的重大进展没有经过同行评议。霍姆斯对她神秘的血液检测设备如何工作所作的简短描述也让我感到惊讶："进行一项化学实验以发生一个化学反应，并从与样本的化学互动过程中产生信号，信号被转化为检测结果，然后由经过认证的实验室人员审核。"②

这些话听上去并不像是一个老练的实验室科学家讲的话，而是像一个学化学的高中学生所说。《纽约客》的撰稿人称这一描述"含糊得可笑"。

当我停下来思考时，我发现很难相信一个只上过两个学期化学工程课的大学辍学生开创出了尖端的新科学。诚然，马克·扎克伯格10岁时就在父亲的电脑上学会了编程，但医学不一样：那不是你可以在家里的地下室自学的。③你需要多年的正规训练和数十年的研究才能有所成就。许多诺贝尔医学奖得主都是60多岁获奖，这不是没有道理的，他们的成就到那时才获得认可。④

亚当说，对于《纽约客》的这篇文章，他也有类似的感觉，他在他的博客上发帖质疑后，有一群人联系了他。起初，他对他们的身份以及他们与希拉洛斯的关系讳莫如深，但他说他们有我想听的这家公司的信息。他说他会与他们联系一下，看看他们是否愿意与我谈谈。

与此同时，我对希拉洛斯做了一些初步调查，无意中发现了《华尔街日报》评论版17个月前的文章。⑤文章发表的时候我并没读过。这增添了一点有趣的波折，我暗自想：我的报纸在霍姆斯的迅速崛起中发挥了作用，成了第一家宣传她所谓成就的主流媒体。这造成了一个尴尬的局面，但我并不是太担心。《华尔街日报》的评论版和

---

① John Carreyrou and Janet Adamy, "How Medicare 'Self-Referral' Thrives on Loophole," *Wall Street Journal*, October 22, 2014.

② Ken Auletta, "Blood, Simpler," *New Yorker*, December 15, 2014.

③ Jose Antonio Vargas, "The Face of Facebook," *New Yorker*, September 20, 2010.

④ "Average Age for Nobel Laureates in Physiology or Medicine," Nobelprize.org.

⑤ Joseph Rago, "Elizabeth Holmes: The Breakthrough of Instant Diagnosis," *Wall Street Journal*, September 7, 2013.

新闻部同仁之间有一道防火墙。就算我真的在霍姆斯的壁橱里发现一些不可告人的秘密，也不会是这家报纸的两帮人第一次相互矛盾。

在我们初次谈话的两个星期后，亚当帮我联系上了理查德·富兹、乔·富兹、菲丽丝·加德纳和罗谢尔·吉本斯。听说富兹一家跟希拉洛斯打过官司，我一开始感到很失望。即使他们坚称自己受到了错误的指控，这官司也给了他们报复的充分理由，令他们无法成为消息来源。

但当我听说他们与希拉洛斯刚刚离职的实验室主管谈过话，而且这个人声称公司存在若干不当行为时，我的耳朵竖了起来。我还发现，伊恩·吉本斯的故事令人同情，对罗谢尔说伊恩多次向她透露希拉洛斯的技术不起作用的事很感兴趣。在法庭上，这类事情会被当作道听途说，但它似乎足够可信，值得仔细查查。不过，为了进一步调查，我接下来要做的事情非常明确：我需要和艾伦·比姆谈谈。

一开始我拨了五六次艾伦的电话号码，都转入了他的语音信箱。我没有留言，而是决定继续试试联系他。2015 年 2 月 26 日星期四，下午，一个带着我不确定是哪里口音的声音终于接听了电话。在确认他真的是艾伦之后，我做了自我介绍，并告诉他我知道他刚刚出于对公司运营方式的担忧离开了希拉洛斯。

我能感觉到他非常紧张，但他似乎也想卸下心事。他告诉我，他可以跟我聊聊，但我必须保证对他的身份保密。希拉洛斯的律师一直在骚扰他，他很确定如果公司发现他跟记者谈过，一定会起诉他。我同意隐去他的姓名。这不是个很难的决定。没有他，我所拥有的只是二手资料和所知信息的推测。如果他不肯说，这个故事就不存在了。

随着我们谈话的基本规则建立，艾伦放下了戒备，我们聊了一个多小时。他说的第一件事是，伊恩告诉罗谢尔的是真的：希拉洛斯的设备不起作用。他说它们被称为爱迪生，很容易出错。它们一直通不过质量控制检查。而且，希拉洛斯只用它们做一小部分检测。它的大部分检测是在市场上可以买到的商用设备上做的，并且对血液样本做了稀释。

我花了一点时间才理解稀释这件事。他们为什么要这么做，这么做为什么很糟？我问道。艾伦解释说，这只是为了弥补爱迪生设备的缺陷——它只能做被称为免疫测定的那类检测。希拉洛斯不想让人们知道其技术是有限的，所以它设计了一种在传统设备上运行小剂量的指尖采血样本的检测方法。这包括稀释指尖采血样本，让其剂量变大。他说，问题在于，当你稀释了那些样本，被分析物在血液中的浓度也会降到传统设备无法准确测量的水平。

他说他曾试图推迟希拉洛斯在沃尔格林的门店中推出血液检测服务，并警告霍姆斯，实验室的钠和钾的检测结果完全不可靠。按照希拉洛斯的检测，完全健康的人血液中的钾含量会爆表。他用“疯狂”一词来形容那些结果。当艾伦提到一种叫做“能力验证”的东西时，我发现自己还没来得及理解他透露的这些情况。他非常肯定希拉洛斯违反了“联邦能力验证”的规定。他甚至让我去参考《美国联邦法规》（Code of Federal Regulations）的相关章节：第 42 章，第 493 条。我记在了笔记本上，告诉自己随后去查。

艾伦还说，霍姆斯虔诚地相信要革新血液检测，但她在科学和医学方面的基础知识很贫乏，这证实了我的直觉。他说她并不是希拉洛斯的日常管理者，一个叫桑尼·巴尔瓦尼的男人才是。艾伦谈及桑尼时完全不加掩饰：他是一个通过恐吓来管理的不诚实的土霸王。然后，他抛出了又一个重磅炸弹：霍姆斯和巴尔瓦尼之间是恋爱关系。我读过《纽约客》和《财富》上的文章，浏览过希拉洛斯的网站，知道巴尔瓦尼是该公司的总裁兼首席运营官。如果艾伦说的是真的，这又是一个转折：硅谷的第一位女性亿万富翁、科技企业创始人，与她的二号高管睡在一起，此人还比她大了将近 20 岁。

这是一种草率的管理方式，但话说回来，这是一家私人公司。在硅谷的私人创业世界中，没有任何规则禁止这类事。我觉得更有意思的是霍姆斯似乎向她的董事会隐瞒了这层关系。否则，为什么《纽约客》将她说成单身，而亨利·基辛格还告诉这家杂志，他和妻子曾试图为她安排约会呢？如果霍姆斯没有向董事会坦陈她与巴尔瓦尼的关系，那她还隐瞒了什么呢？

艾伦说，他曾多次当面或者通过电子邮件向伊丽莎白和巴尔瓦尼提出对“能力验证”和希拉洛斯的检测结果可靠性的担忧。但巴尔瓦尼总是要么矢口否认，要么搪塞过去，在邮件往来时肯定抄送一份给希拉洛斯的律师，并注明“把这个列入律师-客户保密义务的范围”。

身为实验室主管，希拉洛斯的实验室 CLIA 执照上登记的是艾伦的姓名，他担心如果政府进行调查，他个人将承担责任。他告诉我，为了自保，他将数十封与巴尔瓦尼的往来邮件转发到了他的私人邮箱。但希拉洛斯发现了此事，威胁要起诉他违反保密协议。

相比他可能面临的个人责任，更让他担心的是患者面临的潜在伤害。他描述了虚假的血液检测结果可能导致的两种噩梦般的场景。一个错误的阳性结果可能导致患者去做不必要的医疗检查。但一个错误的阴性结果会更糟：一名病情严重但未经诊断的患者可能会死。

我挂上电话，感受到了熟悉的冲动，那是每次我在报道上有重大突破时才会有的，我不得不提醒自己，这只是漫漫征程的第一步。还有许多东西要去弄明白，而最重要的是，这个故事需要确证。如果只有一个匿名消息来源，报纸绝不会接受，不管那来源有多好。

再次与艾伦交谈时，我正站在布鲁克林的展望公园（Prospect Park），一边看着我的两个儿子（一个 9 岁，一个 11 岁）与他们的一个朋友到处疯跑，一边让自己保持暖和。那是 2 月的最后一个星期六，日后这个月将以纽约城 81 年来最冷的 2 月被载入史册。[①]

---

① N. R. Kleinfield, “With White-Knuckle Grip, February’s Cold Clings to New York,” *New York Times*, February 27, 2015.

第一次谈过之后，我给艾伦发了短信，询问他是否能想起几个可以证实他告诉我的事的前同事。他发了7个名字过来，我联系上了其中两位。两人都极度紧张，只同意作为深层背景①。其中一位是希拉洛斯的前实验室工作人员，她不愿意多说，但她说的东西让我相信自己找对了方向：她告诉我，她对公司发生的事非常不安，并且担心患者的安全。她之所以辞职，是因为不想看到自己的名字继续出现在检测结果上。另一位是实验室的前技术主管，他说希拉洛斯是在一种保密和恐惧的文化下运作的。

我告诉艾伦，我感觉自己开始有所进展了，听到这个他似乎很高兴。我问他是否还保留着转发到个人Gmail邮箱的电子邮件。他回复说为了遵守公司迫使他签的宣誓书，律师让他删除了这些邮件，听到这个消息，我的心沉了下去。对于这类故事，书面证据是黄金准则。这会让我的工作变得困难许多。我努力抑制住自己的失望。

我们的话题转到“能力验证”上。艾伦解释了希拉洛斯是如何操纵它的，他告诉我希拉洛斯的大部分血液检测都是用哪些商用分析仪做的。两种都是西门子制造的，这证实了菲丽丝·加德纳的丈夫安德鲁·佩尔曼在飞机上从西门子销售代表那里听到的消息。他还披露了我们第一次谈话中没有提到的其他事：希拉洛斯的实验室分成两个部分，一个放了商用分析仪，另一个放了爱迪生设备。一位州巡查员在检查实验室时，给她看的只是有商用分析仪的那部分。艾伦觉得她被骗了。

他还提到，希拉洛斯正在研制一种新一代设备，名为“4S”，据称将替代爱迪生，进行范围更广的检测，但它根本不起作用，也从未部署在实验室中。稀释指尖取血的样本并在西门子的机器上运行，本

① on deep background，美国新闻业术语，即不得标明信息来源，甚至不能写成“不愿提供姓名人士”，通常只能写成“据了解”或“我们了解到”，也就是说只是记者的理解，而非采访对象的。这种情况下提供的信息不得在文章中直接使用，只是作为背景知识，帮助记者更好地写稿或理解报道内容。——译者

应是一个临时解决方案，但由于4S的惨败，它已经变成了永久解决方案。

一切都开始说得通了：霍姆斯和她的公司过度承诺，当无法交付时就想投机取巧。用软件或智能手机的app这么做是一回事，但用人们据以做出重要医疗决策的医疗产品这样做就有违良知了。在第二次谈话的最后，艾伦提到了另一件我感兴趣的事：前国务卿、希拉洛斯董事会成员乔治·舒尔茨有一个叫泰勒的孙子，他曾经在该公司工作过。艾伦不确定泰勒为什么离开，但他认为闹得并不愉快。我在iPhone的记事本上简略地写下了这些事，并且加上了泰勒的名字，作为又一个潜在的信息来源。

随后的几个星期，我又取得了一些进展，但也遇到了一些复杂情况。为了证实艾伦的话，我联系了20多位希拉洛斯的在职和离职员工。许多人没有回复我的电话和邮件。少数几个联系上的人告诉我，他们签了非常严格的保密协议，不想冒着因违反协议而被起诉的风险。

一位前实验室高级员工确实同意与我交谈，但只同意私下里①。在新闻工作中，这是一个重要的区别：艾伦及另外两名前员工同意作为深层背景跟我谈谈，就是说我可以使用他们提供的信息，但必须对他们的身份保密。私下意味着我不能使用其提供的任何信息。但这种对话仍然很有帮助，因为这位消息人士证实了艾伦告诉我的许多事，让我坚定了继续调查的信心。他用一个比喻总结了在这家公司发生的事："希拉洛斯的运作方式就像是你一边造一辆公共汽车一边在试着开它。会死人的。"

几天后，艾伦再度与我联系，带来了一些好消息。我让他打电话

① Off the Record，美国新闻业术语，即记者被告知的任何信息都不得在报道中使用。信息只供记者理解所用。——译者

给他在秋天联系过的华盛顿特区那家代理揭发者的律师事务所，看看能否找回他曾发给该律所的与巴尔瓦尼的往来邮件。律所满足了他的请求。艾伦将这些邮件转发给了我。那是桑尼·巴尔瓦尼、丹尼尔·杨、马克·潘多里和艾伦之间关于“能力验证”的一系列邮件，共有 18 封。它们表明，巴尔瓦尼愤怒地指责艾伦和马克·潘多里在爱迪生设备上运行“能力验证”的样本，并且不情愿地承认该设备“未能通过”测验。而且，毫无疑问，霍姆斯知道这个事：绝大多数邮件都抄送了她。

这是向前迈出的又一步，但很快又倒退了一步。3 月下旬，艾伦临阵退缩。他咬定他告诉我的一切，但不想再继续卷入报道。他无法承受更多的风险了。他说，与我谈话令他心悸，使他无法专心于他的新工作。我试图让他改变主意，但他很坚决，所以我决定给他一点空间，希望他最终会回心转意。

这是一个很大的损失，但我在其他方面正慢慢取得进展。我希望有实验室专家对希拉洛斯稀释血液样本的做法和它进行“能力验证”的方式发表中立的看法，于是打电话给蒂莫西·哈米尔，他是加州大学旧金山分校实验室医学系副主任。蒂莫西向我证实，这两种做法都大有问题。他还解释了用指尖针刺取血的隐患。与从手臂上抽取的静脉血不同，毛细血管血会被组织和细胞中的液体污染，会干扰检测，降低测量的准确性。“如果他们跟我们说他们是来自 27 世纪的时间旅行者，也不会比说他们已经攻克了这个难题更让我惊讶。”他说。

在改变心意前，艾伦提到了亚利桑那州的一名护士卡门·华盛顿，她曾在沃尔格林旗下的一家诊所工作，并投诉过希拉洛斯的血液检测。我花了几个星期的时间终于通过电话联系上了她。她告诉我，她的三名患者收到的该公司的检测结果是有问题的。一个是 16 岁的女孩子，拿到的钾含量检测结果极高，这表明她有心脏病发作的危险。卡门说，考虑到她还是个十几岁的孩子，而且身体很好，这个结果毫无意义。其他两位患者得到的检测结果显示促甲状腺激素

（TSH）的水平高得不正常。卡门把他们叫回诊所重新抽血。这一次，他们的检测结果低得不正常。从此以后，卡门对希拉洛斯的指尖取血检测失去了信心。这些事件与艾伦的说法一致。促甲状腺激素是希拉洛斯在爱迪生设备上所作的免疫测定之一，而这设备没有通过"能力验证"。

卡门·华盛顿的故事很有帮助，但我很快就有了更好的消息来源：又一个揭发希拉洛斯的人。我注意到泰勒·舒尔茨在领英上浏览过我的个人资料，于是通过领英的站内消息功能给他留了言。我觉得他一定是从其他离职员工那里听说我在四处打探。从我给他留言已经过去了一个多月，当我以为他不会回复的时候电话响了。

电话是泰勒打来的，他似乎急于倾诉。不过，他非常担心希拉洛斯会追查到他。他是用一部无法追踪的一次性手机给我打的电话。在我同意为他保密后，他大致给我讲了他在希拉洛斯 8 个月的经历。

泰勒跟我谈话的动机有两重。跟艾伦一样，他也担心患者拿到不准确的检测结果。他还担心他祖父的声誉。尽管他很肯定希拉洛斯最终会被曝光，但他想加速这个进程，让祖父有机会洗清自己的名声。乔治·舒尔茨已经 94 岁，也许时日无多。

"他经历了水门事件、伊朗门丑闻，依然保持着他的正直，"泰勒告诉我，"我肯定，如果他活着，就会熬过希拉洛斯事件，重回正轨。"

在离开公司的时候，泰勒打印了他给霍姆斯的邮件以及巴尔瓦尼的回复，把它们塞在衬衣下面偷偷带了出去。他还有自己与纽约州卫生部关于"能力验证"的往来邮件。这对我不啻为天外之音。我请他把所有东西都发给我，他很快照做了。

是时候前往帕洛阿尔托了。但在去之前，我想先去其他地方看看。

我需要证明该公司正在产生不准确的检测结果。唯一的办法是找到那些收到了有问题的实验室报告的医生，并将他们的患者送去其他地方重新检测。做这样的事的最佳地点是凤凰城，希拉洛斯在那里已经扩展到40多个网点。我的第一个想法是去拜访卡门·华盛顿，但她已经离开了她所工作的位于奥斯本道和中央大道拐角的沃尔格林诊所，也没有她所谈及的那3位患者的姓名。

不过，我上了Yelp[1]，看看是否有人抱怨在希拉洛斯的糟糕体验，由此找到了另一条线索。果不其然，一个像是医生的女性用"娜塔莉亚·M"这个名字抱怨过。Yelp有一个功能，可以让你发送信息给评论者，所以我发给她一条留言，留下我的联系方式。第二天她打来了电话。娜塔莉亚·M的真名是妮可·桑德内，是凤凰城郊区喷泉山（Fountain Hills）的一名家庭医生，对希拉洛斯非常不满。去年秋天，她因为收到该公司一份可怕的实验室报告而把自己的一位患者送去了急诊室，结果发现是虚惊一场。我飞到凤凰城去见桑德内医生和她的患者。我还计划在那里突然拜访其他使用过希拉洛斯的实验室检测的执业医生。我从一个业内人士那里获得了六七个名字。

桑德内医生的病人莫琳·格伦兹同意在她家附近的星巴克与我见面。她是位个子娇小的女性，50来岁，是艾伦·比姆所担心的两种情况之一的绝好展示。她从希拉洛斯得到的实验室报告显示，钙、蛋白质、葡萄糖和三种肝酶的结果异常升高。由于她又抱怨有耳鸣（后来确诊是睡眠不足引起的），桑德内医生担心她可能会中风，就直接把她送去了医院。感恩节前夕，格伦兹在急诊室呆了4个小时，医生对她进行了一系列检查，包括CT扫描。直到由医院实验室做的一套新的血液检测结果回归正常后，她才出院。不过，这事还没有完。为防万一，她在接下来的一周又做了两次核磁共振。她说直到那些检查结果也已恢复正常，她才终于放下心来。

格伦兹的例子很有说服力，因为它体现了不准确的检测结果造成

① 美国最大的点评网站。——译者

的健康恐慌带来的情感和经济损失。作为一名独立的房地产经纪人，她给自己投了保，有一份高免赔额的保单。急诊室就诊和随后的核磁共振花了 3000 美元——她不得不自掏腰包。

当我在桑德内医生的办公室见到她时，我了解到格伦兹不是她发现检测结果可疑的唯一病人。她告诉我，她有十几个患者的钾和钙的检测结果都高得可疑，她也怀疑那些检测结果的准确性。她曾给希拉洛斯写了一封信投诉，但那家公司甚至没有告知来信收悉。①

在桑德内医生的帮助下，我决定做一个小小的试验。她给我开了一张实验室检测的单子，第二天早晨，我拿着单子去了离我住的酒店最近的一家沃尔格林门店，没有进食，以确保读数准确。沃尔格林门店内的希拉洛斯健康中心并没什么可看的：一个小房间，比壁橱大不了多少，有一张椅子，几小瓶水。与西夫韦不同，这家连锁药店并没有花很多钱重新装修门店打造成高档诊所。我坐下来等了一会儿，抽血员把我的单子输入一台电脑，然后与人通了电话。挂断电话后，她叫我把袖子卷起来，把止血带缠在我的手臂上。为什么不是指尖采血？我问。她回答说我的单子中有部分检测需要静脉抽血。对此我并不怎么惊讶。艾伦·比姆向我解释过，在希拉洛斯列出的 240 项检测中，只有大约 80 项是基于手指针刺取血的小样本（有 12 项在爱迪生设备上做，其他 60—70 项在被破解的西门子机器上做）进行的。他说，其他的要用霍姆斯在媒体采访中比作中世纪酷刑的技术：可怕的皮下注射针。现在，我自己可以证实这一点了。从沃尔格林的门店出来后，我开着租的车来到实验室集团在附近的一家网点，又抽了一次血。桑德内医生答应，两组检测结果出来后她会都发给我的。她想了想，说她也会去这两个地方做检测，以扩大我们的比较样本。

在随后的几天，我登门拜访了其他医生。在斯科茨代尔

① 桑德内医生所写的信函，日期为 2015 年 1 月 20 日，收信地址为："希拉洛斯质量控制部门"。

（Scottsdale）的一家诊所，我和阿德里安娜·斯图尔特医生、劳伦·比亚兹莱医生和萨曼·里扎伊医生进行了交谈。斯图尔特医生讲到了她的一个病人，在最后一刻推迟了计划已久的爱尔兰之行，因为来自希拉洛斯的一份检测结果表明她可能患有深静脉血栓（DVT），这种情况发生在有血凝块形成时，通常在腿上。患有深静脉血栓的人不应乘坐飞机，因为血凝块有可能破开，随血液流动并停留在肺里，导致肺栓塞。后来，患者的腿部超声波结果以及来自另一个实验室的第二套血液检测结果都显示正常，斯图尔特医生便将希拉洛斯的检测结果扔到了一边。

当希拉洛斯发给她另一位患者的实验室报告显示其促甲状腺激素值异常的高时，这事令她产生了怀疑。这位患者已经在服用甲状腺药物，检测结果表明她的药量需要提高。在她做出决定之前，斯图尔特医生要求患者去索诺拉·奎斯特实验室——奎斯特公司和班纳健康医疗集团（Banner Health）的合资企业——重新检测。索诺拉·奎斯特实验室的检测结果表明是正常的。斯图尔特医生说，如果她相信了希拉洛斯的检测结果，增加了患者的药物剂量，结果将是一场灾难。患者已经怀孕，增加她的药量会使得她的甲状腺激素水平过高，危及胎儿的安全。

我还去见了盖里·贝茨，他是斯科茨代尔另一个街区的家庭医生，去年夏天有过一次糟糕的经历后，他已经不再把患者送去希拉洛斯做检测。那位患者也是女性，正在服药降低血压。这种药的副作用之一是钾高，因此贝茨医生要定期监测她的血液情况。希拉洛斯的报告显示患者的钾含量接近临界值，贝茨医生办公室的一名护士让患者回去再次检测，以确保结果正确。但第二次去检测时，抽血员三次抽血都没有成功，然后把患者打发回家。第二天，当贝茨医生知道此事后非常愤怒：如果原来的结果是正确的，他必须尽快得到确认，才能调整对她的治疗。他让患者去索诺拉·奎斯特实验室重新检测。结果出来后，表明又是一次假警报：索诺拉·奎斯特实验室得出的钾值比希拉洛斯的结果低得多，完全是在正常范围内。贝茨医生告诉我，这一事件粉碎了他对希拉洛斯的信任。

正当我准备结束此行时，我收到了一封邮件，发件人自称马修·特劳布。[①]他为一家名为 DKC 的公关公司工作，说他代表希拉洛斯。他知道我正在忙活一个关于该公司的报道，想知道是否有什么信息可以为我提供帮助。狐狸终于露出了尾巴，而且正是时候。我原本计划一回到纽约就与希拉洛斯联系。在《华尔街日报》，我们有一条基础规则叫“没有意外”（No Surprises）。如果我们没将我们在报道中收集到的每一条信息告知报道对象，并给其充足的时间和机会应对并反驳，是绝不会让一篇报道见报的。

我给特劳布回了信，证实我是在写一篇报道。[②]我问他，能否安排采访霍姆斯，并拜访希拉洛斯的总部和实验室？我告诉他我计划在 5 月初去旧金山湾区，大约还有两个星期的时间，可以在那个时候跟她见面。他说他会查看霍姆斯的日程安排，然后回复我。[③]

几天后，我回到《华尔街日报》的办公室，收发室的一位员工递给我一个厚厚的信封。它来自桑德内医生，里面是我们来自希拉洛斯和实验室集团的实验室报告。我逐个查看了自己的检测结果，注意到许多不同之处。[④]希拉洛斯标出我的三项检测值异常高，一项异常低。然而根据实验室集团的报告，所有这四项指标显示都是正常的。与此同时，实验室集团将我的总胆固醇和低密度脂蛋白胆固醇（或者称为有害胆固醇）都标为过高，而希拉洛斯的报告将前者标为

① 马修·特劳布发给约翰·卡雷鲁的电子邮件，题为“希拉洛斯”，东部时间 2015 年 4 月 21 日下午 1:11。

② 约翰·卡雷鲁发给马修·特劳布的电子邮件，题为“回复：希拉洛斯”，东部时间 2015 年 4 月 21 日晚 7:08。

③ 马修·特劳布发给约翰·卡雷鲁的电子邮件，题为“回复：希拉洛斯”，东部时间 2015 年 4 月 22 日中午 12:02。

④ 希拉洛斯和实验室集团于 2015 年 4 月 24 日将我的检测结果传真给桑德内医生。我是 2015 年 4 月 23 日在凤凰城的一家希拉洛斯健康中心完成抽血，40 分钟后在实验室集团的一个门店再次抽血。

“理想”，将后者标为“接近最佳”。

与桑德内医生在她自己的报告中的发现相比，这些差异还算轻微。①按照希拉洛斯的结果，她的血液中的皮质醇含量低于1微克/分升。如此低的值，通常认为与艾迪生病有关，这是一种由于极度疲劳和低血压导致的危险疾病，如果不加以治疗，可能会死。然而，实验室集团给她的报告显示的皮质醇水平为18.8微克/分升，在健康人的正常范围内。对于哪一个值是正确的，桑德内医生完全没有疑问。

我收到特劳布的回复，他说霍姆斯的日程安排得太满，无法在这么短的期间接受我的采访。我决定不管如何都飞到旧金山去见见泰勒·舒尔茨和罗谢尔·吉本斯。另外还有一位希拉洛斯的前员工愿意跟我谈谈，如果我为她保密的话。

新的消息提供者与我在奥克兰大学路上的一家名叫 Trappist Provisions 的小啤酒馆见了面。她是个年轻女子，名叫艾瑞卡·张。像每个与我交谈过的希拉洛斯前员工一样，她一开始非常紧张。但当我告诉她我已经收集到多少信息时，她明显放松下来，开始给我讲她所知道的事。

作为一个曾在希拉洛斯实验室工作的人，艾瑞卡亲眼见证了2013年12月的实验室检查。跟艾伦一样，她也觉得州巡查员受到了误导。她告诉我，实验室成员得到明确的命令，在检查期间不得进出“诺曼底”，通向那里的门一直锁着。她还告诉我她与泰勒的交情，以及泰勒辞职当晚她在乔治·舒尔茨的家里参加的晚宴。和泰勒一样，她也对爱迪生设备的检测验证过程缺乏科学严谨性感到震惊。她说希拉洛斯绝不应当启动对患者样本的检测。这家公司一贯对质量控制检查的失败和检测错误视而不见，完全无视病人的健康，她说。最

---

① 桑德内医生2015年4月28日收到实验室集团给她的检测结果，4月30日收到希拉洛斯给她的检测结果。她是2015年4月24日在实验室集团的一个门店完成抽血，53分钟后在希拉洛斯的一家健康中心二度抽血。

后，她说她之所以辞职，是因为对自己成为其中一员感到恶心。这些话掷地有声，从艾瑞卡的心急如焚中可以清楚地看出，她是认真的。

第二天，我开车来到谷歌公司总部所在地山景城（Mountain View），在一个叫做斯泰恩斯的露天啤酒馆与泰勒见面。那是傍晚时分，是酒馆的减价时段，这里挤满了年轻的硅谷专业人士。我们找不到座位，于是站在外面露台上的一个木头啤酒桶旁边，拿它做桌子。泰勒一边喝着一品脱①冷啤酒，一边更详细地向我讲述了他在希拉洛斯的经历，包括辞职那天接到母亲打来转述霍姆斯的威胁之语的那通电话，以及当天晚上他和艾瑞卡试图跟乔治·舒尔茨讲道理。他曾试图听从父母的建议，将整件事情抛在脑后，但他发现自己做不到。

我问他是否认为他祖父仍然信任霍姆斯。是的，泰勒回答，他对此几乎没有疑问。我问他是什么让他这样想，他透露了一件新的轶事。舒尔茨家的传统是在这位前国务卿的家里庆祝感恩节。那天，当泰勒、泰勒的弟弟和父母来到他祖父的家里时，迎面遇到了霍姆斯及其父母。乔治也邀请了他们。泰勒辞职才 7 个月，伤口还没愈合，但他被迫装作什么事都没有发生。尴尬的晚宴话题从加州的干旱转移到希拉洛斯新总部的防弹玻璃上。②对于泰勒而言，最煎熬的时刻是霍姆斯站起来祝酒，向舒尔茨家族的每一个成员表达她的爱和感激。他说他差点没能控制自己。

泰勒和艾瑞卡都很年轻，都是希拉洛斯的初级职员，但我发现他们是可靠的消息来源，因为他们对我说的许多事都能与艾伦·比姆的说法互相佐证。我也被他们的道德感所打动。他们强烈地认为他们所目睹的事是错误的，并愿意冒着风险告诉我，以纠正错误。

我下一个见到的是斯坦福大学医学院教授菲丽丝·加德纳，霍姆斯 12 年前辍学时曾经向她咨询过自己最初的贴片想法。菲丽丝领着

---

① 1 品脱约等于 0.57 升。——译者

② John Carreyrou, "Theranos Whistleblower Shook the Company—and His Family," *Wall Street Journal*, November 18, 2016.

我参观了斯坦福大学的校园和周边。我们乘着她的车闲逛，我惊讶于帕洛阿尔托的狭小和与世隔绝。菲丽丝的家就在乔治·舒尔茨那座木瓦大房子的山下，两家的土地都属于斯坦福大学。菲丽丝遛狗的时候，经常会碰到钱宁·罗伯逊。乔治·舒尔茨和其他希拉洛斯董事会成员办公的胡佛研究所大楼，就在斯坦福校园的中央。佩奇米尔路上的希拉洛斯新总部在不到 2 英里外，那块地也是斯坦福的。然后话锋突然一转，菲丽丝告诉我，那个地方以前是《华尔街日报》的印刷厂。

此行的最后一天，我与罗谢尔·吉本斯在帕洛阿尔托的一家名为仰光红宝石（Rangoon Ruby）的缅甸餐馆共进午餐。伊恩去世已有两年，但罗谢尔仍旧悲痛，强忍泪水。她将他的死归咎于希拉洛斯，并希望他从不曾在那里工作。她提供了一张医生诊断单的复印件，希拉洛斯的一名律师鼓动伊恩用这个规避在富兹一案中作证。律师电子邮件的时间戳显示，发送时间是伊恩自杀前几个小时。[1]尽管罗谢尔从丈夫那里继承的希拉洛斯股票期权可能价值数百万美元，但她表示我可以发表她的话。她说，她不在乎钱，而且不管怎样，她不相信这些股份真的值什么钱。

第二天，我飞回纽约，相信自己已经得到了报道所需的关键资料，过不了多久就可以发表。但我低估了我遭遇的对手。

---

① 大卫·多伊尔发给伊恩·吉本斯、抄送莫娜·拉玛莫西的电子邮件，题为“作证-保密的律师/客户特权”，太平洋标准时间 2013 年 5 月 15 日晚 7:32。

第二十章
伏 击

泰勒·舒尔茨与 5 位室友合租的房子位于洛斯阿尔托斯山（Los Altos Hills），距离他父母在洛斯加托斯（Los Gatos）的家只有 25 分钟的车程，所以他尽量每隔一周就跟他们吃顿晚餐。2015 年 5 月 27 日傍晚时分，泰勒将他的小丰田普锐斯 C 型车停进了父母家的车库，穿过厨房走进了屋子。他一看到父亲，立刻感觉到有什么事情不对劲，父亲的脸上满是担忧和惊慌。

“你是不是跟一个调查记者说过希拉洛斯的事？”他父亲责问道。

“是的。”泰勒回答。

“不是吧？你怎么会这么傻？好了，他们知道了。”

泰勒得知，他的祖父刚刚打电话来说希拉洛斯知道他与一名《华尔街日报》的记者有联系。如果他想摆脱乔治所说的“一堆麻烦”，就要第二天与公司的律师见面并签个什么东西。

泰勒给祖父回了电话，问他们两个是否可以在当晚晚些时候没有律师在场的情况下见个面。乔治说他和夏洛特正在外面吃晚餐，但 9 点应该会到家，泰勒可以在那个时间过来。泰勒坐下来，跟父母草草吃了一顿晚餐，然后开车回家想想如何跟祖父谈谈。出门的时候，父母给了他一个大大的拥抱。

到家以后，泰勒给我打了个电话。从他的语气来看，他似乎紧张得不行。他问我是否将我们的交流泄露给了希拉洛斯。我回答说绝对没有，并告诉他我对自己向消息提供者承诺的保密是极其认真的。我们努力想找出是哪里出了问题。

我们在山景城的露天啤酒馆的会面已经过去了三个星期。回到纽约后，马修·特劳布继续推迟我要求的对霍姆斯的采访，并要求我改为把问题发给他。我发了一封电子邮件给他，列出了我想和希拉洛斯讨论的 7 个方面，包括从伊恩·吉本斯的事到“能力验证”的事。①

我将这封邮件转发给泰勒，他在我们通话时看了邮件。在关于检测验证的部分，我将爱迪生设备一项血液检测的变异系数列在里面，没有意识到那是泰勒自己计算出来的数字。邮件里没有其他内容可以指向泰勒，所以他认定他们凭这个锁定了他。他似乎放松了下来。他说，那个数字他可以很容易解释清楚。它可能来自任何人。

泰勒没有告诉我他马上要去见他祖父，只告诉我希拉洛斯要他第二天去办公室见其律师。我建议他不要去。他不再为这家公司工作，没有义务答应其要求。我警告他，如果他去了，他们会想方设法套他话。泰勒说他会好好考虑的。我们同意第二天再联系。

泰勒在晚上 8 点 45 分到达他祖父家。乔治和夏洛特还没有回来，所以他在街上等着，直到看见他们的车子驶入车道。他给了他们几分钟安顿，然后走进房子，发现他们正坐在客厅里。②

“你有没有跟哪个记者谈过希拉洛斯？”乔治问道。

“没有，”泰勒撒了个谎，“我不知道他们为什么会这么想。”

“伊丽莎白知道你一直在跟《华尔街日报》的人联系。她说这个记者用了你一封电子邮件中的措辞。”

夏洛特纠正丈夫道：“我想她说的是一个数字。”

是不是一个跟“能力验证”有关的数字？泰勒问道。很多人都

---

① 约翰·卡雷鲁发给马修·特劳布的电子邮件，题为“对希拉洛斯访谈的问题列表”，东部时间 2015 年 6 月 9 日下午 6:33。

② 关于泰勒·舒尔茨的痛苦经历的删节版描述，参见 John Carreyrou, “Theranos Whistleblower Shook the Company—and His Family,” *Wall Street Journal*, November 18, 2016。

看过那个数据，他说。《华尔街日报》可以从其他许多离职员工那里得到它。

“伊丽莎白说它只可能是你提供的。”乔治严厉地说。

泰勒没有松口。他说他不知道记者是如何得到信息的。

“我们这是为了你好，”乔治说，“伊丽莎白说，如果那篇文章发表，你的职业生涯就完了。”

泰勒没有承认任何事，他再次尝试说服他的祖父，希拉洛斯在误导他。他又一次讲述了一年前他告诉祖父的所有事，包括这家公司在其专有的爱迪生设备上只能进行很小一部分的血液检测。乔治还是没有被说服。他告诉泰勒，希拉洛斯为其准备了一份一页纸的文件，要其签字确认自己往后会遵守保密义务。他解释说，《华尔街日报》将公布希拉洛斯的商业秘密，如果该公司不表明已采取措施加以保护，那些商业秘密将会进入公开领域。泰勒不明白为什么要签这样的文件，但表示他愿意考虑一下，如果这意味着该公司不会再骚扰他的话。

“很好，楼上有两位希拉洛斯的律师，”乔治说，“我可以去请他们下来吗？”

泰勒吃了一惊，有一种被蒙蔽和背叛的感觉。他特意要求在他们会面时不要有律师在。但是如果他现在抬脚走人，会增加所有人的怀疑，认为他真的隐瞒了什么，于是他听到自己说：“可以。”

乔治上楼的时候，夏洛特告诉泰勒，她开始怀疑希拉洛斯的“盒子”是不是真的。“亨利也是，”她说，指的是亨利·基辛格，“而且他一直说他想退出。”

夏洛特还没来得及再说什么，一男一女就出现了，咄咄逼人地大步向泰勒走来。他们是迈克·布里耶和梅瑞迪斯·迪尔伯恩——博伊斯律所的合伙人。布里耶对泰勒说，他受命找出《华尔街日报》的消息来源，并在大约 5 分钟内确定了是他。他递给泰勒三份文件：一份临时限制令，一份两天后出庭的通知，还有一封信，声称希拉洛斯有理由相信泰勒违反了自己的保密义务，并准备对其提起诉讼。

泰勒再次否认与记者谈过话。

布里耶说知道他在撒谎，并且逼他承认，但泰勒始终不松口。这位律师不肯善罢甘休。他就像一只攻击犬，继续纠缠泰勒，仿佛非坐实不可。泰勒一度看向自己的继祖母，问她是否跟他一样感到不舒服。夏洛特怒视着布里耶，看上去像是准备给他来一记右勾拳。

“这次谈话必须到此为止。”泰勒最后说道。

乔治过来帮他的孙子。他喊道：“我了解这孩子，他不会说谎。如果他说他没有跟记者谈过，那就是没有！”前国务卿将两名律师送出门去。两人走后，他打电话给霍姆斯，说这不是他们说好的。她派来的是检察官，而不是愿意进行文明对话的人。泰勒准备第二天上法庭了，他警告她。

泰勒看着夏洛特从乔治的手里拿过电话，听到她说：“伊丽莎白，泰勒没有说过！”他感到心跳加速，双手颤抖。

乔治拿回电话，达成了一个妥协：第二天上午，他们将在这所房子里再次会面，希拉洛斯将会按照他们最初的约定带来那份一页纸的文件，确认泰勒将会遵守他的保密义务。挂电话之前，他恳请霍姆斯这次派其他律师来。

第二天上午，泰勒早早地来到祖父家，在餐厅等着。看到来的还是布里耶，他一点都不惊讶。霍姆斯将他的祖父玩弄于股掌之中。

律师带来了一套新的文件。其中之一是一份宣誓书，写着泰勒从未与任何第三方谈及希拉洛斯，并且承诺会说出他认识的每一个与《华尔街日报》谈过话的在职员工和离职员工的名字。布里耶要求泰勒在宣誓书上签字。泰勒拒绝了。

“泰勒不是告密者。找出谁与《华尔街日报》谈过话是希拉洛斯的问题，跟他无关。”乔治说。

布里耶毫不理会这位前国务卿，继续施压叫泰勒签掉这份文件，说出那家报纸的消息来源。他恳求他们从他的角度来看待事情：为了尽责，他必须从泰勒那里获得信息。但泰勒不肯让步。

在这令人不安的对峙持续了足够长的时间之后，乔治将布里耶带到一个单独的房间，回来和泰勒单独谈话。他问自己的孙子：到底要怎样才能签那份文件？泰勒回答，希拉洛斯必须加上一个承诺不起诉他的条款。

乔治抓起一支铅笔，在宣誓书上潦草地写下一行字，大意是希拉洛斯承诺两年内不起诉泰勒·舒尔茨。泰勒愣了一刹那，怀疑祖父是不是把他当成了白痴。

“这对我没用，”他说，“必须说他们永远不起诉我。”

“我只是想提出一些希拉洛斯会同意的条件。”乔治怒道。

但这位老人似乎也意识到他刚才的提议有多荒谬。他划去“两年”，改为“永远”。然后他走出餐厅去和布里耶谈。过了一会儿，两人一起返回，布里耶显然同意了泰勒的条件。

然而，这个短暂的间隔给了泰勒时间思考，而他决定什么都不签。布里耶那天上午带来的另一份文件是他与希拉洛斯最初的保密协议。泰勒假装重读，同时琢磨他不会签宣誓书这事儿要怎么表述才最好。一段长时间的尴尬沉默之后，他终于想好了该如何回绝。

“希拉洛斯的律师基于希拉洛斯的最大利益起草了这个东西，”他说，“我想我也需要一名律师基于**我的**最大利益来评估这份东西。”

他的祖父和布里耶看上去都非常恼怒。乔治问，如果他的遗产律师鲍勃·安德斯评估了这个文件说可以签，泰勒会不会签。泰勒说他会的，于是乔治上楼，去将修改后的宣誓书发给安德斯。泰勒知道他上楼和鼓捣传真机需要一段时间，于是来到厨房，翻看祖父的电话簿，寻找遗产律师的号码。他想先跟他联系上。正当他急切地翻着电话簿时，夏洛特递给他一张纸，上面有电话号码。“打给他。”她说。

泰勒在后院拨打了电话。他迅速向安德斯解释了情况。律师一边消化所有信息，一边问是谁在代表希拉洛斯。泰勒手上拿着布里耶头一天晚上威胁要起诉他的信。他告诉安德斯，信的签名是“大卫·博伊-兹”，他把这位著名律师的姓读错了。

“天啊！你知道他是谁吗?”

安德斯解释说，博伊斯是美国最有权势、最著名的律师之一。他说形势非常严峻，建议泰勒当天下午到他在旧金山的办公室来当面谈。

泰勒听了他的建议，开车去城里。安德斯的办公室在罗斯大厦（Russ Building）17楼，那是坐落于金融区的一座新哥特式高楼，曾是旧金山最高的建筑。泰勒见到了安德斯和他的一名合伙人，在与两位律师商议过后，泰勒决定不签那份文件。他们同意代表他将这一消息告知希拉洛斯，但最终还是要将他转介给其他律师，以避免利益冲突。他们的律师事务所法雷拉·布罗恩和马特尔（Farella Braun + Martel）也代理霍姆斯的不动产。

当安德斯通知迈克·布里耶，泰勒不会签那份宣誓书时，布里耶警告说希拉洛斯别无选择，只能起诉他。泰勒回到家里，等待第二天被传唤出庭，但当晚晚些时候，布里耶给安德斯发了一封邮件，说希拉洛斯决定暂时搁置诉讼，给双方更多时间来解决问题。泰勒得到消息后，长长地舒了一口气。

安德斯给泰勒推荐了一名叫斯蒂芬·泰勒的律师，他在旧金山主持一家精英律师事务所，擅长处理复杂的商务纠纷。接下来的几个星期，布里耶和泰勒交换了四个不同版本的宣誓书。

泰勒尽力姿态温和，以达成协议，他在该文件的新版本中承认曾经和《华尔街日报》谈过话。希拉洛斯想好了说辞，让他说他太年轻、太天真，被记者骗了，但泰勒拒绝了。他很清楚自己在做什么，这与年轻毫无关系。他希望自己就算到了四五十岁，仍然会采取同样的做法。为了安抚希拉洛斯，泰勒同意被说成是初级员工，干的都是粗活，以至于当他谈论类似“能力验证”、检测验证和实验室操作等话题时，不可能知道自己在说什么。

但谈判在两个问题上陷入僵局。希拉洛斯仍然想要泰勒说出《华尔街日报》的其他消息来源，而泰勒断然拒绝。该公司也拒绝把他的父母和继承人包括在不予起诉的名单中，只同意不起诉泰勒。随着僵局的持续，博伊斯律所采取了臭名昭著的图穷匕首见战术。布里耶扬言，如果泰勒不签宣誓书，说出《华尔街日报》的信息来源，在将他告上法庭时，博伊斯律所一定会让他的整个家族倾家荡产。泰勒还收到一条线索，称他正被私家侦探监视。他的律师试图淡化此事。

“不是什么大事，”他说，“只要不去任何你不该去的地方就行，去上班的时候记得跟你屋子外面灌木丛中的人微笑着挥手哈。”

一天晚上，泰勒的父母接到他祖父的电话。乔治说，霍姆斯告诉他，泰勒要为《华尔街日报》掌握的大部分信息负责，说他完全失去了理智。泰勒的父母让他在厨房里坐下，恳求他，下一次希拉洛斯给他机会签任何东西时他都要签。否则，他们只有卖掉房子来付他打官司的钱了。没那么简单，泰勒回复道，但他说不出更多的话。他非常想向他们解释发生的事，但他被要求不得与任何人讨论和希拉洛斯的谈判。

为了让泰勒能告知父母事情进展如何，斯蒂芬·泰勒为他们另外安排了法律顾问。这样，泰勒可以通过律师与父母沟通，而那些谈话将受到律师-客户特权的保护。这一安排还导致了一件让泰勒和他的父母都感到不安的事。在他父母的新律师与他们第一次会面几个小时后，她的车窗被人破坏，一个装有这次会面谈话记录的公文包被盗。尽管这很可能是一次随机的盗窃行为，但泰勒无法排除他的怀疑：希拉洛斯与这件事脱不了干系。

我对所发生的这一切一无所知。泰勒那晚跟他的父母吃完饭，打来那个焦急的电话之后，我试图再联系他。我给他名为科林·拉姆雷兹的邮箱发去邮件——他坚决要求我们继续使用这个地址联系以保护他——并打电话给他的一次性手机。但我的邮件石沉大海，他的手机也似乎关机了，也没有语音信箱。我继续发电子邮件和打电话，试了好几个星期，但一无所获。泰勒消失了。

我怀疑希拉洛斯在对他施压，但我不能就此与该公司对质，因为他是一个匿名的信息来源。我希望他不会在压力之下屈服，让我感到欣慰的是，他已经把向霍姆斯质疑希拉洛斯的做法的邮件以及他发给纽约州的投诉都转发给我。再加上我从艾伦·比姆那里获得的关于“能力验证”的内部往来邮件，足以构成确凿的文件证据链。

我继续推进自己的调查，致电纽约州卫生部，查询泰勒的匿名投诉的处理结果。我被告知，它被转到联邦医疗保险和医疗补助服务中心进行调查。但当我打电话给该中心时，发现那里无法查到它的任何踪迹。不知怎么的，它在转办途中丢失了。值得称赞的是，该机构实验室监管处的负责人现在知道了它的存在，似乎很认真地在跟进。他们让我将那投诉发给他们，并保证这次不会再漏掉。

与此同时，马修·特劳布继续跟我兜圈子。仿佛我是霍姆斯不接受采访的唯一一个美国记者。她最近出现在 CBS 的早间新闻节目中，出现在 CNN 上法里德·扎卡里亚（Fareed Zakaria）主持的节目里，还上了 CNBC 吉姆·克莱默的《疯狂的金钱》节目。①雪上加霜的是，6 月初的一个晚上，我从电脑上抬头瞟了一眼编辑部的电视机，看见她穿着黑色高领毛衣，在上查理·罗斯②的节目。第二天，我跟特劳布通了电话，火药味十足，我告诉他，希拉洛斯不能无限期地拖延我的采访。我一边在布鲁克林我家门廊前来回踱步，一边大喊：如果霍姆斯不行，公司就让其他人与我会面，回答我的问题，而且要尽快

① 霍姆斯接受的采访，如 *CBS This Morning* (April 16, 2015), CNBC's *Mad Money* (April 27, 2015), CNN's *Fareed Zakaria GPS* (May 18, 2015)、PBS's *Charlie Rose* (June 3, 2015) 可在 YouTube 上看到。

② 美国知名节目主持人，以其姓名冠名的访谈节目在美国公共广播公司和彭博电视台播出。——译者

安排。

几天后，特劳布回复我，建议我去博伊斯律所位于曼哈顿的办公室跟希拉洛斯的一名代表见面。一开始我同意了，但随后想到了更好的办法，那无异于直入虎穴。我回电给他，告诉他希拉洛斯的代表——以及我怀疑会陪他来的整队律师——得来找我。会面定在 6 月 23 日，星期二，下午 1 点，地点在美洲大道 1211 号，《华尔街日报》的总部。

第二十一章
商业秘密

来到《华尔街日报》办公室的希拉洛斯代表团主要由律师组成。领头的是大卫·博伊斯。他的左右有迈克·布里耶、梅瑞迪斯·迪尔伯恩以及希瑟·金，最后这位是博伊斯律所的前合伙人、希拉里·克林顿的助理，不到两个月前出任希拉洛斯的总法律顾问。团队的其他成员有马修·特劳布和《华尔街日报》的前记者、华盛顿一家对手研究公司的联合创始人彼得·弗里奇。[1]来的唯一一位希拉洛斯的管理人员是丹尼尔·杨。

预料到会硝烟弥漫，我请来了我的编辑迈克·西克诺尔菲，他是新闻调查团队的负责人；还有《华尔街日报》母公司的副总法律顾问杰伊·孔蒂，会在敏感的新闻事务上与新闻编辑部密切合作。我让他们俩知道了我的报道，让他们知道了我的秘密消息来源。

我们在《华尔街日报》新闻编辑部五楼的一个会议室里坐定。会谈一开始就被定了调，金和迪尔伯恩拿出两个小录音机，一边一个放在会议桌的两头。[2]传递的信息很明确：他们将把这次会面作为未来法律诉讼的证词。

应特劳布的要求，两个星期前，我发了一组新的问题过去，有80个，以此作为我们讨论的基础。[3]金首先开口，说他们来是为了反驳这些问题中包含的“错误预设”。然后她抛出了第一枚导弹。

“在我们看来，很显然，你们的主要消息来源之一肯定是一个叫泰勒·舒尔茨的年轻人。”她一边说，一边直直地盯着我，很显然是预先排练过的开场白，想让我乱了阵脚。我面无表情，一言不发。如果他们愿意，尽可以怀疑泰勒，但我绝不会背叛他的信任，向他们证实他们在打探的答案。她继续诋毁泰勒，说他过于年轻，不称职，然后断言我的其他消息来源都是些心怀不满的前员工，他们同样不可信赖。迈克打断了她的诋毁，他礼貌而坚决地说，我们不会披露我们的匿名消息来源，希拉洛斯公司也不应当假定知道他们的身份。

博伊斯第一次插话，配合金扮演的坏警察演起了好警察。"我们真的只想一步一步讨论下去，让你们看到这里真的没有什么。"这位74岁的大律师温和地说。他浓密的眉毛和稀疏的灰白头发，让人觉得像是个正在为争吵不休的孩童调解的祖父。

我建议开始讨论我发过去的那些问题，但我还没来得及读出第一个，金的态度再度变得咄咄逼人，她严厉地警告道："我们不同意你们公开我们的商业秘密。"

进入会议室已经有一阵子了，我很清楚，她的主要策略就是试图恐吓我们，所以我决定，是时候告诉她这一套没用。

"我们不同意放弃我们的新闻调查权。"我厉声反击。

我的反驳似乎起到了想要的效果。她变缓和了一点，我们开始一个一个研究我的那些问题，并同意作为希拉洛斯在场的唯一代表的丹尼尔·杨将来回答这些问题。不过，我们很快又起了争执。

杨承认希拉洛斯有几台商用血液分析仪，他声称公司只是将其用于比较，而不是提供患者的检测结果，我问其中是不是有西门子的ADVIA。他拒绝置评，说那是商业秘密。然后我问，希拉洛斯是否在西门子的ADVIA设备上以一种特殊的稀释方案来检测指尖针刺取血的小样本。他再次援引商业秘密逃避回答问题，但争辩说，稀释血液

① 弗里奇的公司Fusion GPS后来因为一名前英国间谍搜罗唐纳德·特朗普总统的黑料而臭名昭著，该间谍声称特朗普很容易受俄罗斯的勒索。

② 我也对会谈进行了录音。所引对话均逐字转自该录音。

③ 约翰·卡雷鲁发给马修·特劳布的电子邮件，题为"对希拉洛斯访谈的问题列表"，东部时间2015年6月9日下午6:33。

样本在实验室行业很常见。

从这里起，讨论开始绕圈子。我说这些问题是我的报道的核心。如果他们不准备回答这些问题，我们的会谈还有什么意义？博伊斯回答说，他们在努力提供帮助，但除非我们签署保密协议，否则他们不会透露希拉洛斯所采用的方法。他声称，那些是奎斯特公司和实验室集团拼命想通过任何可能的手段——包括使用工业间谍——获得的秘密。

当我继续追问，要求给出更实质性的答案时，博伊斯怒了。突然之间，他不再是那个和蔼可亲的祖父。他咆哮着，像一头老灰熊一样亮出牙齿。我心想，这才是那个在法庭上令对手恐惧的大卫·博伊斯。他抨击了我的报道方式，说我找一些医生问了有损于希拉洛斯的问题。这引得我们之间气氛紧张，隔着桌子互相瞪着对方。

杰伊·孔蒂跳出来缓解局势，但很快就与金和布里耶辩了起来。他们的争论就像是一场闹剧。

金说："感觉就像你想让我们给你可口可乐的配方，好让你相信它不含砒霜。"

杰伊恼怒地回答："没人找你要可口可乐的配方！"

接下来争论更激烈的问题是什么才是合法的商业秘密。我问，一个涉及第三方制造的商用分析仪的东西怎么能视为希拉洛斯的商业秘密？布里耶说区别不像我想的那么简单，这一回答无法令人信服。

我们转向我关于爱迪生设备的问题。希拉洛斯有多少次血液检测是在这种设备上做的？他们说，这也是一项商业秘密。我感觉自己像是在看一出活生生的荒诞剧。

希拉洛斯真的有什么新技术吗？我挑衅地问。

博伊斯再次勃然大怒。他怒气冲冲道，在实验室行业，以前没有人能做到用指尖针刺取血的小样本进行检测。"希拉洛斯正在做这件事，除非它是魔法，否则就是一项新技术！"

"听上去像是《绿野仙踪》。"杰伊打趣道。

我们继续兜圈子，关于希拉洛斯有多少检测是在爱迪生设备上做的，有多少是在商用分析仪上做的，从未得到直截了当的回答。这很令人沮丧，但也说明我的路走对了。如果他们没有什么可隐瞒的，就不会推诿搪塞。

会谈就这样拖了 4 个小时。当我们继续审视我那清单上的问题时，杨确实回答了部分问题而没有以商业秘密为借口。他承认希拉洛斯的钾含量检测存在问题，但声称问题很快就得到了解决，没有让任何错误的结果流到病人手中。艾伦·比姆告诉我的不是这样，所以我怀疑杨在撒谎。杨还证实，希拉洛斯进行“能力验证”的方式不同于大多数实验室，但认为就其技术的独一无二而言，这是合理的。他还证实，在巡查期间，CLIA 的巡查员没有见到希拉洛斯实验室的“诺曼底”那部分，但声称已经告知巡查员那部分的存在。

他的一个回答让我觉得奇怪。当我提到霍姆斯与人合著、发表在《病理学报告》上的研究时，杨立即声称它过时了，不予考虑。他说，它是以较老的希拉洛斯技术做的研究，数据太老了，可以追溯到 2008 年。我觉得奇怪，那为什么霍姆斯要向《纽约客》提到它呢？希拉洛斯现在似乎想要与它划清界限，也许是因为意识到了那项研究的不堪一击。

我问到伊恩·吉本斯。杨承认伊恩在公司早期做出过重要贡献，但说他的行为在生命的最后时刻变得很古怪，暗示他在那个阶段不再知道内情。金突然插嘴，称吉本斯是个酒鬼。与此同时，博伊斯攻击了罗谢尔·吉本斯的信誉，指出她在富兹一案中未能提供宣誓声明，导致法官裁定在庭审中不采信她的证词。

我告诉他，她是否在富兹案中提供了宣誓声明，是另外一回事。我认为她是一个可靠的消息来源，而且她同意我将她说的话公开发表。

“她对我起过誓。”我说。

最后，我们转到我在调查过程中收集的有问题的检测结果案例。

金说，为了能对此做出回应，希拉洛斯需要获得每位患者的签名弃权书，放弃其患者隐私权。她要求我帮忙从患者那里收集弃权书。我同意了。

会见最终结束的时候，已经是将近下午6点，金看上去像是要在我的胸口插上一刀。

三天后，艾瑞卡·张在她的新东家——一家叫做Antibody Solutions的生物技术公司——的实验室加班，一位同事走过来告诉她有个男人要求见她。同事说，这个人在停车场上的车里已经等了很久。

艾瑞卡立刻警觉起来。白天的时候，希拉洛斯的人力资源部主管莫娜·拉玛莫西已经给她的手机语音信箱留了几条信息，说有紧急的事要跟她谈。艾瑞卡一直没有回电，现在又有个神秘的男人等在外面要跟她说话。她怀疑两者之间有关联。

那是一个星期五的下午6点，Antibody Solutions公司位于桑尼韦尔（Sunnyvale）的办公室里剩下的人寥寥无几。为安全起见，艾瑞卡叫同事陪她一起去找自己的车。当他们走出办公楼的时候，一名年轻男子从一辆SUV里钻出来，飞快向他们走去，手上拿着一个信封。他将信封递给艾瑞卡，然后转身离去。

看到信封上写的地址，艾瑞卡的心脏几乎停止跳动。

> 通过专人递送
>
> 艾瑞卡·张小姐
>
> 莫顿环路926号
>
> 东帕洛阿尔托，加州94303

唯一知道她住在这个地址的人，是她的同事朱莉娅。两周前，艾瑞卡在奥克兰的公寓租约到期，她临时搬到朱莉娅那里，计划在秋天移居中国。她只有工作日的晚上待在那里，周末则出去露营或者旅行。连她妈妈都不知道这个地址。要知道这个，唯有跟踪。

信封里的信件印有博伊斯·席勒的信头。艾瑞卡读着信，恐惧感越来越厉害：

亲爱的张小姐：

本事务所代表希拉洛斯股份有限公司（以下简称“希拉洛斯”或“公司”）。我们有理由相信你未经许可披露了公司的某些商业秘密和其他机密信息。我们也有理由相信，你这样做与出于损害公司业务的目的对公司进行虚假和诽谤性陈述有关。我们要求你立即停止这些行为。除非此事在2015年7月3日（星期五）下午5点（太平洋夏令时）之前按照本信函中阐明的条款得到解决，否则希拉洛斯将考虑采取一切适当的补救措施，包括对你提起诉讼。①

信中还说，如果艾瑞卡想不被起诉，她必须接受与博伊斯律所的律师面谈，并说出她向谁透露了希拉洛斯的什么信息。信件由大卫·博伊斯签字。艾瑞卡开车回到了朱莉娅的房子，整个周末都拉着百叶窗，吓得不敢出门。

在东海岸这边的我开始意识到事情正在升级。同一个星期五晚上，我收到了艾伦·比姆发来的短信。这是差不多两个月以来我第一次收到他的消息。

“希拉洛斯再次威胁我，”他写道，“他们的律师说，他们怀疑我违反了我的宣誓书。”

我们通了电话，我将几天前在《华尔街日报》与希拉洛斯代表

① 大卫·博伊斯致艾瑞卡·张的信函，日期为2015年6月26日。

团的马拉松式会谈讲给他听。艾伦并没有像我担心的那样被吓到，而是听得饶有兴味。他咨询了一位新的律师，此人是前联邦检察官，曾与医疗保险欺诈打击小组（Medicare Fraud Strike Force）合作，因此他对希拉洛斯的恐吓策略没那么害怕。事实上，他似乎改变了主意，想继续帮我顺藤摸瓜。

那天晚上很晚的时候，我收到一封来自梅瑞迪斯·迪尔伯恩的电子邮件。邮件附有一封大卫·博伊斯发给杰伊·孔蒂的正式信函，后者是邮件的主收件人。①信中引用了几条加州的法律，严厉要求《华尔街日报》“销毁或归还”持有的所有希拉洛斯的商业秘密和机密信息。尽管博伊斯一定知道我们照做的可能性是零，还是发出了这样的警告。

我对希拉洛斯是否会发动气势汹汹的反击的任何疑虑，在随后那个星期一的早晨烟消云散了。当时我正坐在停着的车里听收音机，等待清扫车经过——这是布鲁克林生活中不那么令人愉快的一个方面②——我的手机响了。我调小了车载收音机的音量，接通了电话。

是艾瑞卡，她似乎非常惊骇。她给我讲了 SUV 上的男人，信封上的地址，还有来自博伊斯的最后通牒。我试着让她平静下来。是的，我承认她很有可能受到了监视。但我很肯定，这是最近才开始的，希拉洛斯没有证据证明她是我的消息来源之一。这是想把她吓出来，我说。他们是在虚张声势。我鼓励她不要理会那封信，跟往常一样该干什么干什么。从她结结巴巴的声音里我听出她仍然手足无措，但她同意听从我的建议。

第二天，我收到了凤凰城的桑德内医生的电子邮件。③一名希拉

---

① 大卫·博伊斯致杰伊·P. 孔蒂，抄送约翰·卡雷鲁和迈克·西克诺尔菲的信函，日期为 2015 年 6 月 26 日。

② 纽约停车管理严格，路边车位所停的车辆须在规定时间为清扫车作业让出位置。——译者

③ 妮可·桑德内发给约翰·卡雷鲁的电子邮件，题为“回复：希拉洛斯的 HIPAA 豁免”，东部时间 2015 年 6 月 30 日晚 7:04。

洛斯的销售代表去过她的办公室，告诉她公司总裁桑尼·巴尔瓦尼在城里，想见见她。她拒绝了，随后此人变得充满敌意，并说她的拒绝将带来不好的后果。我简直不敢相信。追查我的秘密消息来源是一回事，但威胁一位愿意接受我采访并允许我披露内容的医生是完全无法接受的。我给希瑟·金发去一封电子邮件，让她知道我已经知晓销售代表造访了桑德内医生的办公室，如果再让我知道有此类事发生，我会认为这种事有新闻价值并写进我的报道里。[①]金否认销售代表做了任何不对的事。

希拉洛斯非但没有收手，反而变本加厉。下半周，博伊斯给《华尔街日报》发来第二封信函。[②]跟只有2页纸的第一封信不同，这一封有23页，它露骨地威胁，如果我们发表任何中伤希拉洛斯或披露其任何商业秘密的报道，将会被起诉。信函的大部分内容都是在猛烈抨击我的新闻道德。博伊斯写道，在我的报道过程中，我“远未做到公正、客观或中立”，反而似乎一心想“制造一种预先决定的（并且是错误的）叙述”。

他支持这一论点的主要证据，是希拉洛斯从与我谈过话的两位医生那里获得的签名声明，声称我篡改了他们所说的话，并且没有清楚告知他们我可能会在公开发表的文章中使用他们给的信息。[③]这两位医生是劳伦·比亚兹莱和萨曼·里扎伊，是我在斯科茨代尔的诊所遇到的。

事实是，我根本没打算用比亚兹莱医生和里扎伊医生告诉我的患者案例，因为那是二手信息。所提到的患者正在他们的诊所接受另一位医生的治疗，这位医生拒绝与我交谈。不过，尽管他们签的声明绝不会削弱我的报道，但他们屈服于那家公司压力的可能性令我担忧。

---

① 约翰·卡雷鲁发给希瑟·金的电子邮件，题为“埃里克·尼尔森”，东部时间2015年7月1日下午1:07。

② 大卫·博伊斯致杰伊·P. 孔蒂，并抄送马克·H. 杰克逊、约翰·卡雷鲁和迈克·西克诺尔菲的信函，日期为2015年7月3日。

③ 里扎伊医生和比亚兹莱医生签署的声明，日期为2015年7月1日。

我注意到没有来自阿德里安娜·斯图尔特的签名声明，她是我在那家诊所采访的第三位医生。这是件好事，因为我打算用上她跟我讨论过的两个患者案例中的一个，或者两个都用。当我通过电话联系上她时，她说她正在印第安纳州探望家人，所以希拉洛斯的代表去诊所时她不在。我把她同事签下声明的事告诉了她，提醒她这家公司可能会在她回来后对她采取同样的高压手段。

几天之后，斯图尔特医生发电子邮件过来告诉我，她一回到亚利桑那，巴尔瓦尼和另外两个人就真的去找她了。[①]前台接待告诉他们，她正在忙于诊治病人，但他们拒绝离开，在接待室等了几个小时，直到她最终出来与他们握手。他们逼她同意在两天之后的周五上午与他们会面。对这个会面我有种不好的感觉，但我什么都不能做。斯图尔特医生答应我不会向任何压力屈服。她觉得为了她的患者、为了实验室检测的诚信表明立场非常重要。

周五上午的时候，我多次试图与斯图尔特医生取得联系，但都联系不上。她在傍晚的时候打了过来，当时我正开车去长岛东部，与我妻子和三个孩子度周末。她听上去很慌乱。她告诉我，巴尔瓦尼试图让她签一份她同事签下的类似声明，但她礼貌地拒绝了。他勃然大怒，威胁说如果她出现在《华尔街日报》关于希拉洛斯的任何文章中，他就会让她名誉扫地。她的声音发抖，恳求我不要提到她的名字。我努力安抚她，试图让她相信那只是一个空洞的威胁，此时我突然明白，为了扼杀我的报道，这些人绝不会停手。

---

① 斯图尔特医生发给约翰·卡雷鲁的电子邮件，题为“希拉洛斯”，东部时间2015年7月8日晚8:26。

第二十二章
拉玛坦萨仪式

2015 年 7 月初，希拉洛斯迎来两条好消息：一是 FDA 批准了该公司专有的指尖针刺检测单纯疱疹病毒 1 型（HSV-1）——单纯疱疹的两种病毒之一，[①]二是亚利桑那州通过的一项新法律即将生效，允许居民无需医生开诊断单即可进行血液检测，这项法案其实是由希拉洛斯自己拟定并大力游说出来的。[②]

为庆祝这些重大成就，公司在佩奇米尔路的新总部举办了独立日派对。先是在公司的餐厅举行宴会，霍姆斯和巴尔瓦尼发表了激情洋溢的演讲，然后转移到办公楼外面的院子里，员工们在这里享受露天酒吧、自助餐和电子音乐。

希拉洛斯吹嘘疱疹病毒检测的获批是其技术有效的证明，但我仍对此深表怀疑。按实验室的说法，疱症病毒检测是一种定性检测。这种检测，对于一个人是不是得了某种疾病，只提供是或否的答案。从技术上来说，相比旨在测量血液中某种被分析物的精确数量的定量检测，它更容易给出准确结果。大多数的血常规检测都是定量检测。

我打电话给我的一位消息人士，他是 FDA 医疗设备处的高层。他证实了我的想法。他说疱疹病毒检测的批准是一次性许可，绝不是对希拉洛斯技术的全面认可。他补充说，事实上，该公司提交给 FDA 的其他一些指尖针刺检测的临床数据很差，不符合要求。我就此告诉他在调查过程中了解到的事，包括希拉洛斯在商用分析仪上运行经过稀释的指尖针刺检测样本，操纵“能力验证”，还有一些医生和病人收到有问题的检测报告，他听起来很不安。

部分问题在于，在霍姆斯与现已退役的大卫·舒梅克中校发生冲突三年后，希拉洛斯继续在监管的空白地带运作。通过只在自己的实验室内使用其专有设备，并不寻求将它们商业化，从而继续规避 FDA 的严密监管。与此同时，它公开支持 FDA 监管实验室开发的检测，并自愿向 FDA 提交一部分自己的实验室开发的检测（如疱疹检测）寻求审批，以此做出与 FDA 合作的姿态。

我的消息人士说，对于一家将自己包装成实验室领域最支持 FDA 监管的公司，FDA 很难采取对其不利的行动，尤其是像希拉洛斯这样拥有广泛的政治人脉的公司。一开始我以为他指的是公司的董事会，但这是他最不担心的。他指出了霍姆斯与奥巴马政府的关系是多么密切。今年早些时候，他在总统的"精准医疗计划"启动仪式上见过她，近几个月来，她多次在白宫亮相。最近的一次是在欢迎日本首相的国宴上，她被拍到身穿黑色紧身晚礼服，挽着她弟弟的手臂。③不过，他临结束时的话让我觉得希拉洛斯应该不会愚弄 FDA 太久了，他说："我很关注他们的所作所为。"

《财富》杂志那边，罗杰·帕洛夫对疱疹测试的获批与我看法不同。④他在一篇发表于该杂志网站上的文章中称这是对希拉洛斯方法的"诚信的有力支持"。

---

① Theranos, "Theranos Receives FDA Clearance and Review and Validation of Revolutionary Finger Stick Technology, Test, and Associated System," press release, July 2, 2015, Theranos website.

② Ken Alltucker, "Do-It-Yourself Lab Testing Without Doc's Orders Begins," *Arizona Republic*, July 7, 2015.

③ Helena Andrews-Dyer and Emily Heil, "Japan State Dinner: The Toasts; Michelle Obama's Dress; Russell Wilson and Ciara Make a Public Appearance," *Washington Post*, April 28, 2015.

④ Roger Parloff, "Disruptive Diagnostics Firm Theranos Gets Boost from FDA," Fortune.com, July 2, 2015.

在霍姆斯为帕洛夫的第二篇文章接受的电话采访中，帕洛夫问到了希拉洛斯正在开发中的埃博拉病毒检测。几个月前的一次会议上，乔治·舒尔茨顺嘴提到了这个。鉴于埃博拉在西非已经肆虐了一年多，帕洛夫觉得一种可以快速查出这种致命病毒的指尖针刺取血检测将对公共卫生当局大有用处，所以很有兴趣撰写相关文章。霍姆斯说她预计很快就会获得这项检测的紧急使用许可，并邀请他去博伊斯律所在曼哈顿的办公室观看现场演示。

几天后，帕洛夫来到这家律师事务所，丹·埃德林在那里迎接他，丹是克里斯蒂安·霍姆斯的杜克大学兄弟帮的成员之一。埃德林带他来到一间会议室，有两台希拉洛斯的黑色设备并排放在那儿（它们是迷你实验室，不是爱迪生）。出于帕洛夫不理解的原因，霍姆斯想在演示中也加入钾含量检测（无疑是因为我一直对这种检测提出非常尖锐的问题）。于是，埃德林从帕洛夫的手指上取了两次血。他解释说，一台机器将进行埃博拉病毒检测，另一台将做钾含量检测。帕洛夫闪过一个念头，为什么一台机器不能基于同一份样本同时进行两项检测，但他决定不纠缠于这个问题。

帕洛夫和埃德林一边闲聊，一边等待检测结果。过了大约 25 分钟，检测依然没有完成。埃德林说这是因为机器刚刚安装好，需要预热。检测的进度显示在电子屏幕上，一个圆圈的边缘进度条逐渐变暗，就像在 iPhone 手机上下载应用程序一样。圆圈里面有一个百分比数字，告诉用户检测已经完成了多少。从圆圈边缘进度条的变化缓慢程度来看，帕洛夫觉得可能还需要几个小时。他等不了那么久。他跟埃德林说，他得回去工作了。

帕洛夫离开后，凯尔·罗根——那位曾经在斯坦福大学获得以钱宁·罗伯逊的名字命名的学术奖的年轻的化学工程师——进了会议室。他是那天早晨和埃德林一起乘坐红眼航班，从旧金山过来提供技术支持的。注意到运行钾含量检测的迷你实验室在完成 70％时卡住了，他将检测盒取出来，重新启动了机器。他很清楚发生了什么。

巴尔瓦尼曾指派希拉洛斯一个叫迈克尔·克莱格的软件工程师为迷你实验室的软件写一个应用程序，以掩盖检测故障。当机器内部出问题时，这个程序就会启动并阻止出错的信息出现在数字显示屏上，改为显示检测进度在缓慢爬升。

这正是帕洛夫的钾含量检测碰到的问题。幸运的是，在故障发生之前，已经进行了足够多的检测，让凯尔可以从机器中取出检测结果。故障发生在设备对样本的控制模组运行第二次检测的时候。通常来说，最好由控制人员确认第一次的结果，但丹尼尔·杨在电话中告诉凯尔，在这种情况下不确认也可以。

在缺乏真实验证数据的情况下，霍姆斯使用这些演示来说服董事会成员、潜在投资者以及新闻记者，说迷你实验室是一个成品。迈克尔·克莱格的应用程序并不是唯一一个用来维持幻觉的伎俩。在总部做演示时，员工会假装把来访贵宾的指尖针刺取血样本放到迷你实验室中，等到来访者一离开房间，就取出样本交给一名实验室助理，后者会在一台经过改装的商用分析仪上运行该样本。

至于帕洛夫，他完全不知道自己被愚弄了。那天晚上，他收到了希拉洛斯的邮件，其中有一份加密的附件，里面是他的检测结果。他打开附件，开心地看到他的埃博拉病毒检测为阴性，钾含量值在正常范围内。

再说加州这边，霍姆斯和巴尔瓦尼正在准备一场更大的演示和宣讲。霍姆斯邀请了美国副总统乔·拜登来参观希拉洛斯在纽瓦克的工厂，现在这里既是希拉洛斯的临床实验室所在地，也是生产制造迷你实验室设备的总部。

这一举动可以说相当大胆，因为自从 2014 年 12 月艾伦·比姆离开后，实验室一直是在没有真正主管的情况下运作。为了掩盖这件事，巴尔瓦尼聘请了一个叫苏尼尔·达万的皮肤科医生来顶替比姆出现在实验室的 CLIA 执照上。尽管达万没有病理学学位，也没有取得学会认证，但从技术上来说，他符合州和联邦的要求，因为他是一名医生，还管着一家隶属于他的皮肤科诊所的小实验室，那里是分析皮肤样本的。然而，实际上他没有资格管理一个完备的临床实验室。这并不重要。巴尔瓦尼只是想让他做个有名无实的负责人。纽瓦克的一些实验室员工从未在楼里见过达万。

实验室不仅群龙无首，而且士气也跌至谷底。两个月前，巴尔瓦尼恐吓了实验室的员工，因为 Glassdoor 这个在职员工和离职员工匿名评论其公司的网站上出现了对希拉洛斯的无情控诉。那个帖子题为“一堆公关谎言”，有几段是这样写的：

> 超高的离职率意味着你在工作中永远不会感到无聊。如果你是个内向的人也无所谓，因为每一个班次都人手不足。尤其是如果你上中班或夜班。对公司来说你根本不存在。
>
> 为什么要为实验服和护目镜烦恼呢？你根本不需要使用个人防护设备。就算你感染了艾滋病或梅毒，谁会在乎？这家公司肯定不会！
>
> 有个棕色的鼻子①，会让你走得更远。
>
> 如何在希拉洛斯挣钱：
>
> 1. 对风险投资家撒谎；
>
> 2. 对医生、患者、FDA、疾控中心、政府撒谎。同时也要做些极不讲职业道德、没有良心的（并且可能是违法的）事。②

Glassdoor 网站上对公司的负面评价并不少见。巴尔瓦尼命令人力资源部的人源源不断地用虚假的正面评价去抵消它们的影响。但这次的评价令巴尔瓦尼暴怒。在让 Glassdoor 网站删帖之后，他在纽瓦克

---

① a brown nose，即马屁精之意。——译者

② 对希拉洛斯的匿名评论，发表于 Glassdoor.com，2015 年 5 月 11 日。

搞起了猎巫行动，对他怀疑写了这个评价的员工进行审问。他对其中一个叫布鲁克·比文斯的女性非常刻薄，把她弄哭了。但他一直没能找到罪魁祸首。

最近，巴尔瓦尼解雇了丽娜·卡斯特罗，她是微生物学团队的，很得大家的喜爱和尊重。丽娜的罪过是推动公司在实验室建立标准的环境健康和安全防护措施。在她被解雇后的第二天早晨，巴尔瓦尼对她团队中的其他成员吹嘘说他身家数十亿，每天来上班只是因为自己想来。他说其他人也应该这样想，意思是卡斯特罗太过消极，对希拉洛斯的使命不够投入。

跟帕洛阿尔托的 Facebook 老办公楼里一样，实验室在纽瓦克的运作也分成两部分："侏罗纪公园"和"诺曼底"。新的"侏罗纪公园"占据了一间大屋子，里面有霓虹灯和乙烯基地板。实验室员工的桌子集中在一个角落，上方有一个巨大的平板显示器，不断滚动显示鼓舞人心的名言和顾客好评。用来处理常规静脉抽血样本的商用分析仪散布在剩余的空间。"诺曼底"占据了另一个房间，其中塞满了数十台黑白两色的爱迪生设备以及丹尼尔·杨与山姆·龚破解的西门子设备。

霍姆斯和巴尔瓦尼想用一个完全自动化的尖端实验室给副总统留下深刻印象，所以他们没有给他看真正的实验室，而是做了一个假的。他们让微生物学团队另外腾出了一间屋子，小一些，重新粉刷，沿着墙边放了一排排金属架子，架子上堆着成排的迷你实验室设备。由于大部分已造好的迷你实验室在帕洛阿尔托，所以它们得运回海湾对面来做这场秀。一开始，微生物学团队的成员不知道它们为什么被搬过来，但当特勤局的先遣队在拜登抵达前几天出现时，他们明白了。

在参观的那天，实验室的大部分成员都被要求留在家里，而一些当地的新闻摄影师和电视摄像机被允许进入大楼，以确保新闻界对此事的报道。霍姆斯带着副总统参观了工厂，向他展示了这个假的自动化实验室。随后，她在大楼里举行了一场关于预防性医疗保健的圆桌会议，参加者为6名行业高管，其中包括斯坦福大学医学院的院长。

在圆桌会议讨论中，拜登将他刚刚看到的东西称作“未来的实验室”。[①]他还赞扬霍姆斯积极与FDA开展合作。“我知道FDA最近对你的创新性设备给出了好评，”他说，“你们自愿将所有的检测项目提交给FDA，表明你们对自己正在做的事充满信心。”[②]

几天之后的7月28日，我打开当天早上的《华尔街日报》，一口咖啡差点喷出来：在浏览报纸的第一版时，我偶然发现伊丽莎白·霍姆斯写的一篇评论，吹嘘希拉洛斯的疱疹检测获得批准，并且呼吁所有的实验室检测项目都由FDA进行审核。[③]几个月以来，她一直拒绝我的采访，她的律师一直在阻挠和威胁我的调查，而在这里，她利用我所在的报纸的评论版来延续她是监管机构好朋友的神话。

由于《华尔街日报》的新闻版和评论版之间互不通气，保罗·吉格特和他的员工不知道我正在写关于这家公司的大型调查报道。所以我不能责怪他们发表他们认为合适的东西。但我很恼火。我怀疑霍姆斯想利用这个正面的评论版报道来让报纸更难发表我的调查报道。

与此同时，艾伦·比姆持续不断受到博伊斯的党羽的压力。他们威胁要举报他违反了联邦医疗隐私法（HIPAA），理由是他在辞职之前转发到个人Gmail邮箱中的一些邮件包含患者信息。他的新律师正与妻子在伦敦度假，只得从那里为他辩护。巴尔瓦尼也开始骚扰与我谈过话的一些病人，坚决要求与他们通电话，然后在电话中逼问他们。

一个星期前，我已经提交了一份报道的草稿，于是决定去我的编

---

① Theranos, “Theranos Hosts Vice President Biden for Summit on a New Era of Preventive Health Care,” press release, July 23, 2015, Theranos website.

② 同上。

③ Elizabeth Holmes, “How to Usher in a New Era of Preventive Health Care,” *Wall Street Journal*, July 28, 2015.

辑的办公室，去看看他的编辑进度如何。一旦他完成了，这篇报道就会发送给报纸的头版编辑，他会安排手下的人再度进行进一步编辑。随后，责任编辑和律师会一行一行地梳理。那是一个缓慢的过程，经常需要几个星期乃至几个月的时间。我想加快速度。我们等待发表的时间越长，给希拉洛斯对付我的消息来源的时间就越多。

当我走进迈克·西克诺尔菲的办公室时，他像往常一样乐呵呵的。他示意我坐下。我告诉他，我觉得我们应该动作再快些。不知道希拉洛斯和博伊斯接下来会怎么做。我提到了霍姆斯的评论文章，和几天前被大肆宣扬的拜登对希拉洛斯在纽瓦克的工厂的访问。

迈克提醒说要有耐心。这篇报道是一个重磅炸弹，我们需要确保它在见诸报端时无懈可击，他说。迈克是意大利裔美国人，喜欢用意大利人的比喻。我听他讲过他的祖先西克诺尔菲亲王的故事不下十遍，说其在 9 世纪时统治着阿马尔菲海岸（Amalfi Coast）周围的地区。

“我有没有跟你说过拉玛坦萨（la mattanza）的事?”他问。噢，天啊，又来了，我想。

他解释说，拉玛坦萨是一种古老的西西里仪式，仪式上，渔夫们带着棍棒和长矛涉入齐腰深的地中海海水中，连续站几个小时，纹丝不动，直到鱼儿不再注意到他们的存在。最后，当足够多的鱼聚集在他们周围时，一人给出几乎难以察觉的信号，于是一刹那间，那个宁静的场景变成了血雨腥风，渔夫们狠狠地刺向他们那毫无戒备的猎物。迈克说，我们正在做的就是新闻界的拉玛坦萨。我们耐心地蛰伏，直到我们做好发表的准备，然后，就在我们选择的某个时刻反击。他跟我说的时候，滑稽地模仿了西西里渔夫凶狠地挥舞长矛的样子，令我大笑起来。

我告诉他，我赞同这种拉玛坦萨方式，只要报道能在 10 月份之前发表，因为那时霍姆斯将可能出现在《华尔街日报》10 月份在拉古那海滩（Laguna Beach）举行的年度技术大会上。最近我听到风声，说她在大会的特邀演讲嘉宾名单中，我觉得如果我的文章到那时还没发表，可能就发不了了。迈克同意了。距离大会还有两个半月。他说，这给了我们充足的时间。

第二十三章
损害控制

与此同时，在幕后，霍姆斯正试图通过另一条途径来阻止我的报道。

3月，也就是在我开始挖掘这个公司的内幕一个月后，希拉洛斯结束了新一轮融资。[①]我不知道的是，领投的人是澳大利亚出生的媒体大亨鲁伯特·默多克，他控制着《华尔街日报》的母公司新闻集团。希拉洛斯在这最新一轮融资筹得的4.3亿美元中，有1.25亿美元来自默多克。[②]这使他成为该公司最大的投资者。

默多克第一次遇到霍姆斯是2014年秋天，在硅谷的一次盛会——年度突破奖（Breakthrough Prize）的晚宴上。颁奖仪式在美国航空航天局艾姆斯研究中心（Ames Research Center）位于山景城的1号机库举行，旨在表彰在生命科学、基础物理和数学方面的杰出贡献者。该奖项由俄罗斯科技投资人尤里·米尔纳与Facebook创始人马克·扎克伯格、谷歌联合创始人谢尔盖·布林以及中国科技大亨马云共同创设。[③]晚宴期间，霍姆斯来到默多克的桌子旁做了自我介绍，并与他攀谈起来。后来当默多克问及米尔纳对这个年轻女子的看法，米尔纳赞不绝口，由此对她留下了深刻的第一印象。

几个星期后，他们在这位媒体大亨位于北加州的牧场再度会面。默多克只有一个保镖，他对霍姆斯带来的安保人员的规模大为惊讶。当他问她为什么需要这样的保安措施时，她回答说，是她的董事会坚持要求的。牧场员工准备了午餐，吃饭时霍姆斯推荐默多克进行投资，强调她正在寻找长期投资人。她提醒说，别指望短期内就有季度报告，当然也不要指望短期内首次公开募股。后来发送给默多克曼哈顿办公室的投资文件重申了这一信息。其说明信在第一段声明，希拉洛斯计划“长期”保持私有状态，并且随后重复这两个字不下十五次。④

众所周知，默多克涉足了硅谷的初创企业投资。他是优步的早期投资人，将一笔 15 万美元的赌注变成大约 5000 万美元。但是与大型风险投资公司不同，他不做尽职调查。这位 84 岁的大亨喜欢跟着直觉走，这帮他建立了世界上最大的媒体和娱乐帝国之一。在投资希拉洛斯之前，他打了一通电话给克利夫兰诊所⑤的首席执行官托比·科斯格罗夫。⑥霍姆斯曾提到她即将宣布与这家世界著名的心脏中心结盟。跟尤里·米尔纳一样，当默多克联系他的时候，科斯格罗夫只拣好听的话说。

希拉洛斯是默多克到目前为止在其控制的媒体资产以外所做的最大单笔投资，他的媒体资产包括 20 世纪福克斯电影公司、福克斯广播网以及福克斯新闻频道。他不但被霍姆斯的魅力和远见折服，也对她做的财务预测深信不疑。她发给他的投资文件预测，2015 年的收入为 10 亿美元，利润 3.3 亿美元；2016 年的收入为 20 亿美元，利润

---

① 风投研究公司 VC Experts 关于希拉洛斯公司的报告。

② Christopher Weaver and John Carreyrou, “Theranos Offers Shares for Promise Not to Sue,” *Wall Street Journal*, March 23, 2017.

③ Breakthrough Prize website; https://breakthroughprize.org.

④ 伊丽莎白·霍姆斯致鲁伯特·默多克的信函，用的是带公司抬头的信笺，日期为 2014 年 12 月 4 日。

⑤ Cleveland Clinic，又称克利夫兰医学中心，是世界顶尖医疗机构之一，集医疗、研究和教育于一体，是提供专业医疗和最新治疗方案的非营利性机构。——译者

⑥ 2017 年 3 月 9 日，希拉洛斯在公司网站上发了一篇新闻通稿，题为 Theranos and Cleveland Clinic Announce Strategic Alliance to Improve Patient Care Through Innovation in Laboratory Testing，宣布与克利夫兰诊所结盟。

5.05亿美元。①这些数字让目前100亿美元的估值显得很便宜。

希拉洛斯的其他有声望的投资者也让默多克感到安心。其中包括位于亚特兰大的家族企业集团考克斯企业（Cox Enterprises），其董事长吉姆·肯尼迪跟默多克关系很好；还有沃尔玛的老板沃顿家族。②其他大名鼎鼎但他并不了解的投资者，包括新英格兰爱国者队（New England Patriots）的老板鲍勃·克拉夫特、墨西哥亿万富翁卡洛斯·斯利姆以及控制着菲亚特克莱斯勒汽车集团的意大利实业家约翰·艾尔坎。

到7月底我和迈克·西克诺尔菲讨论西西里人的古老捕鱼术时，霍姆斯已经与默多克进行了三次私人会面。③最近的一次是在那个月的月初，她在帕洛阿尔托接待了默多克，带他看了迷你实验室。在访问期间，她提起了我的报道，告诉他，我所搜集的信息是虚假的，如果发表，将对希拉洛斯造成巨大的损害。默多克表示了异议，说他相信报社编辑会公正地处理此事。

9月下旬，当我们正在紧锣密鼓地准备发表报道的时候，霍姆斯在曼哈顿中城新闻集团大楼八楼的默多克办公室与其第四次会面。我在《华尔街日报》新闻编辑部的办公桌就在三层楼面之下，但我不知道她在楼里。她再次急切地提到了我的报道，希望默多克能将它毙掉。他再次拒绝干预，不顾他的巨额投资可能濒临险境。

在霍姆斯游说《华尔街日报》的老板失败后，希拉洛斯继续对

① 一份5页纸的文件概括了希拉洛斯的财务状况，包括其资本化、现金流和资产负债表信息，其中有财务预测。此事的首先披露，见 Christopher Weaver and John Carreyrou, "Theranos Foresaw Huge Growth in Revenue and Profits," *Wall Street Journal*, December 5, 2016。

② 同上。

③ 霍姆斯一共与默多克见过六次，分别是2014年11月26日、2015年4月22日、2015年7月3日、2015年9月29日、2016年1月30日以及2016年6月8日。两次在加州，四次在纽约。

我的消息来源实施焦土政策。

博伊斯律所的迈克·布里耶发了一封信函给罗谢尔·吉本斯，威胁说如果她不停止对该公司及其管理层发表“虚假和诽谤性言论”，就要起诉她。[1]在凤凰城，预约了桑德内医生看诊的两位新病人去了她的办公室，在里面大发脾气。她不得不请了律师，让Yelp删掉他们在网站上发表的关于她的煽动性评论。我一度成功地让斯图尔特医生顶住了巴尔瓦尼的压力，但希拉洛斯公司说服了她的诊所接受公司提供的远程实验室服务，以淡化她对检测结果不准确的说法。

不过，其他愿意公开发声的消息来源，比如盖里·贝茨医生、卡门·华盛顿护士，以及莫琳·格伦兹——那位感恩节前夜在急诊室待了好几个小时的病人——都没有被该公司的恐吓策略吓跑。而艾伦·比姆和艾瑞卡·张继续作为幕后消息来源与我合作，还有几位前员工也是如此。

泰勒·舒尔茨仍然联系不上（我通过电话联系到他的母亲，请她转告我的留言，但没用），但我认为，如果希拉洛斯已经成功地让他屈服，一定会给我们一份签字声明，类似于里扎伊医生和比亚兹莱医生的那种。而且，泰勒发给我的电子邮件是不会消失的。那些东西自己会说话。

为了阻止我的报道，博伊斯孤注一掷，给《华尔街日报》发了第三封长信，重申他会起诉报纸，并将我的报道斥为一个想象力丰富的人精心炮制的幻想：

> 我试图弄清楚我们是怎么走到这一步的：《华尔街日报》正在考虑发表一篇我们知道是虚假、误导和不公平的文章，而且有可能泄露希拉洛斯严格保护的商业秘密。

---

① 迈克·A. 布里耶致玛丽·L. 赛蒙斯（罗谢尔·吉本斯的遗产律师）的信函，日期为2015年8月5日。

问题的根源也许在于记者初始预设的戏剧性，它可能属于“太过完美而无需核实”一类。正如卡雷鲁先生在与我们的讨论中所解释的，这预设意味着学术界、科学界和医疗界对希拉洛斯取得的突破性贡献的所有认可都是错的；意味着此前发表的每一篇关于希拉洛斯的报道，包括《华尔街日报》自己的，都是公司有意误导操纵的结果；意味着该公司及其创始人通过兜售一种并无作用的技术和使用现成的商用设备进行的检测（希拉洛斯假装是用新技术做的），本质上是在实施欺诈。这样的揭露如果属实，当然会是一篇振聋发聩的调查报道。问题也许在于，即便这一预设不是真的，但它太过耸人听闻，让人难以舍弃。

这封信要求与《华尔街日报》的主编格里·贝克会面。为公正起见，贝克同意见面，但一定要我和迈克以及杰伊·孔蒂、报纸的新闻主编尼尔·利普舒兹一起参加。

10月8日，星期四，下午4点，我们与博伊斯在《华尔街日报》新闻编辑部六楼的另一个会议室再次会晤。这次，他带来一个小一些的团队，成员包括希瑟·金和梅瑞迪斯·迪尔伯恩。跟6月那次一样，金拿出一个小录音机，放在我们之间的桌子上。

尽管他们继续极力辩称我的报道是有缺陷的、不准确的，但博伊斯和金在这第二次会面中承认了两个关键问题，令我们信心更足。他们第一次承认希拉洛斯没有在其专有设备上运行所有的血液检测，博伊斯将这种过渡描述为公司需要一段时间才能完成的“旅程”。第二个是在我指出最近在希拉洛斯的网站上注意到的几处措辞变化之后，其中一处似乎尤其说明问题：那句“我们的许多检测只需要几滴血”被删除了。当我问为什么时，金无意中脱口而出，她认为那是为了“精准营销”。（后来她坚称自己从未说过这话。）

会见快结束时，博伊斯尝试了最后一搏：如果我们愿意再推迟一段时间见报，他会安排一次希拉洛斯的设备演示。[1]他说，他们不久前为《财富》杂志做过一次，所以没有理由不能为我们也安排一次。这样的演示将提供无可置疑的证据，证明我们关于其设备不起作用的说法是错的，博伊斯争辩说。

迈克和我问多快可以安排，会进行哪些检测，我们怎么确保结果是来自该设备，而不会要什么花招。博伊斯回答，可能需要几个星期的时间来安排，并且在其他问题上支支吾吾，于是贝克礼貌地拒绝了这个提议。他宣布了我们的想法，我们必须在霍姆斯出席《华尔街日报》的技术大会之前发表，而大会只有不到两个星期的时间了。

贝克告诉博伊斯，我们不会等几周的，但他愿意将发表日期推后几天，给霍姆斯最后一次机会跟我交谈。他让她在下周初打电话给我。她从没有打过。

报道发表在 2015 年 10 月 15 日《华尔街日报》的头版。标题很低调，叫《一家被看好的初创公司的奋斗》，但文章本身是晴天霹雳。[2]除了揭露希拉洛斯在传统机器上进行其大部分的检测、曝光其在“能力验证”中的欺诈行为以及稀释指尖针刺取血的样本之外，文章还对公司自身设备的准确性提出了严重的质疑。文章的最后引用了莫琳·格伦兹的话，“在人身上试错”是“不对的”，由此指出我觉得最重要的一点：公司让病人面临的医疗危险。

报道引起了轩然大波。美国全国公共广播电台在其早间的《市场》（*Marketplace*）栏目中一上来就是对我的采访。《财富》杂志在把霍姆斯送上神坛这件事上出力比其他任何出版物都要多，其编辑将这篇报道作为给读者的每日电子邮件的焦点。他写道：“一只飞

---

① 大卫·博伊斯致格里·贝克、抄送杰伊·孔蒂的信，日期为 2015 年 9 月 8 日。
② John Carreyrou, “A Prized Startup’s Struggles,” *Wall Street Journal*, October 15, 2015.

翔在天上的独角兽被今天早晨《华尔街日报》头版的一篇深度报道拉回了地面。”[①]《福布斯》和《纽约客》这两家在霍姆斯的成名过程中起过作用的杂志，也像其他许多新闻机构一样，选择了这篇报道。[②]

在硅谷，它成为街谈巷议的话题。有些风险投资人条件反射般地跳出来为霍姆斯辩护。其中一位是网景公司前联合创始人马克·安德森，他的妻子刚刚在《纽约时报》旗下时尚杂志的一篇封面报道中介绍了霍姆斯，报道的标题是《正在改变世界的五位有远见的科技创业家》。[③]但其他人就没这么宽仁了，他们很长时间以来一直心存疑虑。为什么霍姆斯总是对她的技术如此保密？为什么她从未招揽过一位对血液科学哪怕只具有基础知识的董事会成员？为什么没有一家拥有医疗保健专业经验的风险投资公司给它投钱？对于这些观察者而言，报道证实了他们私下里的怀疑。

还存在第三类人，他们不知道该相信谁，因为希拉洛斯强烈否认。在公司网站上发布的一篇新闻通稿中，该公司称这篇报道“在事实和科学上都是错误的，是基于缺乏经验和心怀不满的前员工与同行的毫无根据的臆断”。[④]它还透露，霍姆斯当晚将出现在吉姆·克莱默的《疯狂的金钱》节目中反驳这些指控。

我们明白，战斗远没有结束，希拉洛斯和博伊斯将在随后的几天、几周内猛烈地攻击我们。我的报道是否能经得起他们的攻击，很大程度上取决于监管者（如果有的话）会采取什么样的行动。在希拉洛斯已离职的员工中传言 FDA 对公司进行过一次检查，但在我的

---

① 艾伦·默里发给订阅者的新闻简讯 *Fortune CEO Daily*，东部时间 2015 年 10 月 15 日上午 7: 18。

② Matthew Herper, “Theranos’ Elizabeth Holmes Needs to Stop Complaining and Answer Questions,” Forbes.com, October 15, 2015; Eric Lach, “The Secrets of a Billionaire’s Blood-Testing Startup,” NewYorker.com, October 16, 2015.

③ Laura Arrillaga-Andreessen, “Five Visionary Tech Entrepreneurs Who Are Changing the World,” *New York Times T Magazine*, October 12, 2015.

④ Theranos, “Statement from Theranos,” press release, October 15, 2015, Theranos website.

报道付印之前，我也未能证实此事。我多次打电话给我在这家机构的消息人士，但没能联系上他。

那天午饭前我决定再试一次。这次，他接听了电话。作为深层背景消息源，他向我证实，FDA 最近对希拉洛斯在纽瓦克和帕洛阿尔托的设施进行了突击检查。他说，该机构已经宣布这家公司的“纳米容器”是一项未经许可的医疗设备，并禁止其继续使用，这对该公司是沉重一击。

他解释说，FDA 之所以盯上这个小管，是因为作为一项医疗器械，它明显没有达到 FDA 的标准，从而使 FDA 可以无可争议地依法对这家公司采取行动。但这次检查的根本原因是，希拉洛斯提交给 FDA、试图让其检测获批的临床数据很糟。他说，巡查员在现场未能找到其他更优的数据，于是决定带走“纳米容器”，以叫停该公司的指尖针刺取血检测。事情还不止这些：美国医疗保险和医疗补助服务中心也刚刚启动了对希拉洛斯的检查。他不知道检查是否仍在进行，但肯定会让该公司更头疼。迈克和我讨论了这些爆料，并迅速着手为第二天的报纸撰写后续报道。

几个小时后，当我站在头版编辑的身边看他处理我的新报道时，霍姆斯的脸出现在边上一台电视机里，是 CNBC 频道。我们停下手头工作，将音量调大。她穿着她一贯的全黑色衣服，摆出一脸笑容，扮演一个被试图阻碍进步的既得利益集团抹黑的富有远见的硅谷革新者。“当你努力想要改变什么时，就会发生这样的事，”她说，“他们先是觉得你疯了，然后打击你，再然后突然之间你改变了世界。”①但是，当吉姆·克莱默问她文章中的具体内容时，比如公司在大部分检测中使用了第三方分析仪，她变得很戒备，给出了避重就轻和误导性的回答。

---

① 2015 年 10 月 15 日，霍姆斯接受 CNBC 的《疯狂的金钱》节目吉姆·克莱默的采访视频，可在 YouTube 观看：https://www.youtube.com/watch?v=rGfaJZAdfNE。

那天早些时候，我发过一封电子邮件给希瑟·金，让她知道我在准备第二篇报道，并问希拉洛斯对我将要报道的事怎么看。金没有回复。现在我知道为什么了：在克莱默对她的采访快结束时，霍姆斯提到了“纳米容器”的召回，并颠倒黑白说是主动为之。她想抢在我的独家报道前面说出此事。

我们迅速将我的后续报道发在了网上。它澄清了事实，透露是FDA迫使该公司停止从病人指尖取血进行检测并宣布其“纳米容器”是“未经许可的医疗设备”。[①]第二天，我的报道登上了报纸印刷版的头版，给现在已经全面发酵的丑闻加了更多猛料。

我们的第一篇报道发表的那天，霍姆斯并不在帕洛阿尔托。她在参加哈佛医学院研究委员会的一个会议。那天晚上，她在波士顿接受了CNBC的采访。直到第二天，她才飞回加州应对日益加剧的危机。

当天上午，希拉洛斯发布了第二份新闻通稿，在我们新闻业看来，它相当于“不否认的否认”。它一上来就说，“我们非常遗憾地看到《华尔街日报》仍然没有澄清事实”，但随后它承认公司“暂时”撤回了它那些小管，将其描述为是在积极主动地寻求FDA批准使用。[②]

邻近傍晚的时候，公司全体员工收到了一封电子邮件，要求他们在佩奇米尔路大楼的餐厅里开会。霍姆斯不再像往常那样收拾得整整齐齐。她的头发因为旅途奔波而凌乱。她戴上了有架眼镜而非隐形眼镜。巴尔瓦尼和希瑟·金站在她旁边。她以一种挑衅的语气对集合在一起的员工说，《华尔街日报》发表的两篇文章充满了心怀不满的离职员工和竞争对手散布的谎言。她说，当你想颠覆一个庞大的行业

① John Carreyrou, “Hot Startup Theranos Dials Back Lab Tests at FDA’s Behest,” *Wall Street Journal*, October 16, 2015.

② Theranos, “Statement from Theranos,” press release, October 16, 2015, Theranos website.

时，这样的事注定会发生，强大的已有企业想看到你失败。她将《华尔街日报》称作“小报”，发誓要与这家报纸斗争。

当她开始让大家提问时，那位帮她打造行业先驱形象的前广告业高管帕特里克·奥尼尔率先举手。

“我们真的想跟《华尔街日报》斗吗?”他怀疑地问道。

“不是《华尔街日报》，是那个记者。”霍姆斯回答。

在回答了几个问题之后，一位资深硬件工程师问巴尔瓦尼是否可以带领他们喊口号。每个人都马上明白这位工程师的话是什么意思。三个月前，当公司获得 FDA 发的疱疹检测许可时，巴尔瓦尼在餐厅举行的一次类似会议上带着员工齐声大喊“去你妈的”。当时，是冲着奎斯特公司和实验室集团。

巴尔瓦尼非常乐意再次满足工程师的要求。

“我们有话要告诉卡雷鲁。”他说。

在他的指挥下，他和在场数百名员工中的许多人齐声高喊：“去你妈的，卡雷-鲁！去你妈的，卡雷-鲁！”①

当霍姆斯说她准备向《华尔街日报》开战时，她是认真的。

很多人认为她会退出《华尔街日报》在下一周举办的 WSJ D. Live 全球科技大会，但在定好的那一天那一刻，她带着成群的保镖出现在拉古纳海滩的蒙太奇度假酒店（Montage hotel and resort），并与《华尔街日报》的科技编辑乔纳森·克里姆一同登台。100 多名观众窃窃私语，他们中有风险投资家、初创企业创始人、银行家以及公关公司高管，每人付了 5000 美元来参加为期三天的会议。

迈克·西克诺尔菲想让我来做这次采访，但《华尔街日报》不喜欢在最后一刻变更一场已经策划了几个月的活动。而且，我不能

---

① Nick Bilton, “How Elizabeth Holmes's House of Cards Came Tumbling Down,” *Vanity Fair*, September 6, 2016.

离开纽约。我的妻子正在长岛伊斯利普（Islip）的一场联邦审判中做陪审员，那里离布鲁克林有两个小时车程。我得照顾我们的孩子。

希拉洛斯被逐渐揭开的故事引发了巨大的关注，以至于《华尔街日报》决定在其网站上实时直播采访。[①]我们几个人在尼尔·利普舒兹的办公室看了。

霍姆斯几乎从一开始就很活跃。这毫不奇怪：我们预料到她会斗志旺盛。但我们完全没有想到的是她主动在公开论坛上撒谎。不是一次，而是在这半个小时的采访中一再说谎。除了继续坚称"纳米容器"的回收是自愿的，她还说我的报道中提到的爱迪生设备是希拉洛斯已经多年不使用的旧技术。她也否认该公司曾使用商用实验室设备进行指尖针刺取血的检测。她还声称，希拉洛斯在"能力验证"中的行为方式不仅完全合法，而且得到了监管机构的明确支持。

在我看来，最大的谎言是她断然否认希拉洛斯稀释了指尖针刺的血液样本，然后在商用机器上运行检测。"《华尔街日报》所描述的——说我们拿到样本，稀释后放进商用分析仪——是不准确的，我们没有这样做，"她跟克里姆说，"事实上，我敢打赌，如果你试过，就知道这样做不会起作用，因为完全不可能稀释一个样本然后放进商用分析仪。我的意思是说，这样做会有很多问题。"我厌恶地摇着头，这时一条短信闪现在我的手机屏幕上。是艾伦·比姆发来的，他写道："我简直不敢相信她刚才说的话！"

从这里开始，霍姆斯将重点转到与我谈过话的离职员工身上，称他们"糊涂"，并且利用他们的不具名来诋毁他们。她声称其中一人在希拉洛斯只工作了两个月，而且还是 2005 年的事。这话是彻头彻

---

① 乔纳森·克里姆 2016 年 10 月 21 日在 WSJ D. Live 大会上对霍姆斯的采访，可在 WSJ.com 上观看。

尾的捏造，我所有的匿名信息来源都是近期在该公司工作过的。在回答一个关于罗谢尔·吉本斯的问题时，她重复了5天前对着她的员工说过的话，将《华尔街日报》比作“街头小报”。她还称我为报道了“关于我们的虚假内容”的“某个家伙”。

她所面对的一个问题是，我们不再是唯一对希拉洛斯提出质疑的人。多位硅谷知名人士开始公开批评该公司。其中一位是著名的苹果公司前高管让-路易·加西。几天前，加西在自己的博客上发了一篇文章，写了他这年夏天从希拉洛斯公司和斯坦福医院收到的极不一致的血液检测结果。①加西曾写邮件给霍姆斯询问这些差异的问题所在，但一直没有收到回复。当克里姆举出加西的例子时，霍姆斯声称从未收到过他的电子邮件。她说，既然知道了他的投诉，希拉洛斯将与他联系，尽力搞清楚发生了什么。

至于在我的第一篇报道中提到的检测结果不准确的其他例子，她将其看作孤例，认为不能也不该从中得出一般结论。

采访结束后不久，希拉洛斯在其网站上发布了一份很长的文件，声称要逐项反驳我的报道。②迈克和我与主编、律师等一道仔细审视了该文件，得出的结论是，其中没有任何东西能驳倒我们已发表的内容。这又是一个烟幕弹。我们的报纸发表了一份声明，说支持我的报道。

霍姆斯出席《华尔街日报》的那个大会之后，希拉洛斯宣布对其董事会进行调整，自从我的第一篇报道发表以来，这个董事会一直受到冷嘲热讽。乔治·舒尔茨、亨利·基辛格、山姆·纳恩以及其他上了年纪的前政治家们全部退出，转而加入了一个新的象征性机构，叫顾问委员会。取而代之的是，希拉洛斯任命了一个新的董事：大

① Jean-Louis Gassée, “Theranos Trouble: A First Person Account,” *Monday Note*, October 18, 2015.

② Theranos, “Theranos Facts,” press release, October 21, 2015, Theranos website.

卫·博伊斯，这标志着战斗升级了。[①]

不出所料，没过几天，《华尔街日报》就收到了希瑟·金发来的信函，要求我们收回前两篇报道中的核心内容，称它们是“诽谤性断言”。[②]随后又来了第三封信，要求《华尔街日报》保留其掌握的与希拉洛斯有关的所有文件，“包括电子邮件、即时通讯信息、草稿、非正式文件、手写笔记、传真、备忘录、日历条目、语音邮箱以及其他所有储存在硬盘或任何电子形式（包括个人手机）或任何其他介质中的记录”。[③]

在接受《连线》杂志采访时，博伊斯说很有可能提起诉讼，告我们破坏名誉。他对这家杂志说：“我认为现在已有足够多的记录了，因此人们有权了解真相。”[④]考虑到金和博伊斯所说的话，《华尔街日报》的法律部门派了一名技术人员复制了我的笔记本电脑和手机中的内容，准备应诉。

但如果希拉洛斯认为这种武力恫吓会让我们屈服，它就大错特错了。在随后的三个星期，我们又发表了四篇文章。文章透露：沃尔格林已经终止了与希拉洛斯合作的健康中心在全国扩张的计划；[⑤]在我的第一篇报道发表前的几天，希拉洛斯试图以更高的估值出售更多的股份；[⑥]其实验室在没有真正主管的情况下运作；[⑦]西夫韦由于对其检

---

① Andrew Pollack, “Theranos, Facing Criticism, Says It Has Changed Board Structure,” *New York Times*, October 28, 2015.

② 希瑟·金致《华尔街日报》母公司道琼斯的首席执行官威廉·刘易斯，抄送马克·杰克逊、杰伊·孔蒂、格里·贝克、约翰·卡雷鲁以及迈克·西克诺尔菲的信函，日期为2015年11月4日、5日。

③ 希瑟·金致杰伊·孔蒂的信函，日期为2015年11月11日。

④ Nick Stockton, “The Theranos Scandal Could Become a Legal Nightmare,” *Wired*, October 29, 2015.

⑤ Michael Siconolfi, John Carreyrou, and Christopher Weaver, “Walgreens Scrutinizes Theranos Testing,” *Wall Street Journal*, October 23, 2015.

⑥ Rolfe Winkler and John Carreyrou, “Theranos Authorizes New Shares That Could Raise Valuation,” *Wall Street Journal*, October 28, 2015.

⑦ John Carreyrou, “Theranos Searches for Director to Oversee Laboratory,” *Wall Street Journal*, November 5, 2015.

测的担忧而退出了它们此前秘而不宣的合作关系。①每发表一篇新的报道都会引来希瑟·金的一封要求撤回的信。②

在帕洛阿尔托的佩奇米尔路大楼的二层，一间没有窗户的房间设成了作战室，霍姆斯和她的公关顾问讨论了反击我的报道的策略。她喜欢的一个主意是把我说成是厌女者。为了引起更多的同情，她提出公开透露自己在斯坦福读书时曾遭遇过性侵。她的顾问建议不要采取这种方式，但她并没有完全放弃。在一次接受《彭博商业周刊》采访时，她暗示自己是性别歧视的受害者。③

"过去4个星期以来发生的这些事，终于让我明白在这个世界上身为一个女人意味着什么，"她对这份杂志说，"每一篇文章都是以'一位年轻女子'开头的，对不对？前几天有人过来跟我说，'我从来没有读到过一篇写马克·扎克伯格的文章以'一位年轻男子'开头"。

在这篇报道中，她以前在斯坦福的教授钱宁·罗伯逊驳斥了对希拉洛斯的检测准确性的质疑，称其荒谬，说该公司"失心疯了"才会将一种明知不可靠而且与人们性命攸关的产品推向市场。他还坚持认为霍姆斯是不世出的天才，将她与牛顿、爱因斯坦、莫扎特及达芬奇相提并论。

霍姆斯也在不断拔高自己的形象。在卡内基音乐厅举行的《魅力》（*Glamour*）杂志年度女性奖颁奖典礼上，她发表获奖感言，称自己是年轻女性的榜样。"尽你所能去成为科学、数学和工程领域最优秀的人，"她鼓励道，"当我们的小女孩开始思考长大后想成为什么样的人时，她们将会看到这一点。"④

---

① John Carreyrou, "Safeway, Theranos Split After $350 Million Deal Fizzles," *Wall Street Journal*, November 10, 2015.

② 希瑟·金致威廉·刘易斯的信函，日期为2015年11月11日。

③ Sheelah Kolhatkar and Caroline Chen, "Can Elizabeth Holmes Save Her Unicorn?" *Bloomberg Businessweek*, December 10, 2015.

④ Anne Cohen, "Reese Witherspoon Asks 'What Do We Do Now?' at *Glamour*'s Women of the Year Awards," *Variety*, November 9, 2015.

只有一种方式可以结束这场闹剧，那就是临床实验室的头号监管机构——美国医疗保险和医疗补助服务中心对公司采取强有力的行动。我需要弄清楚第二次监管检查的结果。

第二十四章
没穿衣服的女王

9月底一个星期六的晚上，也就是《华尔街日报》发表我的第一篇报道的三个星期前，加里·山本收到一封邮件，他就是2012年突然造访Facebook老办公楼的美国医疗保险和医疗补助服务中心的资深现场巡查员，当时他还向桑尼·巴尔瓦尼宣读过监管规定。邮件标题是“致美国医疗保险和医疗补助服务中心的投诉：希拉洛斯公司”，开头是这样写的：

> 亲爱的加里：
>
> 我一直对发出这封信甚至写下这封信感到非常紧张。希拉洛斯在保密和隐私方面做得很极端，让我一直什么都不敢说……我为自己没有早日提出投诉而感到羞愧。①

这封邮件来自艾瑞卡·张，其中包含了一系列指控，从科学上的不端行为，到实验室草率大意的操作。它还说希拉洛斯的专有设备是不可靠的；公司在“能力验证”中作弊，并且误导了在2013年底检查其实验室的州巡查员。在邮件的结尾，艾瑞卡说，她从这家公司辞职，是因为知道无法容忍自己“可能因给出虚假、误导性的检测结果而毁掉某人的生活”。

山本和他在美国医疗保险和医疗补助服务中心的主管非常重视这封投诉信，不到三天后，就对希拉洛斯的实验室发起了一次突击检查。9 月 22 日，周二上午，山本和另一位旧金山地区办事处的现场巡查员萨拉・本内特来到纽瓦克的工厂，解释说他们是来检查实验室的。穿黑色西装、戴着耳麦的人拒绝他们进入，叫他们在一间小接待室等待。

过了一会儿，桑尼・巴尔瓦尼、丹尼尔・杨、希瑟・金以及博伊斯律所的梅瑞迪斯・迪尔伯恩过来了。他们把美国医疗保险和医疗补助服务中心的两位巡查员领到一间会议室，坚持要给他们看 PPT 演示。尽管这像是一种转移注意力的策略，山本和本内特还是礼貌地坐了下来。演示一结束，他们就要求参观实验室。

走出会议室的时候，他们受到了更多身穿黑西装、手指摁在耳朵上的人的"护送"。金和迪尔伯恩紧跟在后面，拿着笔记本电脑记笔记。当他们来到实验室所在的房间，注意到实验室门口安装了指纹扫描仪，进去时会有蜂鸣提示声。这让山本想起了酒类专营店的门铃声。

山本和本内特原本留出了两天时间检查，但他们发现了太多问题，希拉洛斯的实验室基本资料缺失太多，他们得出结论，下次还得再来。巴尔瓦尼请求宽限两个月。他声称公司即将开启新的财年，正在进行新一轮的融资。他们同意到 11 月中旬再来检查。

等他们再来时，《华尔街日报》的调查已经发表，让美国医疗保险和医疗补助服务中心有了更大的压力采取行动。山本注意到安保措施稍微放松了一点，霍姆斯亲自迎接他们。巴尔瓦尼和金以及一个外部律师团队和一些实验室顾问也再度出现。检查分头进行：山本检查实验室的房间，询问实验室的工作人员，巴尔瓦尼寸步不离地跟在后面；而本内特则在一间会议室安营扎寨，金和其他律师紧盯着她。

这一次，他们待了 4 天。有一次，本内特要求与一位在"诺曼

---

① 艾瑞卡・张发给加里・山本的电子邮件，题为"致 CMS 的投诉：希拉洛斯公司"，太平洋标准时间 2015 年 9 月 19 日下午 6: 13。

底”工作的实验室助理进行单独谈话，她有直接接触爱迪生设备的经验。本内特被扔在一个无窗的会议室等了很久，直到一位年轻女子终于出现。一坐下来，这位女子就要求找律师。看上去她接受过指点，并且非常害怕。

在经历了6月底的停车场惊魂后，艾瑞卡·张和我一直保持着零星的联系，但我不知道她鼓足勇气联系了联邦监管机构。当我第一次听说美国医疗保险和医疗补助服务中心的检查时，完全没有想到是她引起的。

整个2015年秋天到2016年初，我都在试图了解检查到底发现了什么。在山本和本内特于11月完成了第二次检查后，与希拉洛斯的在职员工保持联系的离职员工传来消息，说检查进行得不顺利，但很难获得具体的细节。到1月底，我们终于发表了一篇报道，援引知情人士的话，说美国医疗保险和医疗补助服务中心的巡查员在纽瓦克的实验室发现了“严重”缺陷。①至于有多严重，过了几天才揭晓——美国医疗保险和医疗补助服务中心公布了一封发给该公司的信函，称这些缺陷对“病人的健康和安全构成直接危害”。②这封信函给了该公司10天时间制定可信的整改方案，并且警告称，如果未能及时恢复合规，将导致该实验室失去联邦许可。

这是一件大事。美国临床实验室的监管机构不仅证实希拉洛斯的血液检测存在重大问题，还认定问题严重到足以使病人面临直接危险。突然之间，希瑟·金在每一篇报道发表后像闹钟一样准时的书面撤回要求再也不来了。③

① John Carreyrou, Christopher Weaver, and Mike Siconolfi, “Deficiencies Found at Theranos Lab,” *Wall Street Journal*, January 24, 2016.

② 美国医疗保险和医疗救助服务中心官员凯伦·富勒致希拉洛斯实验室主管苏尼尔·达万的信函，日期为2016年1月25日。

③《华尔街日报》最后一次收到希拉洛斯发来的撤销报道的信函，是2016年1月11日。

然而，希拉洛斯仍继续淡化事态的严重性。[①]在一份声明中，该公司声称已经解决了许多缺陷，说检查结果并不能反映纽瓦克实验室的现状。它还声称，问题仅限于实验室运作的方式，与其专有技术的可靠性无关。如果不查阅检查报告，就无法推翻这些说法。美国医疗保险和医疗补助服务中心通常在将此类文件发给违规实验室几个星期后向社会公开，但希拉洛斯以商业秘密为借口，要求保密。拿到这些报告成为我的当务之急。

我打电话给我在联邦政府的一位长期消息人士，他有渠道获得报告。他所能做到的极限，就是在电话里把部分片段读给我听。这足以让我们报道检查中最严重的发现之一：该实验室不顾质量控制检查的一再失败（表明其检测存在缺陷），仍继续进行了数月的凝血检测。[②]众所周知，“凝血酶原时间测定”如果出错将是非常危险的，因为医生依靠它来决定给有中风风险的病人的血液稀释药物的剂量。开得太多可能导致病人出血，开得太少可能导致他们出现致命的血栓。希拉洛斯无法反驳我们的报道，但它再次辩称这个问题不涉及它的专有技术。[③]它说凝血酶原时间测定是使用传统的静脉抽血样本在商用分析仪上进行的。当被逼到墙角时，这家公司愿意承认使用商用分析仪，只要这样做可以维持其自有设备有效的假象。

为了逼美国医疗保险和医疗补助服务中心公布检查报告，我依据《信息自由法》提请公开所有与纽瓦克实验室检查相关的文件，并要求尽快执行。但希瑟·金继续敦促该机构不得在未经广泛编辑的情况下将报告公开，声称那样做会暴露珍贵的商业秘密。[④]这还是第一次

---

① 希拉洛斯的发言人布鲁克·布坎南发给新闻记者的电子邮件，题为“希拉洛斯关于 CMS 检查结果的声明”，东部时间 2016 年 1 月 27 日下午 1: 49。

② John Carreyrou and Christopher Weaver, “Theranos Ran Tests Despite Quality Problems,” *Wall Street Journal*, March 8, 2016.

③ 希拉洛斯的发言人布鲁克·布坎南发给新闻记者的电子邮件，题为“来自希拉洛斯的声明”，东部时间 2016 年 3 月 7 日下午 3: 35。

④ 金在 2016 年 3 月和 4 月初多次向美国医疗保险和医疗补助服务中心发函，要求该机构在向媒体发布检查报告前进行编辑。

有面临制裁的实验室所有者要求对检查报告进行编辑，而美国医疗保险和医疗补助服务中心似乎也不确定如何继续。日子一天天过去，我越来越担心完整的检查结果永远不会公开。

当这场与希瑟·金就检查报告展开的拉锯战僵持不下时，有消息传来，霍姆斯将在希拉洛斯位于帕洛阿尔托的总部为希拉里·克林顿的总统竞选举办一场筹款活动。[①]她长期以来精心培养与克林顿一家的关系，参加过克林顿基金会的几次活动，并与他们的女儿结下了友谊。筹款活动后来转移到了旧金山一位科技创业家的家中，而一张活动照片显示，霍姆斯手持麦克风对出席的宾客讲话，她的身边站着切尔西·克林顿。[②]距离大选还有 8 个月，希拉里被视作领跑者，这提醒人们霍姆斯的政治人脉有多广。这足以让她摆脱监管问题的困扰吗？一切似乎都有可能。

我回头去找我的消息来源，这次终于哄得他将整份检查报告透露给了我。这份多达 121 页的文件简直令人震惊。首先，它证明了霍姆斯在去年秋天的《华尔街日报》技术大会上说了谎话：希拉洛斯在实验室使用的专有设备确实叫做“爱迪生”，而且报告表明，公司菜单上的 250 项检测中只有 12 项使用该设备。其他所有检测都是在商用分析仪上进行的。

更重要的是，检查报告援引该实验室自己的数据称，爱迪生设备的结果极不稳定。在一个月的时间里，它们有三分之一的时间通不过质量控制检查。一项在爱迪生设备上运行的血液检测项目是测量影响睾酮水平的激素，其未能通过质量控制检查的比例达到惊人的 87％。另一项帮助检查前列腺癌的检测未能通过质量控制检查的比例是 22％。在使用同一血液样本进行的比较中，爱迪生得出的结果

---

① Noah Kulwin, “Theranos CEO Elizabeth Holmes Is Holding a Hillary Fundraiser with Chelsea Clinton,” *Recode*, March 14, 2016.

② Ed Silverman, “Avoiding ‘Teapot Tempest,’ Clinton Campaign Distances Itself from Theranos,” *STAT*, March 21, 2016.

偏离传统设备的幅度高达146%。而且，正如泰勒·舒尔茨所说，该设备无法重现自己的检测结果。在爱迪生设备上测量的维生素 B_{12} 的变异系数在34%到48%之间，远远超过绝大多数实验室检测常见的2%—3%。

至于实验室本身，情况一团糟：公司放任不具备资质的人员处理血液样本，储存血液的温度也不对，任由试剂过期，不告知病人存在缺陷的检测结果，其他失误也层出不穷。

希瑟·金试图阻止我们发表这份报告，但太晚了。①我们将它发在了《华尔街日报》的网站上，一同发表的报道引用一位实验室专家的话，说报告表明爱迪生设备的检测结果并不比凭空猜测强。②

致命的一击在几天后到来——我们得到了美国医疗保险和医疗补助服务中心刚发给希拉洛斯的一封信。③信中说，该公司未能纠正巡查员列出的45项问题中的43项，并威胁要禁止霍姆斯从事血液检测业务两年。和检测报告一样，希拉洛斯也拼命阻止这封信公开，但另一位消息人士突然联系了我，透露了这封信。

当我们报道了可能禁止从业的消息后，霍姆斯再也无法淡化形势的严重性了。④她不得不出来说点什么，于是她在美国全国广播公司（NBC）的《今日秀》（*Today*）中接受了玛丽亚·施莱弗的采访，在节目中她声称自己“悲痛欲绝”。⑤但这似乎还不足以看成是她向那些被她置于危险境地的病人道歉。看着她，我有种明显的感觉，她表现

---

① 希瑟·金致杰森·孔蒂，抄送约翰·卡雷鲁、迈克·西克诺尔菲和格里·贝克的信函，日期为2016年3月30日。

② John Carreyrou and Christopher Weaver, “Theranos Devices Often Failed Accuracy Requirements,” *Wall Street Journal*, March 31, 2016.

③ 美国医疗保险和医疗补助服务中心的凯伦·富勒发给苏尼尔·达万、伊丽莎白·霍姆斯和拉米什·巴尔瓦尼的信函，日期为2016年3月18日。

④ John Carreyrou and Christopher Weaver, “Regulators Propose Banning Theranos Founder Elizabeth Holmes for at Least Two Years,” *Wall Street Journal*, April 13, 2016.

⑤ 霍姆斯接受玛丽亚·施莱弗的采访于2016年4月18日播出，可在YouTube上观看。

出来的悔恨只是在做样子。我仍然没有感觉到任何真正的忏悔或同情。

毕竟，希拉洛斯的员工、它的投资者以及它的零售合作伙伴沃尔格林，全都从《华尔街日报》的报道中知道了美国医疗保险和医疗补助服务中心的检查结果和对她的禁止从业处罚。如果霍姆斯是真诚地想改邪归正，为什么还那么拼命压制这些消息的曝光呢？

2016 年 5 月，我回到旧金山湾区，想了解泰勒·舒尔茨的情况。从我们在山景城的露天啤酒馆碰面已经过去了差不多整整一年。艾瑞卡告诉我，泰勒正在跟斯坦福大学的一位纳米科技教授做一个研究项目，于是我开着租来的车去了帕洛阿尔托，到斯坦福大学工程学院寻他。问了一圈之后，我终于在材料科学大楼的一个房间里找到了他。

泰勒看见我并不感到惊讶。艾瑞卡给了我他的真实邮箱地址，我已经写邮件给他，让他知道我会回来找他。他一直对与我见面不置可否。不过，现在我站在这儿，他的态度倒是缓和了。我们一起走到附近的一家小餐馆吃午餐，然后轻松地开起了玩笑。

泰勒看起来精神状态很好。他告诉我，他是斯坦福大学一个小型研究小组的成员，该小组与加拿大的一家公司合作，参加高通公司（Qualcomm）赞助的奖金高达数百万美元的三录仪竞赛（Tricorder XPRIZE）。他们想造一台便携式设备，能够根据一个人的血液、唾液和生命体征诊断十几种疾病。

当我们的谈话转向希拉洛斯时，他皱起眉头，变得紧张起来。他说他不想在别人听得见的开放空间讨论这个话题。他建议我们走回材料科学大楼。我们在那里找到一间空教室，然后坐了下来。他在餐厅时的轻松举止已经不再，明显焦虑起来。

“我的律师禁止我和你说话，但我再也无法憋在心里了。”他说。

我答应不管他告诉我什么，都不会公开，只有在以后他允许的情况下我才会写下来。

接下来的 45 分钟，我无比惊愕地听他给我讲了在他祖父家发生的那场伏击，以及几个月来他遭受的法律威胁。即使如此，他也从未屈服。他坚决拒绝签署博伊斯律所塞给他的任何文件。我意识到，如果不是因为他的勇气和他父母为他在律师身上花费的 40 多万美元，我也许永远无法发表我的第一篇报道。我很内疚让他经历了这样的磨难。

在所有事情中，最令人心碎的是泰勒与祖父的疏远。尽管我的报道揭露了一切，乔治·舒尔茨仍继续站在霍姆斯那边。他和泰勒已经有一年多没见面了，只通过律师联系。去年 12 月，为庆祝乔治的 95 岁生日，舒尔茨夫妇在他们位于旧金山的一间顶层公寓举办了一场派对，霍姆斯参加了，但没有泰勒。

泰勒从他的父母那里听说，他的祖父依然相信希拉洛斯的承诺。多年来严格保密的霍姆斯一反常态，将在 2016 年 8 月 1 日的美国临床化学协会（AACC）年会上，公开其技术的内部工作原理。[①]乔治相信她的陈述会让怀疑者哑口无言。泰勒不明白他为什么看不穿她的谎言。要怎样他才能最终接受事实呢？

分别时，泰勒感谢我坚持不懈地推进这个报道。他指出，从大三到大四的那个暑假在希拉洛斯实习开始，这家公司耗去了他过去的 4 年生命。我也反过来感谢他帮助我将这个故事公之于众，感谢他在那样的境地下顶住了巨大的压力。

过后不久，希拉洛斯联系了泰勒的律师，告诉他们已经知道了我们的会面。我们俩都没有告诉过其他人，因此我们推测霍姆斯一定是派人跟踪了我们中的谁，或者是两个人都跟踪了。幸运的是，泰勒对此似乎不太担心。“下次也许我可以跟你一起拍个自拍，然后发给

① 美国临床化学协会 2016 年 4 月 18 日发布新闻通稿，说霍姆斯将在协会的 68 届年会上公布其技术。

她，省得她费劲去雇探子了。”他在邮件中打趣道。

我现在怀疑希拉洛斯已经对我们两人进行了一年的持续跟踪。另外，对艾瑞卡·张和艾伦·比姆也很有可能如此。

在《今日秀》节目中，霍姆斯告诉玛丽亚·施莱弗，她对纽瓦克实验室的错误负有责任，但承担后果的是巴尔瓦尼。她没有自己担责，而是牺牲了她的男朋友。她与他分手并解雇了他。①在一份新闻通稿中，希拉洛斯将他的离开说成是自愿退休。

一个星期后，我们报道称，希拉洛斯宣布数万份血液检测结果作废，包括爱迪生设备两年来的检测结果，以求恢复合规性，避免被美国医疗保险和医疗补助服务中心下禁令。②换句话说，它实际上向该机构承认，在其专有设备上运行的血液检测没有一项是可靠的。霍姆斯再次希望将检测结果作废的事保密，但我从我的一位消息人士那里得知了这事，就是他把美国医疗保险和医疗补助服务中心威胁要禁止霍姆斯从事实验室行业的信透露给了我。在芝加哥，沃尔格林的管理层了解到作废的检测结果的规模后，感到非常震惊。这家药业连锁企业几个月来一直试图从希拉洛斯那里了解此事对它的客户有怎样的影响。2016 年 6 月 12 日，它终止了与希拉洛斯的合作关系，关闭了其门店内的所有健康中心。③

另一个严重打击接踵而至，7 月初，美国医疗保险和医疗补助服务中心兑现了它的威胁，禁止霍姆斯及其公司从事实验室行业。④更

---

① John Carreyrou, “Theranos Executive Sunny Balwani to Depart Amid Regulatory Probes,” *Wall Street Journal*, May 12, 2016.

② John Carreyrou, “Theranos Voids Two Years of Edison Blood-Test Results,” *Wall Street Journal*, May 18, 2016.

③ Michael Siconolfi, Christopher Weaver, and John Carreyrou, “Walgreen Terminates Partnership with Blood-Testing Firm Theranos,” *Wall Street Journal*, June 13, 2016.

④ John Carreyrou, Michael Siconolfi, and Christopher Weaver, “Theranos Dealt Sharp Blow as Elizabeth Holmes Is Banned from Operating Labs,” *Wall Street Journal*, July 8, 2016.

为不妙的是，旧金山的美国检察官办公室将对希拉洛斯进行刑事调查，与此同时，美国证券交易委员会也对其展开民事调查。[①]尽管遇到了所有这些挫折，霍姆斯觉得她还有一张牌可以打出来扭转舆论：那就是展示她的技术，让世界惊叹。

8 月初一个闷热的夏日，2500 多人聚集在费城的宾夕法尼亚会议中心的大宴会厅里。绝大多数人是实验室科学家，是来听霍姆斯在美国临床化学协会的年会上发表演讲的。大楼广播里播放的是滚石乐队的《同情魔鬼》（*Sympathy for the Devil*），这个音乐选得似乎并非巧合。

该协会对霍姆斯的邀请在其会员中引发了激烈的争议。鉴于近几个月来发生的事件，有些人极力主张应当撤回对她的邀请。但协会的领导层看到，对于这个历来沉闷古板的科学会议，这是一个吸引公众关注和热议的机会。事实证明这一点是对的：有数十位记者专程来到费城观看这场盛会。

该协会主席帕特丽夏·琼斯做了简短的介绍后，霍姆斯登上讲台，她穿了一件白色衬衣，外面套了一件深色夹克。黑色高领毛衫已经不见踪影，去年秋天以来，那种装扮已经成了笑柄。

接下来与其说是一场学术演讲，不如说是一次新产品展示。在随后的一个小时里，霍姆斯展示了一台机器，三年前希拉洛斯开始启动其血液检测时，它还只是一个故障频发的原型机：迷你实验室。[②]希拉洛斯的工程师和化学家已经对最初的模型进行了改进，但该公司仍未进行完整的临床研究，以证明此设备在使用指尖针刺取血进行的广泛检测中可以可靠地工作。尽管霍姆斯的陈述包括了一些数据，但其中大部分来自手臂静脉抽血。它所包含的少量指尖针刺取血的数据只

---

① Christopher Weaver, John Carreyrou, and Michael Siconolfi, "Theranos Is Subject of Criminal Probe by U.S.," *Wall Street Journal*, April 18, 2016.

② 霍姆斯在美国临床化学协会年会上的演讲可以在该协会的网站 AACC.org 观看。

覆盖了 11 项血液检测，而且未经独立验证或同行评议。[①]美国医疗保险和医疗补助服务中心刚刚禁止霍姆斯从事临床实验室行业，但没关系——她解释说，迷你实验室是通过无线方式连接到希拉洛斯总部的服务器，可以直接部署到病人的家中、医生的办公室或者医院，完全不需要有个中心实验室。

实际上，她转了一圈又回到自己最初的设想，即通过 Wi-Fi 或者移动网络远程操作的便携式血液检测设备。当然，在发生了这一切之后，想要不经 FDA 的许可就将其商用化是不可能的，而 FDA 希望看到的全面研究需要数年时间才能完成。这是为什么她从一开始就想绕开 FDA。

在受到刑事调查的情况下，霍姆斯能够做成这场最新的胡迪尼式魔术表演的可能性并不大，但看着她自信地领着观众看她流畅的幻灯片演示，我明白了她是如何做到这一步的：她是个了不起的销售员。她没有出现过一次结巴或是忘记思路。她毫不费力地说出了工程术语和实验室术语，当谈到让新生儿重症监护室（NICU）中的婴儿免于抽血时，她似乎流露出了真实的感情。就像她的偶像史蒂夫·乔布斯一样，她散发出一种扭曲现实的气场，使人们暂时停止了怀疑。

然而，到了问答环节，魔法失效了。一个三人小组受邀上台向霍姆斯提问，其中包括纽约威尔康奈尔医学中心（Weill Cornell Medical Center）的病理学助理教授斯蒂芬·马斯特，他指出，迷你实验室的能力远远达不到她之前声称的水平。他的评论赢得了观众的一阵掌声。霍姆斯又换上接受《今日秀》采访时那副乖乖的样子，承认希拉洛斯有许多工作要做，就像她所说的，要与实验室社群“接触”。但她再次就此打住，没有道歉或认错。

香港中文大学病理学教授卢煜明（Dennis Lo）随后问她，迷你

① 霍姆斯在美国临床化学协会年会上演讲的幻灯片可在 AACC.org 网站上获取。

实验室与该公司此前在实验室中处理患者样本所使用的技术有何不同，她回避了这个问题。回避是个大问题，但在场的数百名病理学家对她的回避仍然保持礼貌和尊重，没有发出嘘声或是喝倒彩。只是在问答结束，霍姆斯转身离开讲台的时候，这种礼貌得体才中断了片刻。“你在害人。”一个声音在散场的人群中喊道。

如果霍姆斯期待通过推出迷你实验室来重塑自己的形象，并改变媒体的走向，那么这种期待被会议结束后潮水般的批评文章击得粉碎。《连线》杂志的一个大标题最能反映人们的反应：“希拉洛斯曾有机会洗清名声，它却想掉头。”①

在接受《金融时报》的采访时，华盛顿大学病理学教授杰弗里·贝尔德表示霍姆斯的演讲包含的“数据少到滑稽”，“感觉像是什么人在最后关头连夜拼出来的一篇学期论文”。②其他实验室专家很快指出，迷你实验室的各个组件都不是新的。希拉洛斯所做的只是将它们缩小并塞到一个盒子里，他们说。

霍姆斯在会议上展示的迷你实验室检测项目之一是寨卡病毒检测，这种通过蚊子传播的病毒已经损害了全世界成千上万新生儿的大脑。希拉洛斯曾向 FDA 申请紧急授权使用该检测，声称它是同类检测中第一个使用指尖针刺取血的。然而，这不过是又一个令人尴尬的失利，FDA 的巡查员很快发现该公司在其研究中连基本的病患保护措施都没有，迫使其撤回了申请。③

霍姆斯在美国临床化学协会年会上的魔术表演让局势出现反转的可能性，使得希拉洛斯那些寝食难安的投资者没有立即发难。在她的

① Nick Stockton, “Theranos Had a Chance to Clear Its Name. Instead, It Tried to Pivot,” Wired.com, August 2, 2016.

② David Crow, “Theranos Founder’s Conference Invitation Sparks Row Among Scientists,” *Financial Times*, August 4, 2016.

③ John Carreyrou and Christopher Weaver, “Theranos Halts New Zika Test After FDA Inspection,” *Wall Street Journal*, August 30, 2016.

亮相搞砸了，寨卡病毒检测的失败又登上新闻头条之后，有一家投资者坐不住了，那就是合作基金，旧金山这家在 2014 年初向该公司投资了将近 1 亿美元的对冲基金向特拉华州衡平法院（Delaware's Court of Chancery）起诉霍姆斯、巴尔瓦尼和该公司，指控他们以“一系列谎言、重大虚假陈述和错漏”欺骗了它。①另一批投资者由退休银行家罗伯特·科尔曼领头，在旧金山联邦法院另外提起诉讼，还指控他们证券欺诈，并寻求提起集体诉讼。②

其他大多数投资者选择了不起诉，以换取额外的股份。③有一个明显的例外，那就是鲁伯特·默多克。这位媒体大亨以 1 美元的价格将自己的股份回售给希拉洛斯，从而可以对自己的其他收入申请抵扣大笔税款。④身家约 120 亿美元的默多克，承受得起一笔损失超过 1 亿美元的糟糕投资。

对于如何应对联邦调查，大卫·博伊斯及他的律所与霍姆斯吵翻了，不再为希拉洛斯提供法律服务。⑤另一家大律师事务所威尔默黑尔（WilmerHale）接手。霍姆斯在美国临床化学协会年会亮相一个月后，希瑟·金回到博伊斯律所，担任该律所帕洛阿尔托办事处的合伙人。⑥几个月后，博伊斯离开了希拉洛斯的董事会。⑦

总共在希拉洛斯身上投进去 1.4 亿美元的沃尔格林单独对该公司发起了诉讼，指控其未能达到合同中“最基本的质量标准和法律要求”。这家连锁药店企业在起诉书中写道：“与任何涉及人们健康的

---

① Christopher Weaver, “Major Investor Sues Theranos,” *Wall Street Journal*, October 10, 2016.

② Christopher Weaver, “Theranos Sued for Alleged Fraud by Robertson Stephens Co-Founder Colman,” *Wall Street Journal*, November 28, 2016.

③ Christopher Weaver and John Carreyrou, “Theranos Offers Shares for Promise Not to Sue,” *Wall Street Journal*, March 23, 2017.

④ 同上。

⑤ John Carreyrou, “Theranos and David Boies Cut Legal Ties,” *Wall Street Journal*, November 20, 2016.

⑥ Carreyrou and Weaver, “Theranos Halts New Zika Test After FDA Inspection.”

⑦ Weaver and Carreyrou, “Theranos Offers Shares for Promise Not to Sue.”

事务一样，双方合同的最基本前提是帮人，而不是害人。”[1]

对于美国医疗保险和医疗补助服务中心的禁令，霍姆斯最初试图申诉，但后来无计可施，只好自行辞职，并关闭了加州的实验室以及公司在亚利桑那州的第二个实验室——这个实验室只使用商用分析仪。[2]美国医疗保险和医疗补助服务中心对亚利桑那州的设施进行了检查，也发现了大量的问题，几天后该设施被关闭。[3]

随后，根据与亚利桑那州总检察长达成的和解协议，希拉洛斯同意向一个州基金支付 465 万美元，用于赔偿从该公司购买了血液检测服务的 76217 名亚利桑那人。[4]

希拉洛斯在加州和亚利桑那州作废或纠正的检测结果最终达到近 100 万份。[5]很难确定所有这些错误的检测对患者造成的伤害。已有 10 名患者提起诉讼，指控该公司欺诈消费者和医疗伤害。其中一人声称，希拉洛斯的血液检测未能查出他的心脏病，导致他经历了本可预防的心脏病发作。这些诉讼已在亚利桑那州联邦法院合并成一项推定集体诉讼。原告是否能在法庭上证明自身受到伤害还有待观察。

有一件事是肯定的：当“病理学博客”的亚当·克莱帕联系我的时候，希拉洛斯公司已箭在弦上，要把其血液检测服务扩展到沃尔格林在全美的 8134 家门店，如果它这样做了，人们死于漏诊和错误的医疗的几率可能会呈指数级上升。

---

① Christopher Weaver, John Carreyrou, and Michael Siconolfi, “Walgreen Sues Theranos, Seeks $140 Million in Damages,” *Wall Street Journal*, November 8, 2016.

② John Carreyrou and Christopher Weaver, “Theranos Retreats from Blood Tests,” *Wall Street Journal*, October 6, 2016.

③ Christopher Weaver and John Carreyrou, “Second Theranos Lab Failed U.S. Inspection,” *Wall Street Journal*, January 17, 2017.

④ Christopher Weaver, “Arizona Attorney General Reaches Settlement with Theranos,” *Wall Street Journal*, April 18, 2017.

⑤ 同上。

尾　声

我在《华尔街日报》发表第一篇报道之后没过几天，霍姆斯挑衅地声称，她将公布其血液检测系统的临床数据来反驳我。“数据最强大，因为它自己会说话。”2015 年 10 月 26 日，她在克利夫兰诊所主办的一次会议上这样说。两年零三个月后，她终于兑现了这个承诺：2018 年 1 月，希拉洛斯在由同行评审的科学期刊《生物工程与转化医学》（*Bioengineering and Translational Medicine*）上发表了一篇关于迷你实验室的论文。论文描述了该设备的组件及内部工作原理，提供了部分数据，旨在表明与 FDA 认可的设备相比，它是站得住脚的。但有个大问题：希拉洛斯在其研究中所使用的血来自老的抽血方式，即在胳膊上扎针。霍姆斯最初的设想——只需刺破指尖取得一两滴血就能快速准确地得出检测结果——在论文中完全找不到踪迹。

细读之下会发现其他的重大缺陷。首先，这篇论文只有小部分血液检测有数据。其中两种检测，即对高密度脂蛋白胆固醇（HDL cholesterol）和低密度脂蛋白胆固醇（LDL cholesterol）的检测，比起 FDA 认可的设备所做的检测，差异大到希拉洛斯自己也承认“超过了建议的限度”。公司也承认它一次只做一项检测，与霍姆斯之前声称她的技术可以同时对小小一滴血做数十项检测的说法是抵触的。最后但同样重要的一点是，要运行不同的检测，需要对迷你实验室进行不同的配置，因为希拉洛斯还没有找到办法把所有的组件都放进一个盒子里。所有这些，与 2013 年秋天希拉洛斯在沃尔格林的门店启动检测时霍姆斯所吹嘘的革命性突破相去甚远。

霍姆斯的名字被列为合著者，但巴尔瓦尼不在其中。2016 年春天，两人分手，巴尔瓦尼离开公司，之后他似乎人间蒸发了。霍姆斯搬出了巴尔瓦尼在阿瑟顿的 6555 平方英尺①的房子（2013 年通过一家有限责任公司以 900 万美元购得），他自己是否还住在那里则不得而知。有段时间，希拉洛斯的前员工猜测他已经逃离美国，以躲避联邦政府的调查。

2017 年 3 月 6 日上午，当泰勒·舒尔茨进入吉本斯、邓恩和克鲁彻律师事务所位于旧金山布道街（Mission Street）的一间会议室时，谣言不攻自破。站在六七名为合作基金的诉讼取证的律师中间被他们采证的，正是那个熟悉的曾以愤怒的眼神恐吓希拉洛斯员工的小个子。巴尔瓦尼是这次诉讼的指定被告，因而他的出现非同寻常，似乎只有一个目的：恐吓证人。如果目的真是如此，那么他将徒劳无功。在随后的 8 个半小时中，泰勒专注地面对问题，给出令人信服的答案，无视会议桌另一头默默坐着的脾气暴躁的前老板。7 个星期后，在巴尔瓦尼自己作证的前夕，希拉洛斯以 4300 万美元达成和解。（不久以后，它与沃尔格林的诉讼案以 2500 万美元达成和解。）

到 2017 年底，希拉洛斯已经耗尽了它从投资者那里筹得的 9 亿美元中的大部分，大多用于法律方面的花销。经过几轮裁员，员工数量从 2015 年高峰期的 800 人减少到不足 130 人。为了节约租金，公司将所有剩下的员工搬到了旧金山湾对面的纽瓦克工厂。申请破产似乎是迟早的事。不过，在圣诞节前几天，霍姆斯宣布她从一家私募股权公司获得了 1 亿美元的贷款。这条财务救生索附带着严格的条件：贷款以希拉洛斯的专利组合作为担保，而且公司必须完成产品和运营的某些重大目标才能拿到钱。

不到三个月后，形势再次紧迫：2018 年 3 月 14 日，美国证券交易委员会（SEC）指控希拉洛斯、霍姆斯和巴尔瓦尼进行了“精心策

---

① 约 609 平方米。——译者

划、持续多年的欺诈”。为了解决公司面对的民事指控，霍姆斯被迫放弃对公司的投票控制权，交出绝大部分股份，并支付50万美元的罚款。她还同意10年内不在上市公司担任高管或董事。由于没有与巴尔瓦尼达成和解，证券交易委员会在加州联邦法院对他提起诉讼。与此同时，刑事调查仍在继续。到本书动笔之时，霍姆斯和巴尔瓦尼因向投资者和联邦官员撒谎而被刑事起诉的可能似乎很大。

1980年代初，人们创造出“雾件”（VAPORWARE）一词，用以描述大张旗鼓地宣布但就算真的造出来也是拖了很多年的计算机硬件或软件。它反映了计算机行业在营销时急功近利的倾向。微软、苹果和甲骨文都曾被指责在某些时候有过类似做法。这种过度承诺成为硅谷的标志性特征之一，其对消费者的伤害很小，端看预期的破灭和失望程度。

霍姆斯将公司打扮成硅谷中坚的科技公司，也散布这样一种“演久成真”（fake-it-until-you-make-it）的文化，然后极尽能力掩盖这些虚假信息。硅谷的许多公司都会让其员工签署保密协议，但在希拉洛斯，对保密的痴迷达到了完全不同的高度。它禁止员工将“希拉洛斯”字样放在其领英的个人资料中，反而告知他们，要写成是为“一家私人生物技术公司”工作。一些离职员工收到了来自希拉洛斯的律师的勒令停止函（cease-and-desist），因其贴在网上的工作描述被认为过于详细。巴尔瓦尼定期监控员工的电子邮件和互联网浏览器的历史记录。他还禁止使用谷歌公司的Chrome浏览器，理由是谷歌理论上可以使用网络浏览器刺探希拉洛斯的研发工作。在纽瓦克的综合办公区工作的员工被拦着，不让使用那里的健身房，因为这可能导致他们与在那里租用办公室的其他公司的员工有来往。

在临床实验室中被称为“诺曼底”的部分，爱迪生设备周围竖起了隔板，这样当西门子的技术人员来为德国造的机器提供服务时就不会看到它们。这些隔板将屋子变成了一个迷宫，也挡住了出口。实验室的窗户玻璃是有色的，从外面几乎看不到里面，但公司仍然在内侧贴上了不透明的塑料片。通向实验室的走廊的门以及实验室本身的门都装了指纹扫描仪。如果一次有多人同时进入，感应器会发出警报并激活照相机，发送照片给警卫台。至于监控摄像头则是无处不在。它们是那种带有深蓝色圆顶罩的，让你不知道镜头在对着哪个方向。所有这些表面上是为了保护商业秘密，但现在很清楚，它也是霍姆斯掩盖她关于希拉洛斯的技术状况的谎言的一种方法。

吹嘘产品以获取资金，同时隐瞒真实进展，寄望于现实最终能赶上吹嘘炒作，科技行业仍在容忍这种现象。但关键在于，要记住希拉洛斯并不是一家传统意义上的科技企业。它首先是一家医疗健康公司。它的产品并不是软件，而是一台分析人们血液的医疗设备。正如霍姆斯自己在其最出名的时候接受媒体采访或公开露面时喜欢指出的，医生的诊疗决策有70％都是依赖实验室的检测结果。他们指望实验室的设备如广告宣传的那样有效。否则，病人的健康将被危及。

那么，霍姆斯是如何以人们的生命作赌注来将其谎言合理化的呢？一派观点认为，她是受到了巴尔瓦尼的邪恶影响。按照这个说法，巴尔瓦尼是霍姆斯的斯文加利①，并且将她——一个怀抱远大梦想的纯真少女——塑造成为硅谷追逐的那种年轻早熟的女性创业者，而他自己年龄太大，太男性化，无法亲自出面。毫无疑问，巴尔瓦尼对她产生了坏的影响。但将所有的责任都推到他头上不仅太过轻巧，也很不准确。近距离观察过这两人互动的员工，看到的是一种霍姆斯拥有最后话语权的伙伴关系，尽管她年轻了20岁。而且，巴尔瓦尼迟至2009年才加入希拉洛斯。到那个时候，霍姆斯已经在她的技术成熟度问题上误导制药企业好多年了。而从恐吓她的首席财务官到起诉前雇员，展现出了她冷酷无情的行为模式，不符合人们所说的一名抱有良好意图的年轻女子被一个年长男人操控的叙事。

① Svengali，英国小说家杜莫里哀小说中的人物，通过催眠术控制他人。——译者

霍姆斯清楚地知道自己在做什么，她牢牢地控制一切。2011 年夏天，一名现已离职的员工为申请希拉洛斯的职位而来面试时，向霍姆斯问及公司董事会的作用。她对这个问题非常恼怒。“董事会只是个摆设，”他回忆起她说的话，“在这里所有的事我说了算。”她的恼怒溢于言表，以至于他觉得自己搞砸了这次面试。两年后，霍姆斯真的让董事会永远只能是一个摆设。2013 年 12 月，她强行通过一项决议，授予她所持有的股份每股 100 票投票权，使她握有的投票权达到 99.7％。从那时开始，如果霍姆斯不在场，希拉洛斯的董事会甚至达不到法定人数。乔治·舒尔茨后来在一次作证时被问及董事会的审议职能，他说：“我们从未在希拉洛斯投过任何票。那没有意义。伊丽莎白完全按照自己的想法做出决定。”这有助于解释为什么董事会从未雇用一家律师事务所对所发生的事进行独立调查。在一家公开上市公司，媒体首度报道之后的几个星期甚至几天之内就会开展这样的调查。但在希拉洛斯，没有霍姆斯的同意，什么都不能决定，什么都不能做。

如果真有什么操控者的话，那就是霍姆斯自己。她一个接一个地将这些人玩弄于股掌之间，说服他们听命于她。第一个折服于她的魅力的，是斯坦福大学工程学教授钱宁·罗伯逊，他用自己的声誉帮助当时才十几岁的她获得了信任。然后是唐纳德·L. 卢卡斯，这位上了年纪的风险资本家的支持和人脉使她不断筹到资金。紧随其后的是沃尔格林的 J 博士和韦德·米克隆，以及西夫韦的首席执行官史蒂夫·伯德，后面还有詹姆斯·马蒂斯（马蒂斯与希拉洛斯的纠葛并没有阻碍他被确认为唐纳德·特朗普总统的国防部长）、乔治·舒尔茨和亨利·基辛格。大卫·博伊斯和鲁伯特·默多克忝列名单最末，但我觉得还有许多人都被霍姆斯身上混合了魅力、天分和领袖气质的东西所折服。

反社会者通常被描绘成几乎没有良知的人。霍姆斯是否符合这种临床特征，要留给心理学家去决定，但毫无疑问，她的道德指南针严重偏离了方向。我相当肯定，当她在 15 年前从斯坦福大学辍学时，一开始并没有想要欺骗投资者，陷病人于危险之地。所有人都说，她真诚地相信一个愿景，并投身其中去实现它。但在“独角兽”热潮的淘金热中，在她全力以赴想成为“史蒂夫·乔布斯第二”的过程中，有那么一刻，她不再倾听明智的建议，开始寻求捷径。她的野心是贪婪的，不容干预。如果在她追求名利的道路上有什么附带伤害，随它去喽。

新版后记

2018 年 6 月 14 日，也就是本书精装版问世三个星期后，霍姆斯和巴尔瓦尼因 2 项合谋电信欺诈和 9 项电信欺诈罪名被起诉。他们向联邦调查局自首，被安排在加州圣何塞的联邦法院受审。为在审判前获得自由，两人分别支付了 50 万美元保释金。他们还得交出自己的护照。受到传讯后，霍姆斯在律师陪伴下走出法院，她在媒体镜头前勉强摆出笑容，但看上去面色苍白，颤抖着走向等在路边接她的汽车。

在起诉书中，联邦政府指控她和巴尔瓦尼不仅欺骗投资者，还通过电子线路跨州操控血液检测结果（明知其准确性存在问题），欺骗医生和病人。

在将这次起诉公之于众的新闻发布会上，负责调查此案的联邦调查局特工约翰·F. 本内特说："这一合谋犯罪在医疗检测的可靠性上误导医生和病人，危及健康和生命安全。"

通过对希拉洛斯的两位前高管提起刑事指控，联邦检察官向硅谷的所有创业家传递一个讯息：不会再姑息以创新为伪装的严重不当行为。创业精神的背后，"需要诚实、公平竞争和透明的法律规则"，旧金山的联邦代理检察长阿历克斯·G. 谢说："这些规则维系着硅谷的运作，本部门将与湾区的其他执法机构一起，不遗余力地调查和起诉那些不按规则出牌的人。"

如果罪名成立，霍姆斯和巴尔瓦尼面临最高可达 20 年的监禁、罚款以及向受害者做出赔偿的可能。两人都没有认罪。

至于希拉洛斯本身，公司于 2018 年 9 月资金耗尽并解散。在 2017 年底提供贷款的私人股权公司堡垒投资集团（Fortress Investment Group）接收了其专利。

与此同时，投资者提起诉讼，其中一份法庭文件披露，前教育部长贝琪·德沃斯是该公司最大的投资者之一。德沃斯女士的家族损失了 1 亿美元——与考克斯家族的损失金额相同。超过他们的只有损失了 1.21 亿美元的鲁伯特·默多克（他通过法律和解拿回了 400 万美元）以及沃尔顿的两名继承人，他们一共投资了 1.5 亿美元。总体算下来，希拉洛斯的投资者损失了大约 10 亿美元。

正义总是姗姗来迟。这句老话用在霍姆斯一案上格外贴切。到 2021 年的春夏之交，她被起诉已经 3 年了，而距离我在《华尔街日报》上揭露希拉洛斯的丑闻已经过了差不多 6 年，她还是没有受到审判。

部分原因在于新冠肺炎。疫情迫使审判多次推迟，因为全国各地的法院都暂停了陪审团审案。随后，当一切似乎回到正轨时，霍姆斯的辩护团队抛出一个重磅炸弹：她怀孕了，而且预产期是 7 月，恰好是诉讼程序要开始的时间。负责本案的美国地区法官爱德华·达维拉别无选择，只得签字同意再推迟 6 周。

2021 年 8 月 31 日上午，漫长的等待终于结束，数十名候选陪审员鱼贯进入圣何塞市中心的罗伯特·F. 佩卡姆联邦法院，接受筛选①。三名律师护送霍姆斯抵达法院，迎接她的是早已在法院外安营扎寨的电视摄像机，浅蓝色口罩遮住了她的部分面容。媒体对这次审判高度关注，有些新闻机构称之为“硅谷的世纪审判”。

希拉洛斯破产后的这几年，霍姆斯重塑了自己的形象。史蒂夫·

① voir dire，是法官、当事人及律师通过询问来审查候选陪审员是否具备资格及适当性的程序。——编者

乔布斯式的高领毛衣、厚厚的睫毛膏以及鲜红的口红都消失不见。她现在身穿样式朴素、看上去有些保守的套装来到法院。但她的个人生活才是她最大的转变：从那个一心扑在工作上的企业家，变成为自己的宝贝儿子背尿布袋的全职母亲。

孩子的父亲是比利·埃文斯，他是圣地亚哥一个富裕家族的继承人，这个家族靠酒店生意发家致富。霍姆斯在2018年认识了比她小8岁的埃文斯，没过多久两人就订了婚。希拉洛斯公司走向末路之际，他们带着西伯利亚哈士奇犬巴尔托一起搬进旧金山的一间公寓，还一起参加内华达沙漠的火人节狂欢。这些天，他们租住在绿山墙（Green Gables）的一栋房子里，绿山墙是一座占地74英亩的宫殿式庄园，距离希拉洛斯在帕洛阿尔托的老总部只有15分钟的车程。

霍姆斯决定在受审前夕生下孩子，这很难不让人带有嘲讽意味看待。为自己博取陪审团的同情显然是她辩护策略的核心。陪审团的遴选开始前三天，达维拉法官公布了法庭文件，其中表明霍姆斯打算指控桑尼·巴尔瓦尼在心理、情感和性等方面虐待过她。在法律圈，这被称为斯文加利式辩护①。霍姆斯的辩护团队请来了一位专门研究亲密伴侣间的暴力的心理学家，准备向陪审团解释其指控的虐待行为让她的精神状态每况愈下，让她受到了巴尔瓦尼的控制。巴尔瓦尼通过律师否认发生过任何虐待行为。

这些指控迫使达维拉法官将霍姆斯和巴尔瓦尼的案件分开审理，这是当被起诉的共同被告人相互指控时的传统做法。现在，巴尔瓦尼要在霍姆斯受审之后单独受审。这会使检察官的工作更为艰难：除了反驳霍姆斯的虐待指控，他们还得证明她跟一个男人合谋欺骗投资者和病人，而这个男人，陪审团只能听说却见不到。

---

① Svengali defense，让被告人声称因受到更年长、更有经验的人的精神控制而做出违背自己意愿的犯罪行为，这种辩护策略被称为斯文加利式辩护。——编者

霍姆斯的辩护策略是凯文·唐尼设计的。在刑事辩护界，唐尼是一位以强硬和狡猾闻名的律师。他还动用了自己的东家、华盛顿特区著名律师事务所威廉斯和康诺利（Williams & Connolly）的庞大资源。协助他处理此案的是来自该律所的不少于9名律师，以及当地一位颇有名气的律师约翰·克莱因。我们尚不清楚霍姆斯怎么支付所有这些费用。而后来的一份法庭文件显示，她的辩护费高达3000万美元。

尽管有名声响亮的律师，但霍姆斯和她的家人并没有放弃曾是希拉洛斯公司标志的卑鄙手段。挑选陪审员的第一天，一名头戴棒球帽、身穿巴塔哥尼亚羽绒服的神秘男子混迹于记者之中，时不时凑过去偷听他们的谈话。当被问及他是什么人、为什么会在这里时，他自称叫“汉森”，只是一名关心本案的热心市民。事实证明并非如此。“汉森”其实是比利的父亲威廉·L. 埃文斯，也是家族酒店企业埃文斯酒店集团的老板。几天后，当他身着灰色西装、黑色领带，与霍姆斯及其母亲以及他自己的儿子一道在庭审中现身时，身份就此大白。

“汉森”并不是霍姆斯的团队对媒体使出的唯一伎俩。他们把我也列入证人名单，这样一旦证人开始作证，我就不能进入法庭。按照联邦审判的惯例，法官已经下令，在事实证人①作证期间，其他事实证人不得在场。我怀疑霍姆斯的辩护团队是否真的想传唤我出庭，因为这样的举动极有可能引火烧身。更大的可能是，他们只想给我报道审判下绊子。我当时正在主持一个播客节目，名为“坏血：终章”，我答应要完整分析针对霍姆斯的审判和证据。而且前两集已经播出。

霍姆斯对我的敌意在庭审的一次间歇表露无遗。我站在法庭的后方，她准备穿过一扇边门去与自己的律师协商，这时她短暂地瞪了我一眼。这一举动相当明显，以至于随后有两位在场记者过来询问我的反应。

---

① fact witnesses，英美法中证人有事实证人和专家证人两大类，事实证人就是知道案件情况并向法庭提供证言的组织或者个人。——编者

遴选陪审员的大部分时间耗在了衡量候选人接触过多少媒体对霍姆斯和希拉洛斯的报道。一如辩方担心的那样，很多人多多少少都对此事有所了解，他们或者读过新闻报道，听过播客，看过电视专题节目，或者看过 HBO 关于它的纪录片。不少人读过本书。在法官办公室的一次非公开协商时，双方达成协议，任何读过《坏血》的人都必须被排除在陪审员候选人之外，因为这可能令他们产生不利于被告的偏见。出于显而易见的原因，陪审员也要接受家庭暴力和医学检测方面的询问。

2 天后，100 多人的候选陪审员队伍减少到 12 人，另有 5 名候补陪审员。在筛选陪审员期间，霍姆斯显得很轻松，时不时从被告席上转头看着候选陪审员回答问题。但当陪审团宣誓就职时，她明显紧张起来，因为她意识到，在达维拉法官拥挤的法庭上，自己的命运现在掌握在咫尺之遥的这七男五女手中。

陪审团上任后，双方都做了开庭陈述。首席公诉人罗伯特·里奇告诉陪审团："这是一起关于欺诈的案件，一起为金钱而撒谎和欺骗的案件。它在主街上是犯罪，在硅谷也是犯罪。"他说，欺诈始于 2009 年下半年，当时希拉洛斯与医药公司的合作走到了尽头，其资金即将耗尽。现金流一度极为紧张，公司连发工资都成问题，霍姆斯不得不打电话给一位银行家，恳求他兑现一张支票。里奇说，就是在这个时候，霍姆斯找到了沃尔格林和西夫韦，以"豪言壮语"声称她的设备能够基于指尖取血开展数百项实验室检测。为了证明自己的说法，她向沃尔格林出示了来自辉瑞和先灵葆雅等制药企业的报告，并声称报告证实了希拉洛斯技术的有效性。但这些报告是伪造的，里奇说。这些制药商的标志未经许可就被加在了报告每一页的顶部。这些报告是希拉洛斯自己写的，并非出自制药企业。这似乎是一条决定性的证据，将在庭审中发挥重要作用。

里奇告诉陪审团，欺诈的第二阶段始于 2013 年，希拉洛斯再次走在破产边缘的时候。霍姆斯和巴尔瓦尼命令希拉洛斯的工作人员偷偷改造第三方的血液分析仪器，以处理小剂量的指尖针刺取血样本，从而误导沃尔格林和新找来的投资者，让他们相信公司使用的是自己的技术。里奇说，霍姆斯利用两名记者来传播这个谎言：一个是《华尔街日报》的评论版撰稿人乔·拉格，另一个是《财富》杂志的罗杰·帕洛夫。帕洛夫将成为检方的关键证人之一。

里奇没有在案件中与病人有关的部分花太多时间。这原本有可能成为政府案件中极为有力的一部分，因为它可能在陪审员中激起愤慨：一名病人将就其收到的错误的怀孕结果作证，另一名病人则会针对一项不准确的艾滋病检测作证，但这也最难证明。与投资者不同，霍姆斯与这些在沃尔格林的门店里抽血的病人并没有直接的互动。

里奇预料到辩方会试图将责任归咎于巴尔瓦尼和其他人，他告诉陪审团，霍姆斯毫无疑问是掌管希拉洛斯的那个人。“她拥有公司，控制公司，责任由她承担……她并不是一个被架空的首席执行官。她一直在那里，知道每一个细节。”

里奇之后是威廉斯和康诺利律师事务所的兰斯·韦德发言。唐尼决定将辩方的开庭陈述留给他的年轻同事。韦德出色地完成了这个任务。他将霍姆斯描述为一位勤奋工作、怀着理想主义的创业家，花了15年时间追逐自己的梦想，即让实验室检测更容易实现。韦德承认，她最终失败了，“但失败不是罪”。他努力让霍姆斯充满人情味，告诉陪审团说她刚刚跟伴侣生下一个孩子，并以手势向被告席后的比利·埃文斯和霍姆斯的母亲诺尔示意。“你们会看到，政府所描述的这个恶棍实际上是一个正在呼吸的活生生的人，她每天都在尽自己最大的努力。她是无辜的。”

韦德辩称，希拉洛斯的投资者都是富有而老练的，了解投资一家创业公司的风险。在我看来，他率先提出了辩方最有力的一个论点：霍姆斯从未出售过她自己的股份，因而从未获利，所以她怎么能被指控欺诈他人呢？

我原本以为巴尔瓦尼在韦德的陈述中会扮演一个更为重要的角色，但韦德对他只是稍稍提及，描述了他们之间关系的发展轨迹，声称霍姆斯对他的信任是"她犯的错之一"。后来，他回到这个话题，提到巴尔瓦尼的脾气，暗示有所谓的虐待："这段关系有许多人看到的一面……也有大多数人看不到的另一面。"

在陈述中，韦德提出一个极有误导性的论点，差点没让我从座位上跳起来。他说，在调查本案的这些年里，检方只发现了大约20位收到不准确的检测结果的病人，鉴于希拉洛斯给出了大约800万份检测报告，他声称，这相当于错误率只有0.00025%。他完全没有提及的事实是，希拉洛斯改正或者作废了差不多100万份检测结果。

韦德这是以身犯险。在庭审之前，双方就一件失去的关键证据——希拉洛斯实验室的数据库——进行了激烈的争论。公司发给检察官一份放在加密硬盘中的数据库副本，随后清除了该数据库，但检察官无法打开那个副本。对此检方非常愤怒。他们说，这有破坏证据之嫌。但霍姆斯的辩护团队坚持认为，这是政府的错误，他们查看硬盘太迟了，而且无论如何，霍姆斯本人与清理数据库毫无关系。最终，法官裁定检方不得向陪审团提及丢失的数据库，除非辩方自己提到它。有了这一番关于这20位病人的极有误导性的陈述，韦德差不多要打开这扇门了。

第一位作证的证人是希拉洛斯前内控官丹尼斯·任。检察官传唤她，是想证明希拉洛斯在2010年初已处于资金枯竭状态，此时霍姆斯劝说沃尔格林和西夫韦投资这家初创公司，成为合作伙伴，到2013年底，同样的情况再次出现，她通过欺诈，诱骗其他投资者投入数亿美元的新资金。

霍姆斯告诉沃尔格林、西夫韦和后来的投资者，希拉洛斯是赢利的。但事实并非如此。数字表明，希拉洛斯在其存在的15年间每年都在亏钱。到2013年下半年，当霍姆斯告诉投资者希拉洛斯基于从医药公司合同中获得的现金流而实现增长时，累计亏损已达 2.53 亿美元。而来自医药公司的现金流完全是虚构的：在 2012 年和 2013 年，希拉洛斯没有一分钱的收入。

里奇还通过任的证词来证明霍姆斯和巴尔瓦尼对投资者做出的收入预测不仅是不现实的，更是彻头彻尾的谎言。2014 年秋季，他们向德沃斯家族和其他新晋投资者做出的预测之一，是到这年年底收入将达到 1.4 亿美元。事实上，希拉洛斯公司账面可查的收入仅有 15 万美元。

出庭的第二位证人是艾瑞卡 · 张。辩方曾提出动议，要求禁止艾瑞卡给出某些证词，这促使政府回以另一个动议。政府的动议揭露了我长久以来怀疑但是一直未能证实的事情：希拉洛斯花了超过 15 万美元雇用私家侦探，跟踪艾瑞卡 · 张和泰勒 · 舒尔茨。这些款项记在公司的一本分账上，标题为“E. 张和 T. 舒尔茨计划”。政府的动议附有一些已兑现支票的扫描件。其中一张开给总部位于纽约的一家全球调查和安全咨询公司 Interfor，另一张开给旧金山的著名私家侦探大卫 · 费奇海默。艾丽卡和泰勒并不是在胡思乱想：霍姆斯和巴尔瓦尼确实监视过他们。

艾瑞卡作证说，她在希拉洛斯实验室亲眼见过：爱迪生设备的质量控制总是失灵；数据被精心挑选；向监管机构隐瞒存在问题的能力验证结果。她讲述了她和泰勒在 2014 年 4 月从希拉洛斯辞职时发生的事。陪审团听到了她与巴尔瓦尼的会面情形，巴尔瓦尼如何愤怒地驳斥了她的担忧。他们听到了泰勒发给霍姆斯的长长的电子邮件内容，还有巴尔瓦尼言辞激烈的回应。他们也听到了泰勒、艾瑞卡与乔治 · 舒尔茨在这位前国务卿家里共进晚餐的事。他们还听到了一年后艾瑞卡在停车场遇到一名男子，此人交给她一份大卫 · 博伊斯写的恐吓信。

出于不知道什么原因，检察官决定不传唤泰勒作为证人。考虑到他的证词将是多么有力，我觉得这是一个很奇怪的选择。我认为，要说明霍姆斯是如何掩盖其欺诈行为的，最好的办法就是让泰勒向陪审团讲述霍姆斯带给他的折磨。霍姆斯在泰勒和乔治之间制造的裂痕可能与欺诈指控没有直接关系，但能说明她是一个怎样的人：一个不惜让祖孙俩反目成仇的人。我在播客中透露了一些信息，让人们对这位老人的行为有了新的认识：霍姆斯赠予舒尔茨的股票，在希拉洛斯公司巅峰时期价值 5000 万美元。她明白，即使对于一个已至暮年的男人，贪婪也是一个强大的动力。（乔治・舒尔茨在 2021 年 2 月，也就是审判开始的 6 个月之前去世，享年 100 岁。到他去世时，他和泰勒的关系基本上已经修复。）

艾瑞卡作证之后，紧接着出庭的是希拉洛斯的高级科学家苏蕾卡・甘加赫德卡，她在公司 2013 年 9 月启动其血液检测之前辞职。我为本书采访苏蕾卡的时候，她非常害怕报复，我不得不隐藏她的真实身份，代之以化名“安加丽・拉哈里”。她作证说，她在希拉洛斯投入商用前夕辞职，是因为她认为公司的设备还没有做好临床应用的准备。正如本书第 14 章所述，她说她向霍姆斯表达了那些担忧，并且在离开公司时打印了部分资料，以便在情况变糟时保护自己。苏蕾卡作证时偶尔会变得情绪化，而且明显在避免与霍姆斯有眼神接触。

下一个证人是亚利桑那州的一名执业护士，奥德拉・扎克曼，她作证她的一个病人从希拉洛斯收到错误的怀孕情况报告。报告错误地显示这位名叫布里特妮・古尔德的病人流产了，但她的妊娠实际上非常顺利，最终生下了一名女婴。古尔德紧随扎克曼之后上了证人席。她们俩的证词都很简短。在审前动议中，达维拉法官站在被告一方，告诉检察官不得询问病人希拉洛斯的错误检测结果对他们造成的精神伤害。此举一定程度上剥夺了她们证词的力量。

接下来是为普华永道工作的法医学专家贾斯汀・欧芬。他的证词的唯一目的，是将霍姆斯和巴尔瓦尼之间互相发送的数千条短消息作为证据引入。希拉洛斯的律师事务所威尔默黑尔雇用他，是为了遵从美国司法部和证券交易委员会的传票要求，从霍姆斯和巴尔瓦尼的手机及电脑中收集信息。其中一些信息很有杀伤力。

2014 年 11 月的一次交流中，巴尔瓦尼发消息给霍姆斯，说希拉洛斯的实验室是一个“极其糟糕的地方”。这个时候距离公司开始向病人提供血液检测服务已经过去一年多的时间。在 2015 年 4 月的另一次交流中，他们密谋操控我对凤凰城市中心沃尔格林门店的访问（我在那里抽了血），但没有成功。其后在 5 月，他们讨论了追查我的消息来源以及起诉罗谢尔·吉本斯——希拉洛斯科学家伊恩·吉本斯的遗孀。而随着我的调查取得进展，防护墙逐渐瓦解，巴尔瓦尼发消息给霍姆斯：“我们需要携手摆脱困境。”

最露骨的一些交流发生在监管部门检查期间。2015 年 8 月，在 FDA 检查期间，他们谈及“操控”这个机构以及跟它“兜圈子”。在一个月后的 CMS 检查时，霍姆斯在三个不同时间发消息给巴尔瓦尼，说她正在“祈祷”，因为检查显然很不顺利。

关于这些短消息，我发现最能说明问题的一点是，巴尔瓦尼常常是更谨慎的那一个，而霍姆斯从未表现出犹疑。2015 年春天，当霍姆斯通过接受一个又一个的采访来提升自己的媒体形象时，巴尔瓦尼担心她让自己过度曝光，担心公司的成就与夸大的宣传不匹配。霍姆斯对他的疑虑不屑一顾，还斥责一位知名天使投资人的批评是嫉妒。6 个月后，沃尔格林打电话给巴尔瓦尼，愤怒地说他们从《华尔街日报》了解到希拉洛斯已经在几周前停止了指尖取血检测，霍姆斯提议误导这家连锁药店。巴尔瓦尼回复：“坏主意。那样他们肯定会知道。”几天后，霍姆斯在《华尔街日报》的科技大会上厚颜无耻地说谎，否认希拉洛斯使用了第三方设备，当时巴尔瓦尼发消息给她：“很担心你说的‘全部的指尖取血检测都是用我们的技术做的’。”

检方将会在整个审判过程中反复使用这些短消息，证明霍姆斯做贼心虚。根据美国刑法中“犯罪意图”（mens rea）的标准，仅仅证明欺诈行为的发生是不够的。政府必须证明被告人具有犯罪意图。检方需要证明霍姆斯知道她在实施欺诈。这些短消息在证明这一点上发挥了很大作用。

在报道这次审判的记者中，猜测哪些与本案有关的名流可能被传唤出庭作证，成了会客室里的游戏。政府列出的可能上庭证人名单有181人，包括大卫·博伊斯、亨利·基辛格、吉姆·马蒂斯、山姆·纳恩、威廉·佩里以及鲁伯特·默多克。最终，只有马蒂斯出现在证人席上。传召这位前陆军将军、特朗普内阁成员有几个目的。检方指控霍姆斯向投资者撒谎的事例之一，就是希拉洛斯与军方签有合同。马蒂斯作证，不存在这样的合同，而且希拉洛斯的设备从未在战地士兵身上使用过，这与霍姆斯给某些投资者的说法相反。但更重要的是，检察官用马蒂斯证明霍姆斯对董事会隐瞒了使用第三方设备的事。当被问及是否知道第三方设备的存在时，马蒂斯回答他不知情。在他看来，希拉洛斯的技术最重要的一点是它的便携性。他说，如果他知道公司用的是其他实验室使用的那些巨大、笨重的分析仪器，那这事就“毫无意义”了。马蒂斯也作证说他最后已不再对霍姆斯抱有幻想。“到了后来，我不知道希拉洛斯还有什么是可以相信的。”他说。

在马蒂斯之后，检方传召了他们最重要的证人之一，希拉洛斯的前实验室主管亚当·罗森多夫。罗森多夫身材高大，头发花白，戴黑框眼镜，说话时略带南非口音。他在直接询问①中的证词具有毁灭性的力量。检察官出示了一封又一封邮件，在邮件中罗森多夫对希拉洛斯检测结果的准确性提出了质疑。他说他有一次与霍姆斯谈了希拉洛斯的怀孕检测的问题，但她没表现出任何担忧。他要求希拉洛斯停止在爱迪生设备上进行这类检测，但公司依然继续。还有一次，他对希拉洛斯的胆固醇检测失去了信心，要求从爱迪生设备上去掉这项检

① direct examination，由传召证人到庭的一方的当事人或代理人对证人进行询问的环节。——编者

测，但巴尔瓦尼断然拒绝了。希拉洛斯的其他检测，如对碳酸氢盐、维生素 D、糖尿病、甲状腺、氯化物、钙、钾和钠的检测，也一直存在问题。这些电子邮件表明，霍姆斯是知道这些问题存在的。后三项检测变得越来越糟糕，以至于霍姆斯的弟弟克里斯蒂安发邮件给她，建议停止报告它们的检测结果。

罗森多夫作证说，他受到了来自霍姆斯和巴尔瓦尼的压力，要他说服那些抱怨的医生相信检测结果没有问题，而他自己对这些结果完全没有信心。"公司更关心公关和筹集资金，而不是病患。"他告诉陪审团。

在结束询问前，检察官约翰·博斯蒂克问罗森多夫，离开公司后他是否与其他人说过自己的担忧。罗森多夫回答说是的，他和我谈过。

这一披露令我大吃一惊。我不知道他会在证人席上揭开我们之间的信源—记者关系。6 年多以来，我一直严格遵守我的保密承诺。没过几分钟，我就接到了许多记者打来的电话和发来的电子邮件，询问我的反应。这个时候，我已经回到纽约，远远地观察这场审判了。在联系上他并让他正式解除我的保密义务之前，我什么话都没说。他解除我的保密义务之后，我发了一条推特："现在我可以确认，艾伦·比姆就是亚当·罗森多夫"，并且向他的勇气和正直致敬。

在此之前，辩方对证人的交叉询问①基本上波澜不惊，但随着罗森多夫的出现，情况发生了变化。霍姆斯的团队在庭前动议时就表示过，他们要追究他的责任，还试图将实验室的问题归咎于他。果然，兰斯·韦德跳出来大力反击。在第一个小时里，他咄咄逼人，大喊大叫，指手画脚，滑稽可笑。但韦德的夸张表演没有持续多久，可能是因为他累了，也可能是因为他的一个同事在开庭休息期间建议他婉转

① cross-examination，一方当事人或其代理人对另一方传召到庭的证人进行的询问。——编者

一点。接下来的 4 天，是极其缓慢而折磨人的提问。这将成为一种模式：辩方的策略之一似乎是拉长交叉询问的时间，这样检方将被迫减少要传唤的证人。

韦德取得了一些成效，他指出了罗森多夫证词中的一些不一致之处，令罗森多夫很恼火。他暗示罗森多夫曾经想对举报希拉洛斯的人提起诉讼，纯粹是为了挣钱，并且指责其破坏保护病人隐私的联邦法律，将工作电子邮件发到了自己的个人 Gmail 邮箱。韦德还透露最近有一项针对他现任雇主珀金埃尔默公司（PerkinElmer）的实验室检查并不顺利，可能会导致他的执照被吊销，试图通过这些事将他描绘成一个不称职的人。但最终，韦德还是没能击败他。证据表明，罗森多夫一直在努力做正确的事。

接下来的几个证人是来自希拉洛斯的两个零售伙伴西夫韦和沃尔格林的代表。西夫韦的前首席执行官史蒂夫·伯德告诉陪审团，霍姆斯一直在掌管公司，从来不听巴尔瓦尼的意见，这削弱了斯文加利式辩护的力度。他还作证说，霍姆斯从未向他透露过使用第三方实验室仪器的事。

沃尔格林的前首席财务官韦德·米克隆作证说，他相信了霍姆斯交给他的制药公司的报告，据称这些报告证实了希拉洛斯技术的有效性。它们就是罗伯特·里奇在开场陈述时重点介绍的带有伪造的制药公司标志的报告。在 2010 年 4 月的一封电子邮件中，霍姆斯跟米克隆说，它们是“独立的尽职调查报告”，这是彻头彻尾的谎言，三份报告中，有两份是希拉洛斯自己写的。跟伯德一样，米克隆说他也从未被告知希拉洛斯使用第三方仪器设备。

沃尔格林的高管尼米什·贾维里作证说，他也认为希拉洛斯的所有检测都是使用其自己的专有设备。2013 年 8 月，就在两家公司正式开始合作之前，霍姆斯和巴尔瓦尼在希拉洛斯总部为他以及其他 6 名沃尔格林的高管演示了希拉洛斯的设备。贾维里和他的同事被刺破手指，他们以为自己的血液样本会在做演示的那些设备上检测。但在人后，这些样品的检测是在西门子的机器上进行的。

我曾用一整集播客介绍这些虚假的演示。有证据显示，巴尔瓦尼写了一个程序，叫做“空值协议”，能让希拉洛斯的设备在演示时启动并发出嗡嗡声，但不做任何实际检测。这就像展示一台汽车，让它的发动机轰鸣，却不告诉人们：在引擎盖下面，发动机实际上没有连接传动系统。如果演示期间设备内部出现机械故障，另一个被称为“演示”的程序会阻止出错信息在触控屏幕上显示出来。

克里斯蒂安·霍姆斯的大学好友丹·埃德林作证说，他时常被安排的任务，是在演示之前设置爱迪生和迷你实验室设备。他还负责将演示时收集的血液样本带到实验室，在那里他们会偷偷在工作台或者第三方机器上进行人工检测。他作证期间出示的电子邮件表明，当检测结果看上去不靠谱的时候，常常会在给演示对象的检测报告中瞒下来。

在埃德林和贾维里之间，检方传召了苏尼尔·达万，他是希拉洛斯雇来接替亚当·罗森多夫的实验室主管。达万的证词令人瞠目结舌。陪审团得知他不是病理学家，也没有管理大型实验室的经验。唯一的资格似乎在于他曾是巴尔瓦尼的皮肤科医生。在检察官杰夫·申克的询问下，达万作证说，罗森多夫离开后的 10 个月内，他进过希拉洛斯的实验室两次，工作时间不超过 5 到 10 小时。换句话说，霍姆斯和巴尔瓦尼放任实验室将近一年的时间没有任何真正的监督。然后，在 CMS 要来检查时，达万突然被要求在数百份实验室文件上签字，以便向检查人员出示。

达万的证词中最令人震惊的是，即使他是名义上的实验室主管，但希拉洛斯没有任何一个人告诉他检查的结果。直到 9 个月后，希拉洛斯的总法律顾问希瑟·金发电子邮件告知他 CMS 的制裁通知，他才知道检查很不顺利。在此之前，他很长时间都没有收到希拉洛斯的消息，以为这份工作已经结束了。

在交叉询问时，兰斯·韦德试图驳斥达万的证词，指出当时希拉洛斯还有一位名叫琳内特·索耶尔的实验室副主管，暗示是她在管理实验室。但此举适得其反，检方随后传唤她出庭。事实证明，索耶尔与希拉洛斯实验室的关系甚至还不如达万。她从来没有进过实验室，从未见过希拉洛斯的设备，而且从未复核过任何给病人的检测报告。她与希拉洛斯员工的唯一交集，是那个发去实验室文件要她签字的女性。由于疫情关系，陪审团成员都戴着口罩，因而很难判断他们的反应。但显然索耶尔的证词令部分陪审员感到震惊。有一位女陪审员难以置信地摇了摇头。

陪审团也听取了希拉洛斯最后一任实验室主管金舒克·达斯的证词。霍姆斯在 CMS 的检查之后雇用了他，试图整顿实验室，但为时已晚。与达万不同，达斯资历丰富，他作证说，他得出的结论是爱迪生设备不起作用，因此宣布该设备的所有检测结果作废。

检方已经证明了希拉洛斯实验室的混乱状况，但他们还需要证明问题的核心：投资者受到了欺诈。在霍姆斯面临的 12 项指控中（原起诉书增加了 1 项病人指控），7 项与投资者有关。其中 1 项是合谋犯罪，6 项与单个投资者有关。沃尔格林和西夫韦的高管证词有助于证明合谋犯罪，但陪审员还没听到通过电汇转账的投资者的声音，他们在起诉书中占了很大的分量。

他们肯定会来作证，不过检方首先想要向陪审团一劳永逸地证明，霍姆斯在 2010 年初发送给韦德·米克隆的那些医药公司的报告全都被篡改了。这很重要，因为霍姆斯不只是将它们发给了沃尔格林的高管，还向多名投资者出示过。检方传唤来证实伪造行为的第一位证人，是辉瑞公司前高管肖恩·韦伯。

韦伯作证说，希拉洛斯在 2008 年末发给辉瑞公司一份报告，内容是关于它为这家药企进行的一项试验研究，他受命对报告进行评估。他说，他发现报告“缺乏说服力”，根据他的建议，辉瑞终止了与该公司的合作。他所评估的报告版本只带有希拉洛斯的标志。当罗伯特·里奇向他出示霍姆斯 15 个月后发给米克隆的带有辉瑞公司标志的报告时，韦伯说他不知道这是怎么来的。

从先灵葆雅公司的前高管康斯坦斯·库伦那里，陪审团听到了类似的证词。那段合作关系也以失败告终，而希拉洛斯公司亦在先灵葆雅不知情的情况下盗用了其标志。那么，有些心照不宣的问题就冒出来了：谁伪造了那些标志？是霍姆斯本人吗？

在韦伯和库伦之后，检方传唤了他们的第一个投资者证人布莱恩·托尔伯特。托尔伯特是得克萨斯州房地产企业家克雷格·霍尔的合伙人，曾两次投资希拉洛斯：一次在 2006 年，一次是在 2013 年年底。第二笔投资价值 487.5 万美元，构成起诉书的第五项指控。

托尔伯特证词的焦点是一盘他录制的录音带，内容是霍姆斯在 2013 年 12 月的一次筹款电话会议上对投资者的演讲。检方向陪审团播放了这盘录音带，其中包括几段关于希拉洛斯检测的准确性以及其与制药公司及军方合作的若干误导性陈述。

接下来出庭的是丽萨·彼得森，她是德沃斯家族办公室的一名投资经理，该家族在 2014 年秋天向希拉洛斯投资了 1 亿美元。引发这笔投资的一系列事件始于一位名叫丹尼尔·莫斯利的地产律师，德沃斯家族是他的客户之一。2014 年 9 月，莫斯利将罗杰·帕洛夫的《财富》杂志文章发给彼得森的老板杰里·图伯根，并安排他与霍姆斯在芝加哥的一次会议上见面。图伯根被霍姆斯的故事打动了，要求彼得森研究这项投资。

彼得森经过思考，将几件事综合在一起形成了一份不错的投资备忘录：《财富》杂志的文章；图伯根和她与霍姆斯的通话；霍姆斯寄给他们的一个文件夹，其中包括被篡改的辉瑞制药报告以及丹尼斯·任已经证实为虚构的 1.4 亿美元的年收入预测。彼得森作证说，霍姆斯在电话中告诉她，希拉洛斯只用自己的血液检测仪。她也指证，她认为那份被篡改的辉瑞报告意味着辉瑞公司已经认可了希拉洛斯的技术，她还说之所以相信1.4亿美元的年收入预测，是因为当年只剩不到3个月的时间了。

第三名作证的投资者是那位将德沃斯家族介绍给霍姆斯的地产律师莫斯利。莫斯利自己接触希拉洛斯的时间并不长，是通过另一位长期客户，即希拉洛斯的董事会成员、前国务卿亨利·基辛格。2014年夏天时，基辛格正考虑向希拉洛斯投资，他叫莫斯利去了解一下这家公司，为他提供参考意见。在此过程中，莫斯利本人也对这项投资产生了兴趣，将自己的600万美元投了进去。

和彼得森一样，莫斯利也收到了一个投资文件夹，里面有《财富》杂志的报道、被篡改的辉瑞制药报告以及虚构的财务预测，他也和彼得森一样，对这些都信以为真。在写给基辛格的一份备忘录中，他将辉瑞制药的报告描述为“关于希拉洛斯技术可靠性的最广泛的证明”。

在交叉询问时，兰斯·韦德试图抹黑莫斯利，指出他是连接希拉洛斯与多个富裕家族的纽带。除了德沃斯家族，莫斯利还向霍姆斯介绍了另外三个客户：亚特兰大的考克斯家族、沃尔顿家族和希腊航运业继承人安德烈亚斯·德拉科普洛斯，他们都投入了巨额资金。但这并没有改变莫斯利也受了骗的事实。

莫斯利之后，检方传召克里斯托弗·卢卡斯出庭。卢卡斯是在希拉洛斯成立初期指导过霍姆斯的风险投资家唐纳德·L.卢卡斯的侄子。克里斯托弗·卢卡斯经营着自己的风险投资基金黑钻创投（Black Diamond Ventures），该基金在2006年投资了希拉洛斯，并在2013年底再次投资。第二笔投资价值535万美元，构成了起诉书的第四项指控。

与布莱恩·托尔伯特一样，卢卡斯也参加了2013年12月的投资者电话会议，在会上霍姆斯发表了多项误导性的陈述。但与托尔伯特不同的是，在那次会议前的几年里，卢卡斯通过他的叔叔经常与霍姆斯接触。他证词的异乎寻常之处在于，在投资过程中，他极少提出问题，很大程度上依赖他叔叔的背书和纯粹盲目的信任。对于他的案子，至少部分归咎于缺乏尽职调查。在作证的投资者中，我觉得他是最缺乏说服力的证人。

检方的第五位投资者艾伦·埃森曼的表现也好不到哪里去。埃森曼是一名来自得克萨斯州的退休财务规划师，他在2006年希拉洛斯早期的一轮融资中投了120万美元。但涉案的并不是那一次投资，而是埃森曼在2013年底投资的99990美元，这次数额小得多。问题在于，埃森曼多年来一直向霍姆斯和巴尔瓦尼抱怨希拉洛斯缺乏透明度，但却进行了第二次投资。与布莱恩·托尔伯特和克里斯·卢卡斯不同，他没有参加2013年12月的投资者电话会议，因此没有听到霍姆斯在电话会议上的误导性陈述。他在法庭上的不守规矩也帮了倒忙。在交叉询问时，他多次因回避问题而受到法官的训斥，还违反法庭的规定在庭审休息期间去找检察官说话。

最后一位投资者证人布莱恩·格罗斯曼的证词更有说服力些。格罗斯曼代表的是旧金山的对冲基金——合作基金管理公司。2014年初，合作基金通过三只独立基金向希拉洛斯总计投资了9610万美元，但只有其中一笔投资构成起诉书中的一项指控，即由格罗斯曼管理的“合作基金健康科学”投资的3830万美元。

在6名投资者中，格罗斯曼所做的尽职调查最为详尽。他曾要求参观临床实验室，巴尔瓦尼一开始拒绝了，声称其中包括尚未获得专利的技术。最终向格罗斯曼展示的是一个在金属架上摆放了一排排正处理样本的希拉洛斯设备的区域。从来没有人告诉过他该公司使用的是第三方的机器。格罗斯曼还与霍姆斯以前在斯坦福大学的教授、后来成为希拉洛斯顾问的钱宁·罗伯逊交谈过，并参观了旧金山湾对面的纽瓦克工厂，该公司在那里生产设备。他在帕洛阿尔托的沃尔格林门店做了血液检测，在那里他的血液是通过针头抽取的。巴尔瓦尼说这是因为他的验血单上有一项“极不寻常”的检测。跟彼得森和莫斯利一样，格罗斯曼也收到了虚幻的财务预测。

除了卢卡斯和埃森曼之外，检方在投资者部分的证词很有力，但病人部分的显得薄弱。庭审开始前，辩方就已获准要求任何病人的证词所涉及的血液检测都必须与政府在一项被称为详情诉状的文件中列出的血液检查清单一致。问题在于，检方在起草详情诉状时，遗漏了某个计划出庭的病人证人的一项血液检测。结果，这名证人（只能以其首字母缩写称为 B. B）被禁止作证，检方不得不撤回起诉书的 12 项指控中的 1 项。

剩下的两名被检方传召出庭的病人都是可信赖的，令人同情——一位是收到了错误的艾滋病病毒检测结果的女性，另一位是男性，收到的错误检测结果表明他患有前列腺癌——但法官不允许证词带有任何感情色彩，这使得他们的作证显得简短而枯燥。

不过，检方最后还是以高调收场，传唤了罗杰·帕洛夫作为他们的最后一位证人。帕洛夫录下了他与霍姆斯的 6 次访谈，这些录音带里充斥着半真半假的话和彻头彻尾的谎言。在一段录音中，他问霍姆斯能不能让他看看希拉洛斯的临床实验室。霍姆斯回答说他其实已经看到了，因为那里面有的只是更多的黑白两色的爱迪生设备，与他参观希拉洛斯在帕洛阿尔托的总部时看到的设备一样。不用说，事实并非如此：希拉洛斯的实验室里不只有爱迪生，还有各种改装过的和未改装的第三方机器。而且，正如陪审团至此已经了解的，是第三方机器承担了大部分检测。

检方的主诉花了将近三个月的时间。在这段时间里，有三名陪审员被解职，由候补陪审员替上，其中一人是因为玩数独游戏，另一人则声称她的佛教信仰使她无法将某人送进监狱。由于总水管爆裂，法院关闭了一天。达维拉法官多次威胁要把打字声太大的记者赶出法庭。在此期间，霍姆斯每天早晨都和母亲手牵着手出现，身边围着一小撮闺蜜，她们和她的家人一起坐在被告席后面。

现在政府方面的指控结束了，每个人心中都在想：霍姆斯会走上证人席作证吗？答案没多久就出来了。进入辩方陈述后几个小时，在两位证人出庭后，首席律师凯文·唐尼说出了大家都在等待的话："辩方传唤伊丽莎白·霍姆斯。"座无虚席的法庭上，惊讶和兴奋的窃窃私语此起彼伏。

这事发生时，我人在纽约，准备随时回圣何塞去看她作证。辩方阻止我报道审判的计谋失败了：我大张旗鼓地雇了一名律师，提出动议，要求允许我回到法庭。我的律师指出，霍姆斯并不真的打算传唤我作证，她是出于"恶意"和"敌意"把我列入了证人名单。在一次通过线上会议平台 Zoom 举行的听证会上，治安法官纳撒内尔·考辛斯批准了我的动议，并称我对审判的报道是"一项重要的公共服务"。

霍姆斯会在星期五的庭审还剩一个小时的时候站上证人席，所以我不会错过她的大部分证词。我订了一张周末去旧金山的机票，收拾好行李。但从法庭内部传来的报道看，她已经开始在陪审员身上施展魅力了。唐尼引导她介绍在斯坦福大学的经历以及希拉洛斯的早期历史时，她望向陪审团坐席，露出浅浅的微笑。

接下来的一周，我回到了法庭。唐尼将她的证词引向希拉洛斯在 21 世纪第一个十年后半段与制药公司的合作。辩方的重点是反驳这些工作没什么意义的观点，并告诉陪审团，在霍姆斯看来这些工作证明了希拉洛斯技术的有效性。

霍姆斯的表现很好，回答问题准确，展现了她对细节的掌控，但在我看来，真正的明星是唐尼。他有条不紊地引领他的当事人开展辩护，从而构建了另一套叙事：2010 年霍姆斯没有就希拉洛斯的技术能力向沃尔格林和西夫韦撒谎；她告诉他们的，只是她的科学家告诉她的事。为了说明这一点，他使用了伊恩·吉本斯在那个时期的一系列电子邮件。此举简直厚颜无耻：唐尼知道法官禁止所有关于吉本斯自杀的证词，因为这些证词可能过于偏颇，所以他利用死去的科学家来支撑他编出来的故事。我忍不住想，如果吉本斯知道霍姆斯在利用他为自己的行为辩护，他的棺材板恐怕要压不住了。

霍姆斯作证的第三天，唐尼决定对付政府这方最有力的一条证据：被篡改的制药公司报告。他问霍姆斯，是谁将辉瑞公司和先灵葆雅公司的标志加到报告上的。令我惊讶的是，她承认是自己加的。“为什么？”唐尼问。“因为这项工作是基于与那些公司的伙伴关系，我想表明这一点。”她回答，又补充说她现在很希望当时没有这么做。霍姆斯和唐尼装出一副政府在小题大做的样子，但直觉告诉我，承认这一点极具毁灭性，可能对陪审团的裁量有重大影响。

唐尼镇定自若地继续辩护，着手应对检方陈述中的另一个核心问题：希拉洛斯在偷偷使用第三方的血液检测机器。按照他的另类说法，这是基于完全合法和合乎逻辑的理由。并不是因为霍姆斯夸大了她的技术能力，从而需要一个变通的方法掩盖她的谎言。不，照他的说法，这是因为希拉洛斯原本打算把迷你实验室放在沃尔格林的门店里。但由于设备没有获得 FDA 的批准，沃尔格林的律师拒绝了这个计划，以致希拉洛斯不得不转向中央实验室模式。而迷你实验室一次只能处理一个血液样本，不适合用于同时处理大量样本且需要批量处理的实验室。这是个聪明的说法，但无法解释为什么布莱恩・格罗斯曼要求参观实验室时被带到了一个只有希拉洛斯设备的区域，也无法解释为什么霍姆斯要骗帕洛夫。这个说法也没有解释为什么要对其他所有投资者和公司自己的董事会隐瞒使用第三方机器的事。

唐尼的另类说法为此提供了一个解释：希拉洛斯对西门子 ADVIA 1800 所做的改造是有价值的发明，需要予以保护。这与大卫・博伊斯和他的助手在 2015 年想以商业秘密为遮羞布灌输给我的说法如出一辙。

身为一名好律师，唐尼对所有的事都有答案。亚当・罗森多夫做事从未受到过霍姆斯的压力，他完全有权按照自己的意愿运营实验室。苏蕾卡・甘加赫德卡辞职，不是因为她认为希拉洛斯要把有缺陷的技术投入商用，而是因为她压力大，身体有问题，唐尼有一封电子邮件可以证明这一点。“空值协议”并不是用来在演示时欺骗投资者的，它的目的只是为了无需插入血液样本即可展示迷你实验室的触摸屏如何工作。两位“租来的”实验室负责人达万医生和索耶尔医生是巴尔瓦尼雇的，他们本就应该只工作一个较短的时间，以便有实力的内部候选人接手。至于提供给投资者的财务预测，则是巴尔瓦尼造出来的。

唐尼还向陪审团出示文件，证明希拉洛斯与军方各分支部门有过广泛的交流，其中包括马蒂斯将军的中央司令部。他的意思是，这些交流也许最终不会形成带来收入的合同，但在那个时候，霍姆斯有理由相信它们会带来收入。

这是一场令人印象深刻的表演。唐尼出色地创造了一个平行现实，在那个世界里，霍姆斯几乎没有任何责任。不过，斯文加利式辩护在哪儿呢？霍姆斯作证的第四天，庭休吃午饭时，唐尼仍没有提及有关受到虐待的指控。我开始以为他决定不采取这一策略了。但我错了。

午饭过后，霍姆斯的作证一恢复，精彩演出就开始了。在唐尼温和的询问下，霍姆斯作证说她在斯坦福大学的第二个学年遭人强奸，而她与巴尔瓦尼的关系是在那不久之后开始的。泪水立即顺着她的脸颊滚落，就好像什么人打开了一个开关。

霍姆斯说，巴尔瓦尼答应要保护她，但很快就开始虐待她。他嘲笑她的平庸，告诉她需要告别从前的自己，才能成为一名成功的企业家。他规定她吃什么，睡多久，如何行事。唐尼出示了巴尔瓦尼给她的手写便条。其中一张写道：“每天早晨，我要强迫自己起床，花不少于 30 分钟（1 分不能少）写下我今天想要什么。”

霍姆斯说，当她没有严格遵循他的建议时，巴尔瓦尼就会生气，朝她大喊大叫，强迫她发生性关系。霍姆斯泪流满面，令她听上去很真诚，我能感觉到陪审团被富有感情的证词所打动。斯文加利式辩护似乎奏效了。唐尼成功地彻底岔开了话题：在这个下午，这个地方，审的不再是一个犯下欺诈罪行的创业家，而是一个被邪恶男人虐待的女性。

在霍姆斯的讲述中，直到 2015 年秋天，巴尔瓦尼对她施的魔咒才因为 CMS 的检查而打破。正是在那个时候，她才意识到他告诉她的实验室情况不实，终于明白他不是她以为的那个人了。

唐尼把一切都编排得很完美，但随后他犯下了一个在我看来小小的策略错误。他问霍姆斯，巴尔瓦尼是否操控了她与投资者、新闻记者以及沃尔格林之间的互动，她回答说没有。那么这段恋情对她在希拉洛斯的工作有什么影响？唐尼问。她回答说："我不知道，他影响了我的一切，而我并没有完全意识到这一点。"

这显然是他们排练过的对话，听上去很真诚。但我感到，霍姆斯承认巴尔瓦尼没有控制她的行为，实际上破坏了提出受虐指控的整个目的。

不过，她的证词仍然很有说服力，表现非常令人同情。陪审团一定会为她感到难过。那天晚上，我回到旅馆，想着她是否会被无罪开释。

出庭作证为自己辩护，是霍姆斯的孤注一掷之举。大多数刑事辩护律师都不会建议他们的客户站上证人席，因为交叉询问有可能非常残酷，可能将证词引向他们不想要的方向。但霍姆斯认定值得冒这个险。现在的问题是：检方会不会让她追悔莫及？

罗伯特·里奇全力以赴。他开始与霍姆斯对质，质问她打压我的报道、威胁我的线人的事。她试图回避他的提问，要么拒绝回答，要么声称记不清了，但里奇用她与巴尔瓦尼的短消息记录紧咬不放。当霍姆斯否认威胁艾瑞卡·张时，里奇用艾瑞卡收到的来自大卫·博伊斯的信件以及希拉洛斯付给私人调查机构的款项与她对质。当霍姆斯否认对泰勒·舒尔茨打击报复时，里奇提醒她她是怎样派律师在他祖父的房子里围攻他的。里奇还用霍姆斯写给鲁伯特·默多克的想阻止我的第一篇报道的电子邮件质问她。最终，霍姆斯承认她应对《华尔街日报》的方式是一场“灾难”。

里奇要表达的观点是，霍姆斯一直在掩盖事实，而且这种掩盖在报道发表后仍在继续。他为陪审员播放了美国全国广播公司财经频道（CNBC）的《疯狂的金钱》节目采访她的视频片段，就是在我的第一篇报道发表的那个晚上。当吉姆·克雷默问她，希拉洛斯有多少种检测是在爱迪生设备上做的，霍姆斯答得很含糊。里奇问：“我在这个片段中没有听到 12 这个数字。你听到了吗?”“我没有。”霍姆斯回答，显然恼了。

霍姆斯的回答要么勉强承认，要么含糊其辞或者断然否认。前一天那个温顺、无辜的证人不见了。陪审团现在看到的是一个狡猾好斗的女人。她在露出她的真面目。

在短暂休息之后，里奇冒险重新梳理了霍姆斯与巴尔瓦尼的关系。他要求霍姆斯大声朗读他们之间表达爱意的一些短消息。他似乎想表明，在他们的交流中不存在所谓的虐待迹象（“爱”这个词在他们互发的短消息中出现了 594 次）。但当霍姆斯读这些短消息时，她又一次哭了起来。一些报道审判的女记者觉得里奇的做法欠妥，不近人情，但我认为这是合理的。霍姆斯将这段关系作为她自辩的核心，他必须迎头痛击。

里奇也用这些短消息说明，巴尔瓦尼已经多次将实验室和公司的其他问题告诉了霍姆斯，她声称是在 CMS 检查之后才知情是说谎。

里奇一度出人意料地使霍姆斯承认了她和巴尔瓦尼在一起的时候，还有过另一段恋情，这个发现让她一直受巴尔瓦尼的精神控制、无法按自己意愿行事的说法不攻自破。

交叉询问时最有杀伤力的环节之一，是里奇出示的被篡改的制药公司报告。里奇问霍姆斯，她是否得到了辉瑞公司的许可在第一份报告中使用其标志。她多次回答“我不知道”或者“我不记得了”，听上去完全无法令人信服。里奇随后用第二份报告与她对质。报告不仅在每一页的顶部都加上了先灵葆雅公司的标志，而且结论部分的措辞也经过了润色。在他的质问下，霍姆斯不情愿地承认是她改动了措辞。

但更糟糕的还在后面，里奇抛出了第三份报告，即霍姆斯在2010年发给沃尔格林的韦德·米克隆的那份。跟前两份报告不同，报告不是希拉洛斯而是葛兰素史克公司写的。这就是问题所在：除了加了葛兰素史克公司的标志，还删除了报告中的几个部分，包括描述希拉洛斯的指尖取血“很困难”的一段。这一次霍姆斯拒绝承认是她删的。这种事是花言巧语遮掩不过去的：实在太恶劣了。

接下来的一周，交叉询问继续进行，出现了更多有杀伤力的时刻。有一次，霍姆斯被迫承认，她明知罗杰·帕洛夫在《财富》杂志的文章中有些段落不准确，带有误导性，但仍然将其发给了投资者。还有一次，里奇用一封她弟弟的电子邮件跟她对质，其中描述了一个欺骗潜在投资者的方案，当时这些投资者预备在沃尔格林的门店中抽血。霍姆斯要求无论如何都不能让投资者从静脉抽血，所以方案就是分散投资者的注意力，让他们不去查看单据，以便其从订单中删除检测项目，确保只做指尖取血的项目。

里奇还重新谈起了伊恩·吉本斯的话题。他指出，伊恩的遗孀罗谢尔一直是我的消息来源之一，2015 年，我正在写《华尔街日报》的第一篇报道时，希拉洛斯试图诋毁他们两人。尽管有这些证明诋毁行为的邮件摆在面前，霍姆斯仍咬死不认。这让她再一次暴露了自己的真实面目，而这面目并不好看。

结案陈词定在了 12 月中旬。这个时候，圣何塞变得寒冷多雨，使得天蒙蒙亮就在法院外面排队等候的大批记者都裹得严严实实。戴着兜帽和外科手术口罩出现在队伍最后面的，是泰勒·舒尔茨。现在证人的作证已经结束，泰勒确信双方都不会传唤他出庭，于是决定来看一看庭审情况。他排得太靠后了，没能在达维拉法官小小的法庭上获得一个座位，但他成功地挤进了分会场，摄像机会将庭审过程传到这里的两个大电视机上。检察官杰夫·申克开始结案陈词时，他刚刚坐定。

申克告诉陪审团，霍姆斯在 2010 年及 2013 年都面临过一个选择，是让希拉洛斯公司因资金耗尽而倒闭，还是靠撒谎欺诈让它活下去。“她选择了欺诈，不接受公司的失败，”他说，“这个选择不仅冷酷无情，而且是犯罪。”

他请陪审团想象一下，对投资者进行诚实的游说应该是什么样子：霍姆斯将不得不告诉他们，在运作了 10 年之后，她的公司能够拿出来的全部东西只是一台不靠谱的设备，只能进行一小部分检测。她知道，选择诚实就不会引来任何新投资，所以“她选择了一条不同的路”，他说。

然后，申克领着陪审团回顾了每一位证人的证词要点，用幻灯片提醒他们那些关键性的证据，比如虚假的财务预测、被篡改的制药公司报告和伪造的备忘录。他还播放了托尔伯特和帕洛夫的录音带中作为罪证的片段，展示了霍姆斯和巴尔瓦尼的短信交流中最露骨的内容。这是一段坚实有力的长达三个小时的表述，但我怀疑，在霍姆斯动情的受虐证词之后，这些是否足以给她定罪。

唐尼紧随申克站上了发言席。当他引导霍姆斯进行直接询问的时候，表现得流畅而自信。但现在，他看上去恼火而戒备。他的沮丧，可能主要是因为被篡改的制药公司报告以及检方在整个审判过程中对报告的反复强调。他试图证明在将那些标志加到报告上时，霍姆斯完全没有任何险恶用心，但他的身体语言及语音语调暴露了他的担忧。这是他在这个政府案件中一直没有处理好的地方，现在依然没有。

唐尼竭尽全力逐条反驳政府的其他指控，但在庭审中出现的毁灭性证据太多了，要想逐一给出解释就像是在玩打地鼠游戏。到了结案陈词的第二天，他的表现好多了，盯着几个关键的争论点。其中一个点是希拉洛斯的投资者都是富有且饱经世事的人，签下的股票购买协议上都提醒投资初创公司是“高度投机性的”，存在“重大风险”。另一个点是霍姆斯确实是一个真正的守业者，坚守公司直到尽头，自己名下的股票一股都没有卖过。

“一有风吹草动，骗子就套现脱身，罪犯就掩盖事实，老鼠就逃离正在燃烧的船。”唐尼说，他提高声音，最后游说陪审团道：“她一直留在那船上，船沉没，她也跟着一起沉没。女士们，先生们，这个女人就是这样的一个人。”

辩方结案陈词之后，政府方面获准进行反驳，检察官约翰·博斯蒂克充分利用了这次机会。他请陪审团不要被辩方反复提到的霍姆斯的年轻和缺乏经验所影响，指出当她开始向投资者撒谎时，已经26岁，开始向病人撒谎时，已经29岁。他说：“去问问艾瑞卡·张，到底要多年轻才会不知道提供不准确的血液检测是不对的。”

在直接询问期间，霍姆斯曾将希拉洛斯刻意隐瞒改造第三方机器的行为比作可口可乐公司对可乐配方严格保密之举。博斯蒂克嘲笑了这个类比：“如果希拉洛斯是一家汽水公司，那它是一家只能生产几种口味的公司，而其他口味则是将其他公司的汽水重新包装当作自己的卖掉。”

不过，博斯蒂克最出色的表现是在他反驳受虐指控时。他承认陪审员也许会同情霍姆斯，说这完全可以理解，但他提醒他们，是她自己作证说巴尔瓦尼并没有控制她的行为。他也指出，其他证人的证词表明巴尔瓦尼经常听从霍姆斯的意见，还有，巴尔瓦尼有时会在短消息中告诫她不要不诚实。他告诉陪审团，陪审员的工作最终是决定霍姆斯是否犯有被指控的罪行，仅此而已。“你们应当把除此以外的一切抛在一边。”

辩方的辩护已经结束，并没有传召他们的心理学家上庭明确地将霍姆斯作为CEO的所作所为与她的受虐指控联系起来，这让博斯蒂克的请求更容易为陪审团接受。因为政府方面也有自己心理健康专家来询问霍姆斯，唐尼一定觉得，让陪审团听到他们的对话将是非常不利的。

陪审团于2021年12月17日（星期五）下午4点43分受理了这个案子。15分钟后，人们看到陪审员离开法院，去度周末。他们的审议要到下周才能真正开始。

结果怎样很难预测。他们会被霍姆斯声泪俱下的证词和唐尼对已发生事实的巧言篡改所左右，还是会让提交了大量证据的检方胜出？

审议的头两天，即12月20日（星期一）和12月21日（星期二），法院里一片平静。陪审员总计开了14个小时的会，但没有做出决定。然后到审议的第三天，即12月23日（星期三）的下午，法庭书记员通知说陪审团给了一张便条。记者们涌进法庭内，听达维拉法官读这张纸条。上面说，陪审员想再听一次霍姆斯在2013年投资者电话会议上的录音带。

陪审团被带入法庭，布莱恩·托尔伯特在8年前录制的录音带又播放了一遍。录音在沙沙作响，大多数陪审员边听边做笔记，但没有流露出任何情绪。霍姆斯试图与他们进行眼神交流，但没有一个人理会她的注视。这是一个征兆吗？我在什么地方读到过，这对于被告通常是个糟糕的迹象。不管陪审员想通过录音带解决什么样的争端，那天下午他们并没有解决问题。几个小时后，他们回家了，去和家人共度圣诞。

随后的一周，陪审团进行了第四天、第五天、第六天的审议，但仍然没有做出裁决。等待变得越来越难熬。按日程安排，新年还要休息，意味着审判现在要延续到新的一年了。

我努力提醒自己，在白领犯罪案件中，陪审团审议通常耗时很长。他们花了6天才将安然案中的杰夫·斯基林和肯·莱定罪，对世界通信公司（WorldCom）首席执行官伯尼·埃伯斯的定罪花了8天，而泰科公司（Tyco）首席执行官丹尼斯·科兹洛夫斯基的定罪花了11天时间。对冲基金经理拉贾·拉贾拉特南被判犯有内幕交易罪是经过 12 天的审议后才做出的。白领犯罪案件错综复杂，充满了细微的差别。陪审团需要时间来仔细研究所有的证据，从中得出答案。

2022 年 1 月 3 日，星期一，高潮终于到来。那天上午，陪审团给法官递了一张便条，说他们未能就 11 项指控中的 3 项达成一致。达维拉法官将陪审员请回法庭，向他们宣读了“艾伦指示”①，其本质上是鼓励他们继续进行审议以得出结果。但艾伦指示未能起效：4 个小时后，陪审团又送来一张纸条，说他们在这 3 项指控上仍然僵持不下。达维拉法官别无选择，只能接受部分裁决。一天内向陪审团宣读两次艾伦指示可能会被视作强迫，成为上诉的理由。他指示陪审团填写裁断书，带着裁断书回到法庭。

30 分钟后，当达维拉法官打开那个装有裁断书的绿色信封时，悬念大到无以复加。他仔细看了一遍，面无表情，但注意到裁断书没有填写日期，于是将它还给陪审团团长补上日期。人们在焦灼中又等了两分钟，法庭副手阿德里亚娜·克拉茨曼终于开始宣读裁决。这个时候，法庭上静得落针可闻。你能够感觉到空气中的紧张气氛。

“美国加州北区地区法院，关于第 18-CR-00258-EJD 号案件，美利坚合众国诉伊丽莎白·霍姆斯，我们作为上述案件的陪审团成员，一致裁定被告伊丽莎白·霍姆斯……合谋对希拉洛斯的投资者进行电信欺诈，罪名成立，如起诉书第一项所指控，违反《美国法典》第 18 条第 1349 款。”

霍姆斯一动不动地坐在椅子上，“罪名成立”四个字回荡在空中。她面无表情。

克拉茨曼女士继续宣读其余 10 项指控的裁决。除了共谋罪名外，陪审团还认定，6 项涉及投资者的指控中，霍姆斯对 3 个投资者的欺诈罪名成立，即对冲基金合作基金、德沃斯家族以及丹尼尔·莫斯利

① Allen charge，美国法律术语，指在陪审团难以达成一致意见而陷入僵局时，法官向陪审团做出指示，要求其认真听取并尊重彼此的意见，努力做出一致的裁断。——编者

律师。但对 4 项涉及病人的指控，陪审团认定无罪，对其余 3 项涉及投资者的指控未能达成一致裁决。

从字面上看，这是一个好坏参半的裁决，但总体上来看，毫无疑问，政府方面赢了。霍姆斯将作为一名被定罪的重案犯而永远为人所知。而且，罪名成立的指控，涉及的金额都很高。合作基金、德沃斯家族和莫斯利因欺诈一共损失了 1.44 亿美元。而令陪审团陷入僵局的指控，投资者的损失只有 1000 万美元。

那天晚些时候，霍姆斯和比利・埃文斯以及她的父母手拉手从法院走出来，看上去神情茫然。试图将责任推给巴尔瓦尼的策略最终没有奏效。雇用一整支高价律师队伍也没有起到作用。在公然否认我的报道 6 年后，她最终必须为自己的行为承担责任。

10 个月后，即 2022 年 11 月 18 日，伊丽莎白・霍姆斯回到法庭，等着接受她的命运。她的律师提出了三项动议，要求进行新的审判，推迟对她的宣判。其中一项是由于亚当・罗森多夫在庭审之后不明智地去霍姆斯家拜访。比利・埃文斯将罗森多夫拒之门外，根据他的说法，这位前实验室主管曾对他暗示检察官对希拉洛斯事件的描述过于黑暗。这导致达维拉法官将罗森多夫召回法庭，亲口做出解释。但最终，一切都是白费力气。罗森多夫坚持他在庭审中的证词，于是法官拒绝了辩方的动议。

现在，霍姆斯终于必须面对现实了。不过她还是做了最后一次努力来影响法官。在一份 82 页的量刑备忘录中，她的辩护团队再次强调巴尔瓦尼对她的所谓虐待，还有她的朋友和家人站在她的立场写的 140 多封信。她的律师写道，这些信件——包括来自新泽西州参议员科里・布克的一封——“一致描绘霍姆斯女士是一个富有同情心、慷慨、乐观、诚实和体贴的人”。备忘录中没有提及，但是法官和法庭中的每个人都能清楚看到的一个事实是，霍姆斯又怀孕了，判处长期监禁意味着不是一个而是两个年幼的孩子将会在没有母亲的情况下成长。更有甚者，她的律师认为，让霍姆斯继续她为性侵受害者开展的志愿工作，“比监禁她能更好地利用社会资源”。他们提出，最差情况下，她的刑期也不应超过 18 个月。

检方有不同想法。检方自己的量刑备忘录写道，霍姆斯“站在法庭之上，毫无悔意。她不肯承担责任。恰恰相反，她坚称自己是受害者。她不是”。检方要求判处 15 年有期徒刑，这样才符合其所说的霍姆斯罪行的“极其严重”的性质。

根据联邦量刑准则，在计算刑期时，欺诈的受害者所损失的金额是要重点考量的。检方认定希拉洛斯的投资者由于欺诈而损失的金额超过 8 亿美元。随着听证会的进行，达维拉法官显然认为这个数字过高。他同意被告的几项反对意见，将损失金额认定为 1.21 亿美元。这是不是表明他想对霍姆斯仁慈一点呢？

不一定。法官过去必须严格遵守量刑准则，但 2005 年最高法院的一项裁决使该准则不具有约束力。无论达维拉法官认为欺诈造成的损失有多大，他都可以在任何一个方向上大幅度偏离准则。霍姆斯的命运完全由他决定。

我发现这位法官很难琢磨。在主持审理这桩案件的 4 年之中，他始终是一张扑克脸。他从来没有发过脾气，始终对双方都彬彬有礼。就算庭审中新出现的证据令他震惊，他也从未表现出来。在量刑听证会的头两个半小时，他的举止始终如一：面无表情，高深莫测。

当他询问是否有本案中欺诈的受害者在场并且想要说点什么时，法庭中的紧张气氛突然升温。泰勒·舒尔茨的父母亚历克斯和贾内尔正坐在观众席中，就在我前面两排。他们向法官提交了一份受害者影响声明，但没有想到自己可以得到发言的机会。犹豫了片刻，亚历克斯·舒尔茨站起来，走向发言席。

亚历克斯是政界元老之子，但他身上体现出的是一个从教 34 年的高中生物老师的谦逊。他首先回忆了在一次舒尔茨家族的聚会上，霍姆斯对自己技术的高谈阔论，然后转向比利·埃文斯，说他对这位霍姆斯的伴侣写信给法官抱怨受到媒体的围攻深有同感。

达维拉法官意识到这话会往哪个方向发展，于是打断了他，要求他向法庭说出自己的意见。

亚历克斯转身面向法官，继续说道："我完全理解他们的感觉，因为伊丽莎白雇了一个私人侦探跟踪我儿子……每天晚上，我儿子睡觉的时候，枕头下面放着一把匕首，他觉得有人会在半夜进来杀他。"

然后，他讲述了现在已经广为人知的故事，希拉洛斯的律师如何在乔治·舒尔茨的家中伏击泰勒，前国务卿如何站在霍姆斯一方，不邀请自己的孙子参加他 95 岁的生日派对。

"关于桑尼和伊丽莎白，有很多种说法，"他说，指的是霍姆斯的受虐指控，"从我的家人的角度来看，伊丽莎白就是他们的桑尼·巴尔瓦尼。"

这些言辞极为犀利，一举粉碎了那些支持信所描绘的闪光形象。亚历克斯·舒尔茨说完后，霍姆斯在被告席上大声抽泣起来。

现在轮到她发言了。让自己冷静下来后，她告诉法官，她被自己的失败"毁了"，如果有机会，在许多事上她会做出不同的选择。"我太急于实现我的梦想，同时做了太多的事。"她说。

事实上，她是在为身为一个创业者的失败而道歉，但她没有承认任何错误行为。我怀疑这一区别并没有逃过法官的眼睛，但很难辨别。他面无表情地听着她的恳切之言，仍然没有泄露任何信息。

直到她结束发言，轮到达维拉法官做出最后总结时，达维拉法官才终于开始表明自己的态度。

"在许多、许多层面上，本案都如此令人不安。"他缓缓说道。

他回顾了硅谷还是一片农业区域的起步阶段，在那个时候，商业交易通过握手即可成交，他说诚实仍旧是现代科技产业创新和投资的基础。霍姆斯的欺骗行为破坏了这一约定，不止一次，而是反复多次，他说。

"这是一桩欺诈案，在这起案件中，一个令人激动的初创公司满怀极大的期待和希望前进，却仅仅因为不实、歪曲……和纯粹的谎言而落空。”

他承认霍姆斯并没有从这个骗局中获利，若有所思地大声说着对她动机的猜测。“是因为狂妄吗？”他问，“还是迷恋成为年轻创业者所带来的声名？”

无论是哪一种，达维拉法官都不会同情，他明确表示，霍姆斯拒绝赔礼道歉是一个很重要的原因。

“我建议我们退一步，看看这件事，好好想想，欺诈的病理学特点是什么？是没有能力承担责任或表达忏悔（无论以什么方式），还是拒绝这样做？也许这就是从本案中能够得出的警示意义。”

当他宣布判决时，霍姆斯泪流满面，仿佛受了重重一击：135 个月的监禁。

11 年 3 个月。

不论从哪个角度看，这都是一个严厉的处罚。与许多观察家的预期、霍姆斯及家人的期望相反，她作为女人和母亲的身份并没有为她赢得宽恕。她的受虐指控也没有。法官和陪审团一样，都选择了无视。

此案向硅谷发出的信号响亮而清晰：厚颜无耻地撒谎，后果会很严重。

三个星期后，桑尼·巴尔瓦尼步霍姆斯的后尘走上了法庭。2022 年春季到夏季，巴尔瓦尼受审 4 个月。巴尔瓦尼被控的 12 项罪名，陪审团裁定全部成立。与霍姆斯的区别在于，他还被判犯有欺诈病人罪。这些额外的指控看上去必然会导致更重的刑期。事实果然如此：达维拉法官判处希拉洛斯的前总裁兼首席运营官 12 年 11 个月的监禁。

随着司法程序最终结束，一个重要的问题仍然存在：希拉洛斯的案件会对硅谷的“演久成真”文化产生什么影响？在霍姆斯和巴尔瓦尼被曝光后的几年里，创业热潮有增无减。现在，价值超过 10 亿美元的独角兽有 1000 多只。随着这种爆炸式增长，一连串丑闻出现了，包括从特拉维斯·卡兰尼克领导的优步的恶行，到加密货币交易所 FTX 的破产。硅谷仍然是世界上最大的创新热土，但它也是不当行为的温床。

我并不期待伊丽莎白·霍姆斯和桑尼·巴尔瓦尼的定罪能够一下子将硅谷变成道德的灯塔。但他们将在铁窗之后度过相当长的时间，对于那些一心想发财的年轻创业者，在跨过底线、从炒作和夸大滑向欺诈之前，这个事实也许会让他们驻足三思。

致　谢

本书源自我在《华尔街日报》曝光希拉洛斯丑闻所作的工作，从2015年到2016年，如果没有冒着巨大的个人风险与我交谈的那些秘密消息人士的帮助，不可能会有这本书。其中一些人，比如泰勒·舒尔茨，愿意以其真实身份出现在我的笔下，让我公布他们所讲述的内容。其他人则以化名出现，或者仅仅作为不具名的消息来源提到。尽管面临着法律和职业风险，但所有这些人都坚持与我联系，只是基于一个高于一切的关怀：保护病人，免受希拉洛斯错误的血液检测带来的伤害。我将永远感怀他们的正直与勇气。他们是这个故事中真正的英雄。

如果没有另外数十位希拉洛斯的前员工，也不可能有这本书，他们克服了最初的惊惶，给我讲了他们的经历，并帮助我重建了该公司15年的历史。对于我，他们慷慨地付出时间，大力支持我的工作。我也要感谢那些实验室科学家给我上课，给我讲解晦涩难懂却充满迷人魅力的血液检测科学。其中，纽约威尔康奈尔医学中心的斯蒂芬·马斯特好心地在出版之前审阅了手稿，帮助我避免错误。

本书始于2015年初的一条爆料。我要感谢长期以来鞭策我、坚定支持我去追踪那条爆料的人：我在《华尔街日报》的编辑迈克·西克诺尔菲。不仅对于我，对于好几代记者而言，迈克都是一位导师，是《华尔街日报》这家伟大新闻机构的旗手。在我揭露这些事件的过程中，迈克并不是我唯一的盟友：现已担任道琼斯公司总法律顾问的杰伊·孔蒂与他的副手雅各布·戈德斯滕花了无数时间审核我的报道，还击退了希拉洛斯的律师发起的法律威胁。我也非常感谢我的调查团队同事 Christopher Weaver，他在一年多的时间里帮助我报道了监管调查和其他附带事件，包括在我休假的一段时间。

在《华尔街日报》工作的好处之一是我多年来在这里结下的友谊。其中一位朋友 Christopher Stewart 写过好几本非虚构类书籍，他慷慨地与我分享了他对出版业的了解和人脉。正是通过克里斯，我遇到了我的经纪人——Fletcher & Company 公司的 Eric Lupfer，他一眼看出这个项目的潜力，不管一路上遇到的各种障碍，仍鞭策我继续努力。Eric 的乐观精神富有感染力，是我迷茫时刻的完美解药。

我很幸运，本书交给了诺普夫出版社（Knopf）的 Andrew Miller，其热情和对我的坚定信任，给了我完成本书所需的信心。我也很荣幸得到了安德鲁的老板、Knopf Doubleday 出版集团主席 Sonny Mehta 的支持。从我进入兰登书屋大楼的那一刻开始，安德鲁、桑尼和他们的同事就热情待我，令我有回家的感觉。我希望自己没有辜负他们的期望。

这个传奇故事耗费了我生命中过去三年半的时光。在此期间，我有幸从朋友和家人那里得到了建议、支持和温暖。Ianthe Dugan、Paulo Prada、Philip Shishkin 和 Matthew Kaminski——这里只能列举几个——经常给我鼓励以及我急需的逗乐调节。我的父母 Jane 和 Gérard、我的姐姐 Alexandra 一路鼓励我坚持到最后。不过，我力量和灵感的最大源泉，是与我共度一生的四个人：我的妻子 Molly，以及我的三个孩子 Sebastian、Jack 和 Francesca。谨以本书献给他们。

图字：09－2024－0978号

图书在版编目(CIP)数据

坏血 / (美) 约翰·卡雷鲁 (John Carreyrou) 著 ; 成起宏译. -- 上海 : 上海译文出版社, 2025. 1. (译文纪实). -- ISBN 978-7-5327-9726-4

Ⅰ. I712.55

中国国家版本馆 CIP 数据核字第 202451G56Q 号

坏血

[美]约翰·卡雷鲁　著　成起宏　译

责任编辑/钟　瑾　装帧设计/柴昊洲　邵　旻　观止堂_未氓

上海译文出版社有限公司出版、发行

网址：www.yiwen.com.cn

201101　上海市闵行区号景路 159 弄 B 座

上海盛通时代印刷有限公司印刷

开本 890×1240　1/32　印张 10.75　插页 5　字数 246,000

2025 年 1 月第 1 版　2025 年 1 月第 1 次印刷

印数：0,001—8,000 册

ISBN 978－7－5327－9726－4

定价：60.00 元